Tanja Heitmann
Nebelsilber

TANJA HEITMANN

NEBELSILBER

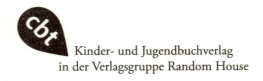 Kinder- und Jugendbuchverlag
in der Verlagsgruppe Random House

Verlagsgruppe Random House FSC® N001967
Das für dieses Buch verwendete FSC®-zertifizierte
Papier *Super Snowbright* liefert
Hellefoss AS, Hokksund, Norwegen.

1. Auflage 2015
© 2015 by Tanja Heitmann
© 2015 für die deutschsprachige Ausgabe by cbt Verlag, München,
in der Verlagsgruppe Random House GmbH
Alle Rechte vorbehalten
Umschlaggestaltung: semper smile, München
Umschlagmotiv: © Christophe Dessaigne/Trevillion
Images, David M. Schrader/Shutterstock
Dieses Werk wurde vermittelt durch die Literarische Agentur
Thomas Schlück GmbH, 30827 Garbsen.
MG · Herstellung: kw
Satz: KompetenzCenter, Mönchengladbach
Druck: GGP Media GmbH, Pößneck
ISBN: 978-3-570-16121-0
Printed in Germany

www.cbt-buecher.de

Es ist nicht das, was man empfindet (…)
Nicht, was man voller Sehnsucht sucht
Liebe ist das, was man tut

Kettcar

PROLOG

Es war ein wunderschöner Herbstmorgen. Leichter Nebel lag über der Wiese hinterm Haus und ein milchiger Schleier hing über dem ruhig dahinfließenden Strom des Fließes. Sogar Vaters morscher Kahn an der Anlegestelle war nicht mehr als ein Schemen, und der angrenzende Wald verschwand im Nebel, nur sein Laubdach thronte über einem weißen Meer.

Heute Morgen ist alles verwunschen, dachte der Junge und zog behutsam die Tür hinter sich zu. Erst als das Schloss ohne zu quietschen einrastete, atmete er aus. Dabei hatte er gar nicht bemerkt, dass er die Luft angehalten hatte. Obwohl ... Er stand schon unter Strom, seit er aus seinem Zimmer auf den verschleiert daliegenden Garten geblickt hatte. Sofort war der Wunsch da gewesen, diese frühe Stunde für sich allein zu haben. Keine Mutter, die über seine nackten Füße schimpfte, obwohl er die Kälte vor Aufregung gar nicht bemerkte. Kein älterer Bruder, der einen rumkommandierte, sobald man die Augen aufschlug. Und erst recht kein Vater, dessen laute Stimme sogar Nebelschwaden verscheuchte. Dieser Morgen gehörte ihm, ihm allein.

Nicht mehr lange, und die Sonne würde hinter den Baumwipfeln hervorbrechen und den Dunstschleier auflösen, als wäre er bloß ein Traumgebilde. Besser, er beeilte sich.

Mit nackten Füßen schlüpfte der Junge in die Gummistiefel, die draußen an der Tür standen, noch ganz verdreckt von vergangenen Abenteuern. Dann lief er durch das hohe Gras zur Anlegestelle. Dabei bemerkte er, dass Geräusche, die von weiter her erklangen, ungewöhnlich leise und hallend waren, während seine Schritte laut an sein Ohr drangen. Zuerst hielt er es für Zauberei, aber dann begriff er, dass es am Nebel lag. Vor lauter Verblüffung blieb er stehen.

Konnte die *echte* Welt, wie die Erwachsenen sie nannten, auch von Magie berührt sein?

Bislang hatte er immer geglaubt, dass die Welt der Erwachsenen nur aus vernünftigen Erklärungen bestand: Eisblumen am Fenster sind keineswegs Feenküssen zu verdanken, sondern lediglich gefrorene Luftfeuchtigkeit. Die winzigen Sterne in der Sommerdämmerung waren Glühwürmchen, während in Pilzen selbstverständlich niemand wohnte, das war immer nur Raupenfraß, keine kleinen Fenster und Türen. Eine langweilige Welt für einen Siebenjährigen, der ganz andere Dinge zu sehen bekam, wenn er es darauf anlegte.

Zumindest hatte er das bislang geglaubt, aber nun, im Nebel … Vielleicht war alles, was er bislang für langweilig gehalten hatte, in Wirklichkeit doch ganz interessant, wenn man nur den richtigen Blick hatte.

Und mit Blicken kannte er sich aus: Er konnte die Welt auf die erwachsene Art sehen oder auf eine ganz andere … eine schillernde, phantastisch aufregende Art.

Nun, er würde sich überraschen lassen, was ihm dieser Morgen zu bieten hatte.

Vorsichtig schritt der Junge übers nasse Holz des Stegs,

darauf bedacht, nicht auf der glitschigen Laubschicht auszurutschen. Dann kletterte er in den Kahn.

Lange würde er nicht auf der Holzbank sitzen bleiben können, wenn er keinen klammen Hosenboden bekommen wollte. Die Zeit für Fahrten übers Fließ war eindeutig vorbei; schon bald würde sein Vater den Kahn aus dem Wasser holen und ihn für die kalte Jahreszeit aufbocken. Ab dann würde es nicht mehr lange dauern, bis das Wassernetz zufror und Kinder wie Erwachsene es auf Schlittschuhen unsicher machten. Das absolut Beste, was der Winter in Wasserruh zu bieten hatte! Trotzdem verspürte der Junge jetzt schon Sehnsucht nach dem Moment, in dem das Eis aufbrechen würde und er wieder in den Kahn steigen durfte. Das sanfte Schaukeln, das Gurgeln des Wassers, wenn der Riemen eintauchte, und das leichte Rucken, mit dem der Kahn das Wasser durchschnitt. Wenn er rechtzeitig auf seine Eltern einzureden begann, würde er im Frühjahr vielleicht schon allein die Fließe unsicher machen dürfen. Dann konnte er Marischka mitnehmen, denn dem kleinen Paddelboot, das er benutzen durfte, traute sie nicht über den Weg.

Vor seinem geistigen Auge sah der Junge, wie seine beste Freundin vorn im Bug saß und lachte. Sie klammerte sich an die Reling und tat so, als befürchte sie, jeden Augenblick unterzugehen. Unentwegt plapperte sie vor sich hin, wie das so ihre Art war. Natürlich musste er auch lachen, aber nur verhalten, denn er musste sich ja aufs Kahnsteuern konzentrieren. Die Fließe waren nicht zu unterschätzen. Die alten Erlen am Ufer tauchten knorrige Wurzeln ins Wasser, als wollten sie einen festhalten …

Während er seinem Tagtraum hinterherhing, schlich sich eine Melodie in seinen Kopf, ein altes Kinderlied oder vielmehr ein Märchen, das sich besser singen denn erzählen ließ.

»Tief unterm Wasser,
im Wurzelreich,
dort wohnt der König.
Das Haar aus grünem Laub,
das Gesicht braune Borke.
In den Schatten sitzt er
auf seinem Thron aus Astgeflecht,
das Haupt geschmückt mit roten Beeren.
Er wartet, er wartet schon lang
auf ein Kind und seinen Segen.«

Während der Junge singend seinen Träumen nachhing, verdichtete sich der Nebel auf der anderen Seite des Fließes, dort, wo die Erlenstämme so eng beisammenstanden, dass sie einer Wand aus Grau und Braun glichen. Weiße Schwaden entstiegen dem Waldboden, verbanden sich miteinander, bis sie ein dichtes Band woben, das erst den Wald, dann das Flussufer und schließlich auch das Fließ vollends verschwinden ließen. Von dem Haus, in dem die Familie des Jungen noch fest schlief, war nichts mehr zu sehen, alles lag verborgen in einem Nebeltal.

Dem Jungen fiel die Veränderung erst auf, als ein Geräusch zu ihm durchdrang, das er in der letzten Zeit bereits ein paar Mal gehört hatte. Sogar bis in seine Träume hatte es ihn verfolgt. Schlimme Träume waren das gewesen, aus denen er nass geschwitzt hochgefahren war.

Dieses Geräusch ... Gleichmäßig trommelte es auf den Waldboden, ein Stampfen und Aufwirbeln gefallener Blätter.

Näher und näher kam es.

Der Junge richtete sich auf dem Sitzbalken auf, wobei der Kahn unruhig zu schaukeln begann, und starrte ins weiße Nichts, das ihn umgab wie ein gesponnener Kokon. Konnte

Nebel wirklich so undurchdringlich sein? Er wusste es nicht.
Aber er war sich sicher, dass er nicht länger auf dem Fließ bleiben sollte.

Urplötzlich verkehrte sich das Gefühl, dieser Morgen gehöre ihm, ins Gegenteil. Dass diese Stunde kurz vor Sonnen-
aufgang etwas Besonderes war, daran herrschte mittlerweile
kein Zweifel mehr. Aber ein anderer riss diesen Morgen an
sich. Jemand, der seinen Weg durch den Wald auch in der
tiefsten Nacht oder im dichtesten Nebel fand.

Das Herz des Jungen begann so laut zu pochen, dass es fast
wie ein Hilferuf klang. Bestimmt verriet ihn das wilde Trom-
meln! Er schlug beide Hände vor die Brust, um es einzudäm-
men, doch es brachte nicht viel. Ängstlich spähte er in die
Mauer aus milchigem Dunst.

Dort! War da nicht ein hoch aufragender Schemen zu erkennen?

Nur … Wo war *dort*?

Der Nebel verwirrte die Sinne des Jungen, und als er nach
dem Steg tastete, bekam er nirgendwo nasskaltes Holz zu fassen. Offenbar hatte sich die Vertäuung des Kahns gelöst und
er war aufs Fließ hinausgetrieben. Während das Ufer immer
weiter außer Reichweite geriet, nahm der Schemen deutlichere
Konturen an. Allerdings konnte das unmöglich ein Mensch
sein – dafür war das Wesen zu groß. Oder verzerrte der Nebel
die wahren Umrisse der Gestalt? Zumindest erklang das be-
ängstigende Getrampel seiner Schritte nicht mehr. Still und
unergründlich stand die Gestalt im Nebel, als wollte sie sich
verbergen. Als warte sie auf einen günstigen Augenblick …

»Wer ist da?« Der Junge hatte die Frage hinausschreien wollen, doch seine Stimme brachte nicht mehr als ein Wispern
zustande. Jetzt bereute er es, heimlich aus dem Haus geschli-

chen zu sein. Niemand würde wissen, wohin er gegangen war und warum. Die Wut auf sich lag ihm wie ein glühendes Kohlestück im Bauch. Was hatte ihn nur im Morgengrauen hinaus aufs Fließ gelockt, wo er doch ganz genau gewusst hatte, dass ihm sein Verfolger auf den Fersen war?

Nun war es zu spät. Die Gestalt setzte zu einem Sprung an.

Wasserrauschen ertönte, und eine Welle ließ den Kahn einen Satz machen, während der Junge einen heiseren Schrei ausstieß. Nicht mal ansatzweise laut genug, um einen der Schlafenden im Haus zu wecken. Panisch streckte er den Arm aus, doch weder Steg noch Ufer waren in Reichweite.

Weitere Wellen brachten den Kahn zum Tanzen und verrieten, dass sein Angreifer groß und mächtig genug war, um das Wasser zu verdrängen.

Dem Jungen blieb nichts anderes übrig: Mit wackligen Beinen stand er auf, um ins kalte Wasser zu springen und zu hoffen, das Ufer noch rechtzeitig zu erreichen. Bevor er jedoch auch nur die Muskeln anspannte, wurde er im Nacken gepackt und mit einem Schwung aus dem Kahn gerissen. Dabei fiel ihm ein gelber Gummistiefel vom Fuß und schlug mit einem stumpfen Poltern auf die Holzplanken.

Welche Geräusche auch immer danach erklangen, keins verließ den Nebel, der zwischen den Erlenstämmen hervorgedrungen war. Und dorthin kehrte er auch zurück, als die Sonne endlich über die Erlengipfel kletterte.

Erste Sonnenstrahlen fielen auf den Kahn, der friedlich auf dem ruhigen Strom des Fließes dümpelte.

Der Morgen versprach, wunderschön zu werden.

1

IM NEBELREICH

10 Jahre später

Es war bereits spät geworden.

Sehr viel später als ursprünglich geplant.

Zuerst fing jedoch das Navigationsgerät an zu spinnen, kaum dass sie die Grenze zur Lausitz überquerten. Das war die erste Katastrophe, denn weder Edie noch ihr Vater Haris waren gut im Kartenlesen. Ehrlich gesagt waren sie sogar hundsmiserabel darin und verbrachten deshalb auf einer einsamen Raststätte viel Zeit mit Diskussionen darüber, wo genau sie sich überhaupt auf dem auseinandergefalteten Stück Papier befanden.

Auf der Karte gab es viel Grün, das von blauen Linien durchzogen war: Wald, Wiesen und schmale Flussläufe, die Fließe genannt wurden. Nur gelegentlich tauchte in diesem Endloswald eine reingestanzte graue Straße auf. Irritierend selten, wie Edie fand. In dieser Gegend des Spreewalds, abseits der beliebten Touristenpfade aus Kahnfahrten und Radfahrrouten, herrschte offenbar eine kaum von Menschen durchkreuzte Wildnis.

»Warum hast du dich vor unserer Reise nicht um ein neues Smartphone gekümmert, nachdem dein altes mysteriöserweise im Abwaschwasser gelandet ist? Dann hätten wir jetzt wenigstens einen Routenplaner«, ranzte Haris seine Tochter an.

Über ihr ramponiertes Smartphone wollte Edie nun wirklich nicht reden – und noch weniger über den Grund, warum sie ganz froh darüber war, nicht länger erreichbar zu sein. Für niemanden. Stattdessen reckte sie den Hals in der Hoffnung, zwischen den Bäumen, die den Parkplatz umringten, eine hervorstechende Landmarke zu finden. Doch mit der Orientierung war es hier offenbar so eine Sache: Egal ob Norden, Osten, Süden oder Westen – es gab nur Bäume.

Als Haris nicht aufhörte, sie vorwurfsvoll anzustarren, seufzte Edie. »Genauso gut könnte ich dich fragen, warum du als verantwortungsbewusster Erwachsener dein eigenes Handy in einem der eingelagerten Umzugskartons – Zitat – ›rein zufällig vergessen‹ hast. Ein äußerst kindischer Versuch, Mama auf Abstand zu halten, wenn du mich fragst.«

Edie verstummte, als ihr klar wurde, dass ihr Vater und sie sich derselben Taktik bedienten: Beide hatten Vorkehrungen getroffen, um in der Einsamkeit des Spreewalds ihre Wunden zu lecken. Nur mit dem Unterschied, dass ihre Wunden ihr Geheimnis waren, während die Auszeit ihrer Eltern ein breit diskutiertes Thema darstellte.

»Immerhin haben wir eine Landkarte«, besann Edie sich auf das Wesentliche. »Es dürfte also nicht so schwer sein, den Weg auch ohne technischen Schnickschnack zu finden.«

Während sie aufeinander einredeten – Haris deutlich hitziger als seine siebzehnjährige Tochter, die in Stresssituationen nach ihrer nervenstarken Mutter schlug und eher einen Gang runterschaltete –, rieselten erste verfärbte Blätter von einer Birke wie Goldlametta. Einen Moment lang wurden beide still, gefangen von dieser unerwarteten Schönheit. Die Sonne tauchte den Himmel in ein weiches Rot, das einen die aufziehende Septemberkälte vergessen ließ. Dann fuhr der Wind unter die Karte, die sie auf der Wagenhaube ausgebreitet hatten, und ruckelte an ihren Rändern, als wollte er das Stück Papier losreißen und wie einen Drachen in die Höhe steigen lassen.

»Festhalten! Sonst sind wir verloren.« Haris lachte, allerdings eine Spur verzweifelt.

Nachdem sie sich endlich auf ihren Standort mitten im Grün der Landkarte geeinigt hatten, brach eine Diskussion darüber aus, wie man am schnellsten ans Ziel gelangte. Das Bauernhaus, zu dem sie wollten, stand auf einem weitläufigen Grundstück. Mit eigenem Bootsanleger und dem alten Waldbestand hatte es im Familienalbum verwunschen und idyllisch ausgesehen. Das Foto war allerdings schon sehr alt und bei seinem letzten Besuch in diesem Haus war Haris noch ein Junge gewesen. Es hatte seinen Großeltern Sachar und Edith Klaws gehört, die ihr ganzes Leben auf diesem ruhigen Fleckchen Erde verbracht hatten.

Allem Anschein nach war die Großmutter eine beeindruckende Frau gewesen, denn Haris hatte darauf bestanden, seine einzige Tochter nach ihr zu benennen, obwohl seine Frau Inga der Auffassung war, dass Edith schrecklich altmodisch klang – weshalb sie den Namen kurzerhand abkürzte. Edie war froh, dass ihre Mutter den Spitznamen durchgesetzt hatte, andererseits gefiel ihr die Vorstellung, nach einem geliebten Familienmitglied benannt zu sein, auch wenn sie ihre Großmutter nicht persönlich kennengelernt hatte. Nun würde sie zumindest einen Teil der Vergangenheit mit eigenen Augen zu sehen bekommen, falls das Bauernhaus keine Ruine war. Seit dem Tod der Großeltern stand es verlassen im Erlenwald — abgesehen von einigen Intermezzi, bei denen andere Familienmitglieder des weit verzweigten Klaws-Clans den alten Stammsitz zum Ferienhaus umgetauft hatten, nur um rasch wieder das Interesse daran zu verlieren. Vermutlich lag das Haus einfach zu abgelegen … Allerdings nicht für Edies Geschmack. Abgeschiedenheit passte perfekt zu ihrem Plan, sich eine Auszeit von ihrem bisherigen Leben zu nehmen. Wenn es ihren Eltern möglich war, ihre Liebe auf Eis zu legen, konnte sie das bestimmt auch mit ihrem katastrophalen Leben tun.

Nachdem sie sich endlich auf eine Route geeinigt hatten und Haris sich hinters Steuer des in die Jahre gekommenen Volvo-Kombis setzte, war das Abendrot schon deutlich ins Schwarze gekippt. Und als sich herausstellte, dass der eingeschlagene Weg falsch war, war es bereits dunkel. Nach einem weiteren zeitraubenden Umweg tauchte endlich das ersehnte Ortsschild auf.

»Wasserruh«, las Edie. Sie saß mit unters Kinn gezogenen Knien auf dem Beifahrersitz und versuchte, ihre von der langen Fahrt schmerzenden Rückenmuskeln zu ignorieren. »Der Name klingt seltsam, wenn man ihn laut ausspricht … Den raunen hier bestimmt die Käuzchen von den Zweigen.«

Vermutlich lag es an dem dichten Blätterdach über ihnen, lauter alte Erlen und einige verstreute Eschen, deren Laubkleid der Herbst noch unberührt gelassen hatte. Seit sie in die Allee eingebogen waren, die nach Wasserruh führte, hatte sie das Gefühl, durch einen Tunnel zu fahren.

Als Haris das Fernlicht aufleuchten ließ, biss sein heller Schein ihr in die Augen. Allerdings reichten die Lichtkegel nicht weit, denn vom Fluss vor ihnen war Nebel aufgestiegen, und nun brach sich das Licht an unzähligen Wassertröpfchen.

Es sah aus, als breite sich ein Wolkenmeer auf der leidlich befestigten Straße und zwischen den zu beiden Seiten dicht stehenden Baumstämmen aus. Von der Holzbrücke, die sich über den Fluss spannte, war nicht mehr als ein Umriss zu erkennen, obwohl sie lediglich einige Meter entfernt vor ihnen lag. Dahinter klaffte tiefe Dunkelheit.

Die Luft, die durch den Fensterspalt drang, legte sich kühl auf Edies Schulter und roch fast überwältigend nach verrottendem Laub. Obwohl es ihr kindisch vorkam, schloss sie das Fenster.

»Eine waschechte Gruselstimmung.« Haris lachte verhalten, dann stellte er das Fernlicht aus. »Ich bin mir nicht sicher, ob wir in dieser Brühe den Weg zum Bauernhaus finden. Der ist doch bestimmt zugewachsen und selbst bei Tageslicht kaum zu erkennen.« Nervös klopfte er mit den Fingern aufs Lenkrad, bis er mit einem Vorschlag herausrückte, der ihm offenbar schon länger durch den Kopf geisterte. »Vor ein paar Kilometern sind wir an einem Gasthaus vorbeigekommen, erinnerst du dich? Das wäre doch was für heute Nacht.«

Obwohl Edie eben noch das Fenster geschlossen hatte, weil ihr die Nachtluft nicht geheuer gewesen war, setzte sie jetzt ein überlegenes Lächeln auf.

»Meinst du das Gasthaus, das umringt war von ganzjähriger Weihnachtsbeleuchtung samt Weihnachtsmännern, Plastikengeln und bunten Kunstblumen? Den Laden hast du als ›Vorhölle des schlechten Geschmacks‹ bezeichnet. Außerdem liegt das Gasthaus deutlich mehr als ein paar Kilometer zurück. Besonders wenn wir deiner Orientierung vertrauen und uns auf dem Weg dorthin noch mal verfahren.«

Augenblicklich flackerte Haris' Temperament in seinen dunklen Augen auf. Dieses hitzige Naturell war dafür verantwortlich, dass Haris Klaws keineswegs wie ein Mann von vierzig Jahren wirkte, sondern deutlich jünger. Sein wildes dunkles Haar und sein Bohemienstil taten das Übrige. Allerdings war es auch genau dieses Temperament, das Haris mit seiner Tochter in die Einöde des Spreewalds verschlagen hatte. »Machst du dich über mich lustig, oder willst du dich mit mir streiten?«, fuhr er sie an.

»Ich bin viel zu erschlagen, um mich auf eine dieser Endlosdiskussionen einzulassen, auf die du so stehst«, erklärte Edie ungerührt. »Ich würde vorschlagen, du trittst jetzt aufs Gas, damit wir noch vor der Geisterstunde an dem alten Haus ankommen. Und hoffentlich steht davon noch mehr als nur die Grundmauern.«

»Und wie sollen wir das gute Stück in diesem Suppenkessel finden?«

Gemeinsam sahen sie zu, wie sich der Nebel schlangenhaft um das Scheinwerferlicht wand und ihm nach und nach die Strahlkraft raubte. Edie begann an ihrem Daumennagel zu knabbern, und Haris bedachte sie mit einem wissenden Blick. ›Du tust doch nur so cool, damit ich mich wie ein dummer Junge fühle‹, sagten seine Augen. ›Ich weiß Bescheid. Das ist nämlich das Lieblingsspiel deiner Mutter und sie spielt es um Klassen besser als du.‹

Hastig schob Edie die Hände unter ihre Unterschenkel und versuchte, sich zu entspannen. Es war albern, ihren Vater herauszufordern – und eigentlich auch gar nicht ihr Stil. *Du willst ihn dafür bestrafen, dass du hier bist. Dabei war es deine eigene Entscheidung.*

Das stimmte. Schließlich hätte sie ja auch für zwei Jahre mit ihrer Mutter nach Singapur gehen können, wo Inga Klaws die Zweigstelle eines Pharmakonzerns aufbauen sollte. Was zunächst wie eine weitere Station im Zigeunerleben der Familie Klaws geklungen hatte, hatte sich schon bald als Albtraum herausgestellt, denn Haris hatte sich zum ersten Mal geweigert, seine Frau zu begleiten.

»Meine liebe Inga, ich ziehe dir seit zwanzig Jahren hinterher, und du hast mir versprochen, dass jetzt mal Schluss damit ist. Aber hältst du dein Versprechen? Natürlich nicht. Statt endlich damit anzufangen, uns ein Leben ohne den ganzen Stress, dafür aber mit einem echten Zuhause aufzubauen, stürzt du dich ins nächste Riesenbaustellenprojekt und hoffst, dass ich in der Zwischenzeit die Familie zusammenhalte. Das werde ich auch weiterhin tun, aber wenn du diese Ego-Nummer durchziehst, dann bist du eben kein Teil dieser Familie mehr!«

Inga Klaws, die schon ganz andere Ausbrüche ihres Mannes erlebt hatte, hatte den Fehler gemacht, seine Drohung nicht ernst zu nehmen. Nun saß sie allein im Singapur Hilton und schrieb pausenlos SMS und E-Mails an das eingelagerte Handy ihres Mannes, während Haris mit seiner Tochter das Projekt »Wir beide und das verlassene Bauernhaus im Nirgendwo« startete.

Edie schob den Gedanken an den Auslöser ihrer Reise so gut es ging weg. Die Eheprobleme ihrer Eltern konnten unmöglich auch noch zu ihren werden – ihr stand das Wasser ohnehin schon bis zum Hals. Sie wollte nicht grübeln und sich den Kopf zerbrechen, sondern ganz im Hier und Jetzt sein. Das Bedürfnis, sich diesem Durcheinander zu entziehen, indem sie ihre Gabe anwendete, wurde immer stärker. Ihre ›Gabe‹ – so hatte Marik es genannt, wenn sie ihren Blick auf die Welt willentlich veränderte.

Marik …

Noch ein scharfer Schmerz in ihrer Brust. Es gab so vieles, das sie beim Blick zurück verletzte. Aber auch diesen Gedanken ließ sie ziehen. Dann lehnte sie sich im Sitz zurück und senkte die Lider. Augenblicklich fühlte sie eine süße Schwere in sich aufsteigen, während der Duft nach gefallenem Laub immer stärker wurde. Nur roch er nun nicht mehr nach Verderben, sondern so kräftig und würzig, als würde man alles Lebendige zusammenmengen, bis es eine Essenz ergab.

Edie hing ganz ihren Sinnen nach, als Haris den Motor aufleben ließ und über die unebenen Holzplanken der Brücke fuhr, hinein nach Wasserruh. Sie ließ zu, dass ihre halb geschlossenen Augen ihr ein Schattenreich zeigten, in dem sie und ihr Vater bestenfalls Irrlichter waren, die sich selbst verlaufen hatten. Sie ließ zu, dass der Geruch von Waldboden, Moos und nassem Holz ihr das Gefühl gab, nur die Hand ausstrecken zu müssen, um dieses Land aus Wald und Wasser wie ein Geschöpf zu greifen zu bekommen. ›Sei nur Sinne, lass dich von deiner Wahrnehmung treiben‹, flüsterte ihr Mariks warme Stimme zu. ›Schließ alle Gedanken aus und achte stattdessen auf das, was du siehst, riechst und hörst …

Hörst …

Plötzlich drang ein Geräusch von draußen an ihr Ohr. Hinter dem Motorenlärm und dem Knirschen der Kieselsteine unter den Autoreifen verbarg sich nämlich etwas anderes. Ein Rhythmus. Edies Lippen begannen ihn unwillkürlich nachzuahmen, bis ihr ganzer Körper auf das gleichmäßige Hallen reagierte. Dieser Rhythmus war ihr vertraut, mehr noch: Er war ihr vor Jahren in Fleisch und Blut übergegangen.

»Jetzt weiß ich, was es ist«, flüsterte sie. »Aber das ist unmöglich.«

Abrupt setzte sich Edie auf und spähte in die Dunkelheit. Abseits der Straße reihte sich ein mächtiger Baumstamm neben dem anderen, und wo ein Riss in diesem Gewebe entstand, quoll Nebel hervor. Trotzdem glaubte sie, etwas zu bemerken, etwas, das den Nebel durcheinanderwirbelte, während es voranpreschte.

»Was hast du da unter der Nase genuschelt?« Ihr Vater warf ihr einen irritierten Seitenblick zu, bevor er sich wieder auf die gewundene Baumallee konzentrierte. In der Höhe überkreuzten sich mächtige Äste, als würden sie einen grünen Ehrengang für die Neuankömmlinge bilden. »Süße, was ist denn? Du bist ja mal wieder ganz weggetreten.«

Edies Atem ließ die Fensterscheibe beschlagen. »Da draußen galoppiert jemand durch den Wald, ich kann das gleichmäßige Schlagen von Hufen hören.«

Obwohl die Allee im Nebel eine Herausforderung an Haris' Fahrkünste darstellte, starrte er seine Tochter an. »Wie kommst du denn auf so eine Idee? Selbst wenn es nicht stockfinster wäre, stünden die Bäume viel zu dicht für einen Reiter. Dieser Wald hier meint es ernst, der ist keine Ausflugsattraktion zum Lustwandeln.«

So vernünftig Haris' Einwände auch klangen, sie änderten nichts an dem besorgten Unterton in seiner Stimme. Hörte er den schlagenden Rhythmus vielleicht auch?

Mit einem Mal erschien Edie das Hufgetrampel nicht mehr wie ein verschwommener Wachtraum, dem sie bereitwillig die Tür geöffnet hatte. Vielmehr war es etwas Bedrohliches, das nur darauf gelauert hatte, dass jemand so dumm war hinzuhören, wo eigentlich nur das gedämpfte Trappeln kleiner Pfoten, brechende Äste im Unterholz und das Wispern der Blätter zu hören sein sollte. Noch immer sah sie in das Reich aus

Baumstämmen, das nun noch schneller an ihr vorbeizog, weil Haris aufs Gaspedal trat.

Das ist nur Nebel, der das Auge verwirrt, wenn das Scheinwerferlicht hineinfällt. Die Formen und Gestalten im weißen Schleier sind nichts als Irrbilder, versicherte sich Edie.

Nur war es ja nicht ihr Auge, das ihr den unsichtbaren Reiter verraten hatte, sondern ihr Ohr und das feine Nervengeflecht unter ihrer Haut, das noch genau wusste, wie es sich anfühlte zu reiten.

Laut schlugen die unsichtbaren Hufe auf den nachgebenden Grund, immer schneller, als wollten sie sich mit ihrem rascher werdenden Herzschlag vereinen.

Wer reitet dort?

Doch Edie war sich nicht sicher, ob sie die Antwort auf ihre Frage hören wollte. Sie presste eine Hand gegen die Brust, als könnte sie ihren Herzschlag dadurch beruhigen oder zumindest seinen Schall dämpfen. Das Gefühl, ihr eigener Körper verrate sie, verflog erst, als Haris den Wagen mit einer scharfen Bremsung anhielt und Edie hart in den Sicherheitsgurt fiel.

✳ ✳ ✳

»Himmel! Hast du ein Tier überfahren?«

»Nein … Nein, habe ich nicht.« Unwirsch rieb sich Haris mit dem Handrücken über den Mund, dann deutete er auf eine Gestalt am Straßenrand. »Verdammte Scheiße, ich habe mich vielleicht erschreckt. Ist ja aber gerade noch mal gut gegangen, obwohl es verflucht knapp war.« Im nächsten Moment hatte er sich abgeschnallt und sprang aus dem Auto. »Wie kann man bitteschön im Nebel spazieren gehen?«, schrie er den näher kommenden Schemen an. »Da muss man doch lebensmüde sein!«

Die Gestalt trat in den Scheinwerferkreis – klein, gebückt –, und plötzlich leuchtete ein Lichtstrahl auf, der Haris direkt ins Gesicht fuhr. Das Licht einer Taschenlampe. Überrascht trat er einen Schritt zurück und zog die Schultern hoch, als sei er bei etwas Verbotenem ertappt worden. Vor ihm stand eine alte Frau mit einem Tuch über Kopf und Schultern, die ihn mit strenger Miene musterte.

»Einen guten Abend wünsche ich«, sagte sie mit einer für ihr hohes Alter erstaunlich festen Stimme.

»Entschuldigen Sie, ich wollte nicht grob sein.« Es gelang Haris, seine Empörung zu dämpfen. »Es ist nur … Der Nebel macht einen ganz verrückt.«

»Der Nebel ist ein Freund des Herbstes, aber nicht unbedingt ein Freund der Menschen. Zumindest in dieser Gegend«, erwiderte die alte Frau mit einem knarzenden Akzent. Ein Rascheln ging von ihren Röcken aus, die unter dem Mantel hervorquollen.

Edie beeilte sich, ebenfalls auszusteigen. »Guten Abend! Sind Sie vielleicht auf der Suche nach einem entlaufenden Pferd?«

Schwarze Augen maßen Edie aufmerksam, und sie glaubte, in ihren Tiefen ein Funkeln zu sehen. Es blitzte nur kurz auf, aber dieser Moment reichte ihr. Diese Frau war viel mehr als eine hochbetagte Dame, die tapfer ihren Abendspaziergang bei Wind und Wetter machte. Diese Frau war mit jener Welt in Berührung gekommen, auf die Edie dank ihrer Gabe gelegentlich einen Blick warf.

»Hast du denn ein Pferd gesehen, mein Mädchen?«

Bevor Edie sich versah, stand die alte Frau vor ihr und streckte eine Hand aus, um ihr eine weißblonde Ponysträhne aus dem Gesicht zu wischen.

Eigentlich hatte Edie den dunklen Haarschopf ihres Vaters geerbt; in dieser Hinsicht hatte sich Haris' Erbgut gegen die sonst so dominante Inga durchgesetzt. Doch seit dem Sommer war Edies Haar gebleicht – eine von Mariks letzten Taten, bevor er aus ihrem Leben entschwunden war. Jeder von ihnen hatte die Haarfarbe des anderen bestimmen dürfen und Marik hatte ihr im Nacken kurz geschnittenes Haar mit dem in die Augen fallenden Pony kurzerhand weißblond gefärbt. Obwohl Edie an ihrem Freund am liebsten nichts verändert hätte, hatte sie sich für Blau entschieden, weil er sich diese Farbe insgeheim gewünscht hatte, ohne sich eine solche Veränderung zuzutrauen. Ausgerechnet diese auffällige Farbe war es dann gewesen, die jemand anderen auf Marik aufmerksam gemacht hatte.

Marik ...

Edie ließ die Berührung der alten Frau nicht bloß zu, sondern drängte sich ihr regelrecht entgegen, als sie plötzlich das dringende Bedürfnis nach Trost überkam.

›Du hast eine Ader für alles Geheimnisvolle‹, hatte Marik lachend behauptet. ›Du siehst es sogar dort, wo nichts ist. Deshalb mag ich dich so.‹ *Aber es hat nicht ausgereicht, mich bloß zu mögen. Ich wollte mehr, viel mehr,* hielt Edie ihm wie schon so oft in Gedanken vor, und wie immer schmeckte die Erkenntnis bitter, denn in Wirklichkeit hatte sie Marik gegenüber geschwiegen.

»Ich habe weder ein Pferd noch einen Reiter gesehen«, sagte Edie. »Aber ich habe Hufschlag gehört. Jemand hatte es sehr eilig ... So kam es mir zumindest vor.«

»Es reitet also jemand durch die erste Herbstnacht dieses Jahres.« Die alte Frau streichelte Edie über den Arm, als wäre sie ein aufgebrachtes Pferd, das es zu beruhigen galt, und tatsächlich entspannte sich Edie unter der Liebkosung.»Nun, was draußen in den Wäldern geschieht, darüber weiß ich nichts. Die Bäume haben ihr Reich und wir Menschen das unsere. Obwohl man hier in Wasserruh natürlich selten auf festem Grund steht, zumindest wenn man den Geschichten unserer Vorväter Glauben schenkt, in denen erzählt wird, dass Wasserruh auf geschlagenen Erlenstämmen errichtet worden ist.« Während Edie fasziniert in dieses von tiefen Runzeln und einer stattlichen Habichtsnase gezeichnete Gesicht blickte, wollte Haris weiter.

»Wir sind auf der Suche nach dem Haus der Familie Klaws, es gehörte früher meinen Großeltern, nur irgendwie kann ich mich nicht gut genug an den Weg erinnern. Mein letzter Besuch als Kind ist ja schon Ewigkeiten her und …«

»Späte Rückkehrer, hm?«, unterbrach ihn die alte Frau. »Der Klaws-Hof stand schon leer, als ich das verlassene Forsthaus nebenan bezogen habe. Aber lieber spät als nie, das Haus wird sich freuen. Mein Name ist Rodriga Adonay – und als eure Nachbarin heiße ich euch besonders herzlich willkommen.« Dabei schenkte sie Edie ein Lächeln mit erstaunlich weißen Zähnen. Haris, der unruhig neben seiner Tochter von einem Fuß auf den anderen trat, beachtete sie nicht weiter. »Es ist spät, ich werde euch den Weg zeigen, den ihr nehmen müsst.«

»Aber nicht, dass Sie uns wie ein Irrlicht in die Sümpfe locken. Wir kennen die Geschichten über diese Gegend«, scherzte Haris, nur um sich im nächsten Moment verlegen zu räuspern, weil weder seine Tochter noch Rodriga Adonay über den Witz lachten.

Stattdessen nahm Rodriga Edies Hand und drückte sie.

»Keine Sorge, ich locke niemanden in die Sümpfe. *Ich* nicht.«

Haris raunte etwas Unverständliches, das jedoch nicht sonderlich freundlich klang. Der Schreck über den Beinahunfall steckte ihm noch tief in den Knochen, außerdem war er es nicht gewohnt, unbeachtet zu bleiben. Neben der ruhigen, stets fokussierten Inga hatte er sich im Lauf der Jahre zu ihrem charismatischen Gegenpol gemausert, der in Gegenwart von Frauen seine fürsorglich-liebende Seite zeigte und sich Männern gegenüber als Bildhauer und Freigeist vorstellte. Beides brachte ihm normalerweise ungeteilte Aufmerksamkeit ein, etwas, worauf die beruflich eingespannte und überaus erfolgreiche Inga wenig Wert legte. Nur an Rodriga Adonay prallte sein Charme komplett ab.

Im Gegensatz zu ihrem Vater fühlte sich Edie zu der alten Rodriga hingezogen, auch wenn sich deren Finger kalt und von den Jahren verbogen anfühlten. Aber irgendetwas an Rodriga strömte ihr entgegen und ging eine unsichtbare Verbindung mit ihr ein.

Etwas Ähnliches hatte Edie schon einmal erlebt, nämlich mit Marik. Deshalb wusste sie, dass die alte Frau ihr eine besondere Freundschaft würde bieten können, die weit über Gemeinsamkeiten und Interessen hinausging. Zwischen manchen Menschen bestand eine Verbindung – ohne ihr Zutun, sie war einfach ein Geschenk. Allerdings schloss das nicht aus, dass diese Verbindung auch reißen konnte. Und das war dann doppelt schmerzhaft, denn man verlor nicht nur eine Freundschaft, sondern wusste auch, dass man etwas Besonderes nicht hatte halten können. Dass man versagt hatte. Als sie Marik zum ersten Mal gegenübergestanden hatte, hatte ein Blick von ihm ausgereicht, um Edie einen Funken mit Flatterflügeln in die Brust zu setzen. Dieser Funke war trotz allem noch da, bloß gut verborgen und so sehr mit Vernunft umwickelt, dass von seinem einstigen Strahlen nichts mehr zu erkennen war.

Schließlich ließ Rodriga Edies Hand los. »Lasst uns zusehen, dass ihr zum Klaws-Hof kommt. Der Nebel wird immer dichter, und wir wollen doch nicht, dass er nach uns greift. Ihr fahrt bis zur nächsten Biegung, aber statt der asphaltierten Straße zu folgen, biegt ihr in die entgegengesetzte Richtung ab. Dort gibt es einen Schotterweg, der in der Dunkelheit kaum zu sehen ist. Und ein Schild oder gar einen Briefkasten gibt es schon lange nicht mehr. Es ist gut möglich, dass einige Zweige im Weg sind, beachtet sie einfach nicht. Fahrt rasch, damit ihr die Nacht hinter euch lasst.«

»Vielen Dank, das hört sich ja an, als ob uns noch mindestens ein Abenteuer bevorstehen würde.« Obwohl Haris anzusehen war, dass ihn die Wegbeschreibung abschreckte, kletterte er in den Wagen. »Können wir Sie zuerst noch nach Hause bringen?«

Rodriga Adonay schüttelte den Kopf. »Bis zu meinem Haus sind es nur noch ein paar Schritte, die laufe ich lieber. Mir liegen nämlich noch die Pellkartoffeln mit Quark, die mir eine alte Freundin heute Abend serviert hat, wie ein Stein im Magen. Nehmen Sie Ihr Kind und sehen Sie zu, dass Sie den Hof erreichen.« Dann blinzelte sie Edie an, die sich noch nicht vom Fleck gerührt hatte. »Und du kommst mich besuchen, sobald ihr euch einigermaßen eingelebt habt. Dann erzähle ich dir von Wasserruh und den alten Geschichten, die sich um diese Gegend ranken. Wer hier lebt, sollte das eine oder andere über die Geister des Waldes wissen. Und du wirst doch wohl ein Weilchen bleiben?«

Eigentlich hätte Edie zugeben müssen, dass sie vermutlich nur übergangsmäßig ins Bauerhaus zogen, bis ihr Vater Ingas Bitten und Versöhnungsgesten nicht länger abwehrte und sie wieder vereint wären ... An einem anderen Ort, an dem ihre Mutter ihre Effizienz in den Dienst eines zahlkräftigen Unternehmens stecken konnte, während ihr Vater seinen Träumen von einer Karriere als Bildhauer nachhing. Stattdessen sagte sie schlicht »ja« und es kam ihr so wahr vor wie nur irgendwas.

2

EIN ZUFLUCHTSORT

Edie wachte auf, weil etwas fehlte. Etwas Wesentliches, das einen normalerweise Tag und Nacht umgab, ohne dass man sich dessen bewusst war, bis es dann mit einem Mal weg war. Grübelnd setzte sie sich im Bett auf und versuchte, sich von dem muffigen Geruch, den die alte Matratze verströmte, nicht ablenken zu lassen. Was da wohl alles drin herumfleuchte ...? Vermutlich sollte sie froh sein, dass es ein Bett samt Matratze gab, ansonsten hätte sie die Nacht auf einer Isomatte verbringen dürfen. Darauf hatte auch Haris dankend verzichtet und sein Lager stattdessen auf einem altersschwachen Sofa unten im Wohnzimmer aufgeschlagen.

Edie lauschte in die Stille des Hauses hinein und hörte ganz leise das Schnarchen ihres Vaters, von dem der immer behauptete, es würde gar nicht existieren. Genau wie die Lachfalten und die grauen Strähnen in seinem Haar, die angeblich nur seine Tochter sah.

Wenn es nicht Haris' Schnarchen ist, was fehlt dann?, fragte sich Edie.

Obwohl es empfindlich kühl war, schwang sie die Beine über die Bettkante und stellte ihre Füße auf die Holzdielen. Ja, das fühlte sich echt an, sie träumte nicht. Manchmal war sie nämlich der festen Überzeugung, wach zu sein – nur um dann festzustellen, dass sie sich in einem verblüffend realistischen Traum befand. Vermutlich spielte ihr Unbewusstes in der Nacht so gern mit der Realität, weil sie davon bei Tag manchmal zu wenig abbekam.

Edie sah sich in dem Zimmer um, das sie zu ihrem persönlichen Terrain erkoren hatte. Gestern Abend hatte sie dafür kaum einen Blick übrig gehabt. Nachdem sie endlich das alte Bauernhaus erreicht hatten, das zu ihrer großen Erleichterung noch stand, hatten Haris und sie nur die nötigsten Dinge hineingetragen. Der Strom war noch nicht angemeldet, sodass sie mit Taschenlampen und Kerzen hatten hantieren müssen – eine ausgesprochen mühselige Angelegenheit, wenn man sich in einem Haus nicht auskannte. Deshalb hatten sie kurzerhand beschlossen, alles Weitere auf den nächsten Tag zu verschieben.

Während sich Edie nun einen dicken Wollpulli übers Nachthemd zog, stellte sie fest, dass sie nicht mal wusste, wie das Bauernhaus eigentlich aussah. Der Nebel war gestern Abend zu dicht und die Erleichterung, endlich angekommen zu sein, zu groß gewesen, um überhaupt einen klaren Gedanken zu fassen. Jetzt wurde ihr klar, dass das Haus sie sogleich willkommen geheißen hatte, als wäre es ein sehnsüchtig wartendes Familienmitglied. Wie hatte Rodriga Adonay gesagt? »Das Haus wird sich freuen.«

Als Edie ans Fenster trat, war die Welt nicht länger im Nebel versteckt. Es war ein freundlicher Herbstmorgen, auch wenn die Sonne von einem Wolkenband verborgen wurde. Der Hof war mit buckeligen Pflastersteinen ausgelegt und wurde auf der einen Seite von einem Schuppen begrenzt, über dessen Torflügeln ein Hirschgeweih angebracht war. Halb verrottete Nylonbänder, auf denen früher die Wäsche getrocknet hatte, baumelten im Wind. In den Blumenbeeten wucherte kniehoher Giersch, und die morschen Bohlen einer Bank, die unter einer mächtigen Eiche stand, waren teilweise durchgebrochen. Trotzdem war Edie begeistert. Allein der Blick auf die Wiesen, die sich auf der anderen Seite des Hofs erstreckten. Und drumherum der Wald. Nichts als Wald! Auf der anderen Seite des Hauses sollte es noch eins der berühmten Fließe geben, wodurch die typische Landschaft des Spreewalds vollständig wäre.

Plötzlich begriff Edie, was ihr beim Aufwachen gefehlt hatte: *Ich vermisse den Lärm.*

Egal, wo sie bislang gelebt hatte, es waren immer Autos zu hören gewesen, das unterschwellige Surren von Elektrizität und Menschenstimmen. Nun herrschte jedoch eine Art natürliche Stille, die nur von feinen Geräuschen unterbrochen wurde, etwa wenn ein Vogel pfiff oder ein kleines Tier seinen Weg durchs Gestrüpp suchte. Nicht nur das Dorf Wasserruh lag im absoluten Abseits, sondern das Bauernhaus auch noch an der Peripherie von Nirgendwo.

Der perfekte Ort für wunde Herzen, entschied Edie, dann zog sie sich an, um möglichst rasch ihr neues Zuhause zu erkunden.

* * *

Da Haris immer noch in seinem Mumienschlafsack schnarchte, beschloss Edie, einen Spaziergang zu machen. Und falls der Spaziergang zufällig am Forsthaus vorbeiführen sollte, bekam sie vielleicht sogar ein Frühstück von ihrer neuen Nachbarin spendiert. In der Kühlbox, die sie im Auto mitgebracht hatten, gab es zwar Eier, Würstchen und Toast, doch ohne Strom nützte einem das wenig. Im Idealfall würde sie also zwei

Fliegen mit einer Klappe schlagen: Rodriga Adonay einen Antrittsbesuch abstatten und etwas Warmes in den Magen bekommen.

Edie lief in die Richtung, in der sie das Forsthaus vermutete. Während sie sich einen Weg zwischen silberig-grünen Erlenstämmen suchte, ging ihr durch den Kopf, wie anders der Wald gestern Abend ausgesehen hatte: unheimlich, geradezu verwunschen. Ja, es hatte sich sogar anders angefühlt – als brauche es nicht viel, und die Welt würde in eine andere Richtung kippen, in der dem Nebel Hände wuchsen und die Erlenzapfen wie Pfeile auf einen niedergingen. Jemand anders hätte diesen Eindruck wahrscheinlich auf die stressige Anreise geschoben, aber Edie war sich da nicht so sicher. Sie hatte das Hufgetrampel eines galoppierenden Pferds gehört, wo unmöglich eins gewesen sein konnte. Doch sie wusste es besser.

Dank ihrer Gabe.

Wenn sich Edie konzentrierte, sah sie eine Welt, die längst vergangen war und nur noch ihre Schatten warf. Und manchmal überdeckten die Schatten die Realität. Dann fragten sich die Leute, ob ihre Phantasie ihnen einen Streich gespielt hatte. War die Nachbarskatze wirklich zum Mond hochgesprungen? Wohnte möglicherweise doch jemand unten im Brunnenschacht und lachte im Morgengrauen?

Edie stellte sich solche Fragen erst gar nicht. Und im Gegensatz zu Marik, der von ihrer Fähigkeit vollauf begeistert war, wollte sie auch gar nicht wissen, was diese Dinge zu bedeuten hatten. Sie waren ohnehin nur der Nachhall aus alten Zeiten, in denen die andere Welt der ihren noch näher gewesen war und ein Hauch von Magie in der Luft gelegen hatte.

Abrupt blieb Edie stehen. Wo eben noch Bäume gewesen waren, tauchte plötzlich ein Holzhaus auf. Den Giebel des

Dachs zierte der Schlangenkönig aus der Mythologie der Sorben. Auch der Dachgiebel endete in den gekreuzten Schlangenleibern, deren beide Köpfe gekrönt waren. Der Schlangenkönig sollte das Heim beschützen, so viel wusste selbst Edie. Der Küchengarten vor dem grün gestrichenen Haus war jetzt, spät im September, noch bestens bestückt, und auf der Wiese hinterm Haus weideten Schafe. Es war, als würde man in eine Zeitblase blicken, die einem den Spreewald zeigte, wie er vor vielen Jahrzehnten gewesen war. Falls in Rodriga Adonays Wohnstube ein Plasmafernseher stehen sollte, wäre Edie jedenfalls enttäuscht gewesen.

Die Haustür mit den Butzenfenstern ging auf und Rodriga trat mit einem Küchenmesser in der Hand ins Freie. »Oh, Besuch. Wie schön!«, freute sie sich. »Dann schneide ich wohl besser gleich die doppelte Menge Schnittlauch fürs Rührei ab.«

Im Inneren des Hauses konnte Edie sich gar nicht satt sehen, denn alles wirkte tatsächlich so, als seien die Uhren vor langer Zeit stehen geblieben. Sogar der Herd wurde noch mit Holz betrieben. Patina lag über den dunklen Möbeln und den Rosenvorhängen und selbst in der Luft schien sie zu schimmern. Ob das alte Bauernhaus auch so aussehen würde, wenn sie es wieder hergerichtet hatten? In einem Haus zu wohnen, das es schon sehr lange gab und darüber hinaus auch noch der eigenen Familie gehörte, war schon etwas anderes als die Mietwohnungen, in denen sie bisher auf ihren vielen Stationen gelebt hatten.

Während Rodriga den Frühstückstisch in der Küche herrichtete, gab sie Edie ausreichend Gelegenheit herumzustöbern. Erst nachdem sie sich gesetzt hatten, fragte Rodriga: »Hast du nach der ganzen Aufregung gestern denn gut geschlafen?«

Edie nickte. Antworten konnte sie nicht, ihr Mund war restlos vollgestopft mit Rührei. So peinlich ihr diese Gefräßigkeit auch war, es war einfach zu lecker.

»Dein Vater und du – ihr werdet euch bestimmt wohlfühlen. Das Klaws-Haus steht auf gutem Grund, das merkt man sofort, zumindest wenn man einen gewissen Sinn für solche Dinge hat.« Sie blinzelte Edie verschwörerisch zu. »Der Dorfkern von Wasserruh ist allerdings auch nicht zu verachten, lauter hübsche alte Häuser um den Marktplatz, die man nur während der schönen Jahreszeit mit ein paar verirrten Touristen teilen muss. Ansonsten ist es bei uns herrlich ruhig. Ich habe so das Gefühl, dass es dir hier gefallen wird, sobald du erst einmal Freunde gefunden hast.«

Hastig schluckte Edie ihr Rührei. »Auf neue Freunde bin ich nicht sonderlich erpicht. Ich muss noch damit zurechtkommen, dass ich gerade erst welche zurückgelassen habe. Meine Familie führt nämlich ein ziemliches Normadenleben.«

Rodgriga nickte, als könne sie das nur allzu gut nachvollziehen. Wenn Edie richtig lag, zog der Rest der Adonays durch die Gegend und gab nicht viel auf einen Wohnsitz oder gar Landesgrenzen.

»Ich brauche dringend eine Auszeit«, gab Edie zu. »Und Wasserruh scheint perfekt dafür zu sein.«

»Du suchst also nach einem Rückzugsort, um ungestört deine Wunden zu lecken.« Rodrigas schwarze Augen verrieten, dass sie durchaus mitbekommen hatte, was Edie mehr oder weniger freiwillig zwischen den Zeilen verraten hatte, auch wenn sie vorgegeben hatte, mit der tropfenden Teekanne beschäftigt zu sein. »Nun, das mag nicht ganz der Grund sein, den ich eigentlich erwartet habe, aber das spielt letztendlich keine Rolle. Wichtig ist jetzt nur, dass du da bist.«

Edie verstand nicht so recht, worauf ihre Nachbarin hinauswollte.

Rodriga lächelte ermunternd. »Wasserruh ist ein besonderer Ort. Genau aus diesem Grund bin ich hier auch sesshaft geworden, obwohl meine Sippe zum Fahrenden Volk gehört. Ich konnte mich dem Zauber der Wälder nicht entziehen, auch wenn ich sehr wohl weiß, dass er alles andere als ungefährlich ist. Das hast du ja bereits gemerkt – sogar deinem Vater war gestern Abend im Nebel unheimlich zumute.«

»Wir sind eben leicht zu beeindruckende Städter, für uns ist jedes Naturereignis gleich ein Spektakel«, versuchte Edie abzuwiegeln. Offenbar wusste die alte Frau über ihre Gabe Bescheid, und Edie wusste ihrerseits nicht, wie sie damit umgehen sollte. Schließlich hatte sie außer mit Marik noch nie zuvor mit jemand anderem darüber gesprochen.

Rodriga nahm ein paar Erlenzapfen, die in einer Schale zum Trocknen lagen, in die hohle Hand und schien sie wie beiläufig gegeneinanderschlagen zu lassen. Das Geräusch erinnerte Edie an nächtliches Hufgetrampel und ihr brach der Schweiß aus.

»Mir ist es wichtig, dass du acht gibst«, erklärte Rodriga, während die Zapfen in ihrer Hand rhythmisch raschelten. »Auf den ersten Blick scheint Wasserruh ein durch und durch freundlicher Ort zu sein, aber das stimmt nicht. Ursprünglich war das Gebiet hier ein Sumpf – heutzutage unvorstellbar, denn alles, was man sieht, ist fruchtbarer Boden und Wald. Das Land musste dem Sumpf allerdings zuerst einmal entrissen werden. Und glaub mir: Er hat es nicht freiwillig herausgegeben. Es gibt viele Sagen und Mythen darüber, wie die Menschen vor langer Zeit diese Gegend des Spreewalds besiedelt haben. Und du weißt ja bestimmt, was man über Mythen sagt.«

»Es ist immer ein Funken Wahrheit dran«, erwiderte Edie. »Märchen sind nicht einfach Märchen, ein Teil von ihnen erzählt die Wahrheit.«

»Und manchmal mehr, als uns lieb ist.« Rodriga nickte zufrieden, ehe sie die Zapfen – oder vielmehr die Bruchstücke, die von ihnen übrig geblieben waren – in die Schale zurückgleiten ließ. »Du bist ein gescheites Mädchen, das habe ich dir gleich angesehen. Sei aufmerksam, wenn du Wasserruh erkundest, schau stets genau hin. Und nimm dich in Acht. Wir leben in scheinbar ruhigen Zeiten, in denen man sich nicht zu fürchten braucht. Die alten Sagen scheinen schon lange der Vergangenheit anzugehören. Solange du nicht im Nebel verloren gehst, könntest du hier durchaus glücklich werden.« Mit einem Ächzen stand die alte Frau auf. »Auch wenn du keine Freunde suchst – bei mir bist du immer herzlich willkommen. Aber das weißt du vermutlich ohnehin schon, nicht wahr?«

Rodriga blinzelte Edie verschwörerisch zu. In diesem Moment herrschte kein Zweifel mehr, dass Rodriga Adonay viel mitbekam, vermutlich sehr viel mehr, als sich Edie überhaupt eingestehen wollte.

»So, nun muss ich aber. Ich habe mir nämlich fest vorgenommen, mich heute endlich mal um die Gästezimmer zu kümmern. Der Herbst schreitet schneller voran, als man denkt. Mit Einbruch des Winters erwarte ich Besuch aus meiner Sippe, lang erwarteten Besuch, auf den ich mich sehr freue. Da fällt mir ein: Der Stall ist auch in einem jämmerlichen Zustand, darum werde ich mich auch noch beizeiten kümmern müssen. Die Pferde sollen sich schließlich auch wohlfühlen, nicht wahr?«

»Zum Haus gehört ein Stall? Für echte Pferde?« Edie traute ihren Ohren nicht.

Rodriga lachte heiser. »Jawohl. Unserer Sippe hat schon immer eine Schwäche für Pferde gehabt, sie sind für uns sehr viel mehr als bloße Reittiere. Diese Liebe habe ich mir immer lebendig erhalten, obwohl man in Wasserruh lernt, dem Schlagen von Pferdehufen zu misstrauen.«

Edie wollte jetzt nicht an die Furcht denken, die sie im Nebel beschlichen hatte. »Ich bin bis vor einigen Jahren geritten und kenne mich recht gut mit Pferden aus, auch wenn ich auf keins mehr draufsteigen würde. Kann ich Ihnen irgendwie helfen?«

Das Angebot wurde mit einem Schultertätscheln belohnt. »Lieben Dank, aber ich kann mir gut vorstellen, dass dich im Klaws-Haus mehr als genug Arbeit erwartet. Außerdem habe ich ja noch Zeit: Bevor nicht die Blätter gefallen sind, brauche ich mit meinem Besuch nicht zu rechnen.« Rodriga packte rasch noch ein paar Haferplätzchen in ein Stofftuch, dann begleitete sie Edie zur Tür. »Noch einmal herzlich willkommen in Wasserruh, Edie Klaws. Hier bist du am rechten Platz, mein Kind. Das wirst du spätestens dann erkennen, wenn du deinen Kummer abgelegt hast. Es ist direkt schade, dass du erst jetzt gekommen bist. Aber wir werden sehen. Besuch mich bald wieder, ja?«

Während Edie die Einladung annahm, fragte sie sich, was Rodriga Adonay damit meinte, dass es gut gewesen wäre, wenn sie schon früher nach Wasserruh gekommen wäre. *Was wäre dadurch anders?*

3

ALTE ZAUBER

Drei Wochen nach ihrer Ankunft auf dem Klaws-Hof verging noch immer kein Tag, an dem Edie nicht an jene Nacht zurückdachte, in der Wasserruh vor ihren Augen im Nebel aufgetaucht war. Ein verwunschener Ort, der nur auf sie gewartet hatte.

Ihr Vater schien ähnlich zu empfinden, denn seit ihrer Ankunft gönnte sich Haris keine ruhige Minute, sondern befreite das Haus aus seinem Dornröschenschlaf. Er fegte wie ein Derwisch mit einem Besen durch die Räume, mähte die meterhohen Unkräuter, die den Vorhof überwucherten, und entrümpelte die Stallungen. Das Haus war viel zu lange verwaist gewesen, es roch brackig nach Flusswasser, die Blümchentapete war vergilbt, und in den Wasserrohren rumpelte es verdächtig. Während die Elektrik noch einigermaßen funktionierte, hatte sich der Ölofen nicht mehr anmachen lassen, sodass sie gezwungen waren, die gusseisernen Kaminöfen von anno Mittelalter an den kühler werdenden Abenden mit Holz zu befeuern. Jetzt – Anfang Oktober – war das noch gerade so auszuhalten, aber an das, was ihnen mit dem Einzug des ersten Frosts bevorstand, mochte Edie gar nicht denken.

Wenn Haris nicht schuftete, schimpfte er auf die heruntergekommene Bruchbude, in die sich das einstige Zuhause seiner Großeltern im Lauf der Jahre verwandelt hatte. Allerdings knurrte er stets mit einem liebevollen Unterton, während Edie sich einfach nur wohlfühlte. Weder Monsterspinnen noch klamme Klamotten schreckten sie, genauso wenig wie das Licht, das nachts plötzlich ausfiel, wenn man sich in der Küche noch ein Glas Milch hatte holen wollen. Edie hatte mit ihren Eltern schon an ganz verschiedenen Orten gewohnt: in Großstädten, in Kleinstädten am Meer und in Industriegebieten, die aus dem Boden gestampft worden waren. Der Job ihrer Mutter hatte die Familie viel herumgebracht, was Edie nie etwas ausgemacht hatte, denn die wichtigsten Menschen waren ja immer bei ihr gewesen.

Jetzt war zum ersten Mal alles anders: Inga war auf einem anderen Kontinent, Haris begrub seinen Kummer unter Arbeit, und Edie ... Edie wunderte sich, warum es ihr so gut ging. Natürlich machte sie sich Sorgen um ihre Eltern, auch wenn sie sicher war, dass die beiden schon einen Weg aus dieser Krise finden würden. Bis dahin taten ihr die beiden vor allem leid, wobei sie schwankte, wer schlimmer dran war: der vor Wut und Enttäuschung ungewohnt schweigsame Haris oder Inga, deren Entschuldigungen ungehört verpufften. Edie gegenüber tat Inga übrigens so, alles wäre alles bestens und die »Trennung auf Zeit« nicht mehr als ein Missverständnis (vor einigen Tagen war ein Päckchen mit einem neuen Smartphone eingetroffen, das Edie auf stumm geschaltet in einer Kiste aufbewahrte). Dabei verstand Edie durchaus, dass es mit der Liebe alles andere als einfach war. Und sie wusste auch, dass man Menschen, die man liebte, ab und an belügen musste, um sie – aber auch sich selbst – zu schützen. Oder man musste ihnen aus dem Weg gehen, was jedoch nichts an den Gefühlen änderte. Man konnte gehen, aber die Verbundenheit blieb.

Auch in Wasserruh musst Edie an Marik denken und auch seine Stimme klang ihr oft in den Ohren. Dagegen konnte sie sich nicht wehren, aber in diesen sonnigen Oktobertagen hatte sie zum ersten Mal das Gefühl, dass seine Stimme zwar zu einem Teil von ihr geworden war, aber eben zu einem, der der Vergangenheit angehörte. Wasserruh brachte offenbar tatsächlich den erhofften Neuanfang. Zuerst hatte sie noch gegrübelt, ob Singapur ihr mehr Ablenkung geboten hätte als das Dorf im Spreewald. Diese Befürchtung hatte sich jedoch rasch zerschlagen, was nicht nur an der Dauerbaustelle lag, auf der sie dank Haris' Eifer wohnten, sondern auch an den Menschen, denen sie seit ihrer Ankunft in Wasserruh begegnet war. Obwohl das ja so gar nicht ihren ursprünglichen Plänen entsprach. Aber manche Menschen waren eben unwiderstehlich …

✳ ✳ ✳

»Schauspiel ist viel mehr, als bloß etwas nachzuahmen! Es ist die hohe Kunst, jemandem in die Augen zu sehen und ihn anzulügen, obwohl ihr beide genau wisst, dass du lügst. Er muss dir trotzdem glauben – und zwar alles. Wenn du das hinkriegst, dann wirst du mit einem magischen Moment belohnt, in dem alles möglich scheint.«

Marischka schlang das Ende ihres Stirnbands, das sie im Nacken gebunden hatte, um den Zeigefinger, während sie mit ihren schwarz geschminkten Augen gebannt ins Leere starrte. Dann gab sie die Pose auf und grinste Edie an. Ein echtes Bananen-Lächeln, von einem Ohr zum anderen.

»Ich bin schwer beeindruckt«, sagte Edie und grinste mindestens genauso breit zurück.

»Wäre diese These nicht so verflucht lang, würde ich sie mir auf's T-Shirt drucken und nichts anderes mehr tragen.« Mit einem Satz sprang Marischka vom Bett und machte eine ausholende Geste. »Ich nenne es ›Marischkas Magische Momente‹.« Dann hielt sie inne. »Das sind drei Ms – und die Zahl drei bringt Glück.«

Von der Fensterbank, auf der Edie saß, musste sie sich ein Stück vorbeugen, um Addos Blick zu suchen. Der Junge hockte versunken in einem verstaubten Ohrensessel und zog mit spitzen Fingern die Bundfalten seiner Hose nach. Im Gegensatz zu Marischkas buntem Kleidungsstil, der aussah, als habe sie einfach alles angezogen, was ihr auf dem Weg durchs Zimmer in die Finger gekommen war, war Addo auf eine verschrobene Art altmodisch gekleidet. Inklusive Fliege. Ein Accessoire, das Edie ihm nur zu gern ausgeredet hätte.

Endlich blinzelte Addo sie durch seine Brillengläser an. »Auch wenn es erst einmal unmöglich scheint, aber mit der Zeit gewöhnt man sich dran, dass Marischka wie ein überdrehtes Eichhörnchen von einer Nuss zur nächsten springt«, sagte er gelassen. »Wobei immer die Nuss am schönsten und faszinierendsten ist, die sie gerade in der Hand hält. Die verrückten Ideen zurren nur so durch ihren Kopf, das ist angeboren, meiner Meinung nach eine Sonderform von ADHS. Niemand erwartet von dir, dass du hinterherspringst, sobald sie eine neue und noch viel aufregendere Nuss entdeckt. Eine Lektion, die mich viel Blut und Schweiß gekostet hat.« Addo legte nachdenklich den Zeigefinger an die Wange, ein Zeichen, dass ihm gerade etwas Wichtiges einfiel. »Und spende der Dame auf keinen Fall Applaus für ihr Gerede, nicht mal, wenn du bloß höflich sein willst. Dann beruhigt Marischka sich die nächsten Stunden nicht mehr, und am Ende zwingt sie uns, lediglich mit Rußzeichen auf der nackten Haut um eine tote Erle zu tanzen und dabei surreale Phrasen zu jauchzen. Haben wir alles schon gehabt.«

»Jetzt ernsthaft?« Edie war sich nicht sicher, ob sie das mit dem Nackttanz im Wald richtig verstanden hatte. Bevor sie jedoch nachhaken konnte, hob Addo drohend den Zeigefinger.

»Wenn ich dir gewogen bleiben soll, dann vergiss bitte sofort wieder, was ich eben gesagt habe. Wichtig ist nur, dass du Marischka nur mit winzigen Aufmerksamkeitsbrocken fütterst, sonst mutiert ihr Eichhörnchen-Ego zu einem uns alle zermalmenden Godzilla-Nager.«

»Marischka, das magische Eichhörnchen. Darf ich Ihnen eine Nuss schenken?« Addos Spott glitt spurlos an Marischka ab und sie sah ihre Freunde erwartungsvoll an.

Als noch relativ neue Freundin reagierte nur Edie mit einem Lachen, wofür sie von Addo streng angefunkelt wurde.

»Na, kommt schon!«, setzte Marischka nach. »Magisches Eichhörnchen … Nüsse … Denkt ihr da nicht auch spontan an Zaubernüsse? Mit solchen Brückenschlägen bekommen wir die Touristen in unsere Fänge.«

»Das mit den ›Fängen‹ ist auch ein passendes Schlagwort.« Edie glitt von der Fensterbank und räusperte sich, um dann mit tiefer Stimme vorzutragen: »Wir präsentieren: Marischka, die in ganz Wasserruh berühmte Touristenverarscherin. Lassen Sie sich von ihr auf die dunkle Seite des Spreewalds entführen, wo Ihre Führerin Sie dann plötzlich mutterseelenallein stehen lässt.«

»Ach, diese olle Geschichte.« Marischka winkte ab, eher sie sich wieder ihrem Stirnband widmete, das in Auflösung begriffen war.

»Von wegen ›oll‹«, schnaufte Addo. »Es ist gerade mal drei

Wochen her, dass du diese knallverrückte Idee in die Tat umgesetzt hast: eine Handvoll Reisende in den Wald locken und sie dann einfach allein lassen. Und das, obwohl sogar Einheimische Probleme haben, aus dem Erlenlabyrinth rauszufinden. Nicht mal Handyempfang hat man da.«

»Ich wollte diesen Leuten eine einzigartige Spreewald-Erfahrung bescheren«, verteidigte sich Marischka. »Es ging um ein intensives Erlebnis, für so was sind die Menschen heutzutage echt dankbar. Mal davon abgesehen, dass wir hier vom harmlosen Spreewald und nicht von den Karpaten sprechen.«

»Hier in den Wäldern gibt es seit einiger Zeit wieder Wölfe«, warf Edie ein, wodurch Marischka kurz aus dem Takt gebracht wurde.

»Es muss ja nicht einmal etwas so Unglaubliches sein wie eine Begegnung mit einem wilden Canis lupus.« Natürlich zögerte Addo nicht, den lateinischen Namen zu verwenden. »Es hätte bloß jemand giftige Tollkirschen für einen tollen Snack halten müssen und schon hätten wir die totale Katastrophe gehabt. Du bist erschütternd unverantwortlich, dein Kopf ist wie ein überbrodelnder Hexenkessel, der nur Unsinn produziert.«

Kampflustig stemmte Marischka die Arme in die Hüfte. »Mein lieber Addo Freiburg, nun mach aber mal einen Punkt! Schließlich war mein – zugegeben – leicht waghalsiges Happening deine Chance, dich als Retter aufzuspielen und den armen verirrten Schäflein den Weg zurück in die Zivilisation zu weisen, bevor sie Opfer einer Giftbeerenattacke wurden.« In der nächsten Sekunde verdampfte ihr Zorn bereits und sie lächelte charmant in die Runde. Marischka konnte schneller von Sturm auf Sonnenschein schalten als das Herbstwetter. »Damit bist du offiziell der heldenhafteste Brillenträger des Spreewalds.«

Addo ließ sich davon jedoch nicht einfangen und rümpfte die Nase, bis seine Brille ins Rutschen geriet. »Wenn mir dein kleiner Bruder nicht zufällig verraten hätte, dass du – Zitat Oleg – *so Touris im Wald aussetzen willst*, dann wäre die Geschichte vielleicht böse ausgegangen.«

»Das hätte diese ganze Veranstaltung wenigstens interessant gemacht.« Marischka blickte trotzig drein, aber es gelang ihr nicht, ihr schlechtes Gewissen zu überspielen. Natürlich hatte sie niemandem etwas Übles gewollt, sondern es war ihr einfach nur darum gegangen, eine ihrer fixen Ideen in die Tat umzusetzen. Trotz ihrer achtzehn Jahre hatte Marischka sich die Spontaneität und Unüberlegtheit eines Kindes erhalten. Gemeinsam mit dem bedächtigen, feinsinnigen Addo bildete sie ein Gespann, das Edie ihren Plan, künftig auf Freunde zu verzichten, rasch hatte vergessen lassen.

»Der Ausflug in den Wald war zwar irgendwie krass, aber es hatten alle ihren Spaß«, sagte Edie um des lieben Friedens willen.

»Genau.« Marischka nickte. »Ohne meinen Unternehmergeist hätten wir außerdem die wunderbare Edie Klaws heute wohl kaum in unserer werten Mitte sitzen.«

»So gesehen schulde ich dir auf ewig Dank für diese äußerst spezielle Waldführung.« Edies Grinsen wurde so breit, dass Addo verzweifelt aufstöhnte. »Auch wenn ich seitdem jede Nacht davon träume, mich zwischen den Erlen zu verlieren«, schob sie deshalb schnell hinterher.

Noch immer fragte sich Edie, warum sie dem verrückt gekleideten Mädchen, das sie auf dem Marktplatz von Wasserruh angesprochen hatte, nicht einfach einen Vogel gezeigt hatte, als die sie ohne große Erklärung am Ärmel gepackt und hinter sich hergezogen hatte. »Uns fehlt noch ein Abenteurer, der bereit ist, die Mythen des Spreewalds von seiner dunklen Seite kennenzulernen«, hatte diese Marischka geflötet und auf eine Gruppe Tagesgäste gezeigt, die es nach Wasserruh verschlagen hatte. »Dir steht auf die Stirn geschrieben, dass du mehr als bereit dazu bist, Teil dieser jetzt schon geschichtsträchtigen Unternehmung zu werden. Du kommst doch von außerhalb, oder?«

Ertappt hatte Edie zugestimmt und war Marischka mit einigen anderen in den Wald gefolgt. Die ganze Zeit über hatte die junge Frau von den Mythen und Geheimnissen dieser Gegend erzählt, laut, eindringlich und unterlegt mit jeder Menge großer Gesten. Die perfekte Schauspielerin, vor allem, weil kein Wort von dem, was sie erzählt hatte, stimmte. Marischka legte großen Wert darauf, sich ihre Wasserruh-Legenden selbst auszudenken. Jeder, der mit auf diese seltsame Wanderung aufgebrochen war, hatte seinen Spaß gehabt, auch dann noch, als Marischka plötzlich verschwunden war. Die kleine Gruppe hatte sich einfach auf einen umgestürzten Baum gesetzt und das Ganze für eine Pause gehalten, bis Addo mit roten Wangen aufgetaucht war. Addo, der mit seinem akkuraten Seitenscheitel und der Hornbrille in diesem Übermaß an Natur seltsam fehlplatziert wirkte. Im Gegensatz zu der verschwunden bleibenden Marischka war er jedoch äußerst schweigsam gewesen und hatte auch von einem Trinkgeld für die Führung nichts wissen wollen, nachdem sie den Marktplatz wieder erreicht hatten.

Am nächsten Tag war Edie zum ersten Mal in den Schulbus zur Gesamtschule gestiegen. Und da hatte Addo in der letzten Reihe gesessen, die Beine elegant überschlagen, den Dufflecoat bis oben zugeknöpft. Es hatte Edie einiges an Anstrengung gekostet, aus ihm herauszubekommen, dass Marischkas

Führungen durch den Spreewald mehr wilden Performances glichen, von denen höchstens sie selbst wusste, wozu sie eigentlich gut waren ... wenn überhaupt. Nachdem Edie auf das Geständnis, dass ihre Rettung im Wald gar nicht eingeplant gewesen war, eher amüsiert als verärgert reagiert hatte, hatte Addo sie zu einem Treffen mit Marischka eingeladen. Seitdem stand für Edie fest, dass Wasserruh durchaus eine Heimat werden konnte, mit einem Haus, das sie liebte, und Freunden, die einfach nur gute Freunde waren.

»Ich bin wirklich froh, dass du mich im Wald ausgesetzt hast, Marischka«, gestand Edie.

Wie auf Befehl verwandelte sich Marischka in eine vollkommen seriöse Person, die kerzengerade dastand und nickte, als sei soeben eine große Wahrheit ausgesprochen worden. »Tief in mir ruht eine Kraft, die dazu geschaffen ist, besondere Dinge zu tun, auch wenn sich ihr Sinn nicht immer sofort erschließt. Ich wusste einfach, dass ich diese Wald-Nummer durchziehen muss. Normalerweise mache ich keine meiner Aktionen ohne Addos Segen – ich bin schließlich nicht plemplem. Aber in diesem Fall blieb mir nichts anderes übrig, nachdem Addo schon einen Migräneanfall bekommen hat, als ich ihm bloß von meiner Idee erzählt habe. Nachdem ich dann an diesem Morgen aufgestanden bin und die ganze Welt im ersten Nebel des Herbsts versunken war, wusste ich einfach, dass es so weit ist.« Marischka hielt sich beide Hände vors Gesicht und öffnete sie dann langsam zur Seite, als wären sie Fensterläden. Ihr Blick ging ins Leere, und zum ersten Mal, seit Edie sie kennengelernt hatte, war Marischka nicht auf einen Effekt aus. »Der Nebel hat mir zugeflüstert, dass ich *sie* in den Wald führen muss, ganz zärtlich und lockend, aber ich hatte trotzdem Angst. Man soll nicht in Nebel und Nacht gehen, wenn die Erlen zum Ende des Jahres einzuschlafen beginnen. Man muss sie schlafen lassen, niemand soll sie stören ... Das hat mir ein Freund erzählt, als wir noch Kinder waren. Bis der Nebel ihn dann mitgenommen hat.« Marischka biss sich auf die Unterlippe, so heftig, dass sie vor Schmerz zusammenzuckte. Dann blickte sie hilfesuchend in die Runde.

Während Edie verwirrt dastand, betrachtete Addo sie mit einem Ernst, der nicht recht zu seinem noch jungen Gesicht passen wollte.

»Du spielst auf alte Kindermärchen an, die hier schon seit Generationen erzählt werden. Darüber, dass der Wald und die Fließe einen eigenen Willen haben, weil über dem Land ein alter Zauber liegt.«

Als würde die wärmende Glut im Ofen sie plötzlich nicht mehr erreichen, kauerte sich Marischka in den Sessel neben Addo und versank in ihren Schichten aus Röcken und Strickpullis. »Die Märchen über Wasserruh, die mein Freund aus Kindertagen immer erzählt hat, sind nie gut ausgegangen, weißt du?«, flüsterte sie.

Tausend Fragen schossen Edie durch den Kopf, Fragen über Märchen, schlafende Wälder, flüsternden Nebel und den Zauber, der über Wasserruh lag. Gleichzeitig wunderte sie sich darüber, dass ihr nichts von alldem verrückt vorkam. *Hinter jedem Märchen verbirgt sich eine Wahrheit*, redete sie sich beruhigend zu. *Und du willst verstehen, was sich hinter den Schleiern verbirgt, aus denen die Geschichten gesponnen sind. Mehr nicht.*

Doch die Erklärung fühlte sich nicht richtig an, genauso, wie es sich nicht richtig anfühlte, Marischka oder Addo in diesem Moment mit Fragen zu bedrängen, egal, wie neugierig sie war. Also tat Edie das Einzige, was sie als Freundin tun konnte: Sie setzte sich auf die Sessellehne und legte einen Arm um Marischkas schmale Schultern. Unter ihrer Berührung spürte sie, wie Marischka erleichtert ausatmete, während Addo mit beruhigender Stimme anfing, etwas über ein Physikbuch zu erzählen, in dem er letzte Nacht gelesen hatte, weil er wieder mal nicht schlafen konnte.

Wir sind ein Dreieck, stellte Edie erfreut fest. *Und die Zahl drei bringt Glück. Keine schlechte Sache, wo doch der Winter vor der Tür steht und der Wald schon bald in Schlaf fallen wird.*

4

DER ERSTE FROST

Edie wachte auf, weil sich etwas über ihr Gesicht gelegt hatte. Sie brauchte einen Moment, um zu begreifen, was es war. Ein Frosthauch lag auf ihren Wangen und auf ihrem Unterarm, der unter der Bettdecke hervorlugte. Irgendwann in der Nacht musste das Feuer im Ofen erloschen sein, und die Kälte hatte die Einladung wahrgenommen, durch die undichten Fenster zu steigen und sich über die Teppiche am Boden auszubreiten. Schließlich hatte er das Eisenbett erreicht, in dem sie unter einer Daunendecke lag und trotz der Strickjacke über dem Nachthemd und den dicken Wollsocken fror.

Edie schnupperte, ohne die Augen zu öffnen.

Der Geruch, der von Wald und Fließen immer im Zimmer hing, hatte sich über Nacht verändert. Gestern war er noch würzig wie feuchtes Erdreich und Laubhaufen gewesen, jetzt hingegen war er klar wie gefrorenes Wasser. Der Frost hatte Einzug gehalten in Wasserruh.

Obwohl die Kälte sogar durch die Wollsocken biss, lief Edie ans Fenster und zog den schweren Vorhang beiseite. Dann öffnete sie das Fenster. Die Welt dort draußen war weiß-glitzernd bestäubt, die unebenen Pflastersteine des Vorhofs wölbten sich sanft unter der kristallinen Decke, und das Blau des Fließes stach zwischen den von Raureif bedeckten Ufern hervor. Dahinter lag der Wald, ein schwarzes Netz aus Stämmen und Astgewirr, das nun vom Frost bereift war. Verzaubert ließ sie ihre Fingerspitzen über das Holz der Fensterrahmen gleiten. Feine Eiskristalle bildeten eine samtige Schicht, die wegen ihrer Kälte zugleich pikste. So fühlte sich also der nahende Winter an.

Edie lauschte ins Haus hinein, aber abgesehen von Haris' Schnarchen, ihrem eigenen flachen Atem und dem Ticken der Wanduhr, die nicht richtig ging, war es still. Heute war Sonntag, und obwohl sich Haris – Freigeist, der er war – nicht um Wochentage scherte, schien er beschlossen zu haben auszuschlafen. Vielleicht hatte sein gestriger Anfall, die bis zum Anschlag mit Gerümpel vollgestopften Kellerräume auszumisten, ihn auch bloß geschafft. Schließlich hatte er wie ein Berserker arbeiten müssen, um den Brief von Inga zu vergessen, der ungeöffnet auf dem Küchentisch lag.

Behutsam schloss Edie das Fenster und schlüpfte in die dicksten Klamotten, die sie auf die Schnelle finden konnte. Als sie die Haustür hinter sich ins Schloss zog, traf sie die Frostluft mit ungeahnter Härte. So fühlte sich die heftige Begrüßung des Winters an: Ihre Lungen brannten, und ihre Augen tränten, während sich ihre Finger bereits versteiften – und sie fühlte sich unglaublich lebendig.

Entschlossen blickte Edie zum Wald, den sie bislang gemieden hatte. *Während du in Schlaf fällst, fühle ich mich wacher als je zuvor,* dachte sie. Dann ging sie mit zügigen Schritten los, erst entlang des Fließufers, dessen klares Blau sich aus der Nähe wieder in eine schwarze Strömung verwandelte, dann über eine der vielen Holzbrücken und hinein in den Wald. Die Sonne, die nicht mehr als eine blasse Ahnung in ihrem Rücken war, ließ sie rasch hinter sich.

* * *

Bei jedem Schritt, den Edie machte, ging ein vielschichtiges Knacken durch das gefrorene Unterholz: Zuerst zerbrachen Blätter wie feines Glas, dann vom Frost hart gewordenes Astwerk, und schließlich knirschte gefrorener Waldboden. Jeder Schritt ein hallendes Signal, das die klare Eisluft in die Tiefen zwischen die Baumstämme trug. Doch wer sollte sie schon hören? Edie genoss ihren Spaziergang. Die Ehrfurcht vor dem Wald, die ihr seit ihrer Ankunft bei Nacht und Nebel in den Knochen gesteckt hatte, war wie fortgewischt. Zurück blieb eine Faszination für die Schönheit der nur noch spärlich belaubten Äste und dunkel angelaufenen Farnwedel, die filigrane Muster bildeten. Die Welt unter dem Astgebälk bestand aus gedämpften Tönen wie Grau, Braun und Schwarz, über die ein unregelmäßig gewebtes, weißes Tuch ausgebreitet worden war.

Über einigen späten Preiselbeeren lag Glitzerstaub. Etwas steif durch den dicken Mantel, ging Edie in die Knie und pflückte ein paar von den roten Beeren, die sie in die Manteltasche gleiten ließ – bis auf eine. Die steckte sie sich in den Mund und ließ sie unterm Gaumen zerplatzen. Der Saft war herb-sauer und grub sich in ihre Zunge, wo er noch eine Weile bleiben sollte. *Die restlichen Beeren kann ich ja wie Brosamen ausstreuen, für den Fall, dass ich mich verlaufe,* zog sie sich selbst auf. Oder sie brachte sie Rodriga mit, die sie am Nachmittag besuchen wollte.

Seit sie den Klaws-Hof vor gut einem Monat bezogen hatten, war Edie bereits einige Male bei der Nachbarin zu Besuch gewesen. Deren in die Jahre gekommenes Forsthaus war genau so zugig wie das alte Bauernhaus der Klaws. Edie nahm sich fest vor, ihren Vater zu bitten, bei der Nachbarin ein paar Reparaturen durchzuführen, sobald ihre Bleibe einigermaßen winterfest gemacht war.

Rodriga war eine liebevolle Gastgeberin, die Edie vors Kaminfeuer setzte, sie mit Gewürzkuchen fütterte und ständig Tee nachgoss, der so stark und süß war, dass Edie für den Rest des Tages wie ein überdrehter Zinnsoldat durch die Gegend lief. Wie bei ihrem ersten Treffen im Nebel versprochen, erzählte Rodriga ihr viel über die mystische Entstehungsgeschichte Wasserruhs, das auf einem Sumpfgebiet errichtet worden war. Von dem einstigen Sumpf seien nur die Fließe geblieben, blaue Adern, die das Land durchzogen wie einen lebendigen Körper.

»Aber der Grund«, Rodriga hatte den von Arthrose krummen Zeigefinger erhoben, »der Grund, auf dem Häuser und Höfe stehen, ist keineswegs fest. In der Tiefe über sumpfigen Wassern liegt ein Sockel aus Erlenstämmen, von einem Willen zusammengehalten, der alles andere als menschlich ist. Als die Menschen in den Spreewald vorgedrungen sind, auf der Suche nach einer neuen Heimat, trafen sie auf jemanden, der schon lange vorher hier war. Jemand, der bereit war, sein Reich mit ihnen zu teilen. Und die Menschen willigten begierig ein, dabei ist es nie klug, Handel mit dem Erlenkönig zu treiben. Seine Seele ist genauso trübe und brackig wie die Sümpfe, die er bezwungen hat, um in die Gesellschaft der Sterblichen zu gelangen. Und sein Herz ist so schwarz wie die Nachtschatten, in denen sein Thron steht, tief im Erdreich verborgen.«

»Der Erlenkönig …« Edie hatte das Wort nachklingen lassen, mutig geworden in der kleinen gemütlichen Stube des

Forsthauses mit den holzvertäfelten Wänden und dem Duft von verbrannten Wacholderzweigen. »Der Erlenkönig ist ein Symbol, nicht wahr?«

Die alte Rodriga hatte sie mit ihren glänzenden Rabenaugen angesehen und dann langsam den Kopf geschüttelt. »Wie kann jemand, der ewig lebt, ein Symbol sein? Nein, mein Kind. Der Erlenkönig ist der Herrscher von Wasserruh, auch wenn die Menschen sich danach sehnen, ihn zu vergessen. Ihm gehören der Wald, die Fließe und der Grund, auf dem wir leben. Er lässt uns gewähren, denn er sehnt sich nach unserer Lebendigkeit. Gib also acht und erhöre sein Locken nicht, wenn es dein Ohr streift. Der Herr des Waldes hat nämlich schon viele Kinder gestohlen – auch wenn heutzutage niemand mehr darüber reden mag.«

Edie hatte darauf gewartet, dass Rodriga Adonay blinzelte und ihr damit zu verstehen gab, dass sie ihr ein Märchen erzählte. Doch die alte Frau war ernst geblieben.

»In Wasserruh sind Kinder entführt worden?«, hatte Edie deshalb ungläubig nachgefragt. Vage erinnerte sie sich an eine Andeutung von Marischka, dass einer ihrer Kindheitsfreunde verschwunden sei.

»Es sind nicht mehr annähernd so viele wie in früheren Zeiten, das letzte Kind verschwand vor einigen Jahren spurlos. Angeblich ist es im Fließ ertrunken und sein kleiner Körper von der Strömung davongetragen worden ... Ich hingegen glaube, das Kind ist immer noch hier in Wasserruh, tief unter der Erde in einem geheimen Reich, zu dem gewöhnliche Menschen keinen Zutritt haben: den Nachtschatten.« Rodriga war hinter Edie getreten, um ihr Tee nachzuschenken. Dabei tätschelte sie ihr liebevoll die Schulter. »Aber wozu wäre es auch gut, wenn gewöhnliche Menschen das Reich des Erlenkönigs entdecken würden? Sie würden ja trotzdem nichts sehen als Baumstämme, Beeren und Gras. Um einen Zugang in dieses Reich zu finden, bedarf es eines besonderen Blicks, der *mehr* sieht. Du weißt, wovon ich spreche, oder?«

An dieses Gespräch musste Edie plötzlich denken, als sich die Bäume vor ihr teilten und sie auf eine Lichtung trat. Vom Herbst niedergedrücktes Gras fand sich zu unterschiedlich großen Ballungen zusammen, dazwischen standen ein paar kahle Sträucher. Nur in der Mitte der Lichtung gab es einen Strauch, der trotz der Jahreszeit mit leuchtend roten Früchten übersät war.

Rodriga glaubt nicht nur an die märchenhafte Entstehungsgeschichte von Wasserruh, sondern auch an die Existenz des Erlenkönigs, der Kinder raubt. Genau wie Marischka glaubt, dass es etwas Übersinnliches im Wald gibt … und der sonst durch und durch rational veranlagte Addo widerspricht ihr nicht.

In diesem Moment war Edie glücklich, dass die Sonne so weit aufgestiegen war, dass ihre blassen Strahlen auf die Lichtung fielen und die Frostdecke über dem Gräsermeer zum Glitzern brachten. Als sie ins Licht trat, atmete sie aus und sah ihren Atem in Nebelwolken davoneilen. Trotz der Helligkeit saß die Kälte in der Lichtung wie in einer Grube fest und machte manches klarer, während andere Dinge ungewöhnlich weit weg schienen. Als Edie einatmete, konnte sie nicht nur hören, wie sich ihre Lungen scharf mit Luft füllten, sondern auch ihr Herzschlag dröhnte ihr irritierend laut in den Ohren. Tief und schallend, ein Echo erzeugend. Und während sie angestrengt lauschte, begriff sie, dass es kein Echo war, das sie hörte, sondern eine Antwort.

Irgendwo hier auf dieser einsamen Lichtung schlug ein zweites Herz.

Jetzt konnte sie seinen Klang bis hinauf in ihre Kehle spüren, mit jeder Sekunde schlug es stärker.

Der Erlenkönig!, schoss es ihr durch den Kopf. Doch sie tat den Gedanken sofort ab, denn in der Brust eines Unsterblichen konnte unmöglich ein so aufgeregt pochendes Herz schlagen.

Unsicher ging Edie auf das Echo zu, während sie einen grinsenden Marik vor ihrem geistigen Auge sah. Eine ›Wünschelrute für das Unmögliche‹ hatte er sie genannt. Bestimmt hätte er einen Heidenspaß daran gehabt, wie sie durch das gefrorene Gras stolperte, einem höchstwahrscheinlich bloß in ihrer Einbildung existierenden Geräusch auf der Spur.

Trotzdem ging Edie weiter ... und kam vor dem Strauch mit den roten Beeren zum Halten.

Ein Feuerdorn. Der Name hatte ihr immer gefallen, genau wie die auffälligen Früchte. Der Strauch stand auf einer leichten Erhöhung, umgeben von dicht an dicht stehenden Grasbüscheln.

Bevor Edie sich versah, kniete sie bereits und grub ihre vor Kälte steifen Finger ins Gras, knapp über dem Wurzelgeflecht des Strauchs. Überraschenderweise ließen sich die Büschel problemlos beiseiteschieben, als wären sie nur zur Tarnung angebracht worden. Dahinter kam eine Höhle zum Vorschein, groß genug, um Kindern als Versteck zu dienen. Sonnenstrahlen beleuchteten den Eingang und machten Edie Mut hineinzuschlüpfen.

Das Pochen wurde sekündlich lauter, ein wildes Schlagen und Poltern.

Ihre Fingerspitzen berührten ausgebreitete Felle am Boden, während die rund geschwungene Höhlendecke mit geflochtenem Grasgeflecht ausgekleidet und mit Himbeerranken und

Zweigen geschmückt war, an denen verdorrte Beeren in Rot und Schwarz hingen. Es gab in Mustern angebrachte Zieräpfel und Kapseln des Stechapfels, die alt und schon fast farblos waren. Die Spalten und Winkel des Unterschlupfs waren mit Moos gepolstert, eine dicke Schicht mit winzigen weißen Blüten. In einer hölzernen Schale lagen getrocknete Pilze neben Hagebutten. Über allem lag ein Hauch von Vergessenheit, nur der schwere, süßliche Blütengeruch, dessen Ursprung sich Edie nicht erklären konnte, wirkte überaus lebendig. Gemeinsam mit dem treibenden Rhythmus des fremden Herzens ließ er Edie an Bilder von eng umschlungenen Körpern in der Nacht denken.

Je länger sie dieses kunstvolle Sammelsurium betrachtete, desto sicherer war sie sich, dass es wohl kaum Kinder gewesen waren, die sich im Schutz dieser natürlichen Mulde im Erdreich eine eigene Märchenwelt geschaffen hatten. Nein, dieses sorgfältig hergerichtete Versteck musste einen anderen Ursprung haben, dem nichts Unschuldiges oder Verspieltes anhaftete.

Obwohl sich zwischen ihren Schulterblättern Hitze ausbreitete und den Nacken hinaufstieg wie eine Feuerzunge, schloss sie die Lider, bis ihr Blick verschwamm, nur um gleich darauf besonders scharf zu werden. So scharf, dass die Moospolster leuchtend grün schimmerten, während ihre Blütenkrone sich sanft in einer Brise wiegte ... Als verberge sich unter den Fellen ein Schacht, der in die Tiefe führte. Die vom Grasgeflecht bedeckte Höhlendecke schien sich auszudehnen, bis aus der unterirdischen Nische ein großzügiger Raum entstand. Und die Beeren waren keine vor langer Zeit gepflückten Herbstgeschenke mehr, sondern verführerische Leckereien, prall und saftig, während die Pilze in der Holzschale anfingen,

Sporen durch die Luft segeln zu lassen, die auf Edies Mantel landeten und winzige Fliegenpilze austrieben.

Irgendjemand hat vor langer Zeit einen Zauber über diesen Ort gelegt, begriff Edie. Einen einladenden Zauber, auch wenn sich dahinter gewiss mehr verbarg, als die Beeren und die Fliegenpilze verrieten. Da war nämlich auch ein bitterer Beigeschmack, den sie nicht näher erfassen konnte. *Trotzdem…*, dachte sie. *Wie großartig ist die Höhle denn bitteschön?*

Edie musste lächeln. Sie hatte schon oft verrückte Dinge gesehen oder einen Blick auf Geschöpfe erhascht, die eigentlich ins Reich der Märchenbücher gehörten. All dies war vorbei, längst vergessen, doch vor Edies Augen wurde es lebendig. Es war ein Geschenk, mehr zu sehen als andere Menschen. Das hatte sie allerdings erst begriffen, als Marik von ihrer ›Gabe‹, wie er es nannte, so vollkommen begeistert gewesen war. Dabei war sie sich niemals hundertprozentig sicher gewesen, ob er ihr glaubte oder sie nur für außergewöhnlich phantasiebegabt hielt. Manchmal wusste sie selbst nicht, ob sie sich bloß einbildete, Spuren einer vergangenen Welt zu sehen. Ein ferner Nachhall, als seien diese magischen Geschehnisse so stark gewesen, dass es in der Gegenwart immer noch eine Erinnerung an sie gab.

In dieser Höhle könnte ich mich direkt verlieren, gestand Edie sich ein. *Ich brauche mich bloß in die Felle zu schmiegen und eine von diesen Beeren zu probieren … sie glänzen so wunderschön.*

In Versuchung gebracht, streckte Edie die Hand nach der aus Zweigen gewobenen Decke aus und brach eine Dolde aus schwarzen Beeren ab. Bevor sie jedoch eine der Früchte kosten konnte, schrie sie auf.

Unter den Fellen hatte sich etwas gerührt. Eine Bewegung wie eine unterirdische Welle.

Edie fuhr zurück und stieß sich den Kopf an der Höhlendecke, die sich eine Sekunde zuvor noch weit über ihr befunden hatte. »Was zum Teufel ...«, begann sie zu fluchen, um dann schlagartig zu verstummen.

Zwischen den Fellen tauchte eine Hand auf.

Mit dunklen Ringen unter den Nägeln, als habe sie tief in der Erde gegraben. Suchend fuhren die Finger über das Fell in Edies Richtung. Ums Handgelenk schlängelte sich eine grellrote Linie, eine frische Wunde, aus der jedoch kein Blut drang. Als habe dort noch vor Kurzem eine ins Fleisch schneidende Fessel gesessen.

Als ein nackter Unterarm sichtbar wurde, krabbelte Edie bereits rückwärts zum Eingang hinaus, den Beerenzweig schmerzhaft fest umklammert, unfähig, ihn fallen zu lassen.

Sie musste raus aus dieser Höhle, sofort!

Als die Frostluft Edie begrüßte, verschwendete sie keine Zeit damit, einen Blick zurückzuwerfen, sondern sprang auf die Füße und rannte los, auf das Sonnenlicht zu, fort von diesem dunklen Versteck im Waldboden und seinem Geheimnis. Völlig von Sinnen stürmte sie durch den Wald, weder auf Zweige achtend, die ihr den Weg versperrten, noch sich um Wurzeln und Gestrüpp kümmernd, die sich um ihre Füße wanden. Irgendwann überquerte sie die Brücke in der Nähe ihres Hauses – mit pfeifender Lunge und Seitenstechen.

Erst da wurde ihr bewusst, dass sie den fremden Herzschlag noch immer hörte. Jetzt ganz leise, kaum wahrnehmbar. Aber er war da, als habe er sich ihr eingepflanzt. Am ganzen Leib bebend, schlug sie sich mit der Hand, in der sie immer noch den Zweig hielt, vor die Brust. Entgeistert starrte sie ihn an. Seine Beeren waren nicht wieder verdorrt, wie es eigentlich hätte sein müssen, nachdem sie den Blick abgewandt hatte. Sie waren vielmehr so reif und frisch, als sei der Zweig gerade erst von einem voll im Laub stehenden Strauch abgebrochen worden.

Das sind Tollkirschen, begriff Edie. Giftige Nachtschattengewächse.

Mit einem Schrei warf sie den Zweig ins rasch ziehende Wasser. Die Strömung ergriff ihn und nahm ihn mit sich, bis er aus ihrer Sicht verschwunden war. Fast wünschte sie, das Fließ könnte auch ihre Erinnerung an das mitnehmen, was zwischen den Fellen aufgetaucht war.

Aber hatte sie die Hand wirklich gesehen, oder war vielleicht etwas in dieser Höhle gewesen, das ihr die Sinne benebelt hatte? Dieser süßliche Duft, der ihr in die Nase gestiegen war und hinter ihrer Stirn eine verwirrende Explosion an Bildern ausgelöst hatte … War er vielleicht auch dafür verantwortlich? War es gar nicht ihre Gabe gewesen, die ihr dieses schreckliche Bild gezeigt hatte?

Noch verwirrter als zuvor schlug Edie den gut ausgetretenen Weg entlang des Ufers ein, bis das Bauernhaus ihrer Familie auftauchte.

Der Kamin qualmte – Haris war also bereits auf den Beinen. Vielleicht würde es ja ihrem Vater gelingen, die Ereignisse dieses ersten Frosttags ins rechte Licht zu rücken, indem er auf die morschen Bodendielen und das Mäusenest im Küchenschrank schimpfte. Haris würde sie mit seiner handfesten Art daran erinnern, dass sie möglicherweise phantastische Dinge sah – aber nur, wenn sie es zuließ. Wirklich von Bedeutung war nur die Welt, in der sie lebte. So war es bislang immer gewesen und genau dafür liebte sie ihren Vater so sehr. Es war die richtige Entscheidung gewesen, ihren Eltern nichts von ihrer Gabe zu erzählen, sodass sie weiterhin ihr Anker in der normalen Welt sein konnten.

Doch egal, wie sehr sich Edie wünschte, dass Haris seinen Alltagszauber wirkte – heute würde er es ganz bestimmt nicht tun. Zu tief hatte sich das Geschehen im verborgenen Versteck unter dem Feuerdorn festgesetzt – ob es nun echt gewesen war oder nur ein Trugbild.

5

ENTLANG DES UFERS

Es kam Edie schon verdächtig vor, dass Addo nicht wie üblich ganz hinten im Bus saß, das Gesicht versteckt hinter einer großformatigen Wochenzeitschrift, wie sie eigentlich nur alte Leute lasen. Stattdessen passte er sie mit glühend roten Wangen direkt beim Einstieg ab und zerrte sie auf die nächstbeste Sitzbank. Irritiert stellte sie fest, dass er sein gestreiftes Halstuch, mit dem er immer aussah wie ein in die Jahre gekommener Dandy, trotz der Kälte nicht trug. Außerdem war Addos Dufflecoat verkehrt zugeknöpft, so etwas passierte ihm sonst nie.

»Hast du es schon gehört?« Hinter seinen Brillengläsern blinzelte es hektisch.

»Was gehört?«

Nach dem verstörenden Erlebnis auf der Waldlichtung hatte Edie das Wochenende damit verbracht, ihrem Vater beim Kelleraufräumen zu helfen. Nicht einmal zu einem Besuch bei Rodriga Adonay hatte sie sich durchringen können. Wahrscheinlich hätte ihre Nachbarin ihr an der Nasenspitze abgelesen, was ihr zugestoßen war. Addo rutschte noch ein Stück näher zu Edie heran, und einen irrwitzigen Moment lang glaubte sie, er würde ihr gleich seine Liebe gestehen, ehe er sie küsste. Das wäre zumindest eine Erklärung gewesen, weshalb er so aufgelöst war. Stattdessen begann Addo wie ein Wasserfall zu reden.

»Die Freundin meiner Mutter ist gestern Abend vorbeigekommen und hat es erzählt. Ich wollte dich anrufen, aber euer Anschluss ist immer noch nicht freigeschaltet ... egal. Jedenfalls steht es bereits im Netz und heute bestimmt schon in der Zeitung. Die war heute Morgen aber leider noch nicht ausgeliefert, als ich zum Bus losmusste. Angeblich waren bereits Journalisten von den überregionalen Blättern da, und es ist gut möglich, dass die Geschichte sogar ins Fernsehen kommt. Sleepy Wasserruh goes TV. Phantastisch!«

Edie grinste. »Okay, was hat Marischka angestellt? Nein, warte. Lass mich raten: Sie hat die Idee mit der gefilmten Tollkirschen-Vergiftung trotz aller Warnungen durchgezogen, ihr Pseudokunstwerk auf YouTube gestellt und ist über Nacht zum Star geworden.«

»Natürlich nicht.« Als Addo den Kopf schüttelte, bewegte sich nicht eine pomadisierte Strähne. Bei ihrem nächsten Besuch bei ihm zu Hause musste Edie unbedingt die Dose mit dieser widerlichen Schmierpaste verschwinden lassen. »Marischka ist doch auf einer Hochzeit drüben in Polen, da hat sie überhaupt keine Zeit zum Tollkirschenessen.«

Die Novaks waren berühmt-berüchtigt für ihr besonderes Party-Gen. Umso verwunderlicher war es, dass die Familie in Wasserruh so unbeliebt war. Es hieß, sie kämen halt von außerhalb – und damit war keineswegs Polen gemeint, sondern dass ihr Gasthof vor den Grenzen des Dorfs stand. Nicht auf Erlengrund.

Addo hüstelte. »Mal davon abgesehen, dass der Masterplan für die beabsichtigte Selbstvergiftung noch gar nicht steht. Für diese Nummer muss noch äußerst gründlich recherchiert

werden, vor allem, weil mir die erregende Wirkung der Tollkirsche Sorgen bereitet.«

Edie klappte der Kiefer runter. »Erzähl mir bitte nicht, dass
du Marischka bei dieser Verrücktheit unterstützt.« Natürlich
war Addo ihr treuer Komplize, aber in erster Linie bestand sein
Job darin, Marischka von solchen Wahnsinnstaten abzuhalten.

Geradezu beleidigt strich Addo seinen Dufflecoat glatt, wobei er jedoch nicht recht bei der Sache war, denn er bemerkte
die falsch geknöpfte Leiste nicht.

»Was denkst du von mir? Natürlich würde ich niemals zulassen, dass meine beste Freundin sich so etwas antut. Ich verbringe einen Großteil meiner Freizeit damit, sie von solchen
Wahnsinnstaten abzuhalten. Es bringt jedoch nichts, ihr zu
sagen: ›Was du da planst, ist reiner Irrsinn.‹ Von Vernunft lässt
sich Frau Marischka nicht abhalten, da muss man schon pfif-
figer sein. Mein Trick ist, meine angeblichen Recherchen für
ihre Projekte zeitlich so sehr in die Länge zu ziehen, bis sie
eine neue Gaga-Idee ausheckt und die alte darüber vergisst.
Egal. Ich will dir gerade von etwas viel Größerem, viel
Aufregenderem erzählen, also hör mir jetzt gefälligst zu, statt
mich ständig zu unterbrechen.«

Addo hielt dramatisch den Atem an, und Edie auch, wenn
auch aus Solidarität.

»Hier kommt's: Silas Sterner ist zurück!«

»A-ha.« Das waren nicht ganz die spektakulären News, die
Edie erwartet hatte. »Und wer ist Silas Sterner?«

Addo zuckte zurück, als hätte sie ihm eine Ohrfeige verpasst. »Ich vergesse manchmal, dass du ja erst seit ein paar
Wochen in Wasserruh bist und nicht allzu viel über die ört-
liche Folklore und noch weniger über den Tratsch weißt. Du
bist ja quasi ein Neuling ...«

»Ein sehr ungeduldiger Neuling mit einem Hang zu Gewalttaten«, gab Edie zu bedenken. Addos umständliche Art zerrte langsam an ihren Nerven. »Nun weih mich schon endlich ein.«

»Also, Silas Sterner ist als Siebenjähriger an einem Herbstmorgen spurlos verschwunden. Es war einer von diesen Hexenkesseltagen, in denen das ganze Dorf im Nebel verschwindet. Der kleine Silas ist offenbar in aller Herrgottsfrühe aus dem Bett geschlüpft, während alle anderen noch geschlafen haben, und ist draußen durch den Nebel gestromert. Er war wohl ein sehr selbstständiges Kind, das immer irgendwelche Ideen hatte und gern im Freien unterwegs war. Jedenfalls vermuteten sie später, dass er wieder einmal auf Entdeckertour gewesen sein musste. Sie haben nur seinen gelben Gummistiefel im Kahn seines Vaters gefunden, bis dorthin haben seine Spuren geführt. Ansonsten gab es nichts zu entdecken. Rein gar nichts. Es war, als habe der Nebel den Jungen verschluckt.«

Nun war es Edie, die zurückzuckte, als sie an die Geschichten der alten Rodriga dachte, in denen der Erlenkönig mit dem Nebel im Bunde war und kleine Kinder raubte. Gab es wirklich jemanden dort draußen, der Fallen für Kinder aufstellte?

»Und der kleine Junge ist jetzt wieder wohlbehalten aufgetaucht?«, fragte sie.

Addos Nicken wirkte wie eine Erlösung. »Ja, ist er. Allerdings nicht als Grundschüler, der er mal war, sondern als Teenager. Silas' Verschwinden liegt knapp zehn Jahre zurück, er dürfte jetzt siebzehn oder achtzehn Jahre alt sein.«

Diese Wendung musste Edie erst mal verdauen. »Dann ist er also nicht entführt worden, sondern ist bloß ausgebüchst.«

»Das weiß man nicht so genau, zum einen, weil Silas behauptet, sich an rein gar nichts erinnern zu können, was seit seinem Verschwinden passiert ist. Zum anderen ...« Addo hielt verlegen inne und ruckelte an seinem Brillenbügel herum. »Nun ja, der Samstag war verflucht kalt, da spaziert man wohl eher nicht freiwillig mit nichts als seiner bloßen Haut am Leib durch die Wälder. Laut der Freundin meiner Mutter wurde Silas wohl äußerst weggetreten von einem Kahnfahrer aufgegriffen, der gerade eine Ladung Touristen über die Fließe chauffiert hat. Du weißt schon, so eine Spazierfahrt mit dicken Decken um die Beine und einer Tasse Glühwein in den Händen. Muss ein ziemlich spektakulärer Anblick gewesen sein, wie der nackte Kerl am Ufer durch den Eisrauch streifte, als könnte die Kälte ihm nichts anhaben. Er hatte sogar verbrannte Handflächen statt Finger, die zu Eiszapfen erstarrt waren. Vielleicht hat er ja seine Klamotten verbrannt und dabei ist etwas schiefgegangen. Jedenfalls hat er ein paar ziemlich merkwürdige Narben und frische Verletzungen am Körper, ein paar davon kann man auch auf den Fotos sehen, die einige der Kahnfahrt-Touristen prompt ins Netz gestellt haben.«

»Das hat wirklich jemand gemacht? Wie daneben.«

Als Edie angewidert das Gesicht verzog, zuckte Addo mit den Schultern. »So sind sie halt, die modernen Zeiten. Damit wird sich auch Silas abfinden müssen, der jetzt ja auch eine Art Zeitreisender ist, falls er sich tatsächlich nicht an die letzten zehn Jahre erinnern kann. Willkommen in der digitalen Welt, lieber Silas Sterner, die für viele deiner Mitmenschen mittlerweile realer ist als die echte.«

Edie versuchte zu begreifen, was genau sich am Samstag im frostüberzogenen Wald abgespielt hatte. Allmählich beschlich

sie der Verdacht, dass Silas' Rückkehr mit der beerenge-
schmückten Höhle zu tun hatte. Der Arm, der sich zwischen
den Fellen ins Freie schob ... Vielleicht war es ja gar nicht der
Erlenkönig gewesen, der ihr aufgelauert hatte. Je länger sie
darüber nachdachte, desto verrückter und zugleich wahrscheinlicher erschien ihr diese Eingebung.

Addo hing seinen eigenen Gedanken nach und betrachtete
dabei einige vereinzelte Schneeflocken, die hinter der Fensterscheibe vorbeiwirbelten. Für Ende Oktober war es fast zu früh
für diese Winterboten, es war, als wollte sich das Land mit
aller Gewalt schlafen legen.

»Marischka wird ausflippen, wenn sie von der Geschichte
erfährt«, sagte er nachdenklich. »Sie ist bis Ende der Woche
auf dieser Mammuthochzeit von einer ihrer unzähligen Cousinen und wird bestimmt nichts vom Rest der Welt mitbekommen. Ein kleiner Tipp: Meide Familienfeiern der Novaks,
die machen Normalsterbliche wie uns mit nur einer Leber
nämlich kaputt.« Addo schüttelte sich, als gelte es, eine böse
Erinnerung zu vertreiben. »Jedenfalls können wir von Glück
sprechen, dass Marischka anderweitig beschäftigt ist, sonst
wäre ihr bestimmt eine übergeschnappte Aktion eingefallen,
um Silas' Rückkehr zu feiern. Und dann hätte die Presse erst
richtig was zu schreiben gehabt. Obwohl ...« Er stockte. »Ich
erzähl Unsinn, vermutlich wäre sie erst mal nur glücklich, dass
er wieder da ist.«

»Marischka kannte diesen verschwundenen Jungen«, hakte
Edie nach.

Addo nickte. »Sie redet nicht viel über diese alte Freundschaft, das tut sie selten bei Dingen, die ihr wichtig sind.
Sein Verschwinden hat sie ziemlich verstört. Deshalb ist sie
manchmal auch so traurig, wenn wir über die alten Märchen

des Spreewalds reden. Silas' Verschwinden und die Sagen über Wasserruh – das hängt für sie eng miteinander zusammen.«

»Marischka kennt diesen Silas also …« Edie dachte an den gemeinsamen Nachmittag, als Marischka von einem Kindheitsfreund erzählt hatte und plötzlich ganz verstört gewesen war. Da musste sie Silas gemeint haben. »Dann kennt sie ihn also richtig gut, ja?«

Als sei diese Frage nicht ohne Weiteres zu beantworten, knabberte Addo auf seiner Unterlippe herum. »So gut, wie man eben jemanden kennen kann, der zehn Jahre lang verschwunden war. Warum interessiert dich das mit der Freundschaft so sehr?«

Weil ich es plötzlich merkwürdig finde, dass ausgerechnet ich Marischka begegnet bin, die Silas kannte und offenbar sehr stark durch sein Verschwinden geprägt wurde, dachte Edie, während sie nachdenklich an ihrem Ohrring zupfte. *Genau wie ich Rodriga im Nebel getroffen habe, die so viel über den geheimnisvollen Erlenkönig weiß. Und dann auch noch die Sache vom ersten Frosttag … Das kann doch alles kein Zufall sein.*

Zum ersten Mal sah Edie sich im Bus um, in dem außer ihnen auch andere Schüler aus Wasserruh mitfuhren. Plötzlich war ihr die Vorstellung, jemand könnte ihr Gespräch mit Addo belauschen, unangenehm. Über einen lange verschwundenen Jungen zu reden, war eine Sache. Aber über eine Verbindung zu stolpern, die weit über einen Zufall hinausging, war eine komplett andere. Edie wollte diesen Gedanken am liebsten weit von sich schieben, aber das war unmöglich. Tief in ihr schlug dieses fremde Herz und rief ihr zu, dass sie den richtigen Pfad eingeschlagen hatte und nun nicht umdrehen durfte. Konnte sie Addo davon erzählen, oder würde sie ihn verschrecken, egal, wie eigensinnig er mit seiner Vorliebe für burgunderfarbene Samtjacketts und in Leder gebundene Bücher war? Sie beschloss, diese Überlegungen erst einmal für sich zu behalten. Sicher war sicher.

6

LOCKRUF

Die Tage verflogen, als hätte der eisige Wind sie fortgeweht –
genau wie die dunklen Wolken, denen es nicht mehr gelungen
war, mehr als eine samtig weiße Decke über Wasserruh zu legen.
Nur der Frost war geblieben, kroch in jede Ritze, brachte die
Fließe zum Stocken und grub sich tief in die Erde.

Als Edie am Nachmittag aus dem Bus stieg, blieb sie stehen
und blinzelte in das bereits verblassende Licht. Der Motor-
lärm des Busses verlor sich rasch im Wald, und sie genoss die
Ruhe, die sich ausbreitete. Nur in der Ferne schlug ein Wach-
hund an. In dieser Gegend hatte offenbar jeder einen Wach-
hund, was bei den abseits liegenden Gehöften auch durchaus
verständlich war. So einsam, wie es hier war …

Von einem Moment zum nächsten verflog die Sehnsucht
nach Ruhe, die vor allem dem langen Unterricht und den
dauerplappernden Kids im Bus geschuldet war. Stattdessen
wurde sich Edie bewusst, dass sie nicht nur ganz allein im Wald
stand, sondern auch zu einem verlassen daliegenden Haus
ging. Haris war heute Morgen aufgebrochen, um eine im Internet ersteigerte Küchenspüle aus Berlin abzuholen. Mit seiner
Rückkehr brauchte sie nicht so bald zu rechnen, denn bestimmt würde er den Trip ausnutzen, um nach den Wochen
der Abgeschiedenheit ein wenig Großstadtluft zu schnuppern.

Kurzerhand beschloss Edie, Rodriga zu besuchen. Schließlich hatte die alte Frau ihr gestern einen Zettel in den Briefkasten gesteckt:

Meine liebe Edie,

nun scheint es mit den ruhigen Zeiten in Wasserruh vorbei zu sein, aber das weißt du ja bestimmt schon längst. Komm vorbei, damit wir reden können, denn die Dinge werden sich ändern.

Mit liebsten Grüßen,
Deine Rodriga Adonay

Edie starb fast vor Neugier, was ihre Nachbarin von Silas Sterners Rückkehr hielt, dem einzigen Thema, das Wasserruh in den letzten Tagen gekannt hatte. Dabei waren keine weiteren Neuigkeiten herausgekommen: Dieser Silas erinnerte sich an rein gar nichts – oder gab das zumindest sehr überzeugend vor. Und trotz intensiver Suche ließ sich nicht herausfinden, von wo aus er zu seinem Spaziergang am Fließ aufgebrochen war.

Edie glaubte, die Antwort zu kennen. Je mehr sie jedoch darüber nachdachte, desto angestrengter versuchte sie, es zu vergessen. Es reichte schließlich, dass das Bild von der Hand zwischen den Fellen sie in den Nächten heimsuchte. Mit tanzenden Schattengestalten und Drachenaugen in Kieselsteinen, die sie gelegentlich zu sehen bekam, hatte das jedenfalls nichts mehr zu tun.

Zu Edies Enttäuschung war Rodriga jedoch nicht zu Hause. Die Tür zu ihrem Haus war abgeschlossen, und durchs

Türglas erspähte Edie, dass Mantel und Stiefel fort waren, genau wie der Einkaufskorb, der sonst immer auf der Bank in der Diele stand. Notgedrungen schlug sie den Heimweg ein.

Schon nach kurzer Zeit bereute Edie es, querfeldein gegangen zu sein, statt den befestigten Pfad zu nehmen. Die Stille schien mit Anbruch der frühen Dämmerung noch viel schwerer auf dem Wald zu lasten, fast als wollte er einen in Sicherheit lullen. Edie fühlte sich beobachtet, obwohl sie nirgendwo etwas Verdächtiges ausmachte. Trotzdem verstärkte sich das Gefühl, je tiefer sie in den Wald vordrang. Sie fühlte sich versucht, einen Moment innezuhalten und die Augenlider zu senken, doch die Unruhe trieb sie voran. Bevor sie sich versah, lief sie bereits wie ein verängstigtes Kind auf der Flucht vor seinen Hirngespinsten.

Es ist doch nur eine kurze Strecke zwischen Rodrigas und unserem Haus, redete sie sich gut zu. *Gleich bist du in Sicherheit.*

Als der Vorhof des alten Bauernhauses zwischen den Baumstämmen auftauchte, breitete sich warme Erleichterung in ihr aus. Sie würde rasch ins Innere schlüpfen und es sich vorm Ofen bequem machen. Ein Buch, heißer Gewürztee mit Milch und extra-dicke Wollsocken waren alles, wonach sie sich sehnte. Dann würden all die beunruhigenden Gedanken wie von selbst verschwinden.

Doch so weit kam es nicht, denn auf dem Vorhof ihres Hauses stand jemand.

Jemand, dessen Gestalt Edie fremd war.

Er stand mit dem Rücken zu ihr neben dem aufgebockten Kahn. Ihr Vater hatte das Boot aus dem Fließ gezogen, wo es langsam verrottet war. Ein Zustand, dem der Frost erst einmal ein Ende setzte, indem er das Holz eingefroren hatte.

Der Fremde hatte haselnussbraunes Haar, trug einen etwas zu großen Parka und feste Stiefel, wie man sie hier in den Wintern brauchte. Er war ungefähr so groß wie Edie und von dieser hageren Sorte, die man besser nicht unterschätzte. Obwohl er sich nicht rührte, glaubte sie, dass er ihre Nähe bemerkt hatte. Vielleicht lag es an der Anspannung seiner Schultern oder an der Art, wie er sich so gar nicht rührte.

Auch Edie stand wie angewurzelt da. *Sei nicht albern, du bist hier schließlich zu Hause,* spornte sie sich an. *Geh hin und frag, was* er *hier will.*

Edie ging so nah an den Jungen ran, dass sie die Stufen in seinem Haar erkennen konnte, wo eine Schere recht grob angesetzt worden war. Frisch geschnitten, allerdings auch sehr dilettantisch. War er das selbst gewesen? Hatte er sich auch diese zu große Kleidung ausgesucht? Während sie noch überlegte, was sie sagen sollte, drehte sich der Besucher um und sah sie an.

Edie kannte dieses Gesicht, wenn auch nicht mit solchen geröteten Wangen, als wäre er eben noch gelaufen. *Davongelaufen vor der unheimlichen Stille im Wald ... genau wie ich,* dachte Edie.

Jeder Bewohner von Wasserruh kannte dieses Gesicht mit den klar geschwungenen Konturen und den zu dunkel geratenen Brauen, unter denen grüne Flussaugen aufblitzten. Ein Schnappschuss von diesem Gesicht schmückte seit Tagen die Zeitungen, tauchte im Fernsehen auf und wurde im Netz verhandelt. Ein fragender Blick, blasse Wangen, ein ernster Mund. Nur die Haare waren jetzt anders, nicht mehr lang und verfilzt.

Genauer gesagt kannte Edie sogar den Körper des Jungen, weil ein Blatt nicht darauf verzichtet hatte, die Aufnahme von einem der Kahn-Ausflügler zu bringen. Angeblich, um die bizarren Verletzungen zu zeigen, die tatsächlich ungewöhnlich waren. Brandmale und Narben, teils so geformt, als wären sie Verzierungen der Haut und nicht bloß Beweise von Misshandlungen, die der Junge offenbar während seiner langen Abwesenheit hatte über sich ergehen lassen. Es kostete sie viel Willenskraft, dieses schreckliche Bild zu verdrängen, um ihm möglichst unvoreingenommen zu begegnen.

»Du bist Silas Sterner, nicht wahr?«, fragte Edie, obwohl sie die Antwort bereits kannte.

Der Junge sah sie an, dann fuhr er mit seiner Hand über das vereiste Holz des aufgedockten Kahns, als bräuchte er den Biss der Kälte, um sich zu vergewissern, dass er tatsächlich auf diesem Hof stand. Schließlich nickte er.

»Ich glaube schon, dass ich Silas Sterner bin.«

Edie stutzte. »Du bist dir unsicher, weil du deine Erinnerung verloren hast? Oder weil du dich nach all den Jahren wie ein anderer fühlst?«

Silas hörte ihr aufmerksam zu und schwieg schließlich, als wollte er ihr die Möglichkeit geben, ihre Worte noch einmal zu überdenken. Dann lächelte er. Nur ganz fein, lediglich eine Andeutung in den Mundwinkeln, ehe er sich wieder dem Haus zuwendete.

»Das hier ist ein guter Ort, um ein Haus zu bauen. Vor allem, weil es in Wasserruh nicht viel festen Grund gibt.« Seine Stimme war ruhig und auch ein wenig rau, als habe er sie lange Zeit nicht benutzt.

Hilflos hob Edie die Hände, auch wenn Silas diese Geste gar nicht sehen konnte. *Falls er wirklich jahrelang gefangen gehalten worden ist, ist er vielleicht traumatisiert und streift auf der Suche nach seiner Vergangenheit durch die Gegend,* überlegte sie. Wie auch immer, es hatte wenig Sinn, von diesem Jungen ein vorhersehbares Verhalten zu erwarten.

»Das Haus meiner Familie steht hier schon sehr lange, mindestens seit fünf Generationen«, erklärte Edie. »Bist du hierhergekommen, weil du es von früher kennst?«

»Ich bin noch nie zuvor in dieser Ecke von Wasserruh gewesen«, stellte Silas ohne Zögern fest. »Dazu gab es nie einen Anlass.«

»Aber heute wolltest du gern mal auf festem Grund stehen.« Edie schlug einen Smalltalk-Ton an, als würden sie und dieser fremde Junge sich schon lange kennen und ein wenig plaudern. Dabei glich das Gespräch mit Silas Sterner mehr einem Tanz auf Glas und sie konnte das Knacken unter ihren Füßen bereits hören. »Ist ja auch eine schöne Sache, vor allem, wenn man die ganze Zeit Geschichten zu hören bekommt, dass Wasserruh über einem Sumpf erbaut worden ist. Als könnten wir jeden Moment im Morast versinken.«

Ihr Lachen verklang einsam in der kühlen Luft des ausklingenden Nachmittags. Silas' einzige Reaktion war ein Zusammenzucken, als würde ihn diese Vorstellung erschrecken.

Edie pustete sich eine Ponysträhne aus dem Gesicht. »Okay, du willst mir offensichtlich nicht erzählen, was dich hierher verschlagen hat. Aber irgendwas auf der Straße oder im Wald muss dich verunsichert haben, sonst wärst du doch wohl kaum uneingeladen auf unseren Hof gekommen, wo du dich in Sicherheit fühlst.«

Obwohl es Edie gegen den Strich ging, führte sie eine Unterhaltung mit Silas' Rücken, aber sie konnte ihn schließlich nicht dazu zwingen, sich umzudrehen. Natürlich hatte sie die

Möglichkeit, ins Haus zu gehen, wenn es ihr zu dumm wurde … Nur mochte sie Silas nicht allein stehen lassen. Es fühlte sich falsch an.

»Ich bin erst seit Kurzem in Wasserruh, obwohl die Wurzeln meiner Familie väterlicherseits im Spreewald liegen«, erzählte Edie. »Als ich vor einigen Wochen mit meinem Vater in das alte Bauernhaus eingezogen bin, habe ich auch gleich gefühlt, dass es gut ist. Also, das Haus.« Verlegen scharrte sie mit der Stiefelspitze über den Boden. »Das klingt echt seltsam, wenn man laut ausspricht, dass ein Haus eine eigene Seele hat. Solche Sachen denke ich mir normalerweise nur.«

Endlich drehte Silas sich um und streifte dabei versehentlich Edies Ledertasche, die ihr vor der Hüfte hing.

Verblüfft blickte sie in seine Flussaugen. Sie stand so dicht vor ihm, dass sie winzige saphirblaue Splitter in der wassergrünen Iris entdeckte.

Das ist zu nah, durchfuhr es Edie. Trotzdem brachte sie es nicht über sich, einen Schritt zurückzusetzen.

Und auch Silas regte sich nicht. Beinahe erwartungsvoll blickte er sie an. Dabei hätte eigentlich er derjenige sein müssen, der sich mit der Situation überfordert fühlte – als Stadtgespräch und größtes Rätsel von Wasserruh. Nur machte Silas eher den Eindruck, als kümmere ihn der Blick von außen nicht.

Ist der einfach naiv oder so selbstbewusst, dass es ihn nicht kratzt, wie er rüberkommt?, fragte sich Edie, obwohl sie die Antwort bereits ahnte: Silas war schon als Junge seinem eigenen Weg gefolgt, auch wenn der ihn vor sieben Jahren in den Nebel geführt hatte. Und heute zum Klaws-Hof.

»Was gibt es denn noch für Dinge, die du nicht laut aussprechen würdest?«, fragte Silas in die Stille hinein.

Es klang leicht, einfach dahingesagt, aber Edie ahnte, dass ihre Antwort darüber entscheiden würde, wohin sich dieses Gespräch entwickelte. Es war einer von diesen Momenten, die wie eine Weggabelung waren: Der eine Weg führte auf Silas Sterner zu, der andere von ihm weg.

Trotz eines flauen Gefühls im Magen beschloss Edie, nicht mit einem Lachen über die Frage hinwegzugehen, sondern ehrlich zu antworten, auch auf die Gefahr hin, anschließend wie eine Spinnerin dazustehen.

»Ich sollte zum Beispiel lieber für mich behalten, dass ich so eine Ahnung habe, warum du am ersten Frosttag nach Wasserruh zurückgekehrt bist. Das ist allerdings eine ziemlich verrückt klingende Geschichte, die mir vermutlich kaum jemand glauben würde.«

Wieder erschien dieses versteckte Lächeln in Silas' Mundwinkeln. Allem Anschein nach hatte sie genau das Richtige gesagt. Langsam, als wollte er sie nicht erschrecken – oder vielleicht auch, weil er sich nicht recht traute –, hob er eine Hand und legte sie flach auf Edies Brust, als wollte er ihren Herzschlag durch ihren dicken Mantel hindurch spüren. Eine verwirrend intime Berührung, doch Edie dachte nicht daran, sie abzuschütteln.

»Du hast mich gerufen«, flüsterte Silas.

Plötzlich überkam Edie Angst. Was geschehen war, warf zu viele verwirrende Fragen auf. Und sie war sich keineswegs sicher, ob sie stark genug war, um sich der Wahrheit zu stellen. Ihr Leben war ohnehin schon kompliziert genug mit ihrem Kummer wegen Marik und der Ehekrise ihrer Eltern. Sich jetzt auch noch in das Rätsel um diesen Jungen hineinziehen zu lassen, war der entscheidende Tropfen zu viel, auch wenn sie offenbar Teil dieses Rätsels war.

Edie lag schon eine Abschiedsfloskel auf den Lippen, als ein Geräusch sie verstummen ließ. Es war das Echo des fremden Herzens, das sie seit Tagen in sich trug und das plötzlich so laut schlug, dass es alles andere überlagerte.

Ungläubig starrte Edie aufs Silas' Hand, die immer noch auf ihrem Mantel lag, dann wanderte ihr Blick wie von selbst zu seiner Brust. Wenn sie seine Geste erwidern würde, dann würde sie den schnellen Herzschlag spüren, den sie bislang nur hörte. Sie würde ihn unter ihrer Hand spüren, weil es sein Herz war, das sie hörte. Und Silas wusste es, hatte es die ganze Zeit über gewusst und abgewartet, ob sie es eingestehen würde.

O mein Gott, er ist meinem Herzschlag gefolgt. Vermutlich hat er das schon am Frosttag getan und wurde auf dem Weg hierher von den Kahnfahrern entdeckt, schoss es Edie durch den Kopf.

Einen Moment lang stellte sie sich vor, wie es wohl gewesen wäre, wenn Silas an jenem Tag bis zu ihrem Haus vorgedrungen wäre. Wenn sie auf den weiß gepuderten Hof hinausgeblickt und einen Jungen mit vernarbter Haut entdeckt hätte, dessen Herzschlag mit ihrem verbunden war.

In ihrer Brust begann es automatisch wild zu pochen und Silas suchte fragend ihren Blick.

Edie schloss die Augen, um ihren Gedanken zu Ende zu führen. Zwischen Silas Sterner, dem lange Jahre im Nebel verschwundenen Jungen, und ihr gab es eine Verbindung, die weit über gewechselte Worte oder Berührungen hinausging, sogar über die Zuneigung, die sie für Marik oder Rodriga verspürte. Diese Art von Verbindung war vollkommen neu.

Was verbarg sich hinter dem gemeinsamen Schlagen ihrer Herzen, das auf Silas in dem unterirdischen Versteck wie ein Lockruf gewirkt hatte?

»Ist alles gut bei dir?«, fragte Silas leise.

»Ich weiß nicht«, gab Edie zu.

Unwillkürlich musste sie an Marik denken, zu dem sie nie einen solchen Zugang gefunden hatte, obwohl sie alles dafür gegeben hätte. Nun stand dieser Fremde vor ihr und legte eine Verbindung zwischen ihnen offen, auf die er – genauer betrachtet – gar kein Recht hatte. Ihr so nah zu sein … Es kränkte Edie, als hätte Silas sich durch einen Trick ihres Herzens bemächtigt, statt es sich durch Freundschaft und Vertrauen zu verdienen.

»Dein Herz …«, sagte Silas, als würde ihm dieses dämliche Organ sämtliche ihrer Geheimnisse verraten.

Grob wollte Edie seine Hand fortwischen, doch als sie seine Finger streifte, bemerkte sie die Kälte, die von ihnen ausging. Der Junge war vollkommen durchgefroren, auch wenn er es nicht zu bemerken schien. Der Ärmel seines Parkas war zurückgerutscht und zeigte die leuchtend rote, leidlich verheilte Wunde, die sich um sein Handgelenk schlängelte.

Alles, was Edie eben noch durch den Kopf gegangen war, wurde von einer Welle aus Mitleid fortgespült. Nicht einmal der endgültige Beweis, dass es tatsächlich Silas' Arm zwischen den Fellen gewesen war, kam dagegen an. Jemand hatte ihm sehr viel mehr angetan, als ihn für eine grausam lange Zeit von seiner Familie zu trennen. Dieser Jemand hatte ihn gezeichnet und unter der Erde von Wasserruh gefangen gehalten … Den Nachtschatten, wie die alte Rodriga diesen Ort genannt hatte.

»Was hältst du davon, wenn wir beide ins Haus gehen und ich uns etwas Warmes zu trinken mache?«, schlug Edie vor.

Silas' Lächeln wurde breiter, trotzdem schüttelte er den Kopf. »Vielen Dank für die Einladung, aber ich halte das für keine gute Idee. Es dämmert bereits, und ich sollte besser zu Hause sein, bevor es dunkel wird. Meine Familie ist meinetwegen noch ziemlich aus dem Häuschen, wie du dir bestimmt vorstellen kannst.« Sanft entzog er ihr seine Hand, die Edie fest umfasst hatte, als könnte sie die Kälte dadurch verscheuchen. »Darf ich dir einen Rat geben?«

»Nur zu«, raunte Edie, der es nicht gefiel, dass Silas jetzt schon gehen wollte.

»Sei vorsichtig, wen du in dein Haus einlädst.« Als ihre Augenbrauen hochfuhren, zuckte Silas beschwichtigend mit den Schultern. »Damit meine ich nicht unbedingt mich, obwohl ich bestimmt auch nicht zu den Vorzeigegästen Wasserruhs gehöre. Es ist nur … Dieser Teil des Spreewalds wirkt wie ein schönes Märchen, nicht wahr? Weite Wälder, die Fließe mit ihrem Plätschern und die alten Häuser rund um den Marktplatz des Dorfs, fast wie aus der Zeit gefallen. Aber wenn man eins aus Märchen lernen kann, dann, dass nichts so ist, wie es scheint. Vor allem, wenn man sich zwischen den Erlen und dem Gewirr der Fließe verliert. Gib auf dich acht, Wandervogel. Wer weiß, wen du sonst noch mit deinem Gezwitscher anlockst?«

Wie er das sagte, kam er ihr nicht wie ein Gleichaltriger vor, sondern deutlich reifer. Dann wurde ihr brennend heiß bewusst, dass sie ihm noch gar nicht ihren Namen gesagt hatte.

»Ich heiße übrigens nicht Wandervogel, sondern Edie, Edie Klaws.«

»Bist du dir da sicher?«, fragte Silas schelmisch. Dann drehte er sich um und verschwand in der Dämmerung, die das Tageslicht fast vollständig gebannt hatte.

Edie stand noch einen Augenblick da und lauschte seinem schwächer werdenden Herzschlag, bis nur noch das feine

Echo vorhanden war, das sie nicht mehr verließ. Egal, wohin Silas Sterner gehen würde, er würde ein Teil von ihr bleiben.

Auf dem Weg zum Haus streifte Edies Blick den aufgedockten Kahn. Auf seinen Holzplanken lag ein Zweig mit Tollkirschen, deren glänzendes Schwarz vom Frost überzogen war.

Silas musste den Zweig dorthin gelegt haben.

Nur wann?

7

Die Verabredung

Auch diesen Schultag meisterte Edie wie üblich, wenn ihr etwas auf dem Herzen lag, das es ihr unmöglich machte, dem Unterricht zu folgen: Sie gab ziemlich überzeugend vor zuzuhören, während sie in Wirklichkeit ihren Gedanken nachhing. Es war ihr schon immer leichtgefallen, die notwendigen Infos aus dem Gewirr einer Unterrichtsstunde herauszufischen, um rechtzeitig mitzubekommen, wann ein Buch aufgeschlagen werden sollte und man vorgeben musste, sich Notizen zu machen. Dabei war ihr offenbar ihr Gesichtsausdruck eine große Hilfe, von dem ihre Mutter behauptete, »niemand starre so aktiv und achtsam ins Leere« wie sie. Während die gewiefte Inga diese Eigenart ihrer Tochter recht schnell spitz bekommen hatte, hielten die meisten Lehrer Edie für eine aufmerksame, wenn auch nicht übermäßig engagierte Schülerin, die trotz des Schulwechsels im Frühsommer ihr Abitur bestehen würde.

Als der Gong das Ende der letzten Stunde verkündete, ließ Edie sich mit dem Packen ihrer Sachen Zeit. Sie mochte es nicht, sich im Pulk durch den Haupteingang zu quetschen, und noch weniger Lust hatte sie auf den üblichen Smalltalk auf den Gängen. Dabei war ihr schon klar, dass es das eine oder andere enttäuschte Gesicht unter ihren Mitschülern gegeben hatte, als die Neue an der Schule sich keineswegs als unterhaltsam, inspirierend oder gar partytauglich herausgestellt hatte – und das, obwohl man in einem kleinen Dorf wie Wasserruh auf jeden Teenager angewiesen war. Aber Edie interessierte sich weder für Mädels-DVD-Abende, an denen der heißeste Tratsch durchgenommen wurde, noch fürs Grillen mit der Oberstufe, wobei regelmäßig jemandem die Zehen abfroren, weil er betrunken auf einem Laubhaufen eingeschlafen war.

Dabei waren die Kids von Wasserruh okay, genau wie an den meisten Orten, an denen Edie bislang gelebt hatte. Nur verspürte sie dieses Mal keinerlei Lust mitzumischen, auch wenn sie sich dabei wie ein Snob vorkam. Wem wäre jedoch damit geholfen, wenn sie Interesse heuchelte, zur Gemeinschaft dazuzugehören, obwohl sie in Wahrheit mit den Gedanken ganz woanders war? Also winkte sie gleich ab, wenn mal wieder das nächste Event geplant wurde. Für jemanden, der gezwungen war, viel zu verheimlichen, log Edie nämlich ausgesprochen ungern. Außerdem war sie ja keineswegs allein.

»Edie, meine Gute, da bist du ja!«

Addo schlitterte mit seinen Ledersohlen über den nassen Schulflur. Einen Moment lang befürchtete Edie, er könnte sich nicht mehr rechtzeitig fangen und würde einen Hinternklatscher der schmerzhaften Art hinlegen. Dann ließ er jedoch in der letzten Sekunde seine altmodische Ledertasche los, um sich an einem vorbeieilenden 10-Klässler festzukrallen.

»Pfoten weg, du Nerd«, fauchte der Junge. Als er allerdings Edies finsteren Blick bemerkte, sah er zu, dass er Land gewann.

Gemeinsam mit Addo räumte Edie die herausgefallenen Bücher zurück in die Tasche, dann hakte sie ihren Freund unter, denn im Gegensatz zu seinen auf Hochglanz polierten

Slippern hatten ihre Stiefel ein Profil, das dem glitschigen Grund trotzte.

»Egal, wie sehr es deinem Dresscode als Spreewald-Dandy widersprechen mag: Du solltest langsam auf wettergerechte Schuhe umsteigen. Es ist ein Wunder, dass du noch nicht auf einer gefrorenen Pfütze ausgerutscht bist und dir das Genick gebrochen hast«, sagte Edie, während sie zur Bushaltestelle gingen, wo sich nur ein paar jüngere Schüler gegenseitig mit ihren Turnbeuteln verdroschen. Wer in Wasserruh alt genug für den Führerschein war und einen fahrbaren Untersatz hatte, nutzte die Gelegenheit, nicht länger von den selten fahrenden Bussen abhängig zu sein. Edie hatte auch schon überlegt, sich von ihrem Gesparten einen gebrauchten Roller zu kaufen, sich dann aber dagegen entschieden. Sie mochte die gemeinsame Busfahrt mit Addo, der nie im Leben so etwas Profanes wie einen Helm auf seinen Kopf gesetzt hätte. Sein exakter Seitenscheitel war ihm heilig.

»Alles okay bei dir?«, fragte Edie nach, als Addo zum dritten Mal anfing, leicht neurotisch seine Kleidung zu ordnen, während sie an der Haltestelle herumstanden. Ein sicheres Zeichen dafür, dass ihm etwas zusetzte. »Du solltest dich von diesen Pappnasen nicht ärgern lassen. Die sind bloß neidisch, weil du tausendmal smarter bist als sie.«

»Das weiß ich doch.« Addo setzte ein betont hoheitsvolles Gesicht auf und deutete auf den einfahrenden Bus. »Davon mal abgesehen, kann ich es ihnen nicht verübeln. Vermutlich würde ich mir auch auf den Keks gehen, wenn ich wie *die* wäre. Bin ich aber nun mal nicht, worüber ich, ehrlich gesagt, auch ziemlich froh bin, selbst wenn ich dadurch gelegentlich in unangenehme Situationen gerate.«

Einen Augenblick lang schwiegen sie, und Edie konnte

nicht anders, als an die vielen fiesen Sprüche und Streiche zu denken, die Addos Schulalltag begleiteten.

Vermutlich ging es ihm ähnlich, denn er seufzte ergeben. »Vielleicht hätte ich auf meine Mutter hören und die eine oder andere Klasse überspringen sollen. Dann hätte ich den ganzen Ärger mit dieser unterdurchschnittlichen Gesamtschule bereits hinter mir und wäre jetzt der Alien auf einer Universität – nur mit dem Unterschied, dass man von seinen Kommilitonen im Fachbereich ›Angewandte Mathematik‹ wohl eher selten als Nerd denunziert wird.«

Edie verscheuchte eine Bande Rotzlöffel von der hintersten Busbank, auf der Addo am liebsten saß, um alles gut im Blick zu haben.

»Und warum hast du das mit dem Überspringen nicht gemacht? Dann wärst du zumindest mit Marischka in einem Jahrgang gewesen. Niemand weiß besser als sie, wie man sich gegen Leute wehrt, die einen schwach anmachen, nur weil man nicht der übliche Durchschnitt ist.«

Endlich gelang Addo ein Lächeln, während er sich umständlich hinsetzte und die Tasche fein säuberlich auf seine Knie stellte.

»Marischka hat eben Übung, weil ihre Familie in Wasserruh als rotes Tuch gilt und sich regelmäßig gegen Frechheiten zur Wehr setzen muss. Und dann muss sich die Gute auch gegen sieben Geschwister und einen ganzen Sack voller Cousins und Cousinen durchsetzen, die alle diese knallverrückten Novak-Gene abbekommen haben.« Dann tippte er sich gegen die Lippen, als wäre er sich nicht sicher, ob er wirklich weiterreden sollte. »Unsere Lieblingsspinnerin ist auch der Grund dafür, dass ich mir mit der Schule mehr Zeit als nötig lasse. Für Marischka war nämlich immer klar, dass sie in Wasserruh bleibt. Sie liebt die Wälder, sie braucht ihre Familie und das Gasthaus, in dem sie eine Arbeit hat, die ihr nicht wie Arbeit vorkommt. Ist ja auch klar, schließlich ist sie zur Gästebespaßung da. Der alte Kasten ist immer so gut wie ausgebucht, seit sie die Gäste schon ab der Reservierung mit ihren originellen Ideen zu bombardieren beginnt. Vermutlich verschickt kein anderes Hotel e-cards, die den Spreewald zeigen, wie er aussehen könnte, wenn er nicht – Zitat – ›so schrecklich spießig und vernünftig wäre‹. Die Leute von außerhalb wissen ihre künstlerische Ader eben zu schätzen.«

Edie nickte, sie hatte auch schon einen ganzen Sack voll von diesen e-cards zu sehen bekommen. Im Klartext zeigten die Fotos Marischkas Traumvorstellung von Wasserruh, das für sie ein märchenhafter, seltsamer und manchmal auch beängstigender Ort war.

»Mir sind vor allem die Nymphen-Aufnahmen in Erinnerung geblieben«, sagte sie. »Ich bekomme immer noch rote Ohren, wenn ich bloß dran denke.«

Mit einer Fotoreihe hatte die große Künstlerin nämlich den Vogel abgeschossen. An einem Weiher rekelten sich lediglich in grünen Tüll gehüllte Nymphen, die trotz Photoshop-Extrem verdächtig nach Marischkas Cousinenschar aussahen, die ein Glas Sekt zu viel intus hatte. Bei der Vorstellung, wie Marischka die Mädels dazu bekommen hatte, in einem Hauch von Nichts vor der Kamera zu posieren, machte sich Edie eine geistige Notiz: Auf keinen Fall in Marischkas Gegenwart zu tief ins Glas schauen, sonst endete sie auch noch auf einer e-Card im Blätter-Bikini.

»Und warum bist du auf keinem dieser Fotos gelandet?«, fragte sie neugierig.

Addo druckste verlegen herum. »Erstens mag ich keinen

Sekt, und zweitens hätte ich meine Brille absetzen müssen, um als Pan mit Flöte zu posieren.«

»Du solltest als Pan auftreten?« Edie konnte ein Kichern nur schwerlich unterdrücken. Wie auch, wenn vor ihrem geistigen Auge ein bebrillter Pan verlegen im Unterholz stand und sich nicht recht hervortraute? »Hat Marischka dir etwa eine Fellhose aus den alten Pelzmänteln ihrer verstorbenen Großmutter genäht?«

»Können wir wieder zu unserem ursprünglichen Thema zurückkehren?«

Addo war dazu übergegangen, seine Brillengläser zu polieren. Ohne seine Hornbrille auf der Nase sah er erstaunlich jung aus – was ja auch stimmte, er war nämlich erst fünfzehn.

»Tschuldigung. Kein Wort mehr über Männer in Fellhosen.«

Nachdem Addo ihr einen schiefen Seitenblick zugeworfen hatte, erzählte er weiter. »Auch wenn man es ihr nicht ansieht, die wilde Marischka braucht ein heimeliges Zuhause, um ihre Ideen ausleben zu können. Bei mir sieht das anders aus, ich bin jemand, der an seinen Intellekt gefesselt ist. Ich gehöre an einen Ort, wo die Menschen meine Sprache sprechen und ich endlich ausleben kann, wozu ich geschaffen wurde. Das bedeutet leider, dass ich bald aus dem Spreewald verschwinde. Und egal, wie gut Marischka und ich uns verstehen, wir werden uns entfremden. Davor habe ich Angst.« Addo schluckte, lächelte dann aber tapfer. »Dabei ist es natürlich überflüssig, sich um Marischka Sorgen zu machen, sie ist wie eine Katze, die immer auf die Pfoten fällt. Bestimmt läuft ihr genau an dem Tag, an dem ich meine Koffer packe, ihr Traumtyp über den Weg: einsneunzig groß, eine wallende Mähne und die Taschen voller Zauberstaub. Was, wenn ich niemals wieder so eine gute Freundin finde?«

Sanft streichelte Edie ihm über seinen kerzengeraden Rücken. Haltung ging Addo über alles.

»Jemand wie du wird immer Freunde finden«, beruhigte sie ihn. »Und weißt du, warum? Weil du ein großartiger Kerl bist, das spüren die anderen, sobald sie nicht länger hormongesteuert durch die Gegend poltern. Und Marischka wird sicherlich etwas einfallen, damit eure Freundschaft trotz der Distanz lebendig bleibt.«

»Ohne Marischka komme ich mir ganz grau vor, fast unsichtbar«, gestand Addo leise. »Als würde ich aufhören zu existieren, wenn sie mich nicht sieht. Da hilft auch das ganze Getue um meinen Style nichts.«

Edie schüttelte den Kopf. »Ich glaube, es ist andersherum: Marischka sieht dich unter all den anderen, weil du etwas Besonderes bist. Offenbar hast du das noch gar nicht mitbekommen, Addo Freiburg. Du hast viel mehr Persönlichkeit als ein Großteil der Menschen, die mir bislang über den Weg gelaufen sind. Und das liegt ganz bestimmt nicht an deinen vorbildlich gebügelten Bundfaltenhosen. Vielleicht ist es an der Zeit, dass du das selbst mal merkst.«

Auf Addos Wangen zeichnete sich ein tiefes Rot ab, aber zu Edies Freude wies er das Kompliment nicht zurück. »Du musst dich doch mit Trennungen auskennen, so oft, wie du umgezogen bist. Gab es bei dir auch schon mal jemand Besonderen, den du zurücklassen musstest?« Er blickte sie hoffungsvoll an.

Ein Stich traf Edie im Magen, und sie war froh, den »Stopp«-Button zu drücken, damit der Bus anhielt. »Darin bin ich leider keine Spezialistin, tut mir leid. Ich muss jetzt auch aussteigen, ich habe noch eine Verabredung in der Stadt.«

»Tatsächlich?« Die Neugier stand Addo ins Gesicht geschrieben, aber er war zu höflich, um nachzubohren. »Dann bis morgen, wir treffen uns – wie verabredet – bei Marischka zum Resteessen vom Hochzeitsschmaus. Ich bin gespannt, was für Geschichten sie von dieser Familiensause mitgebracht hat und vor allem, wie sie mit der Neuigkeit über Silas Sterner zurechtkommt. Bislang hat sie ihn mit keinem Wort erwähnt, was nichts anderes bedeutet, als dass es heftig in ihr brodelt. Sei pünktlich, ich warte nämlich draußen auf dich, damit ich mich ihr nicht allein stellen muss, ja?«

Eddi nickte noch rasch, dann schloss sich auch schon die Tür und der Bus suchte sich seinen Weg über den belebten Marktplatz.

Am Freitag war im Herzen von Wasserruh immer viel los dank der Marktstände voller Leckereien aus der Region. Es gab auch Tische mit jeder Menge Ramsch, die den Mangel an Geschäften in Wasserruh ausglichen. Edie brauchte einen Moment, um sich zu orientieren, denn bislang war sie immer nur im Tante-Emma-Laden gewesen und in einem sorbischen Restaurant, wenn weder Haris noch sie Lust zum Kochen gehabt hatten. Der nächste Pizzalieferdienst war von Wasserruh nämlich genauso weit entfernt wie eine Marsstation.

Heute hielt Edie nach einem Café Ausschau, dessen Anzeige sie im Lokalblatt gesehen hatte. Dort gab es angeblich einen schnellen Internet-Anschluss – der in der Schule war nämlich so langsam, dass eine Pause nicht ausreichte, um eine Seite aufzubauen, geschweige denn zu skypen.

Noch während Edie ihren mangelnden Orientierungssinn verfluchte, beschloss sie, sich zum Café durchzufragen. Gott sei Dank handelte es sich bei den mit Einkäufen beladenen und dick gegen den auffrischenden Ostwind eingemummelten Passanten nicht um Touristen auf der Jagd nach eingelegten Gurken – die Saison war eindeutig vorbei.

»Das Café liegt von der Rathausuhr gesehen links«, erklärte ihr eine Mutter, während sie gegen ihr schreiendes und um sich tretendes Kleinkind ankämpfte.

Leider traute sich Edie nicht, die erschöpfte Frau zu fragen, wie das mit dem Links zu verstehen sei: wenn man direkt vor der Uhr stand oder doch eher mit der Uhr im Rücken ...

Als Nächstes sprach sie einen älteren Herrn an, der einen entspannten Eindruck machte.

»Kenn ich, das Café«, erklärte der Mann auch prompt und streckte stolz seinen Kugelbauch vor. »Die haben dort so eine neumodische Kaffeemaschine mit viel Chrom. Sieht aus, als würde sie gleich wie ein Ufo abheben und in die Zukunft fliegen. Ich habe aber keine Ahnung, ob das Zeug schmeckt, die nehmen unglaubliche zwei Euro für einen Kaffee, nur weil sie da so Milchschaum drauftun und irgendeinen Sirup reinkippen. Frechheit, so was.«

»Der Kaffee ist mir nicht so wichtig.« Edie behielt lieber für sich, dass zwei Euro für einen aufgemotzten Kaffee hinter den Grenzen von Wasserruh keineswegs für Wucher gehalten wurde. »Also, da vorn ist schon mal die Rathausuhr, von da aus gesehen muss das Caf...«

Weiter kam Edie nicht, denn der ältere Herr stieß ein empörtes Schnauben aus. »Früher durfte sich nur Café nennen, was auch anständige Konditoreiwaren im Angebot hatte. Heutzutage verkaufen die Schmalzteilchen mit einem Loch in der Mitte und platten Schokoladenkuchen, von dem man nicht weiß, wie der Name ausgesprochen wird. Bruwnies oder so.«

Mit jeder Sekunde bereute Edie es mehr, jemanden um

Hilfe gebeten zu haben, der offenbar über mehr Zeit verfügte, als ihr lieb war. Obwohl ihr die Verabredung wie ein Stein im Magen lag, wollte sie um jeden Preis pünktlich sein. Und wenn es ging, sich vorher noch einen von diesen ›Bruwnies‹ mit ordentlich viel Zucker als Nervennahrung einverleiben.

Der ältere Herr beschwerte sich mittlerweile über die bunten Sitzkissen in der Ecke, wodurch das Café aussehe wie ein »Orientalenschuppen«, als Edie einen erneuten Versuch unternahm, ihn zu einer Wegbeschreibung zu überreden.

»Das Café, also, das liegt links, wenn man davorsteht? Vor der Uhr, meine ich«, fragte sie etwas zusammenhangslos, aber sie wusste sich nicht besser zu helfen.

Der ältere Herr hielt seinen Hut fest, damit der Wind ihn nicht fortriss. Zum ersten Mal sah er sie richtig an. »Sag mal, wer bist du überhaupt? Siehst nicht aus wie eine, die auf Durchreise ist. Aber die Kinder aus dem Ort kenne ich alle vom Sehen.«

Als Kind hatte man Edie zuletzt vor über fünf Jahren bezeichnet, was an ihrer Größe und ihrem auffälligen Haarschnitt lag, wodurch sie in den Augen der meisten Leute älter aussah. Wäre ihr nicht langsam die Unruhe in den Magen gekrochen, hätte sie gewiss darüber gelächelt.

»Ich wohne erst seit einigen Wochen in Wasserruh, aber meine Familie väterlicherseits hat viele Generationen hier gelebt. Ich bin Edie Klaws.«

»Der Klaws-Hof!« Der ältere Herr tippte sich gegen die Hutkrempe. »Stimmt, ich habe gehört, dass der wieder bewohnt ist.« Dann erschien ein listiges Blitzen in seinen Augen. »Und, schon Bekanntschaft mit der werten Frau Nachbarin im Forsthaus gemacht? Mit der schrulligen Zigeunerin?«

Edie wich zurück, als hätte er ihr einen Stoß verpasst. »Sie meinen Rodriga Adonay? Ja, ich habe ihre Bekanntschaft gemacht. Eine tolle, interessante Frau.«

Der ältere Herr winkte ab. »Interessant sind höchstens ihre Spinnereien, dieses Zigeunerpack glaubt doch an Magie und solchen Mumpitz. Aber dem kleinen Fräulein Klaws scheint so was ja zu gefallen, wie ich sehe? Kein Wunder, wie man so hört, war deine Familie dem Hokuspokus gegenüber ja auch nicht abgeneigt, vom Zweiten Gesicht war immer wieder die Rede, wenn mich mein Gedächtnis nicht im Stich lässt. Die Klaws sehen Dinge, die es gar nicht gibt.«

Es fiel Edie schwer, die Beherrschung zu wahren. Aber eine Diskussion schien ihr in diesem Fall wenig zu bringen. Der ältere Herr amüsierte sich viel zu gut, und sie würde ihm nicht den Gefallen tun, seinen Nachmittag noch unterhaltsamer zu gestalten, indem sie sich über Vorurteile aufregte.

»Ich will Sie dann mal nicht länger vom Rumstehen abhalten. Vielen Dank für Ihre Hilfe, ich finde den Weg bestimmt auch allein. Mit Kraft meines dritten Auges.«

Edie drehte sich nicht noch mal um, aber sie konnte geradezu spüren, wie ihr der Herr verblüfft hinterherstarrte. Wie schade, dass sie Rodriga gestern nicht angetroffen hatte, auch wenn ihr stattdessen Silas Sterner über den Weg gelaufen war. Vielleicht war Rodriga Adonay der einzige Mensch, dem Edie erzählen konnte, was sich zwischen ihr und diesem geheimnisvollen Jungen abgespielt hatte. Obwohl … möglicherweise gab es da noch jemanden.

8

FERNWEH

Das Internet-Café war von der gemütlichen Sorte und im Gegensatz zu den anderen Läden in Wasserruh überraschend modern. Nachdem Edie sich direkt an der Theke Espressobrownies, einen Milchkaffee und Zugangsdaten geholt hatte, grüßte sie ein paar Leute aus der Oberstufe, die hier den Schulschluss ausklingen ließen.

»Magst du dich dazusetzen?«, fragte Lara, mit der Edie einige Kurse besuchte. Sie war ein offenes Mädchen, bekannt für ihre gute Laune, und trug passenderweise immer eine Stoffsonnenblume im Haar.

Unter anderen Umständen hätte Edie sich vielleicht dazugesetzt, einfach weil es schön war, sich von Laras fröhlicher Stimme mitreißen zu lassen. Aber ihr lief die Zeit davon. Heute Morgen war eine Postkarte eingetroffen, die Ort und Zeit für dieses Treffen exakt festgelegt hatte. Dagegen zu verstoßen, hätte nur jede Menge unangenehmer Fragen aufgeworfen, was Edie wenig gebrauchen konnte angesichts der Tatsache, dass sie ohnehin ins Kreuzverhör genommen werden würde. Aus der Runde ihrer Mitschüler war niemand überrascht, als sie die Einladung ausschlug. Daran waren sie inzwischen gewöhnt.

Die Laptops standen auf einer hohen Theke am Fenster, wo

jeder im Laden einen Blick auf die Bildschirme werfen konnte. Edie wollte nur ungern, dass der halbe Jahrgang ihr beim Skypen zuschaute. Glücklicherweise waren die Kabel am Laptop lang genug, um sich damit in eine Ecke zurückzuziehen. Seufzend schmiegte sie sich in einen Sitzsack, und nachdem der Zuckerschub eingesetzt hatte, fühlte sie sich stark genug, um sich einzuloggen. Sie hatte ihre Ohrstöpsel noch nicht richtig eingesetzt, als ein junges Männergesicht auf dem Bildschirm aufploppte.

In den letzten Monaten waren Mariks Gesichtszüge noch ausgeprägter geworden, was ihn reifer als zwanzig Jahre wirken ließ. Vielleicht hing dieser Eindruck auch mit seinem Bart zusammen, der mittlerweile deutlich dichter als sein typischer »Drei-Tage« war. Marik fuhr sich mit der Hand durchs Haar mit den bläulichen Spitzen und lächelte auf eine fragende Weise, die Edie nicht von ihm kannte. Für gewöhnlich war er das Selbstvertrauen in Person.

»Hi. Wie sieht es aus, Frau Edie?«

Als sie seine so harmonisch klingende Stimme hörte, geriet ihr innerer Schutzschild gefährlich ins Wanken, und eine Sekunde lang wurde der Wunsch, alle Entscheidungen umzustoßen und wieder ganz und gar bei Marik zu sein, übermächtig. Doch sie riss sich zusammen und schenkte ihm das eingeübte Strahlelächeln, auf das er bislang noch immer reingefallen war. Jetzt schon etwas zu sagen, brachte sie einfach nicht fertig. So lange hatte sie ihn nicht gesehen …

Glücklicherweise redete Marik weiter, im Gegensatz zu ihr schien er die Chance auf dieses Gespräch vollauf nutzen zu wollen.

»Freut mich, dich endlich wieder einmal zu sehen, statt immer nur Postkarten mit Gurkengläsern als Motiv zu bekommen. Es ist zwar ganz lustig, zur Abwechslung mal etwas anderes im Briefkasten zu haben als immer nur Werbeflyer, aber so richtig viel erfährt man aus ein paar Zeilen in extragroßer Handschrift eben nicht.«

Edie zuckte demonstrativ mit den Schultern, um ihre Unschuld zu betonen. »Was soll ich machen? Mein Handy ist kaputt, in der Nähe unseres Hauses gibt es keinen Internetzugang, und Haris weigert sich, einen Telefonanschluss zu bestellen, weil er vor meiner Mutter immer noch den beleidigten Ehegatten mimt. Als ich mich beschwert habe, dass ich mal ganz gern telefonieren würde, hat er mir allen Ernstes Geld für einen Münzautomaten in die Hand gedrückt. Aber ich finde es nur bedingt spannend, alle paar Tage zum Telefonieren ins Dorf zu marschieren, der Weg hat es nämlich echt in sich. Da schreibe ich lieber Postkarten.«

Ob Marik auf ihre Ausflüchte reinfallen würde? Edie drückte sich innerlich die Daumen.

Zu ihrer Enttäuschung schüttelte Marik ungläubig den Kopf. »Es ist mir ein Rätsel, warum du dich auf diese Spreewald-Kiste eingelassen hast, statt mit Inga nach Singapur zu gehen. Wenn dein Vater mutterseelenallein in der Pampa hocken würde, bekäme er sich bestimmt schneller ein, und ihr könntet wieder zu dritt sein. Dann wären wir einander auch näher … Nicht nur, weil Inga dir bestimmt in Nullkommanix ein neues Handy besorgen würde.«

Bei der Erwähnung eines neuen Handys flatterten Edies Augenlider verräterisch, denn Inga hatte ihr tatsächlich eins geschickt. Das lag nun sorgfältig versteckt unterm Bett, und Edie holte es nur heraus, um ihrer Mutter im Plauderton von ihrem angeblich ruhigen Leben in Wasserruh vorzuflunkern. Ansonsten wurde die Existenz dieses Handys totgeschwiegen, nicht mal Addo und Marischka wussten davon, obwohl es verabredungstechnisch einiges erleichtert hätte.

Marik war mittlerweile jedoch so in seiner Ansprache vertieft, dass er Edies nervöses Zucken gar nicht mitbekam. »Ich kann mir auch gar nicht vorstellen, dass dir diese Zurückgezogenheit guttut. Was soll jemand wie du, der voller Leben und Ideen steckt, in einem Dorf mitten im Nirgendwo? Unfassbar, Edie Klaws zieht freiwillig in ein Kaff, wo man vom Rest der Welt abgeschnitten ist.«

Abgeschnitten zu sein – das war für Marik ganz bestimmt ein furchtbarer Gedanke, schließlich ging er mit offenen Augen durchs Leben, immer staunend und wie ein Kind jeden Eindruck aufsaugend.

Edie musste sich zusammenreißen, damit sie den Bildschirm nicht berührte, auf dem sich sein vertrautes Gesicht abzeichnete. Sie konnte an seinen Augen ablesen, wie sehr ihn ihre Ausflüchte verletzten und das Fundament ins Wanken brachten, auf dem ihre besondere Beziehung stand. Dabei hatte sie Marik vermisst, und zwar nicht auf die gewöhnliche Weise, bei der man feststellt, dass einem jemand Besonderes fehlt, damit das Leben sich vollständig anfühlt. Von Marik getrennt zu sein, war tausendfach schlimmer, es war das reinste Heimweh, ein wilder Schmerz am Grund ihrer Seele. Ihre Sehnsucht nach ihm verwandelte sie in ein waidwundes Tier, das sich in seinem selbst geschaffenen Käfig gegen die Eisenstäbe warf und dabei bemühte, keinen Schmerzenslaut von sich zu geben.

Aber Edie hatte Übung darin, sich in Mariks Gegenwart zusammenzureißen, damit er nichts von ihren wahren Gefühlen mitbekam. Und genau das tat sie jetzt. Ihr gelang sogar ein freundliches Nasekräuseln, während sie einen Schluck Milchkaffee nahm, um Zeit zu schinden.

»Manche Menschen sind für die Einsamkeit des Spreewalds geschaffen, andere für eine pulsierende Stadt wie London«, sagte sie im Plauderton. »Du mochtest schon immer alles, das in die Höhe strebt – ob es nun um Menschen oder Häuser geht. Wie ist es denn in der großartigsten Stadt der Welt? Da verwirklichst du endlich deinen großen Traum, und statt mir davon zu erzählen, meckerst du nur die ganze Zeit. Ich möchte alles über dein Apartment, dein Praktikum bei diesem Superfotografen und vor allem darüber erfahren, wie du dir die Nächte um die Ohren schlägst. Du hast doch bestimmt jede Menge spannende Leute kennengelernt, mit denen du die irrsten Dinge veranstaltest.«

Marik dachte allerdings gar nicht daran, sich von ihr auf eine andere Spur locken zu lassen. Offenbar verblasste seine London-Liebe angesichts seiner Enttäuschung, dass Edie sich so selten bei ihm meldete.

»Selbst im Niemandsland dürfte es nicht unmöglich sein, an ein neues Smartphone zu gelangen«, maulte er. »Herrje, Edie. Ich kann das einfach nicht glauben. Wenn mein Aufenthalt hier nicht so wahnsinnig teuer wäre, würde ich dir einfach eins schenken. Dann könnten wir unsere ganzen Eindrücke austauschen, so wie wir es immer getan haben. Das fehlt mir …«

Von einer plötzlichen Erschöpfung heimgesucht, winkte Edie ab. »Das wäre gar kein echter Austausch, ich habe nämlich nicht viel zu bieten, höchstens Fotos von Haris, wie er sich fast den Rücken bricht bei dem Versuch, die mit Laub zugesetzte Regenrinne zu reinigen. Mehr Action gibt es hier nicht. In Wasserruh sagen sich Fuchs und Igel gute Nacht, davon brauchst du weder Fotos noch Beschreibungen – vor allem nicht, solange du selbst am Nabel der Welt deine Zelte aufgeschlagen hast. Nun erzähl schon: Wie läuft dein Praktikum? Schon irgendwelche Models ins rechte Licht setzen dürfen? Sorry, ich vergaß: Dein Herr und Meister des Fotopraktikums lichtet ja nur richtig wichtige Dinge ab, wie weggeschmissene Cola-Dosen und so.«

Einen Augenblick lang sah es so aus, als wäre die Übertragung eingefroren, dann begriff Edie, dass Marik sie bloß nachdenklich anstarrte, als würde ihr Gesicht ihm die Dinge verraten, die ihre Zunge ihm so hartnäckig verschwieg. Geradezu prüfend studierte er ihre Mimik, und Edie war klar, dass er ihren aufgesetzt lockeren Auftritt durchschaute. So war es schon immer gewesen: Marik verstand sie besser als sie sich selbst. Nur die wichtigste Sache überhaupt hatte er nie begriffen – auf dem Auge war er blind.

»Dann verabreden wir jetzt also einen festen Termin zum Skypen in einem Café, was immer noch besser ist als gar nichts«, stellte er bedrückt fest. »Hör mal, ich will dich nicht in die Ecke drängen, aber meinst du nicht, dass du mir langsam mal anvertrauen könntest, was dich bedrückt? Wir sind nun doch schon seit Jahren die engsten Freunde und haben nie irgendwelche Geheimnisse voreinander gehabt. Das ist doch quasi ein Gütesiegel, wenn eine Freundschaft überlebt, obwohl man an verschiedenen Orten wohnt und sich höchstens in den Ferien sieht, falls die Kohle für den Trip reicht. Plötzlich scheint das alles allerdings nicht mehr zu zählen! Seit wir uns im Sommer zum letzten Mal gesehen haben, zerbreche ich mir den Kopf, was ich bloß falsch gemacht habe. Es muss ja wohl an mir liegen, denn wenn irgendetwas anderes passiert wäre, hättest du es mir auf jeden Fall erzählt, richtig? Ich habe irgendwas verbockt, aber du sagst es mir nicht, sondern versteckst dich dahinter, dass du mit deinem Vater hinter den Mond gezogen bist, wo die moderne Technik leider nicht funktioniert. Findest du das fair?«

Nein, mein Schweigen ist nicht fair, gestand sich Edie ein. *Es war aber auch nicht fair vom Schicksal, dich mir auf dem Silbertablett zu servieren und mir dann auf die Finger zu schlagen, wenn ich nach dem Glück greifen will.*

Wenn sie Marik diese Wahrheit jedoch unverblümt eingestand, würde sie mehr zerstören als retten. Er würde sich betrogen fühlen, weil sie ihm nie gesagt hatte, wie die Dinge wirklich für sie standen – und damit würde er recht haben, auch wenn sie ihre Gefühle erst begriffen hatte, als es bereits zu spät gewesen war. Nicht dass es etwas geändert hätte, wenn sie ihre Liebe früher erkannt hätte.

»Tut mir leid, dass du dich ausgeschlossen fühlst«, tastete sie sich an eine Antwort heran, die Marik hoffentlich beruhigen würde, ohne ihm zu viel zu verraten. Bevor sie wieder ansetzte, sah sie sich prüfend um, ob auch keiner ihrer Mitschüler eins ihrer Worte aufschnappen konnte. Doch die waren vollauf damit beschäftigt, sich gegenseitig mit Storys über ein Open-Air-Festival zu übertreffen, das im Matsch versunken war. »Es ist nur … Wasserruh hat sich als ein sehr besonderer Ort für mich herausgestellt, so besonders, dass ich mich kaum traue, es laut auszusprechen. Du bist zwar mein Freund und hast als einziger Mensch bemerkt, dass ich die Dinge manchmal anders sehe und … Wie soll ich sagen? Dass ich mehr mitbekomme, als da eigentlich sein sollte. In Wasserruh bin ich mit dieser Gabe offenbar nicht allein. Ich habe jemanden getroffen … oder vielmehr gefunden.«

Marik lehnte sich vor, als könnte er dadurch die Barriere zwischen ihnen überwinden. Dabei hörte er so konzentriert zu, dass Edie die Tränen in die Augen stiegen. Er nahm sie über alle Maßen ernst, seit sie ihm als elfjähriges Mädchen wortwörtlich vor die Füße gefallen war. Von einem Pferderücken, um genau zu sein, nachdem sie bei seinem Anblick vollkommen selbstvergessen die Zügel losgelassen hatte und gestürzt war. Marik hatte sie von Beginn an als gleichwertiges Gegenüber angesehen, obwohl er damals schon ein Jugendlicher gewesen war, während sie sich noch für Pferdebücher interessiert hatte. Und diese Freundschaft setzte sie aufs Spiel, weil sie ihre Gefühle nicht unter Kontrolle bekam. Alberne, hormongesteuerte Gefühle, die er niemals erwidern würde.

»Wenn du *finden* sagst, dann meinst du das wortwörtlich, richtig?«, fragte Marik vorsichtig nach.

Edie nickte. »Sein Herzschlag hat mich zu ihm gebracht. Er heißt Silas Sterner. Du kannst seine Geschichte ohne Weiteres online finden, hier im Spreewald wurde in den letzten Tagen nämlich über nichts anderes berichtet.«

Während sie noch redete, konnte Edie sehen, wie Marik den Namen bereits in sein Smartphone eingab und dann verblüfft die Brauen in die Höhe zog.

»Du hast einen Jungen gefunden, der zehn Jahre lang als vermisst galt? Hier steht, man habe ihn im Wald aufgegriffen.« Trotz alldem lag nicht der geringste Zweifel in Mariks Stimme. Er glaubte Edie, er hatte ihr immer geglaubt.

»Sein Herzschlag hat mich zu einem Versteck in einer Höhle geführt. Ich habe mich furchtbar erschreckt und bin weggelaufen, bevor ich ihn sehen konnte. Aber Silas weiß, dass ich ihn gefunden habe.« Ihre Stimme drohte wegzubrechen. »Und er hat meinen Herzschlag ebenfalls gehört. Das passiert mir zum ersten Mal.«

Mariks Mund schnappte vor Verblüffung auf. »Du hast einen anderen Menschen gefunden, der so ist wie du?« Ein

Hauch von Eifersucht schwebte zwischen den Zeilen, als würde ihm die Vorstellung zusetzen, dass sie nun jemand anderen hatte, der ihr auf einzigartige Weise nahestand. Vielleicht bildete Edie sich das aber auch nur ein, quasi als eine Wiedergutmachung für all die Qualen, die sie seinetwegen ausgestanden hatte.

»Wir sind einander verbunden – und Silas weiß das. Gut möglich, dass er ohnehin sehr viel mehr weiß als ich. Er hat die zehn Jahre, in denen er verschwunden war, zwar vollständig vergessen, aber das bedeutet nicht, dass sie ihn nicht geprägt haben.«

Als ertrage er die Distanz zwischen ihnen nicht länger, legte Marik seine Finger an den unteren Rand des Bildschirms.

»Wo war dieser Silas denn die ganze Zeit über … doch wohl kaum in dieser Höhle, oder?«

Vorsichtig legte Edie ihre Fingerspitzen von der anderen Seite des Bildschirms gegen Mariks. Eine unsinnige und zugleich wunderschöne Geste.

»Das«, flüsterte sie, »ist das große Geheimnis.«

9

DER REITER

Im Gasthaus der Familie Novak steppte der Bär – und zwar traditionell rund um die Uhr. Das lag in erster Linie daran, dass die Familie aus einer unübersichtlichen Schar Nachwuchs bestand, der teils schon wieder eigenen Nachwuchs hatte. Außerdem mangelte es dem Gasthaus – das Haris bei ihrer Ankunft in Wasserruh wegen der allzeit blinkenden Weihnachtsbeleuchtung und anderem grellen Klimbims als »Vorhölle des schlechten Geschmacks« bezeichnet hatte – nicht an Kundschaft. Die meisten Gäste schienen sich aus der weitverzweigten Familie der Novaks und deren unzähligen Freunden und Bekannten zu rekrutieren, anders ließ sich der lockere, geradezu familiäre Umgang im Speisesaal, auf der Kegelbahn und am Biertresen nicht erklären. Sogar an diesem trüben Samstagvormittag war schon viel los, als Edie eintraf, um die Reste vom Hochzeitsessens, die Marischka mit nach Hause gebracht hatte, zu vernichten.

»So groß, wie der Haufen an übrig gebliebenen Leckereien ist, habt ihr auf der Feier nichts gegessen, sondern nur gesoffen«, stellte sie nüchtern fest, als Marischka ihr und dem ebenfalls frisch eingetroffenen Addo stolz die Ausbeute in der Speisekammer präsentierte.

»Nee, wir haben gegessen, quasi ununterbrochen – außer

wenn wir getanzt oder geschlafen haben. Wenn du mir nicht glaubst, kannst du meinen Bauch anfassen, der ist immer noch rund wie ein Kürbis.« Demonstrativ zog Marischka ihr Walle-Walle-Kleid glatt, obwohl es da nichts Spektakuläres zu sehen gab. Bei ihrer ständigen Rumhibbelei wäre es auch einem Wunder gleichgekommen, wenn sie auch nur ein Gramm Hüftgold angesetzt hätte. »Wenn man in Polen Hochzeit feiert, dann ist das Schlaraffenland ein schlapper Abklatsch dagegen. Und bei dieser Feier wurde so richtig übel aufgefahren, mit Räucherkammer, ganzen Käselaiben und turmhohen Kuchen. Das war dekadenter als im alten Rom.« In ihren Augen glitzerte es glückselig. »Soll ich euch meine absolute Lieblingstrophäe von den Futterkrippen zeigen? Eine ganz spektakuläre Sache.«

Addo überschlug sich fast dabei, nein zu sagen. Aber es war zu spät – Marischka hatte bereits ein Leinentuch gelüftet, unter dem ein echter Schweinekopf zum Vorschein kam.

»Tada! Das ruhmreiche Ende eines Spanferkels.«

Während Edie und Addo synchron zurückzuckten, malte sich Marischka bereits die Möglichkeiten aus, die ihre ›Trophäe‹ bot.

»Aus so einem Kopf muss man doch einfach etwas machen«, beschloss sie. »Allein der Blick aus den leeren Augen, da fühlt man sich regelrecht aufgefordert, über den Tod nachzudenken. Eine Aktion über Leben und Tod … Wir werden dem Schweinchen ein unvergessliches Ende bereiten. Zumindest seinem Kopf.«

»Das vergisst du ganz schnell wieder«, erklärte Addo entschieden und breitete das Leinentuch über den Spanferkelüberresten aus. »Wenn es um Nahrungsmittel geht, hört der Spaß auf.«

»Aber das ist doch nur ein Schädel, den kann man gar nicht essen. Höchstens die Ohren. Und wenn ich nichts mit dem guten Stück mache, dann reißt es sich Kolja für einen Auftritt mit seiner Heavy-Metal-Band unter den Nagel. Die machen dann ganz bestimmt was Perverses damit, während es bei mir auf jeden Fall würdevoll zugehen würde.«

Marischkas Protest verhallte unerhört, denn Addo ging einfach dazu über, einen Teller mit Leckereien zu füllen. So blass, wie er allerdings um die Nase war, würde es bestimmt noch eine Weile dauern, bis er auch nur einen Bissen herunterbekam. Aus lauter Solidarität schnappte Edie sich ebenfalls einen Teller, obwohl sie durchaus neugierig war, was genau Marischka durch ihr seltsam verdrahtetes Gehirn gegangen war. Ihre Gastgeberin schmollte noch einen Augenblick, dann erinnerte sie sich an ihre Einladung zum großen Resteessen und begann, ein Tablett zu beladen. Mit einigen Mühen schafften es die drei, ihre Beute an den Gästen vorbeizuschleusen und auch die Begegnung mit einigen nach einem Fußballspiel besonders hungrigen Geschwistern zu überstehen.

»Wenn wir den Dachboden erreicht haben, sind wir in Sicherheit vor der Meute«, munterte Marischka sie beim Hindernislaufen durchs Gasthaus auf. »Die Älteren sind zu faul, um die Leiter hochzusteigen, und den Jüngeren habe ich äußerst erfolgreich Gruselgeschichten über den Dachboden erzählt. Es ist der einzige Platz in diesem riesigen Haus, wo man seine Ruhe hat. Die lästige Verwandtschaft lässt einen ja nicht einmal am Stillen Örtchen allein. Manchmal kommt es mir so vor, als würde ich in einem Ameisenhaufen leben.« Richtig ernst klang sie jedoch nicht bei ihrer Beschwerde, was auch untypisch gewesen wäre – sie liebte den Trubel nämlich.

Als sie endlich unterm Dach angelangt waren, deutete Marischka auf ein Kissenlager unter dem Giebelfenster, auf das sich sogar Addo niederließ, nachdem er ein Stofftaschentuch ausgebreitet hatte. Es war ein gemütliches Plätzchen inmitten unzähliger Kisten und eingestaubter Gegenstände. Von draußen blinkte die Weihnachtsbeleuchtung zum Fenster herein und verlieh dem grauen Tageslicht eine verwunschene Note. Nachdem Edie es sich mit einem vollen Teller in der Hand bequem gemacht hatte, lauschte sie Marischkas Hochzeitsgeschichten über ein tagelang währendes Fest, bei dem sich die Novaks offenbar gegenseitig in unterhaltsamen Einfällen überboten hatten. Die Verrücktheit schien ein waschechtes Familienmerkmal zu sein.

Während Marischka geradezu überquoll vor Anekdoten, wechselten Edie und Addo gelegentlich Blicke.

›Sie versucht etwas, das ihr am Herzen liegt, zu überspielen‹, sagten Edies zusammengekniffene Augen.

›Ich sagte dir doch, dass Marischka über die wirklich wichtigen Dinge eher schweigt‹, stand in Addos grauen Augen, gut verborgen hinter den Brillengläsern, damit es seine seit Kindertagen vertraute Freundin nicht bemerkte.

Edie war sich nicht sicher, ob einer von ihnen beiden das Thema Silas Sterner aufbringen würde, obwohl es sie fast noch mehr beschäftigte als ihr gestriges Gespräch mit Marik. Bevor sie jedoch einen Entschluss fassen konnte, holte Marischka unter einem Kissenhaufen eine Flasche mit goldfarbenem Inhalt hervor.

»Sagt Hallo zu meinem guten Freund Slibovic.«

»Was ist denn das?« Addo schien ernsthaft überrascht.

»So eine Art Obstbrand, ziemlich hochprozentig«, half Edie aus.

Doch Addo winkte ab. »Das weiß ich. Slibovic wird dir hier in der Gegend häufiger angeboten als ein Glas Wasser. Ich meine nur … Du magst doch gar keinen Alkohol, Marie Karolina Novak!«

Marischka biss sich auf die Unterlippe. »Klar mag ich Alkohol, er macht mich nur immer so schwermütig, deshalb lass ich da lieber die Finger von. Aber heute nicht, heute wird er uns einfach nur guttun und die Zunge lockern. Auf geht's, trinkt eure Wassergläser aus, damit ich einschenken kann. Wir stoßen jetzt auf die Freundschaft an.«

Der Gedanke gefiel Edie, auch wenn ihr bei dem vollen Glas Slibociv ein wenig mulmig zumute wurde. »Auf nichts trinke ich lieber«, sagte sie und hob ihr Glas.

Widerwillig kam Addo ihr nach, auch wenn er sichtlich unwohl auf seinem Hosenboden herumrutschte. »Auf die Freundschaft, die alle Höhen und Tiefen übersteht.«

Plötzlich wurde Marischkas Strahlen von einem überraschend ernsten Ausdruck abgelöst. »Auf die Freundschaft, die auch dann noch besteht, wenn sie längst erloschen ist.«

So wie die zwischen Marik und mir, dachte Edie bekümmert, als sie die scharf schmeckende Flüssigkeit runterstürzte.

Während Edie noch den Tränenschleier aus den Augen blinzelte, schenkte Marischka sich bereits nach. Addo hustete ausgiebig und Edie hielt schützend die Hand über ihr Glas, damit nicht nachgefüllt werden konnte.

»So zurückhaltend?« Marischka zog die Stirn kraus, wobei ihr breites Stirnband gefährlich tief über die Augenbrauen rutschte. »Hat Addo dir zufälligerweise von den Nymphenfotos erzählt? Wenn es daran liegt, dann kann ich dich beruhigen: Ich habe meiner Sippe hoch und heilig versprochen, keine phantasievollen Nackedeiaufnahmen mehr in Umlauf zu bringen, egal, wie künstlerisch sie sind. Davon abgesehen dauert dieser Photoshop-Kram ewig, ich habe damals die halbe Nacht damit verbracht, die Rockerbraut-Tattoos meiner Cousine Anna wegzupixeln. Oder kannst du dir eine Nymphe mit einem riesigen Totenkopf auf der linken Brust vorstellen? Ganz zu schweigen von dem bebrillten Pan, der war echt ein böser Flop.«

Edie blinzelte Addo an, der nach seiner Dosis Slibovic leicht schief dasaß. »Dann gibt es also doch Aufnahmen von dir in einer Fellhose. Wie animalisch.«

Prompt hielt Addo sein Glas hoch, damit es nachgefüllt wurde. Marischkas Hand zitterte leicht, als sie auch Edie goldfarbene Flüssigkeit nachgoss.

Aus dem Bauch des Hauses scholl Stimmengewirr, die Bassline eines Ska-Stücks und das Knarren der Holzdielen von der unten Etage nach oben. Doch es klang, als bliebe es an einer Membran hängen, weil die drei in einer Art Luftblase saßen, in ihrer eigenen Welt, in der Dinge verhandelt wurden, die mit dem Gejohle und den lauten Schritten auf dem Flur nichts zu tun hatten. Vielleicht lag es an dem Schleier, den der Slibovic in ihren Köpfen webte, oder auch an dem Jungen, der vor einigen Tagen nach Hause zurückgekehrt war und samt seinem Geheimnis zwischen ihnen zu sitzen schien wie ein unsichtbarer Gast, dessen Gegenwart sich niemand einzugestehen traute.

»Addo ist der beste Freund, den sich ein Mädchen wünschen kann«, wisperte Marischka. Ihre ansonsten so überbordende Energie war mit einem Schlag wie weggewischt und sie tastete sich suchend an ihre Worte heran. »Ein ganz und gar feiner Typ. Wenn er eines Tages dem Spreewald den Rücken zukehrt, wird er mir bestimmt sagen, wohin er geht. Und nicht einfach so verschwinden.«

»So, wie Silas verschwunden ist?«

Edie glaubte, ein Knacken zu hören, als wäre der Name des Jungen ein Zauberschlüssel, der die Tür zu einer Welt aufstieß, die sie bislang nur erahnen, aber noch nicht sehen konnte. Auch Addo schien die eigenartige Stimmung zu erreichen, denn er warf einen Blick über die Schulter, als würde er dort jemanden vermuten. Es war jedoch nur die blinkende Weihnachtslichtkette, die der Wind gegen das Gaubenfenster klopfen ließ. Marischka hingegen saß ganz still da, als würde sie einer inneren Stimme lauschen, bevor sie eine Antwort wagte.

Mit Silas Sterner ist genau jener kaum zu erfassende Zauber zurückgekehrt, nach dem Marischka sich so sehr sehnt, seit sie ein Kind war, begriff Edie. *Sie weiß von seiner Gabe, er hat ihr davon erzählt, sie eingeweiht in die andere Welt...*

»Was hat Silas dir bedeutet? Jetzt, da er wieder da ist, kann dir die Erinnerung daran doch nicht mehr wehtun«, versuchte Edie es erneut.

Als Marischka aufblickte, lag ein verletzlicher und sehr junger Ausdruck in ihren Augen.

»Es tut trotzdem noch weh – und wird wohl niemals wirklich aufhören. Es ist ein unwiederbringlicher Verlust. Silas konnte etwas in einem bewegen, sodass die Welt danach nicht mehr die alte war. Er konnte einen Dinge sehen lassen, einen anderen Wald voller längst vergessener Geheimnisse, wie Fließe angefüllt mit Magie, die über die mit Moos bewachsenen Ufer leckten. Wenn man neben ihm saß und es zuließ, dann rauschten die Erlen nicht, sondern klagten ihre Sehnsucht nach einer Zeit, in der sie von einem eigenen Willen beseelt gewesen waren, machtvolle Geschöpfe und nicht bloß leere Hüllen für lange entschwundene Geister. Als Kind hatte

Silas eine Gabe, auch wenn sich die Erwachsenen das nicht eingestehen wollten. Sie haben ihn geliebt, lauter zärtliche Blicke lagen auf ihm. Es lag nicht nur an seinem umgänglichen Wesen, sondern auch daran, wie er mit Worten umgehen konnte. Wirklich, er hat geredet wie ein Wasserfall … wie ein ziemlich brillant klingender Wasserfall.« Marischka wischte sich verstohlen über die Augen. »Aber die Erwachsenen haben Silas auch gefürchtet. Obwohl ich noch ein Kind war, habe ich mitbekommen, wie sie sich in seiner Gegenwart verspannten, als würden sie ahnen, dass sein Glanz eines Tages etwas Dunkles anlocken würde. Und so war es dann ja auch. Damals habe ich das nicht begriffen, aber im Nachhinein kam es mir vor, als sei er ein Opferlamm gewesen, das sich der Wolf früher oder später holen würde.«

Marischka hielt inne, während sich Edies Gedanken überschlugen. *Ist das ein Spiel, das sie mit uns treibt? Nein, völlig unmöglich, die Erinnerung zerreißt sie ja fast. Aber trotzdem: Ist es wahr, was sie erzählt? Dieses böse alte Märchen vom geraubten Kind?*

»Nachdem das Dunkle, das zwischen den Erlen lebt, zugeschlagen hat, war ich wie schreckensstarr«, flüsterte Marischka. »Silas hatte mich mit in den Wald genommen, um mich diese andere Welt sehen zu lassen. Als er dann fort war, grub sich eine schreckliche Leere in mich hinein. Man darf so etwas nicht gezeigt bekommen und dann allein gelassen werden, das ist grausam.« Als würde sie den alten Schmerz so lebendig spüren, als wäre er ihr eben erst zugefügt worden, beugte sie sich ein Stück vor. Sogleich war Addo zur Stelle und legte seinen schützenden Arm um ihre Schultern. »Seitdem habe ich immer wieder versucht, selbst den Zauber aufleben zu lassen, den Silas mir damals gezeigt hat. Das ist mir zwar nie gelungen, aber es war besser, als seine Abwesenheit reglos zu ertragen.«

»Dann hast du deine ungewöhnlichen Aktionen veranstaltet, um die Leere nach Silas zu füllen.« Addo klang betrübt.

Marischka gelang tatsächlich ein aufmunterndes Lächeln. »Am Anfang bestimmt, aber nachdem ich dich kennengelernt habe, hat sich das ziemlich rasch geändert. Mit dir an meiner Seite ergab das Ganze plötzlich einen Sinn, der über meine Trauer hinausging. Dank dir kann ich mir kein Leben ohne meinen faulen Zauber vorstellen, Addo.«

Sosehr Edie den beiden Freunden ihren Moment gönnte, ihr brannte etwas auf der Seele. Sie ahnte, dass Marischka die Vergangenheit ruhen lassen wollte, aber vorher musste sie noch eine alles entscheidende Frage stellen. »Hat Silas denn mal angedeutet, dass jemand es auf ihn abgesehen hat?«

Zuerst funkelten Marischkas Augen auf, weil Edie weiterhin in der Wunde bohrte, doch dann nickte sie, nur um sogleich den Kopf zu schütteln.

»Silas hat mal eine Geschichte erzählt über einen Reiter im Erlenwald, aber wenn du sie hören möchtest, dann wirst du ihn selbst fragen müssen, denn die Geschichte gehört ihm. Bestimmt würdet ihr zwei euch gut verstehen … Da gibt es so eine gewisse Ähnlichkeit, wie ihr ohne Weiteres akzeptiert, dass die Welt mehr ist, als sie auf den ersten Blick vorgibt. Oder täusche ich mich da?«

In der Frage schwang erneut die Wut mit, aber auch eine Spur von Hoffnung, die Edie mutig werden ließ. »Ich habe Silas kennengelernt: Er stand gestern vorm Haus meiner Großeltern, auf ›festem Grund‹, wie er sagte. Außerdem hat er mich gewarnt, ohne etwas Genaues zu sagen.«

Es brauchte einen Augenblick, bis Marischka ihre Stimme wiederfand. »Hat Silas dich vor dem Reiter gewarnt?«

Edie zuckte mit den Schultern. »Nicht ausdrücklich, aber es würde mich nicht wundern, wenn es ihm darum ging. Gut möglich, dass er sich an diese Geschichte ebenfalls nicht mehr erinnert und einfach nur eine Beunruhigung verspürt.«

Marischka stieß so schnell vor, dass sie den restlichen Slibovic verschüttete, aber es war ohnehin nur noch eine Pfütze übrig. »Das glaube ich nicht, auch wenn er alles andere vergessen haben mag. Frag ihn nach dem Reiter, Edie. Und wenn er dir die Geschichte erzählt, dann wirst du sie auch nicht mehr vergessen. Das verspreche ich dir.«

10

GRÜSSE AUS DER ANDEREN WELT

»Im Oktober überrascht einen die Dunkelheit, als würde sie sich von hinten anschleichen und einen plötzlich einhüllen«, murmelte Edie ein wenig benommen.

Es war aber auch zu schwierig, zu reden und gleichzeitig nicht auf dem feuchten Laub auszurutschen, unter dem der Waldweg begraben lag. In den letzten Tagen hatten die Bäume wie auf ein geheimes Signal hin angefangen, auch die letzten Blätter abzuwerfen. Jeder Schritt durch diese nur scheinbar watteweiche Laubdecke war ein Wagnis, wie sie bereits festgestellt hatte, als ihre Fußspitze an einem verborgenen Stein hängen geblieben und sie der Länge nach hingefallen war. Das zerfetzte schwarze Nylon an ihren Knien verriet, wie heftig sie gestürzt war.

Warum zur Hölle habe ich nicht einfach meinen Slibovic-Rausch auf dem molligen Kissenlager ausgeschlafen?, fragte sich Edie.

Wehmütig dachte sie daran, wie sie vor einer gefühlten Ewigkeit Marischka und Addo verabschiedet hatte, unter einem Kranz aus Plastikchristrosen, der den Eingang des Gasthauses zierte. Zu diesem Zeitpunkt hatte höchstens eine Spur von Dämmerung überm Himmel gehangen. Als sie sich an der Haltestelle umsonst die Beine in den Bauch stand, weil schlichtweg kein Bus auftauchte, war die Kälte nach und nach

an ihren Stiefeln und bestrumpften Beinen hochgeklettert, bis
sie schlotterte. Der Slibovic mochte ihren Schädel mit weicher
Watte ausfüllen, aber ihren Körper hielt das Teufelszeug nicht
warm! Als auch noch ihre Zähne klapperten und immer noch
kein Bus in Sicht war, hatte Edie sich notgedrungen zu Fuß
auf den Weg gemacht.

Eine gute Entscheidung, wie sie zuerst dachte. Denn während
sie die Hauptstraße hinter sich ließ und eine Abkürzung durch
den Wald einschlug, kam ihrem angesäuselten Verstand ein
wunderbarer Gedanke nach dem nächsten. Das Chaos, das
nach Marischkas Geständnis hinter ihrer Stirn geherrscht hatte,
schien sich wie von Geisterhand zusammenzufügen. Marischkas Worte hatten einen Prozess in Gang gesetzt und der Slibovic heizte ihm zusätzlich ein. Jeden Moment würde sie eine
entscheidende Entdeckung machen, das spürte sie geradezu
körperlich. Als kratze die Erkenntnis bereits an der Oberfläche,
um sie wie dünnes Eis zum Einbrechen zu bringen.

All die Gespräche und Erlebnisse der letzten Wochen
schwirrten durch Edies Geist und wollten sich zu einem großen Ganzen zusammensetzen. Ihre Ankunft in Wasserruh ...
Rodrigas blitzend schwarze Augen ... die Lichtung im Wald ...
der fremde Herzschlag ... ein Junge auf der Suche nach festem
Grund ... ein unheimlicher Reiter ... All das gehörte zusammen, da war Edie sich immer sicherer, auch wenn sie das
Rätsel immer noch nicht vollends begriff. Was fehlte, war der
richtige Zauberkleber, der das Puzzle aus Gedanken und
Erlebnissen zusammenhielt.

Wenn es ihr nur gelingen würde, sich anständig zu konzentrieren, dann würde sie endlich begreifen, was in Wasserruh
vor sich ging.

Sie war so kurz davor, nur noch ...

»Mist!«, keuchte Edie auf, als ihr Stiefel in einer von Blättern bedeckten Pfütze versank und sie nur knapp ihr Gleichgewicht fand.

Widerwillig ließ sie von ihren Überlegungen ab. Egal, wie dicht sie davorstand, von einem Geistesblitz heimgesucht zu werden, ihre Beine brauchten eine Pause. Und was noch viel schlimmer war: Ihr war schwindelig. So schwindelig, dass die bunt gefärbten Blätter zu ihren Füßen zu tanzen anfingen, seltsame Reigen, die sie nur noch trudeliger machten. Als sie die Augen schloss, um das Geflirre auszublenden, wurde ihr richtig schummerig im Kopf.

Wieso habe ich noch mal Hochprozentiges aus einem randvollen Glas getrunken?, fragte sie sich. *Wenn ich nur für fünf Cent Grips im Kopf hätte, hätte ich Marischka das Trinken allein überlassen. Schließlich war es ihre Zunge, die gelockert werden musste.*

Im nächsten Moment lockerte sich auch bei Edie etwas, und zwar in ihrer Magengegend. Die Mischung aus Slibovic und Hochzeitstorte fuhr Karussell. Stöhnend schlug sie die Hände vor den Mund, was gegen die Rebellion in ihrem Bauch jedoch nur wenig half. Als sie sich wieder aufrichtete, schienen die Baumstämme zu beiden Seiten des Wegs zu verschwimmen.

Nun sah sie auch noch unscharf.

Dann begriff sie, dass Nebel vom Waldboden aufgestiegen war. Ein dichter Schleier aus unzähligen Tropfen, fein gesponnene Wasserseide.

Unter anderen Umständen hätte Edie einen Spaziergang durch den Nebel genossen. Die eigenartige Stimmung, die von diesem Wetterphänomen verbreitet wurde, getragen durch die verstummenden Geräusche und die sich dem Auge entziehende Welt. Aber ausgerechnet jetzt, inmitten des einsam daliegenden Waldes, angeschlagen vom Alkohol und mit Marischkas

Erzählung im Ohr, breitete sich Angst in ihrer Brust aus. Der Nebel würde sie aufhalten, ihren Gang verlangsamen, und nicht mehr lange, dann würde sie obendrein auch noch die nächtliche Finsternis gefangen nehmen. Allein die Vorstellung, im Dunkeln ihren Weg ertasten zu müssen, ließ Edie nach Luft schnappen.

Sie lief los, doch der stärker werdende Griff um ihre Brust verhinderte, dass sie schnell genug vorankam. Aufmerksam lauschte sie in den grauen Nebel. Es war, als wären alle Geräusche im herbstlichen Wald verstummt. Nur das Knacken von Ästen unter ihren Sohlen und ihr keuchender Atem – mehr war da nicht.

Obwohl es gewiss an der Nebelwand lag, vertraute Edie ihren Ohren nicht. Ihre Sinne spielten ihr einen Streich, gaben ihr das Gefühl, in einem Wald gefangen zu sein, der mehr mit einem verwunschenen Märchenreich als mit dem gut gepflegten Forst von Wasserruh gemeinsam hatte. Immer wieder tauchten aus dem Nebel zu den Wegesseiten einzelne Baumstämme auf wie stumme Wächter. Auf ihrer Rinde breitete sich unnatürlich schnell Reif aus. Edie sah es trotz Dunkelheit und Nebel, denn es war ein Blick in eine andere Welt. Die Veränderung geschah, ohne dass Edie es darauf anlegte, vielmehr drängte es sich ihr regelrecht auf.

Die Decke aus Kristallen breitete sich wie von Zauberhand über die Stämme aus und verwandelte die Bäume in etwas, das mehr war als Wurzeln, Rinde, Astwerk und Blatt: Sie wurden zu einem Kunstwerk, dem ein eigenes Leben innewohnte.

Die Erlen, begriff Edie. *Sie gehören ihm. Er ruft sie, hüllt sie in seinen Zauber ein.*

Doch wer war er?

Weder Hufgetrampel war zu hören, noch eine Gestalt im

Nebel zu erkennen. Da war nur der Nebel, der seine Fäden über dem Weg spann, bis Edie kaum noch wusste, wo sie langlief.

Erste Zweige streiften ihr Gesicht und verrieten, dass sie vom Weg abgekommen war. Der Grund unter ihren Füßen wurde unebener, hängte sich schwer an ihre Sohlen. Trotzdem blieb Edie nicht stehen. Egal, wie unsicher jeder weitere Schritt auch sein mochte, es war immer noch besser, als sich dem Nebel zu überlassen. Denn bislang wich er stets ein wenig zurück, als warte er lieber ab, bis sie erschöpft stehen blieb oder über einen Stein stolperte und hinfiel. Dann würde er sie einhüllen. Und dann …

Edie hatte keine Vorstellung, was dann sein würde, aber ihre Angst flüsterte ihr zu, dass es besser war, es gar nicht erst herauszufinden. Und so stolperte sie weiter, umging die sich ihr in den Weg stellenden Erlen und versuchte nicht darauf zu achten, was sich im Nebel abzeichnete: Gesichter mit leeren Augenhöhlen, die zu schmal und zu spitz zulaufend waren für Menschengesichter. Diese Gesichter waren Erinnerungen aus einer Zeit, als der Name dieser Gegend noch nicht Wasserruh gelautet hatte. Regungslos stierten sie Edie an, um sogleich nicht mehr als Nebelfetzen zu sein.

Ein anderer Wanderer hätte vermutlich den Verdacht gehegt, dass in der Flasche nicht nur Slibovic, sondern eine Ladung LSD gewesen war. Aber Edie kannte sich mit solchen Dingen aus. Was sie beunruhigte, war, dass ihr die andere Welt bislang nie Angst eingejagt hatte. Sie war imstande, an einem Gewitterhimmel miteinander ringende Gestalten zu sehen, wo andere bloß Wolkentürme erkannten. Oder unter Wasser einen verführerischen Blumenduft wahrzunehmen. Allerdings war ihr der Blick immer nur für wenige Momente gestattet, dann verlor sich der Eindruck. Sie war bloß Zeugin dieser phantastischen Ereignisse, die schon lange zurücklagen. Nie hatte sie das Gefühl gehabt, dass diese Erscheinungen sie erreichen konnten oder gar imstande waren, sie in ihr Reich zu ziehen.

Jetzt war alles anders.

Edie wurde von der anderen Welt umringt, ob sie wollte oder nicht. Die andere Welt wollte viel mehr, als sich ihr nur zu zeigen. So abwegig es klang, es schien durchaus so, als wollte *sie* sich Edie anschauen und ihrer habhaft werden.

»Das ist vollkommen falsch!«, rief Edie so laut, wie es ihre schmerzenden Lungenflügel zuließen. »Du kannst dich nicht einfach in den Vordergrund schieben und die Wirklichkeit verkehren. Hörst du?«

Doch wer sollte sie hören? Die mit Raureif überzogenen Erlen, die mittlerweile dicht an dicht um sie herumstanden? Oder die leblosen Gesichtermasken im Nebel? Noch immer drang kein Laut zu Edie durch, sie fühlte sich gefangen in einer Glaskugel voll Nebel und glitzerndem Puderzucker. Es war unsinnig, dass sie sich weiter voranquälte, denn sie lief schon lange im Kreis. Es war höchste Zeit, die Waffen zu strecken und sich zu ergeben ... loszulassen. Wie ein süßes Gift schlich sich dieser Gedanke ein.

Du bist umzingelt, raunte der Nebel ihr zu.

Ergib dich, raschelte es in den Zweigen der Erlen.

»Nein.«

Dieses Nein kostete Edie fast ihre ganze Kraft. Trotzdem stieß sie es ein weiteres Mal aus und ballte die Hände zu Fäusten. Obwohl der Nebel sie fast ganz eingesponnen hatte, stolperte sie durch den Spalt zwischen zwei eng stehenden Erlen und stürzte.

* * *

Ihr Sturz dauerte nicht länger als einen Atemzug. Edie landete jedoch nicht wie erwartet unsanft auf dem Waldboden, sondern stürzte in eisiges Wasser. Ein Flusslauf, breit und tief genug, dass sie der Länge nach eintauchte. Mit schmerzend scharfen Krallen fuhr ihr das Wasser über Wangen und Kopfhaut, durchdrang in Windeseile all ihre Kleidungsschichten und nahm sie in Besitz.

So schneidend kalt das Wasser auch war, es gelang ihm, den Bann zu brechen, der sich mit dem Nebel über den Erlenwald gelegt hatte.

Als Edie auftauchte, stieß sie einen Schrei aus, klar und weit tönend. Der Druck auf ihrer Brust war verschwunden, und obwohl ihr die Kälte zusetzte, spürte sie wieder Leben in ihren Gliedern. In der Ferne bellte ein Hund und ein Auto wurde gestartet. Blasses Laternenlicht fiel auf das gegenüberliegende Ufer, das zum Greifen nah war.

So nah die Böschung aus Gräsern und Buschwerk jedoch schien, Edie konnte sie nicht erreichen, die Strömung war zu stark und riss an ihr. Fluchend strampelte sie auf der Stelle, um wenigstens nicht unterzugehen. Dabei musste sie schleunigst aus dem Wasser raus! Und zwar nicht nur, weil sie sich sonst in dem eisigen Fließ den Tod holen würde. Von der Waldseite, der Edie gerade noch rechtzeitig entkommen war, drangen Nebelschwaden hervor und glitten über die Uferböschung wie blasse Finger, die nach ihr suchten. Nicht mehr lange, dann würde das Fließ im Nebel verschwinden.

In ihrer Panik versuchte Edie einen Ausbruch aus der Strömung, doch sie wurde vom Sog herumgeschmissen und erneut untergetaucht.

Das Wasser fühlte sich nicht mehr befreiend an, sondern stellte eine weitere Gefahrenquelle dar. Eine erschreckend reale.

Es kostete Edie viel zu viel Kraft, überhaupt wieder aufzutauchen, Kraft, die ihr anschließend fehlte, um der Strömung zu entkommen. Ein Blick zum Ufer im Laternenlicht zeigte, dass sie immer weiter abtrieb.

Dann bemerkte sie einen Schemen.

Jemand war am Ufer.

Im gleichen Augenblick erreichte sie ein rhythmisches Klopfen, von dem sie nicht sagen konnte, ob es von Pferdehufen stammte oder ein Herzschlag war.

Ein Schatten kletterte die Böschung hinab und sprang unweit von ihr ins Fließ. Sie hörte ein scharfes Einatmen, als das klirrend kalte Wasser die Gestalt empfing. Dann packten auch schon Hände nach ihr, von denen sie nicht wusste, ob sie sie wegstoßen oder begrüßen sollte. Die Entscheidung wurde ihr ohnehin abgenommen, sie war zu geschwächt, um noch irgendetwas zu tun. Also ließ sie sich ergreifen und aus der Strömung zerren.

»Nicht in den Nebel«, flüsterte sie.

»Nein, ganz bestimmt nicht in den verfluchten Nebel«, bekam sie zur Antwort.

Quälend langsam hob sie den Blick und sah in Silas Sterners Gesicht. Es war also sein Herzschlag gewesen und keine rasch aufschlagenden Hufe in der Nacht.

Während Silas sie durch das eisige Wasser zog, waren seine Augen fest auf den künstlichen Lichtkegel der Laterne gerichtet, als wäre es in dieser Nacht das Einzige, was Sicherheit versprach. Jetzt erst erkannte Edie die Laterne und wusste, was sich hinter ihr verbarg: das alte Bauernhaus ihrer Familie.

Fester Grund.

11

Einen Schritt voran

Edie konnte gar nicht dicht genug vorm Ofen sitzen, in dem die Glut, ordentlich mit Briketts gefüttert, glimmte. Sie war in ihren zu großen Froteebademantel geschlüpft und hatte die Kapuze aufgesetzt, weil ihr Haar noch feucht war. An den Füßen trug sie das dickste Paar Socken, das ihre Sammlung zu bieten hatte. Das zweitdickste Paar Socken steckte an Silas' Füßen, der in einen Stapel aus Handtüchern eingemummelt dasaß, sodass er Ähnlichkeiten mit einer Mumie aufwies. Unter anderen Umständen hätte Edie vielleicht einen Witz gerissen, aber ihre Zähne schlugen vor Kälte immer noch unerbittlich aufeinander.

Es war ein Wunder, dass Haris von diesem Geklapper nicht aufgewacht war, als sie ins Haus kamen, und auch nicht vom Lärm des notdürftig reparierten Warmwasserboilers, während erst Edie und dann Silas ihre blau gefrorenen Gliedmaßen unter einer heißen Dusche auftauten. Als Edie in die Küche gehuscht war, um eine Kanne Milch warm zu machen, hatte ihr Vater weiterhin schnarchend auf dem Sofa gelegen, einen mächtigen Bildband über den französischen Bildhauer Rodin quer über der Brust liegend, sodass es überhaupt ein Wunder war, dass er noch Luft bekam.

»Was hast du heute Abend denn in der Nähe von unserem

Haus gemacht?«, fragte Edie, nachdem sie zwei Becher heißer Milch getrunken hatte und sich wieder einigermaßen zu Hause fühlte in ihrem Körper.

Silas riss den Blick von der Glut los. »Dasselbe wie beim letzten Mal, als wir uns getroffen haben: Ich wollte mich in Sicherheit bringen. Du bist doch auch vor dem Hufgetrampel geflohen, oder?«

»Ich habe kein Hufgetrampel gehört. Vermutlich lag es daran, dass dieser unheimliche Nebel im Erlenwald alle Geräusche gedämmt hat und mich nicht einen Schritt weit hat sehen lassen. Mir kam es vor, als verfolgte der Nebel einen Plan, als wollte er …«

Edie stockte. Was tat sie hier? Einem Jungen, den sie erst einmal zuvor getroffen hatte, frei von der Leber weg von dem absonderlichsten Erlebnis ihres Lebens erzählen? *Ganz bestimmt hat Silas den Slibovic an dir gerochen und denkt sich im Stillen »die betrunkene Tussi ist einfach ins Fließ geplumst und jetzt macht sie eine wilde Story draus«,* führte sie sich vor Augen. Aber dann verwarf sie ihre Zweifel – schließlich war es bislang Silas gewesen, der seine Hand auf ihr laut schlagendes Herz gelegt hatte, ohne Netz und doppelten Boden. Vielleicht lag seine bedingungslose Ehrlichkeit daran, dass seine Erinnerung nur bis zur Kindheit reichte. Er hatte bestimmt auch nie die Erfahrung gemacht, als Lügner bezeichnet zu werden, der zu alt dafür sei, Geschichten über blutrote Zeichen an der Hauswand zu erzählen, die niemand anderes als er selbst sehen konnte. Edie hatte solche Erfahrungen gemacht und beschlossen, niemandem zu verraten, was sie sah – abgesehen von Marik. Bislang war sie damit gut gefahren, aber bislang war sie auch immer nur Zeugin gewesen. Erst seit sie in Wasserruh war, wurde sie in die andere Welt hineingezogen. Heute wäre sie deswegen sogar fast ertrunken.

Edie nahm ihren ganzen Mut zusammen. »Dieser Nebel wollte mich wie in einen undurchdringbaren Kokon hüllen, und die Erlen haben sich mir in den Weg gestellt, so verrückt das auch klingen mag.«

Bei der Erwähnung von Nebel und Erlen lag eine sichtliche Beunruhigung in Silas' Augen. Dabei war er im Gegensatz zu Edie nach ihrem unfreiwilligen Bad die Ruhe in Person gewesen. Er hatte nicht mal die Nerven verloren, als sie mit ihren steifen Fingern die Haustür erst beim zigsten Anlauf aufgeschlossen bekam. Oder als sie sich nicht vom heißen Duschstrahl hatte lösen können, obwohl ihr bereits warm war, während er noch am ganzen Leib zitterte. Auch ihr etwas zu herzlich geratenes Danke dafür, dass er sie aus dem Fließ gezogen hatte, hatte ihm lediglich ein Lächeln entlockt.

»Ein berittener Verfolger und mysteriöser Nebel, der ein Mädchen vom Rest der Welt abschneidet.« Edie pfiff leise. »Gut, dass uns beiden jetzt niemand zuhört.«

Silas' Lachen klang rau, geradezu ungeübt. Aber zu Edies Erleichterung war es ein echtes Lachen und keine zynische Reaktion auf die überaus seltsame Lage, in der sie sich befanden.

»Man könnte fast meinen, dass du vom Nebel eingefangen wurdest, damit ich allein auf weiter Flur bin, während mein Verfolger die Spur aufnimmt«, überlegte Silas. »So leicht lasse ich mich aber nicht fangen.«

»Solange du festen Grund erreichst.« Edies Zähne fingen wieder an zu klappern. »Im Gegensatz zu Wasserruh, das auf ehemaligem Sumpfgelände errichtet wurde, steht unser Haus auf Stein und Erde, und nicht auf Erlenstämmen. Woher weißt du diese Dinge?«

»Woher weißt du sie? Wir beide sehen und begreifen Dinge, die für die meisten Menschen schlichtweg nicht existieren. Nur mit dem Unterschied, dass mir meine Gabe als Kind offenbar zum Verhängnis geworden ist, während du gelernt hast, sie vor deiner Umwelt zu verbergen.«

Wenn man Silas so zuhörte, konnte man glatt glauben, zwischen ihnen sei schon alles über ihre gemeinsame Gabe gesagt worden. Als wüssten sie genau Bescheid, was in dem anderen vorging. Und tatsächlich kam es Edie mit jedem Moment mehr so vor.

»Offenbar verberge ich meine Gabe nicht gut genug, denn ansonsten wäre ich wohl kaum in den Nebel geraten. Wäre ich ein kluges Mädchen, würde ich sie nicht nur geheim halten, sondern sie auch nicht anwenden und einen fremden Herzschlag, der auf einer Lichtung erklingt, unbeachtet lassen.«

Plötzlich richtete Silas sich ein Stück auf. »Ich habe mich noch gar nicht dafür bedankt, dass du mir den Weg in die Freiheit gezeigt hast.«

»Du bist für mich in dieses Eiswasserfließ gesprungen. Ich denke, wir sind quitt.«

»Quitt? Ich weiß nicht … Es kommt mir nicht so vor, als würde einmal ins kalte Wasser springen das ausgleichen, wovon du mich erlöst hast.«

Edie musste gar nicht erst nachfragen, was genau Silas damit meinte. Er hielt mit beiden Händen den Milchbecher, sodass sie seinen Unterarm betrachten konnte, der aus den Handtuchschichten hervorschaute. Nicht nur um seine beiden Handgelenke verliefen Wundringe, sondern es gab auch drei unterhalb des linken Ellbogens. Im Gegensatz zu den blutroten Wundmalen schimmerten diese nur noch blassrosa, als seien sie ihm vor längerer Zeit beigebracht worden. Außerdem waren sie deutlich schmaler, vermutlich herbeigeführt von feinen, aber tiefen Schnitten. Die Ringe waren so exakt angebracht, dass man sie fast für Körperschmuck halten konnte, hätte ihnen nicht so etwas Brutales innegewohnt. Mit solchen Verletzungen verschönerte man nichts, sondern zeichnete einen Körper. Die Frage war nur: Womit? Einem Herrschaftsanspruch? Oder gar mit dem Beweis, wozu man imstande war, wie weit man gehen konnte?

Edie versuchte sich vorzustellen, wie Silas sich die Verletzungen selbst zugefügt hatte, aber es wollte ihr nicht gelingen. Egal, wie verzweifelt ein gefangener Junge sein mochte, so etwas würde er nicht tun. Sich selbst verletzen möglicherweise, aber auf so eine unnatürlich perfekte Art? Nein, die Klinge, die diese Narben hervorgerufen hatte, war von einer anderen Hand geführt worden, die dabei unmenschlich ruhig geblieben war.

Silas entging ihre Musterung nicht. »Ein Großteil meiner Haut ist übersät mit solchen Malen, aber das weißt du bestimmt schon. Die Fotos, wie ich am Ufer entlanglaufe, haben ja unglaublich schnell die Runde gemacht. Mein älterer Bruder Finn hat versucht, etwas dagegen zu unternehmen. Mittlerweile hat er es jedoch aufgegeben, dieses Internet lässt sich wohl nicht kontrollieren.«

Schlagartig war Edie froh, nicht doch einen Blick auf die Internetfotos von Silas geworfen zu haben. So konnte sie ihm jetzt geradewegs in die Augen schauen.

»Ich habe nur die Aufnahmen gesehen, die in der Zeitung abgedruckt waren. Die anderen habe ich mir gespart. Ich finde solche Aktionen ziemlich daneben. Irgendwie setzen sich die Leute immer häufiger über das Recht und die Würde des Einzelnen hinweg.«

Silas zuckte mit der Schulter. »Mit Recht und vor allem Würde ist es eh nicht weit her, wenn du nach zehn Jahren plötzlich wieder auftauchst und keine Ahnung hast, wo du die ganze Zeit über gewesen bist. Die Polizeibeamten, die in meinem Fall die Ermittlungen wieder aufgenommen haben, haben jedenfalls auch jede Menge Fotos von diesen hübschen Erinnerungsstücken auf meiner Haut gemacht. Ob mich das belastet, angegafft und vermessen zu werden wie ein gewöhnliches Beweisstück, hat sich da keiner gefragt. Am liebsten hätten die mir den Kopf aufgeschraubt und reingesehen. Ich kann wohl froh sein, dass das nicht geht. Es reicht schon, was dieser Amtsarzt und so eine psychologische Gutachterin mit mir angestellt haben. Bei denen kam ich mir nicht vor wie ein Mensch, sondern eher wie ein besonders interessantes Objekt, an dem sich jeder zu schaffen machen darf, der behauptet, sein Geheimnis lüften zu wollen.«

»Und deine Familie hat das erlaubt?« Edie konnte sich nicht vorstellen, dass ihre Eltern so etwas zugelassen hätten. Haris hätte jede übergriffige Gutachterin eigenhändig vor die Tür gesetzt, bis seine Tochter sich den Strapazen gewachsen fühlte, während Inga vermutlich schon die Nummer ihres Anwalts gewählt hätte.

Silas fuhr sich mit der Hand durchs kurz geschnittene Haar, wobei sein Handtuch verrutschte. Aber er schien ohnehin nicht mehr zu frieren, so rot, wie seine Wangen waren.

»Meine Eltern wollen noch mehr als alle anderen erfahren, was mit mir passiert ist. Das kann man doch verstehen, sie haben schrecklich unter meinem Verschwinden gelitten. Da ich ihnen nicht geben kann, was sie so dringend brauchen, hoffen sie eben, woanders Erklärungen herzubekommen. Musste unser Junge hungern? Wurde er gefoltert oder gar missbraucht? Mein Vater hat sogar einmal die Nerven verloren und mich gegen die Wand gestoßen, weil ich ihm seine vielen Fragen nicht beantworten kann. Dabei wünsche ich mir ja auch herauszufinden, wo ich war und vor allem, warum ich dort festgehalten wurde.« Er verstummte einen Augenblick. »Zumindest glaube ich, dass ich es wissen will.«

Seine Unsicherheit überraschte Edie nicht. »Du machst dir Sorgen, dass es zu schrecklich sein könnte, richtig?«

»Dass es schrecklich gewesen ist, daran besteht – glaube ich – kein Zweifel.« Er ließ das Handtuch ein Stück weiter sinken und offenbarte noch mehr alte Wunden, einige davon weiß, andere leuchtend rot wie Brandmale. Edie hielt den Anblick kaum aus. »Es ist nur ... Wenn ich meine Geschichte kenne, werde ich sie nicht für mich behalten dürfen, egal, wie abseitig oder krank sie ist. Ich schulde meinen Eltern die Wahrheit. Aber ich glaube nicht, dass sie die Wahrheit ertragen können.«

Unwillkürlich kam Edie der Verdacht, dass Silas doch mehr wusste, als er eingestehen wollte. Vermutlich befürchtete er zu Recht, wie seine Familie und die Bewohner von Wasserruh reagieren würden, wenn er eingestand, von einem für gewöhnliche Augen unsichtbaren Reiter entführt worden zu sein. Edie beschloss, sich dem Thema über einen Umweg anzunähern.

»Du hast gesagt, du wärst auf der Suche nach sicherem Grund gewesen, als wir uns das erste Mal getroffen haben. Weißt du, wer dich verfolgt hat? Meine Freundin Marischka hat mir erzählt, dass du dich als Kind vor einem Reiter gefürchtet hast. Und nun flüchtest du vor Hufgetrampel.«

»Marischka ...«, wiederholte Silas geistesabwesend. »Stimmt, ich habe ihr von dem Reiter erzählt, als wir noch Kinder waren. Marischka konnte man so etwas erzählen, sie hat sich nie über etwas gewundert. Lebt sie noch in Wasserruh?«

Edie nickte. »Offiziell arbeitet sie im Gasthof ihrer Familie, aber in Wirklichkeit ist sie damit beschäftigt, ihre eigene phantastische Welt inmitten des Spreewalds zu errichten. Du hast sie sehr inspiriert, auch wenn sie mir deine Geschichte nicht erzählen wollte. Ich solle dich danach fragen, hat sie gesagt.«

»Marischka und ich … Wir waren ungefähr gleich alt.« Es war klar, dass Silas nicht vorhatte, den Weg einzuschlagen, zu dem es Edie zog. Die Erinnerung an seine alte Kindheitsfreundin nahm ihn viel zu sehr gefangen. »Ich kann mir überhaupt nicht vorstellen, wie sie heute aussieht. Ich sehe nur einen Blondschopf, leuchtende Augen und einen bunten, ziemlich wild zusammengewürfelten Kleiderhaufen vor mir.«

»Daran hat sich nicht viel geändert. Marischka zieht sich immer noch an, als wäre sie das Aushängeschild eines Wanderzirkus«, sagte Edie grinsend.

»Da bin ich aber froh. Es ist nämlich ein ziemlicher Schock, wie sich die Menschen in den letzten zehn Jahren verändert haben. Mein Vater hat seine Haare verloren, meine Mutter lacht kaum noch, und aus meinem älteren Bruder ist ein Erwachsener geworden … mit Job und einer Beziehung. Ich bin mir nicht sicher, wie ich damit umgehen würde, wenn aus der wilden Marischka plötzlich eine Hosenanzugträgerin samt Bankausbildung geworden wäre. Wobei der größte Schock für mich immer noch der erste Blick in den Spiegel gewesen ist. Da sah mir plötzlich ein fremder Typ entgegen. Mir ist nicht nur ein halbes Leben gestohlen worden, sondern auch die Chance, die ganzen Veränderungen an meinem Äußeren Schritt für Schritt zu verfolgen.« Silas deutete mit einem schiefen Grinsen auf sein Gesicht. »Bei meinem letzten Blick in den Spiegel waren da weder Bartstoppeln noch diese ganzen Kanten und meine Stimme klang definitiv nicht wie ein Donnergrollen. Na ja, von anderen erstaunlichen Veränderungen am restlichen Körper mal ganz zu schweigen. Diese langen Zottelhaare hat meine Mutter mir abgeschnitten, bevor ich überhaupt kapiert habe, dass mir die Strähnen bis zur Hüfte reichten und einige von ihnen eingeflochten waren. Wenigstens das ist mir erspart geblieben. Mal im Ernst: geflochtenes Haar?«

Edie musste an die Spielfilme denken, in denen Kids plötzlich im Körper eines Erwachsenen stecken. Nach dem ersten Schock hatten die immer ihren Spaß mit den Veränderungen, bis sie bemerkten, dass ihre junge Psyche dem nicht gewachsen war. Eine Zeit lang großer Junge spielen war toll, aber für Silas war das kein Spiel. Solange er seine Erinnerung nicht zurückbekam, war er als Kind eingeschlafen und als Teenager wieder aufgewacht.

»Und was ist mit deinem Innersten? Gehört es noch dem Siebenjährigen, der du mal gewesen bist?«

Silas' Lächeln verschwand, offenbar hatte sie einen wunden Punkt getroffen.

»Nein«, erwiderte er ernst. »Ich fühle mich sogar deutlich älter als ein Siebzehnjähriger, mir kommt es fast vor, als hätte ich bereits ein ganzes Leben hinter mir. Als hätte ich zu viel erlebt und gesehen. Was auch immer geschehen ist, meine Seele scheint sich an die letzten zehn Jahre zu erinnern. Ich habe zwar die Erinnerungen eines Kindes, aber zu dem Kind, das ich damals gewesen bin, ist mir der Bezug verloren gegangen. Wenn ich dir erklären sollte, wer ich jetzt bin, hätte ich ein Problem. Mein Ich kommt mir vor wie ein aus Ton geformtes und gebranntes Gefäß, wie eine feste Form. Nur kenne ich bloß diese Form, ich weiß nicht, wie sie entstanden ist. Andere Leute wissen, warum sie eine Abneigung gegen geschlossene Räume haben oder warum sich ihnen der Magen umdreht, wenn sie Pilze nur sehen. Sie kennen die Erfahrungen, die sich hinter diesen Abneigungen verbergen. Ich weiß nichts darüber. Bin ich zu demjenigen gemacht worden, der jetzt neben dir sitzt, oder konnte ich auf meine Erfahrungen selbst Einfluss nehmen? Bin ich ein Opfer oder doch das Ergebnis eines freien Geists, dessen Körper lange fortgesperrt war?«

Edie wusste nicht, was sie darauf erwidern sollte. Egal, aus welcher Richtung man es betrachtete, Silas stellte nicht nur seine Umwelt, sondern auch sich selbst vor Rätsel. Und von diesen Problemen mal abgesehen, musste er sich auch noch fragen, ob er seinem Entführer wirklich entkommen war oder der ihn vielleicht immer noch jagte.

Umständlich stellte Silas seinen Becher auf dem Boden ab und sortierte die Handtücher neu. Dann zeigte er auf den Korb mit den Briketts und hob fragend eine Braue. Da Edie innerlich immer noch fror, nickte sie.

Während Silas sich am Ofen zu schaffen machte, herrschte Schweigen. In die Stille hinein bewegte sich etwas zwischen ihnen, ein Abtasten der Möglichkeiten, ein Abwägen, wie weit sie aufeinander zugehen wollten oder konnten.

Zu ihrem Erstaunen war Edie bereit, sehr weit zu gehen und ein Band zwischen ihnen zu knüpfen. Nicht nur, weil Silas sie aus dem Fließ gerettet hatte und über eine verwandte Gabe verfügte, was sie allein schon aneinandergebunden hätte. Oder weil ihr Herzschlag sie zueinandergeführt hatte. Was sich jetzt in der nächtlichen Ruhe entwickelte, in der nur das Knistern der Glut und ein gelegentliches Ächzen des alten

Hauses zu hören waren, beruhte nicht auf ihrem Schicksal, dem Zufall, oder was auch immer für Mächte in Wasserruh am Werk waren. Es war Silas' kindlich reines und doch reifes Wesen, das Edie mutig werden ließ, so mutig, wie sie in Mariks Gegenwart niemals gewesen war, obwohl er ihre Gabe gekannt hatte. Vielleicht lag es daran, dass sie bei Marik nicht die Wahl gehabt hatte, ob sie sich ihm zuwenden wollte oder nicht. Er war ihr vom ersten Moment an ein Freund gewesen. Bei Silas entschloss Edie sich bewusst, ihn jene Grenze überschreiten zu lassen, hinter der sie ihr oftmals so wundes Herz versteckte. Sie würde diesen Jungen nicht auf Abstand halten, obwohl sie sich in ihrem Inneren davor fürchtete, dass er ihr unerträglich nah kommen könnte.

»Dieses Gefühl, das Alter passe nicht recht zur Seele, kenne ich auch«, sagte sie, nachdem er sich wieder hingesetzt hatte. »Im Gegensatz zu dir weiß ich allerdings, woher es bei mir kommt. Es gibt Menschen, mit denen ich wie durch ein unsichtbares Band verbunden bin. Sie nehmen das ebenfalls wahr, allerdings nur wie eine Ahnung, und glauben, das Gefühl fuße auf reiner Sympathie. Auch wenn ich nicht weiß, was diese Verbindungen tatsächlich bedeuten, sind sie wie Markierungssteine in meinem Leben. In diesem Punkt bin ich mir so sicher, weil ich lange Zeit geglaubt habe, es ginge um Liebe. Als ich meinen besten Freund Marik zum ersten Mal gesehen habe, konnte ich mir absolut keinen anderen Grund vorstellen. Erst im letzten Sommer habe ich begriffen, dass Marik eine ganz andere Liebe für mich empfindet als ich für ihn. Und dass ich auch nicht seine Schicksalsgefährtin bin, wie ich es mir immerzu eingeredet habe, sondern nur eine ihm nahestehende Person, die ihn ein Stück auf seinem Lebensweg begleitet.«

Silas suchte ihren Blick, und sie konnte an seinen Augen

ablesen, dass er ihre Geschichte verstand. »Dieser Marik«, flüsterte er, »hat seine große Liebe im letzten Sommer gefunden, richtig?«

Zu ihrer eigenen Verwunderung tat es Edie nicht mehr ganz so furchtbar weh, sich das einzugestehen. »Er hat sie gefunden und ist ihr prompt nach London gefolgt, um ein vollkommen neues Leben zu beginnen. Zwar hat er es sich selbst noch nicht eingestanden, aber er wird nicht wiederkommen. Warum auch? Marik hat nicht nur die Liebe seines Lebens getroffen, sondern sie hat ihn auch noch in die Stadt gelockt, wo er seinen Wunsch, Fotograf zu werden, am ehesten umsetzen kann. Das nenne ich doch mal eine schicksalhafte Begegnung.«

Das ist es tatsächlich, dachte Edie. Zum ersten Mal verspürte sie nicht den brennenden Schmerz der Eifersucht.

»Auch wenn deine Verbindung zu diesem Marik nicht das war, wofür du sie gehalten hast, so hat sie doch zumindest dein Schicksal geprägt: Du weißt jetzt mehr über dich, das Leben und vor allem über deine Gabe«, sagte Silas nachdenklich. »Ich weiß hingegen so gut wie nichts über mich, über einen Großteil meines Lebens oder wozu meine Gabe gut ist, wenn sie mich nicht beschützen kann. Du bist mir meilenweit voraus, Edie Klaws.«

Edie konnte nicht anders, sie musste lachen. Da hatte Silas so mir nichts, dir nichts ihren Herzschmerz in etwas Gutes verwandelt. Als er aufstand und nach seinen klammen Sachen griff, hätte sie ihn am liebsten zurück auf den Stuhl gezogen, um stundenlang weiter mit ihm zu reden.

»Willst du wirklich schon aufbrechen? Es ist doch noch dunkel draußen.«

»Keine Sorge, ich bleibe schön brav auf der Straße, da kann mir nichts passieren. Die seltsamen Dinge geschehen nur, wenn man sich zwischen den Erlen oder an den Fließen herumtreibt. Und falls ich doch verschütt gehen sollte, weißt du ja, wie du mich findest.«

Als Edie empört schnaufte, winkte er ab.

»Nein, wirklich. Ich muss nach Hause, meine Mutter bekommt einen Nervenzusammenbruch, wenn sie mitten in der Nacht aufwacht, und ich bin nicht da. Sie leidet eh darunter, dass ich mich nicht von ihr einsperren und rund um die Uhr bemuttern lasse.«

Edie wusste, dass es sinnlos war, Silas mit einer weiteren Frage ablenken zu wollen. Trotzdem konnte sie nicht an sich halten. »Und warum läufst du dann im Wald herum, wenn du doch weißt, wie gefährlich das ist?«

Wie erwartet schüttelte er lächelnd den Kopf. »Was hältst du davon, mir bei unserem nächsten Treffen weitere Löcher in den Bauch zu fragen?«

»Okay, dann aber gleich morgen früh. Allein schon, um mir meine geliehenen Klamotten zurückzubringen. In deinem nassen Zeug lasse ich dich nämlich nicht vor die Tür.« Edie ging zum Kleiderschrank und nahm ein paar extragroße Teile heraus, in denen sie es sich normalerweise auf dem Sofa gemütlich machte.

Silas hob ergeben die Hände. Allerdings sah er dafür, dass sie ihm keine andere Wahl ließ, ganz happy aus.

»Einverstanden. Gleich morgen früh bin ich wieder da. Gibt es dann noch mehr heiße Milch?«

12

VÄTERSORGEN

Seit Edie die Küche betreten hatte, durfte sie sich Haris'
schlecht gelauntes Gemurmel anhören. Offenbar war ihm die
Nacht auf dem Sofa, lediglich vom zentnerschweren Rodin-
Bildband zugedeckt, nicht gut bekommen. Der diesige und
düstere Morgen hellte seine Stimmung auch nicht gerade auf.
»Sorry, aber ich habe keine Lust auf Frühstück«, grummelte
Haris, als Edie eine Schachtel Eier auspackte. »Mein Magen
ist vollkommen zugeschnürt, da passt nur Kaffee rein.«

»Ist gut«, sagte Edie und machte sich daran, den Tisch ein-
zudecken, während sie darauf wartete, dass das Wasser auf
dem Herd zu kochen begann.

Haris setzte sich auf einen Stuhl und stöhnte prompt vor
Schmerzen auf. »Mein Rücken bringt mich um. Ich habe mir
wohl irgendwas verdreht, als ich gestern versucht habe, den
Marmorblock vom Anhänger zu hieven.«

»Du hast dir einen ganzen Marmorblock organisiert?« Edie
traute ihren Ohren nicht.

»Ich bin Bildhauer. Was erwartest du?«

Rasch machte sich Edie daran, Äpfel in der Spüle zu waschen, damit sie ihrem Vater den Rücken zudrehen konnte.
Natürlich war Haris Bildhauer, er hatte sogar Kunst studiert
und als junger Mann ein paar aufsehenerregende Arbeiten ab-

geliefert. Nachdem er jedoch unerwartet früh Vater geworden war, war er jahrelang damit beschäftigt gewesen, sich um den Zusammenhalt der Familie zu kümmern, weil die knapp zehn Jahre ältere Inga viel zu gut im Geschäft war, um Babywindeln zu wechseln. Dadurch war die Bildhauerei immer mehr zu einem Hobby verkommen, einem sehr vernachlässigten Hobby.

Genau darin hatte auch einer der Streitpunkte ihrer Eltern gelegen: Haris hatte darauf gepocht, dass Inga jetzt endlich mal einen Gang runterschaltete, damit er auch mal zum Zug kam. »Du und deine Bildhauerei, das ist doch eine längst vergessene Geschichte«, hatte Inga ihm im Eifer des Gefechts an den Kopf geworfen. »Wenn du dich wirklich für Kunst interessiert hättest, dann wärst du durch nichts davon abzuhalten gewesen.«

Dieser Vorwurf war zwar unfair gewesen, aber leider steckte auch ein Körnchen Wahrheit darin. Danach war Haris jedenfalls eingeschnappt gewesen und hatte beschlossen, sich seiner Kunst zu widmen, während Inga mal sehen sollte, wie gut Familie funktionierte, wenn es keinen gab, der sich um sie kümmerte. Allerdings hatte ihn das alte Bauernhaus in den letzten Wochen ordentlich auf Trab gehalten, sodass Edie schon gar nicht mehr mit dem Thema Bildhauerei gerechnet hatte.

»Was bist du denn auf einmal so schweigsam, Tochter?«, hakte Haris mit gefährlich freundlicher Stimme nach. »Teilst du etwa die Meinung deiner Mutter, dass es mit meiner Kunstliebe nicht weit her ist?«

Edies Gedanken ratterten auf Hochtouren. Jetzt durfte sie nur nichts Falsches sagen, sonst war sie die nächste Klaws, der Haris die Tür wies. »Unsinn. Ich bin nur überrascht, dass du dich für Marmor als Material entschieden hast. Ist das nicht zu old school?«

»In der Kunst gibt es kein *old school*! Wirklich, wie kann man unter meinen Fittichen aufwachsen und so wenig Ahnung von Bildhauerei haben?«

Während Edi Marmeladengläser aus dem Vorratsschrank holte, dozierte Haris über die Bedeutung von der Zeitlosigkeit der Kunst, und vermutlich hätte er zum Beweis sogar den Brocken von einem Rodin-Band angeschleppt, wenn ihm nicht plötzlich die Anzahl der Frühstücksgedecke ins Auge gestochen wäre.

»Liebling, es ist ja sehr süß von dir, dass du ein echtes Sonntagsfrühstück für uns zaubern willst, aber ich bekomme wirklich nichts runter.«

»Schon okay, das habe ich mitbekommen. Das zweite Gedeck ist auch nicht für dich gedacht, sondern für meinen Besuch.«

Augenblicklich verdüsterte sich Haris' Miene. »Aber bitte nicht diesen neunmalklugen Fliegen-Träger, mit dem du in der letzten Zeit ständig rumhängst. Der wischt mit seinem Stofftaschentuch immer unsere Stühle ab, bevor er sich hinsetzt. Dieses pedantische Gehabe kann ich nicht ausstehen, schon gar nicht am frühen Morgen. Was soll dieses Kerlchen überhaupt für ein Ersatz für deinen Kumpel Marik sein? Gut, Marik war auch nicht gerade mein Liebling, der hat ständig so getan, als scheine ihm die Sonne aus dem …« Haris entschied sich dagegen, den Satz zu Ende zu führen, als er den strafenden Blick seiner Tochter bemerkte. »Wenigstens war Marik ein echter Kerl, während dieser Addo wie eine Ballerina über unseren Kieselweg tänzelt, um sich seine Schühchen nicht zu ruinieren.«

»Man merkt, dass du noch keine drei Sätze mit Addo gewechselt hast, sonst würdest du nicht so über ihn reden.« Edie wusste nicht, ob sie wütend auf ihren Vater sein sollte oder eher belustigt. »Und falls es dich beruhigt: Addo ist kein Marik-Ersatz. Ich habe also nicht vor, ihn die nächsten Jahre anzuhimmeln, bis er sich für jemand anderes entscheidet.«

»Du hast Marik angehimmelt?« Haris wirkte ernsthaft überrascht. »Davon habe ich nie was mitbekommen, nicht mal ansatzweise. Dabei habe ich doch einen Riecher für so was. Marik ist doch bloß dein engster Freund gewesen… Oder ist da zwischen euch beiden etwa was gelaufen?«

Allein bei der Vorstellung, dass seine Tochter sich direkt unter seinem wachsamen Auge mit einem Jungen vergnügt haben könnte, fuhr Haris in die Höhe – ungeachtet seines schmerzenden Rückens. Dass seine väterlichen Wachhundqualitäten versagt haben könnten, wog schwerer als ein brennendes Ziehen im Kreuz.

Wahrheitsgemäß schüttelte Edie den Kopf und verkniff sich ein Grinsen. So sehr sie auch darauf gehofft hatte – aus den vielen Umarmungen und Liebkosungen, die sie mit Marik ausgetauscht hatte, war niemals mehr geworden. Sie hatte sich zwischenzeitlich sogar immer wieder auf andere Jungen eingelassen, um die Sehnsucht zu bekämpfen. Nicht dass es viel gebracht hätte: Ihr ging es anschließend nicht besser, während Marik nicht mal einen Anflug von Eifersucht gezeigt hatte.

»Marik war und ist nichts anderes als ein sehr guter Freund. Und wenn du es genau wissen willst: Zwischen mir und Addo gibt es auch nur Freundschaft.«

Haris rieb sich das stoppelige Kinn. Bei seinem dunklen Haar hätte er sich gut und gern zweimal am Tag rasieren können, etwas, worauf er nun so gar keinen Wert legte. »Aber du magst Jungen schon, oder?«

Genervt verdrehte Edie die Augen und erhaschte dabei einen Blick auf Silas, der offenbar schon etwas länger im Spalt der Küchentür stand, wie sein belustigtes Blinzeln verriet. Kaum hatte sie ihn ertappt, klopfte er an den Rahmen und sagte: »Guten Morgen. Darf ich reinkommen? Das Gepoche vom Türklopfer scheint man bis hier hinten nicht zu hören.«

Bei dem Versuch, über die Schulter zu schauen, fluchte Haris leidenschaftlich und fasste sich mit einer schmerzverzerrten Grimasse ins Kreuz.

»Noch ein Junge? Hör mal, Edie …«

»Was immer du auch sagen willst, Papa: Behalt es lieber für dich, sonst wirst du auf meine Krankenschwesterdienste verzichten müssen.« Dann deutete Edie anklagend mit dem Zeigefinger auf Silas, der bereits in die Küche geschlüpft war und sich das Grinsen immer noch nicht aus dem Gesicht gewischt hatte. »Und was dich anbelangt …« Sie beschloss, dass es an der Zeit für einen Richtungswechsel war, schließlich war schon genug Kompromittierendes für einen Sonntagmorgen gesagt worden. »Möchtest du heißen Kakao oder Kaffee?«

»An Kaffee habe ich mich noch nicht gewöhnt, also Kakao.« Silas blieb neben Haris stehen, der gleichzeitig versuchte, wie ein einschüchternder Vater rüberzukommen und sich unbeholfen den Rücken zu massieren.

»Die Nacht auf dem Sofa hat wohl ein paar Spuren hinterlassen, hm?«, fragte Silas.

Für einige Sekunden zuckte es in Haris' Gesicht, dann funkelte er Edie an. »Hat dieser Kerl letzte Nacht bei uns geschlafen und ist jetzt nur einmal schnell ums Haus? Ich kenn mich mit solchen Tricks aus, ich war nämlich auch mal jung. Edie, also wirklich. So was musst du doch nicht hinter meinem Rücken tun, du solltest mich vorher nur fragen und mir den jungen Mann vorstellen. So viel Vertrauen solltest du schon zu mir haben.«

Edie musste sich ein Lachen verkneifen, allein schon, weil Silas nach diesem väterlichen Ausbruch leicht überfordert dreinblickte. Mit Vätern, die bei Jungenbesuch zu granteln anfingen, kannte er sich natürlich nicht aus. Außerdem konnte man sich von Haris' Temperament rasch überfahren fühlen.

»Ich vertraue dir komplett, Paps. Aber Silas hat nicht bei mir geschlafen, obwohl er am Abend noch auf einen Besuch da war und gesehen hat, wie du mit deinem Rodin-Wälzer gekuschelt hast. Wenn du es genau wissen willst … Ich bin gestern Abend leicht angesäuselt ins Fließ gefallen und Silas hat mich rausgefischt. Also, wenn ich vorstellen darf: Mein Lebensretter Silas – Silas, das ist mein Papa. Und keine Sorge, der beißt nicht, solange er bellt. Auf anderen Höfen im Spreewald halten sie sich Wachhunde, ich habe Papa. Falls er nicht gerade tief und fest auf dem Sofa eingeratzt ist, vergrault er zuverlässig jede Form von Besuch, ob nun unerwünscht oder nicht.«

Wenig beeindruckt vom Humor seiner Tochter musterte Haris den Jungen, der sich nach einem freundlichen Nicken neben ihn an den Tisch setzte. Allerdings sah er ihn nicht so an, als würde er sein Gesicht aus der Zeitung wiedererkennen. Die hatte Haris nämlich seit ihrer Ankunft in Wasserruh nicht mehr aufgeschlagen. Die Welt außerhalb ihres Grundstücks kümmerte ihn im Augenblick nicht, denn er war viel zu sehr damit beschäftigt, seine Eheprobleme zu verdauen und das Bauernhaus vorm Einsturz zu bewahren. In diesem Moment war Edie ausgesprochen froh darüber, dass ihr Vater sich so einigelte. Bestimmt war es eine gute Erfahrung für Silas, wie jemand auf ihn reagierte, der von seiner Geschichte keine Ahnung hatte.

»Und, was bist du für einer, Herr Lebensretter?«, begann Haris schließlich mit der Inquisition. »Einer von den Guten oder mehr so von der Sorte, die mal kurz vorbeischauen und dann wieder verschwinden? Mit letzterer Gattung verplempern wir Klaws nämlich gar nicht erst unsere Zeit, meine Edie übrigens noch weniger als ich. Erzähl mal ganz in Ruhe ein paar Takte über dich.«

Edie konnte es nicht fassen. So verhielt sich ihr Vater normalerweise nie, auch wenn er aus Prinzip an den männlichen Wesen, die sie mit nach Hause brachte, etwas auszusetzen hatte. Die Art, mit der er Silas maß, hatte sie bei ihm jedoch noch nie erlebt. »Kannst du dich bitte mal locker machen?«, bat sie Haris. »Silas ist bloß zum Frühstück da und nicht, um mir den Hof zu machen.«

»Schon gut«, winkte Silas ab. »Meine Mutter war auch aus dem Häuschen, als ich ihr erzählt habe, dass ich heute bei einem Mädchen frühstücken würde. Wobei sie es noch mehr verwirrt hat, dass ich fremde Klamotten trage. Ich bin ehrlich gesagt nicht dahintergekommen, wo das Problem liegt, wenn ich deine Klamotten anhabe, während meine bei dir geblieben sind.«

Silas und seine Ehrlichkeit – eigentlich eine tolle Sache, aber in diesem Fall war es zum Schreien. Edie konnte sich lebhaft ausmalen, wie Frau Sterner den Klamottentausch gedeutet hatte. Vermutlich hielt seine Mutter sie für ein Groupie, das es spannend fand, sich an den geheimnisvollen und ach so ahnungslosen Silas Sterner ranzuschmeißen.

Wie auf Kommando rutschten Haris' Brauen in die Höhe. »Stimmt ja! Das ist ja dein heiß geliebter Schlabberpulli. Warum steckt bitteschön dieser Kerl darin?« Offenbar waren Haris' Gedankengänge nicht weit von Frau Sterners entfernt.

Dann erinnerte er sich jedoch daran, was Edie über das Fließ gesagt hatte. »Ach ja, Silas hat dich aus dem Wasser gefischt wie ein beschwipstes Früchtchen aus einem Cocktailglas. Mehr steckt nicht hinter dem Kleidertausch, richtig? Immer brav raus mit der Sprache.«

Haris verpasste Silas einen Hieb auf die Schulter, dass der sich an seinem Kakao verschluckte, den Edie ihm gerade in die Hand gedrückt hatte. Als Edie zornig das Kinn vorschob, tätschelte Haris Silas' Schulter weiter, als handele es sich bloß um eine freundliche Geste. Er gönnte dem Jungen sogar ein widerwilliges Lächeln.

»Eine ganz schön kräftige Muskulatur hat unser hochgeschätzter Wassermann. Hätte ich gar nicht gedacht, du siehst ansonsten eher einen Tick zu mager aus. Du musst wissen, ich habe einen Blick für den menschlichen Körper, ich bin nämlich Bildhauer.«

Edie konnte ein Stöhnen nicht unterdrücken, doch Silas sah Haris plötzlich mit echtem Interesse an. »Liegt deshalb dieser Marmorblock auf dem Anhänger? Der hat eine tolle Oberfläche ... wenn man die lange genug anschaut, kommt es einem vor, als läge eine Gestalt darunter, die nur darauf wartet, befreit zu werden. Darum geht es doch bei der Bildhauerei, den Dingen eine wahre Gestalt zu verleihen, oder?«

Auf der einen Seite kann Silas die Dinge verblüffend klar benennen, aber auf der anderen Seite haftet ihm diese gewisse Unschuld an. Der Gedanke zog wie ein Schmetterlingsschwarm durch Edie hindurch.

Auch Haris schien beeindruckt. »Genau darum geht es. Du interessierst dich für Kunst? Nein? Na, dann hast du es zumindest instinktiv hervorragend erfasst. Ein heller Kopf. Jedenfalls hatte ich noch keine Zeit, das gute Stück abzuladen.

Und so, wie sich mein Rücken heute Morgen anfühlt, wird er wohl noch eine ganze Weile liegen bleiben müssen.«

»Wenn Sie wollen, hole ich den Block später vom Anhänger.« Silas nahm Haris' dankbares Nicken als ein Ja und wendete sich Edie zu, die ihr Grinsen hinter ihrem Becher zu verstecken versuchte. »Und, was wollen wir beide nach dem Frühstück unternehmen? Oder willst du die Sache mit dem Löcher-in-den-Bauch-fragen jetzt gleich fortsetzen?«

Das hätte sie tatsächlich am liebsten getan. Seit Edie aufgewacht war, hatte sie eine ellenlange Liste im Kopf zusammengestellt, was sie alles von Silas wissen musste, um wenigstens ein bisschen schlauer daraus zu werden, was in Wasserruh vorging. Aber mit Haris am Tisch ging das so gar nicht.

»Ich möchte mit dir eine gute Freundin besuchen, die sich wie keine Zweite mit den Geschichten dieser Gegend auskennt. Es würde mich sehr wundern, wenn ihr euch nicht viel zu erzählen hättet.«

13

Eine lauernde Katze

Nieselregen zielte wie winzige Pfeilspitzen auf Edies ungeschütztes Gesicht. Ein Geruch nach nasser Erde und faulendem Laub lag in der Luft, nachdem sie inzwischen wieder Plusgrade hatten. Trotzdem blieb sie für einen Augenblick stehen und atmete tief durch. Wasserruh mochte von einem dunklen Geheimnis überschattet sein, aber das änderte nichts daran, dass sie sich an diesem Ort mehr als geborgen fühlte.

Silas blieb neben ihr stehen und leckte sich den hauchdünnen Tropfenschleier von den Lippen. Seine Wangen waren noch gerötet von der Anstrengung, den Marmorblock im Alleingang abzuladen. Wie er nun so ruhig dastand und ganz im Moment verharrte, kam er Edie wie einer der lebendigsten Menschen überhaupt vor.

Obwohl es daneben war, einen Vergleich zwischen diesem Jungen und Marik zu ziehen, konnte Edie nicht anders.

Marik war knapp drei Jahre älter als sie und hatte ihr dementsprechend viele Erfahrungen voraus. Immerzu hatte er schon alles erlebt und durchdacht, sodass Edie ihm stets ein paar Schritte hinterherhinkte.

Mit Silas war es anders – er fiel nicht nur aus der Zeit, weil er die letzten zehn Jahre sozusagen verschlafen hatte und sich

weder mit Internetkram, Musik, Film oder gar Mode auskannte. Viel entscheidender war: Ihm hatte sich ganz plötzlich eine vollkommen neue Gefühlswelt offenbart, denn er
war mit einem Schlag kein Kind mehr. Andererseits hatte er
bislang vielleicht noch nicht mal daran gedacht, wie es wäre,
ein Mädchen zu küssen ...

Im nächsten Augenblick ärgerte sich Edie über sich selbst.
Warum brachte sie eine solche Note in ihre gerade erst entstehende Freundschaft? Nur weil es einfacher wurde, sich von
Marik zu lösen, wenn ihr ein anderer Junge gefiel? Wenn ja,
dann hatte Silas das nicht verdient. Außerdem hatte sie ganz
bestimmt nicht vor, den gleichen Fehler zweimal zu machen
und sich in einen Jungen zu verlieben, der ihr als Freund
begegnete.

Aber du bist Silas nicht einfach so über den Weg gelaufen, sein
Herzschlag hat dich angelockt ...

Das stimmte, trotzdem wollte sie lieber nicht weiter in diese
Richtung denken.

»Ist es dir eigentlich recht, dass ich dich zu meiner Freundin
mitnehme? Vielleicht möchtest du ja lieber was anderes unternehmen«, fragte Edie in der Hoffnung, dass ihre Stimme
nicht ihre verwirrenden Gefühle verriet.

Mit der Stiefelspitze schob Silas einen Erlenzapfen tiefer ins
Laub. Obwohl Edies geliehener Oversizepulli wie angegossen
an seinen Schultern saß, gelang es ihm, die Ärmel über seine
Hände zu ziehen. Unschlüssiger konnte man nicht aussehen.

»Eigentlich hatte ich überlegt, ob du mir vielleicht die Stelle
zeigen könntest, an der du mich gefunden hast. Allein finde
ich die Lichtung nämlich nicht wieder. Es ist, als würde sie
sich mir entziehen, sobald ich mich ihr nähere. Meine Erinnerung an die Lichtung ist ohnehin ziemlich verschwommen.«

»Dann warst du auch gestern Abend auf der Suche nach dem Höhleneingang, ja?«

Zögerlich schüttelte Silas den Kopf, dann seufzte er. »Gestern Abend wollte ich einfach nur ein wenig rauskommen. Das klingt bestimmt grauenhaft, aber meine Eltern gehen mir auf die Nerven. Bei meinem Vater rufe ich so eine Art stumme Wut hervor, weil ich ihn nicht von den vielen Fragen erlösen kann, die ihn quälen. Und meine Mutter ist geradezu panisch im Umgang mit mir. Sie will nur mein Bestes und hat absoluten Nachholbedarf darin, ihren Sohn wiederzuhaben. Nur irgendwie fühlt es sich falsch an, wie sie mit mir umgeht. In einer Sekunde bin ich in ihren Augen noch das Kind, das sie so lange verloren geglaubt hat, und im nächsten Moment sieht sie mich wie einen Fremden an. Da ist so ein stiller Vorwurf, dass ich plötzlich in diesem Teenagerkörper stecke, der weder so riecht noch sich so anfühlt wie in ihrer Erinnerung. Als sie neulich ins Badezimmer kam, während ich mich rasiert habe, fing sie an zu weinen. Ich mache meine Eltern vollkommen verrückt. Deshalb treibe ich mich lieber draußen rum, auch wenn ich da ab und an unangenehme Gesellschaft bekomme.«

»Womit hoffentlich nicht meine Wenigkeit gemeint ist ... oder mein bärbeißiger Vater«, versuchte Edie die Stimmung ein wenig aufzuhellen. Sie ahnte, dass er auf den Nebelreiter anspielte, und fühlte sich dieser Unterhaltung jetzt noch nicht gewachsen.

Silas war offenbar froh über den Richtungswechsel, denn er grinste sie ziemlich frech an. »Keine Sorge, ›beschwipste Früchtchen‹ gehören zu meiner absoluten Lieblingsgesellschaft. Dicht gefolgt von Bildhauer-Vätern, die mir ihr gesamtes Werkzeug mit dem Kommentar vorführen, dass mit ihrem

Lieblingsmeißel ganz rasch mal ein Finger abgetrennt sei, da müsse man höllisch vorsichtig sein.«

»Oh. Und ich dachte, Haris' kunstvoll verpackte Drohung wäre an deinem reinen Wesen abgeglitten, so gelassen, wie du die ganze Zeit auf seine Provokationen reagiert hast.«

»Ich bin ja kein Spezialist in solchen Dingen, aber kann es sein, dass dein Vater so was wie eifersüchtig auf mich ist?« Die Vorstellung schien Silas zu gefallen. Mit einem fast unverschämten Grinsen ging er neben ihr her. In diesem Moment war Edie sich nicht mehr sicher, ob er wirklich so unschuldig war, wie sie bislang geglaubt hatte.

»Vielleicht bist du dir dessen ja noch nicht bewusst, aber wir beide sind in einem Alter, in dem ›miteinander spielen‹ eine ganze neue Bedeutung bekommt – genau wie nächtlicher Klamottentausch«, klärte Edie ihn sicherheitshalber auf. »Da steht man bei seinen Eltern halt unter Generalverdacht, vor allem bei Haris, dem es schwerfällt, normale männliche Freunde seiner Tochter von *dem* Freund zu unterscheiden. Also unterstellt er deinem Geschlecht einfach aus Prinzip das Schlimmste. Nimm es als Kompliment.«

Silas lachte. »Warum auch nicht? Zum ersten Mal fühlt es sich gut an, fast erwachsen zu sein. Endlich wird der Mann in mir als ernst zu nehmende Gefahr erkannt.«

»Dann warte erst mal ab, wie sich das anfühlt, wenn das erste weibliche Wesen auf dein ach so männliches Gefahrenpotenzial reagiert. Wenn ich das richtig beobachtet habe, wirkt das auf die meisten Jungs besser als jede Droge.«

»Tja, dann gibt es da ja etwas, worauf ich mich freuen kann.« Silas Grinsen wurde noch einen Ticken breiter, um dann plötzlich zu erlöschen. »Obwohl … soweit ich das mitbekommen habe, sind diese Beziehungskisten alles andere als ein lockeres Spiel. Mein Bruder Finn ist dreiundzwanzig, und wenn ich ihn mir zusammen mit seiner Freundin ansehe, scheint er nach vier Jahren Beziehung noch ziemlich am Anfang zu stehen. Sehr männlich wirkt er jedenfalls nicht, wenn er um seine Freundin herumschleicht, als sei er sich nicht sicher, ob sie nun die Maus oder in Wirklichkeit die Katze ist, die sich gleich auf ihn stürzt wie auf eine leichte Beute. Ich kann ihn aber auch verstehen: Wenn ich einem Mädchen gegenüberstehe, kommt es mir plötzlich auch vor, als würde ich alles falsch machen.«

Als Edie unvermittelt stehen blieb, blickte Silas erschrocken drein.

»Mache ich alles falsch?«

»Nein, natürlich nicht«, sagte Edie. »Allein die Art, wie du redest, bringt vermutlich jede Frau zum Schmelzen, wodurch du dich schon mal disqualifiziert hast als Katzenfutter. Ich bin bloß stehen geblieben, weil … Das Holzhaus dort drüben gehört meiner Freundin Rodriga, die ich dir eigentlich vorstellen wollte.«

Edie atmete tief aus, als ihr auffiel, dass sie die Luft angehalten hatte. Die Unterhaltung hatte sich überraschenderweise in einen Flirt verwandelt – genau das, was sie hatte vermeiden wollen. Auch Silas starrte seine Schuhspitzen an.

»Ist es okay, wenn wir die Suche nach der Lichtung auf ein anderes Mal verschieben?«, fragte Edie vorsichtig. »Es steigt Rauch aus dem Schornstein, Rodriga ist also zu Hause, und ich würde sie gern sprechen, nachdem ich sie in den letzten Tagen ständig verpasst habe. Rodriga ist wirklich eine besondere Person, vielleicht kann sie dir sogar bei deinem Problem helfen.«

»A-ha.« Silas zog den Kopf zwischen die Schultern.

Als nicht mehr kam, stieg Verunsicherung in Edie auf. »Du möchtest doch deine Erinnerung zurückbekommen, oder?« Silas' Gesichtsausdruck verunsicherte sie noch stärker. Es war, als wären seine ansonsten so offenen Züge versteinert, während sich ein Vorhang vor seine Augen zog, der es ihr unmöglich machte, in ihnen zu lesen.

Obwohl es albern war, fühlte Edie sich von Silas ausgeschlossen. Eine völlig überzogene Reaktion. Schließlich wuchs man ja nicht innerhalb so kurzer Zeit an einen anderen Menschen heran, dass es schmerzte, wenn er sich plötzlich von einem abwandte, oder?

Wenn Edie ehrlich zu sich war, musste sie jedoch zugeben, dass genau das der Fall war: Es setzte ihr zu, dass Silas sich ihr gegenüber verschloss.

Forschend betrachtete Edie Silas aus dem Augenwinkel. Mit einem Mal erinnerte sie sein ernster und empfindsamer Ausdruck nicht länger an das Kind, das er einst gewesen war, sondern an den jungen Mann, der er bald sein würde. Auch wenn sie sich ihm noch so nah fühlte und er seine Gefühle selten verbarg, so war er ihr doch ein Rätsel. Der Wunsch, ihn zu begreifen, wurde mit jedem Moment stärker. Ohne etwas dagegen tun zu können, geriet sie immer mehr in den Bann dieses Jungen, dessen verborgen liegende Vergangenheit sie anzog wie der Mond die Flut.

»Ich würde dich nicht zu einem Besuch im Forsthaus drängen, wenn ich mir nicht sicher wäre, dass Rodriga dir helfen kann«, sagte Edie, als Silas unauffällig zum Erlenwald blickte, der im trüben Licht des Vormittags lag. In Gedanken schien er bereits zwischen den Bäumen zu verschwinden, auf der Suche nach jener Lichtung, die seine Vergangenheit verbarg.

Bitte lass uns gemeinsam weitergehen. Und zwar nicht in jene

Richtung, in der uns Nebel und der bedrohlich klingende Hall von Pferdehufen erwarten, bat sie so inständig, dass ihr der Wunsch von den Augen abzulesen sein musste.

Vorsichtig nahm Edie seine Hand. »Gehst du mit mir zu Rodriga?«

»Ja.« Silas' kühle Finger erwiderten sanft den Druck ihrer Hand. »Obwohl es mir lieber wäre, es erst einmal auf meine Weise zu versuchen. Aber wenn du dieser Rodriga und ihrem Wissen vertraust, dann vertraue ich ihr auch.«

Gemeinsam gingen sie weiter durchs knisternde Laub, während Silas ihre Hand nicht wieder los ließ.

Dahinter steckt nichts, wir sind nur wie zwei verunsicherte Kinder, die sich gegenseitig Halt geben, redete sich Edie gut zu. *Was Silas braucht, ist eine Freundin – und keine Katze, die nur auf ihre Chance zum Sprung lauert wie die Freundin seines Bruders.*

Aber was war, wenn sie Freundin und Jägerin gleichzeitig war? Sie wollte Silas ja zur Seite stehen, nur sprach er eben auch eine ganz andere Art von Instinkt an … Edie konnte sich kaum gegen die Vorstellung, wie sich seine Hände wohl an anderen Stellen ihres Körpers anfühlen mochten, verschließen. Unweigerlich stieg ihr die Hitze ins Gesicht.

Als sie die Tür des Forsthauses erreicht hatten, suchte Silas ihren Blick. »Du weißt schon, dass dein Herz wie verrückt schlägt?«

Obwohl ihre Nerven zum Zerreißen gespannt waren, musste Edie lachen. »Und was ist mit deinem? Das schlägt lauter als Donnergrollen.«

»Ich weiß«, sagte Silas und lächelte sie an, während der Griff seiner Finger sich verstärkte.

Edie konnte sich nicht dazu durchringen anzuklopfen.

Denn dann würde der Moment, in dem zwischen ihnen so viel in der Schwebe stand, vorbei sein, und das wollte sie nicht, egal, wie zerrissen sie sich fühlte. Es war zu aufregend, ihn auf diese neue Weise wahrzunehmen. Die Entscheidung wurde ihr abgenommen, als Rodriga die Tür plötzlich aufriss und sie mit funkelnden Augen ansah. »Was macht ihr hier?«

14

DER WAHRE KERN

»Du brauchst mir nicht zu erklären, wer dieser Junge ist«, knurrte Rodriga. »Jeder in Wasserruh weiß es. Ich bin nur erstaunt, dass du ihn ohne Einladung mitgebracht hast.« Die Begrüßung fiel unerwartet kühl aus – nicht nur Silas, sondern auch Edie gegenüber. Für gewöhnlich nahm die alte Frau sie sogleich in die Arme und drückte sie fest an ihren hageren Körper, dessen Ecken und Kanten man selbst durch die vielen Stoffmengen spürte. Jetzt verharrte Rodriga allerdings im Türrahmen, und ihre blitzenden Rabenaugen lagen auf Silas, dessen Herz mittlerweile so laut schlug, dass Edie es auch ohne ihre besondere Verbindung gehört hätte.

»Es tut mir wirklich leid, dass ich einfach unangemeldet auftauche und auch noch jemanden mitbringe«, entschuldigte sich Edie. »Es ist nur so, dass ich Sie in den letzten Tagen nie angetroffen habe, wenn ich Ihnen von Silas erzählen wollte. Deshalb dachte ich mir, heute gehen wir auf gut Glück bei Ihnen vorbei.«

Erst jetzt kam ihr in den Sinn, dass nicht nur Silas Widerwillen gegenüber diesem Treffen verspürte, sondern auch Rodriga Adonay alles andere als begeistert reagieren könnte. Ihr Unbehagen wurde noch größer, als die alte Frau auf ihre Entschuldigung nicht reagierte und weiterhin wie ein Bollwerk die Eingangstür versperrte, als würde sie unter keinen Umständen zulassen, dass einer von ihnen auch nur ihre Hausschwelle betrat.

Dafür regte sich Silas, nachdem er die ruppige Begrüßung wie erstarrt über sich hatte ergehen lassen: Er wich ein Stück zurück, als wäre die Tür plötzlich eine natürliche Grenze. »Was sehen Sie in mir, dass Sie so abweisend reagieren?«, fragte er auf seine Art geradeheraus.

Rodriga starrte ihn noch einen Augenblick an, dann sagte sie: »Woher soll *ich* das wissen, wo die Wahrheit doch so tief in dir verborgen ist, als läge sie in einem tiefen Grab? Wer in den Nachtschatten unter Wasserruh wandelt, verändert sich. Die Dunkelheit dringt in dich ein, egal, wie sehr du dich dagegen wehrst. Allerdings lautet die entscheidende Frage ohnehin, wer ein Stück deines Lebens und somit deiner Selbst weggesperrt hat, dass du deine Vergangenheit vergessen hast: Warst du es, um dich zu schützen? Oder doch ein anderer, damit du nicht weißt, wen du zu fürchten hast?«

»Oder wohin Silas gehen muss, um Antworten zu finden auf die vielen Fragen, die sein Leben ausmachen«, ergänzte Edie, obwohl sie nicht wirklich begriff, warum sich diese seltsame Unterhaltung drehte. Nachtschatten ... So, wie Rodriga das Wort ausgesprochen hatte, klang es nach einem sehr realen Ort unter Wasserruh und nicht nach einem Mythos.

Während Edie sich bemühte, aus all dem schlau zu werden, wich Silas noch ein weiteres Stück zurück – was Rodriga keineswegs entging. »Will dein Freund denn überhaupt Antworten finden?«, fragte sie mit einer brennenden Schärfe. Ihr Blick wurde so eindringlich, als sehe sie in Silas hinein wie in einen Brunnen, um in seinem dunklen Wasser am Grund zu lesen.

Silas keuchte auf, und Edie bereute es, seine Hand losgelassen zu haben. Offenbar setzte ihm Frau Adonays Verhör zu.

Niedergeschlagen überlegte Edie, ob ihr Kommen ein Fehler gewesen war, den sie möglichst schnell beheben sollte, indem sie sich verabschiedeten. *Aber es ist kein Fehler, das spüre ich!* Rodriga Adonay verfügte zwar nicht über dieselbe Gabe wie Edie, aber sie wusste dafür sehr viel über die andere Welt, deren Abbild Edie nur sah. Niemand außer dieser alten Frau war imstande, ihnen zu erklären, in was für ein verwirrendes Spiel sie hineingeraten waren.

»Natürlich suchen wir nach Antworten – und zwar nicht nur Silas, sondern auch ich. Unsere Geschichten scheinen zusammenzugehören«, erklärte Edi, als Silas nur blass und mit bebenden Schultern dastand.

Auch sie fühlte sich zunehmend unwohl, was jedoch nur teilweise an Rodrigas Verhalten lag. Der Wald, der das Forsthaus zu allen Seiten hin eingrenzte, schien während ihrer Unterhaltung nämlich bedrohlich näher zu rücken. Und im Unterholz herrschte ein Gewirr, als wäre ein Windstoß in die Schicht aus gefallenem Laub gefahren – dabei war es windstill. Schwarze Wolken schoben sich vor die Mittagssonne und verdunkelten den Himmel. Das Bedürfnis, rasch ins Haus zu schlüpfen und die Tür hinter sich zuzuziehen, war plötzlich übermächtig.

»Ich bürge für Silas, wenn Sie das möchten. Er wird nichts mit in Ihr Haus bringen, das Sie darin nicht wünschen. Dürfen wir jetzt reinkommen?«, fragte Edie flehend.

Zuerst sah es ganz danach aus, als würde Rodriga die Bitte abschlagen, doch dann streichelte sie mit ihrer knotigen Hand über Edies Wange, als sei sie ein liebes Kind, dem sie nichts verweigern konnte.

»Natürlich darfst du reinkommen, auch ohne zu bürgen. Eine solche Last würde ich dir niemals aufladen. Dein Freund kann ebenfalls eintreten, denn letztendlich ist es ja der Kern eines Menschen, der über sein Wesen entscheidet. Und der Kern deines Freundes ist unversehrt, ansonsten würdest du dich wohl kaum zu ihm hingezogen fühlen. Er muss mir nur versprechen, nichts in mein Haus zu bringen, das dem Herrn des Erlenwalds gehört.«

Unter Silas' Wangen zeichneten sich Schatten ab, als er sich von innen auf die Wangen biss. »Wie kann ich etwas versprechen, von dem ich nicht weiß, ob ich es einhalten kann? Ich weiß ja nicht mal, wer der Herr des Erlenwalds ist.«

Rodriga wirkte nicht überzeugt. »Weiß er es wirklich nicht?«, fragte sie Edie mit einer hochgezogenen Augenbraue.

Es gefiel Edie überhaupt nicht, auf der Hausschwelle über solche Dinge zu sprechen. Der Duft des Waldes war so stark geworden, als würde er wie ein lebendiges Wesen direkt hinter ihrem Rücken aufragen und jedes ihrer Worte in sich aufsaugen.

»Silas weiß nicht, wer ihn entführt hat oder was ihm während der Zeit, in der er verschwunden war, widerfahren ist. Ich hatte zuerst auch überlegt, ob er seine Gedächtnislücken zumindest teilweise vortäuscht.« Sie warf Silas einen entschuldigenden Blick zu, den er mit einem kleinen Lächeln beantwortete. »Mittlerweile bin ich mir allerdings sicher, dass es die Wahrheit ist. Wenn Sie ihm nicht vertrauen, dann ist das eine Sache – schließlich kennen Sie ihn nicht. Aber meiner Meinung, der können Sie doch vertrauen, nicht wahr?«

Endlich schlich sich ein Lächeln auf Rodrigas Gesicht, allerdings ein sehr katzenhaftes. »Du bist ein kluges Mädchen, dass du diese Karte ausspielst. Natürlich vertraue ich dir, das habe ich von der ersten Sekunde an. Nun gut, bitte kommt rein und seid meine Gäste.«

* * *

Mit einer einladenden Geste trat die alte Frau zur Seite. Als Silas keinerlei Anstalten machte einzutreten, legte Edie ihm den Arm um die Taille und schob ihn in die Wohnstube, in der ein Feuer im offenen Kamin brannte. Kaum schlug die Tür hinter ihnen ins Schloss, fiel eine ungeahnte Last von Edies Schultern. Als sie sich an den klobigen Holztisch setzten, während Rodriga in die Küche verschwand, wurde ihr erst bewusst, wie massiv sie die Bedrohung durch den Wald wahrgenommen hatte. Sogar ihre Hände zitterten.

Was auch immer da draußen lauert, es wird nicht erst auf uns aufmerksam geworden sein, nachdem wir das Forsthaus erreicht hatten, grübelte Edie. *Es muss uns schon vorher beobachtet haben, aber erst als wir Rodriga gegenüberstanden, hat es sich verraten. Als wolle es uns von hier forthaben …*

Während Edie ihren Gedanken nachhing, musste Silas sie beobachtet haben. »Du hast es also auch gespürt«, stellte er fest. »Dem Wald gefällt mein Besuch in diesem Haus nicht. Es war keine gute Idee, mich hierherzubringen. Nicht nur, weil diese Frau etwas mit mir anstellen wird, von dem ich jetzt schon weiß, dass es mir unmöglich gefallen kann. Sondern auch, weil es die Aufmerksamkeit von etwas draußen zwischen den Erlen auf deine Freundin lenkt. Ich weiß nicht, was das größere Übel ist.«

Edie richtete sich entschlossen auf dem Holzstuhl auf. »Was sollen wir sonst machen? Zwischen diesen unheimlichen Erlen nach der Lichtung aus deiner Erinnerung suchen? Dann ist das hier doch meilenweit besser. Rodriga verfügt über Wissen wie niemand sonst in Wasserruh, ihre Familie kennt sich mit solchen Dingen aus. Außerdem wird uns kein anderer helfen. Die Wasserruher wollen nichts von den übersinnlichen Dingen wissen, die vor ihrer Haustür geschehen. Für die bist du bloß das bedauernswerte Opfer eines Kindsentführers, der das Interesse an dir verloren hat, nachdem du älter geworden bist. Wenn du denen gegenüber auch nur andeutest, dass es einen geheimnisvollen Reiter gibt oder der Wald es auf dich abgesehen hat, dann erklären die dich kurzerhand für verrückt.«

»Stimmt schon«, gestand Silas widerwillig ein. »Die einzige Erklärung für meine Entführung, die mein Vater gelten lassen würde, ist der Name und die Adresse eines perversen Kerls, den er sich persönlich vornehmen kann, bevor er ihn bei der Polizei abliefert. Wenn ich ihm mit dem Herrn der Erlen komme, verfrachtet mein Vater mich ruckzuck in die Klapsmühle. Das wäre ihm mittlerweile wohl ohnehin am liebsten, damit zu Hause endlich wieder Ruhe herrscht.«

Eine Welle von Mitgefühl überkam Edie, und in ihr brandete das Bedürfnis auf, Silas zu berühren, und sei es nur am Ärmel. Doch sie hielt sich zurück. Silas machte nämlich keineswegs den Eindruck, um Mitleid zu heischen. Dafür analysierte er seine Situation viel zu kühl und wäre vermutlich eher peinlich berührt über eine tröstende Geste gewesen.

Außerdem traute Edie ihren Beweggründen selbst nicht über den Weg. Natürlich wollte sie ihm mit einer Berührung zeigen, dass sie hinter ihm stand, aber es gab noch einen anderen Grund, der alles andere als selbstlos war: Sie fühlte sich zu ihm hingezogen. Seine Stimme jagte ihr Schauer über den Rücken, seine Nähe elektrisierte sie, und sie ertappte sich immer häufiger dabei, wie sie ihn betrachtete, weil ihr sein

Gesicht immer besser gefiel. Es war wie mit einem Bild, dessen Schönheit man nach und nach entdeckt, da sie nicht offensichtlich war, sondern feiner und eigensinniger.

Edie verfluchte sich für solche schwärmerischen Grübeleien. Ihr Interesse an diesem Jungen hätte zu keinem ungünstigeren Zeitpunkt erwachen können. *Reiß dich zusammen und verkomplizier nicht alles noch zusätzlich,* hielt sie sich vor. *Silas braucht Antworten und kein Mädel, das ihn von der Seite anhimmelt.* Darüber hinaus war es gut möglich, dass ihr wachsendes Interesse durchaus eine hässliche Seite hatte: Was, wenn sie in ihm – ohne es sich einzugestehen – eine willkommene Ablenkung von ihrem Kummer wegen Marik sah?

»Welche Laus ist dir denn über die Leber gelaufen?«, fragte Silas, der sie immer noch aufmerksam beobachtete. Dabei bot Rodrigas Stube ein wahres Sammelsurium an fesselnden Dingen. Anstatt sich jedoch die Kristallsammlung, die ausgestopften Tiere oder gerahmten Pflanzenzeichnungen auf Pergament anzusehen, schien er ihren Gesichtsausdruck deutlich spannender zu finden.

Wunderbar, knurrte Edie innerlich. *Während ich mir den Kopf über ihn zerbreche, beobachtet dieser Kerl mich wie ein Insektenforscher ein besonders interessantes Exemplar. Wir sind vielleicht ein Pärchen.*

Zu ihrer Erleichterung kam Rodriga mit einem Tablett voller Geschirr ins Zimmer, und Silas sprang auf, um es ihr abzunehmen. Nachdem er das Geschirr verteilt hatte, wollte er Tee einschenken und bemerkte, dass eine Tasse fehlte.

Rodriga nickte ihm jedoch aufmunternd zu. »Sei so gut und schenk erst einmal nur mir und Edie ein. Dein Tee zieht ein paar Minuten in einer Extratasse in der Küche.«

Es war Silas an der Nasenspitze abzulesen, dass er wenig

Lust auf einen eigens für ihn gebrauten Tee hatte, aber er erhob keine Einwände. Auch nicht, als Edie erzählte, wie sie einander kennengelernt hatten, was Marischka ihr über den Reiter erzählt hatte, wie sie anschließend angetrunken den Nebelwald durchquert hatte und von Silas aus dem Fließ gefischt worden war. Rodriga hörte mit großer Geduld zu, während sie an einem Nussplätzchen knabberte, das offenbar eine echte Herausforderung für ihre Zähne darstellte. Erst als Edie an der Stelle angelangte, wie sie mit Silas vorm Ofen gesessen und geredet hatte, unterbrach Rodriga sie.

»Das war also der Teil der Geschichte, der sich in unserer Welt abgespielt hat. Nun wollen wir hören, was die Welt des Erlenkönigs damit zu tun hat. Silas, es ist Zeit für deinen Tee.«

15

DIE ANDERE SEITE

In dem dickwandigen Becher schwamm zuoberst ein Blatt auf der dunkelroten Flüssigkeit. Langsam zog es seine Kreise, getrieben vom aufsteigenden Dampf. Ein herb-prickelnder Duft breitete sich aus und überlagerte den Geruch nach altem Papier, Assam-Tee und Kaminglut in der Wohnstube. Silas pustete in den Becher, allerdings nicht, um das Gebräu abzukühlen, sondern nur, um das Blatt schneller kreisen zu lassen. Offenbar hatte er es nicht sonderlich eilig damit, einen Schluck zu trinken.

»Falls es dich beruhigt: Es ist nur ein Himbeerblatt. Ich fand, es macht sich schön auf dem roten Grund. Vollkommen ungefährlich.« Rodriga blinzelte dem Jungen verschwörerisch zu.

Silas wirkte nicht sonderlich überzeugt. »Und was ist mit dem Rest vom Tee? Allein dieser Dampf kribbelt mir schon in der Nase.«

Rodriga zuckte mit den schmalen Schultern. »Mit dem Vertrauen ist das so eine Sache: Im besten Fall ist es einfach da, so wie bei Edie und mir. Wir brauchen einander nichts zu beweisen, um Vertrauen zueinander zu haben. Wenn dem nicht so ist, bleibt einem nur blindes Vertrauen. Ich habe mich dazu entschlossen, dich in mein Haus zu lassen, obwohl die Nachtschatten dich berührt haben. Nun musst du dir überlegen, ob du meine Hilfe annimmst oder darauf verzichtest. Es liegt bei dir.«

Fragend blickte Silas zu Edie, die schon längst aus reiner Neugier vom Tee probiert hätte. Mit einem Grinsen prostete sie ihm mit ihrer Tasse zu. Silas zog leicht gereizt eine Braue hoch, dann nahm er einen Schluck von dem Gebräu, dann einen zweiten, merklich tieferen. Offenbar schmeckte ihm die dampfende Flüssigkeit. Kaum setzte er den Becher ab, wollte sie ihn mit Fragen bombardieren, aber Rodriga deutete ihr, den Mund zu halten. Edie fügte sich, wenn auch nur ungern. Das Ticken der altmodischen Wanduhr erschien ihr plötzlich unnatürlich laut, es übertönte sogar Silas' langsam ruhiger werdenden Herzschlag.

Zuerst saß Silas mit gesenktem Kopf da, als lausche er in sich hinein, dann trank er ein weiteres Mal aus dem Becher und sagte: »Was auch immer das ist, es schmeckt nach Wald. Ich muss an Moos denken, nasse Steine und an wilde Erdbeeren. Süß und herb zugleich. Dieser Geschmack ... man möchte die Augen schließen und sich treiben lassen.«

»Nur zu, schließ die Augen. Hörst du das gleichmäßige Ticken der Uhr? Es tickt in einem fort, ruhig und gleichmäßig, genau wie dein Atem. Lass dich treiben, folge dem Geschmack auf deiner Zunge.« Rodriga sprach sanft zu ihm, wie zu einem kleinen Kind, das kurz vorm Einschlafen stand. »Geh mit geschlossenen Augen auf Wanderschaft, lauf durch den Wald, über Moos und Stein, such nach Erdbeeren auf den hellen Flecken und nach Pilzen an den schattigen Stellen.«

»Die schattigen Stellen ... Schatten«, wiederholte Silas. Seine Lider lagen leicht auf, während die Anspannung aus seinen Zügen wich.

Edie nutzte die Chance, ihn genauer zu betrachten. Es war ein Gesicht im Umbruch, das kurz davor stand, einem jungen Mann zu gehören. Die kräftigen Brauen, das kontrastreiche Licht- und Schattenspiel auf Wangen und Kinn, die elegant geschnittene Nase. Aber noch waren seine Lippen weich geschwungen und die Augen von dichten Wimpern umkränzt. Wenn Edie in den Spiegel sah, konnte sie einen solchen Umbruch in ihrem eigenen Gesicht nicht erkennen. Als wäre diese Phase, in der man dem Kindsein wie einer zu eng gewordenen Haut entwuchs, einfach übersprungen worden. *Der Bruch mit Marik,* überlegte sie. *Ich bin unter die Bettdecke gekrochen, als mir klar wurde, dass er niemals mit mir zusammen sein würde. Und bin am nächsten Tag aufgestanden als... Tja, als was? Als Erwachsene?* Edie wusste nur, dass sie sich seitdem unter Gleichaltrigen oftmals fremd fühlte, während ihr in Silas' Gegenwart mehr als wohl war. *Vermutlich befinden wir uns beide in einem Umbruch, nur dass meiner unter der Oberfläche stattfindet, so tief, dass ich ihn selbst nicht wahrnehmen kann.*

»Wenn man dort im Waldgrund sucht, wo das Tageslicht nicht hinfällt, im Schattenreich ... dann findet man Pilze ... und Moos ... und ...« Silas stockte. Den dampfenden Becher hielt er immer noch zwischen den Händen.

»Schau dir alles ganz in Ruhe an«, forderte Rodriga ihn auf. »Und mach dir keine Sorgen. Du sitzt geborgen auf einem Stuhl in einer warmen Stube und hängst einigen Erinnerungen nach, die dir der Tee wachgerufen hat. Pilze, Moos und ...«

»Wurzelgeflecht«, ergänzte Silas, der sich dank Rodrigas Worten merklich beruhigt hatte. »In der Tiefe des Waldbodens liegt ein Geflecht aus Baumwurzeln. Auf unserer Seite sehen wir Stämme und Laubkronen, doch auf der anderen Seite spinnt sich ein Reich unter Baumwurzeln. Sie graben in die Breite, aber vor allem graben sie tief. Ein ganzes Reich für einen König.«

»Der König unter Wasserruh, ein altes Kindermärchen aus dieser Gegend.« Rodriga nickte Edie unmerklich zu, die automatisch den Atem anhielt. »Kennst du dieses Märchen, Silas?«

Der Zug um seinen Mund verhärtete sich, obwohl seine Lider immer noch träumerisch still auflagen. »Ich kenne das Märchen vom Erlenkönig, ich habe es als Kind öfter vor mich hingesungen.« Er räusperte sich, dann sagte er die Verse kaum hörbar auf.

»Tief unterm Wasser,
im Wurzelreich,
dort wohnt der König.
Das Haar aus grünem Laub,
das Gesicht braune Borke.
In den Schatten sitzt er
auf seinem Thron aus Astgeflecht,
das Haupt geschmückt mit roten Beeren.
Er wartet, er wartet schon lang
auf ein Kind und seinen Segen.«

Silas' Atem ging schwerer, dann grub sich eine Zornesfalte zwischen seine Brauen. »›Er wartet auf ein Kind‹ – von wegen. Er ist ein elender Kinderdieb, der ständig Ausschau hält nach Kindern, die ihn sehen können, wenn er zwischen seinen Erlen wandert. Er verschleppt sie in die Nachtschatten, wo er dann sein wahres Gesicht zeigt. Und es hat wenig mit Laubesgrün und Borke zu tun.«

»Wie sieht es denn in Wirklichkeit aus, das wahre Gesicht des Erlenkönigs?«, fragte Rodriga mild, als würde sie ein Kind dazu überreden, seinen nächtlichen Albtraum in Worte zu fassen, damit es über ihn hinwegkam.

Silas' Lider begannen zu zucken, als bereite es ihm Unbehagen, überhaupt die richtigen Worte zu finden, um den Erlenkönig zu beschreiben.

»Sein Gesicht ist eine jugendliche Maske, wie das perfekte Gesicht einer Statue, die ein begnadeter Bildhauer geschaffen hat. Aber hinter dem schönen Schein verbergen sich tausend Jahre Schlaflosigkeit. Der Erlenkönig fürchtet den Schlaf wie unsereins den Tod. Darum wandert er unablässig durch die Wälder, ob nun auf der Tageslichtseite zwischen den Baumstämmen oder auf der Nachtschattenseite. Er kommt nicht zur Ruhe, denn er ist ein Getriebener. Ein Dieb, der alle bestiehlt, alle, sogar die Seinen.«

In seinen Worten schwang eine Abscheu mit, die Edie frösteln ließ. Silas hatte den Erlenkönig nicht nur fürchten und hassen gelernt, sondern er lehnte ihn mit jeder Faser seines Körpers ab.

»Der Erlenkönig ist also ein Kinderdieb, der es auf besondere Kinder abgesehen hat«, sagte Edie. »Meinst du damit unsere Gabe, von Magie berührte Dinge zu sehen, selbst wenn sie schon lange der Vergangenheit angehören? Hat er dich geraubt, weil nur du in Wasserruh imstande warst, ihn zu sehen?« Sie konnte die Frage einfach nicht zurückhalten. Silas war so kurz davor, das Rätsel seiner Vergangenheit zu lösen, dass sie alle Vorsicht vergaß.

»Ja«, sagte Silas. Dabei verschwand sämtliche Farbe aus seinen Lippen. »Er wollte mich schon lange, er ist um mich herumgeschlichen wie um eine Beute, auf den richtigen Moment lauernd. Ich habe ihn und seine Kundschafter bemerkt, die Käfer und Schlangen, die fallenden Blätter und Vögel in den Ästen. Sie alle gehören ihm und ich habe sie als Einziger erkannt. Deshalb wollte er mich. Und als die Zeit reif war, hat er seinen engsten Verbündeten losgeschickt: den Nebel. Er hat mich eingehüllt und festgehalten, damit er kommen und mich holen konnte.«

»Und wohin hat er dich gebracht?« Edie hielt es kaum noch auf ihrem Stuhl aus.

»In die Nachtschatten«, flüsterte Silas.

»Was ist dir dort passiert?«

Der Becher fiel Silas aus den Händen, zersprang mit einem lauten Knall am Boden und flutete seine besockten Füße. »Was zur Hölle ...« Verwirrt sprang er vom Stuhl und blickte auf die rot schimmernde Lache am Boden. »Das tut mir leid, ich weiß nicht, wie das passieren konnte. Ich wollte gerade noch einen Schluck nehmen, weil der Tee so gut nach Wald schmeckt, als mir plötzlich der Becher aus den Händen fiel.«

»Du wolltest uns gerade erzählen, wie es dir in den Nachtschatten ergangen ist«, versuchte Edie ihn wieder auf die Spur zu bringen.

»Unsinn, das wollte ich nicht.« Silas schien ernsthaft verblüfft. »Ich sollte doch diesen Tee trinken und dabei ein wenig die Augen schließen. Das Ticken der Uhr hat mich irgendwie abgelenkt, und dann: peng!«

»Er kann sich nicht erinnern«, wisperte Rodriga Edie zu, bevor sie sich Silas zuwandte. »In der Küche liegt ein Scheuertuch – hol das doch bitte, bevor der Himbeertee in den Holzboden zieht.« Kaum war Silas aus der Wohnstube, zog sie Edie dicht an sich heran. »Der Junge weiß nichts mehr von dem, was er uns erzählt hat. Ich hatte ihn auf eine geistige Reise geschickt.«

»Sie haben ihn hypnotisiert?« Edie konnte es nicht glauben.

»Da gab es nicht viel zu tun, das meiste hat er von ganz allein gemacht. Denk an seine Worte, nachdem er ein paar Schlucke getrunken hat. Wenn ich Himbeertee trinke, denke ich jedenfalls nicht an Moos und nasse Waldböden. Er wollte hypnotisiert werden, damit die Erinnerung nicht zu schmerzhaft für ihn wird. Diesem Jungen müssen furchtbare Dinge zugestoßen sein, denn egal, wie sehr er sich zu erinnern wünscht, die Angst ist stärker. Über seiner Zeit in den Nachtschatten liegt ein schwarzes Tuch, das ich nur mit Gewalt wegziehen könnte – was ich auf keinen Fall tun werde. Vielleicht gelingt es dir im Laufe der Zeit, dieses Tuch anzuheben.«

Und wenn nicht?, dachte Edie bekümmert. *Bleibt mir dann nichts anderes übrig, als mit Silas auf diese Lichtung zurückzukehren und nach dem Höhleneingang zu suchen?* Die Vorstellung schreckte sie mehr denn je.

Rodriga war aufgestanden und begann, in ihren überfüllten Wandregalen zu wühlen.

»Was mir jedoch viel mehr Sorgen bereitet als seine verborgene Erinnerung, ist seine Ungeschütztheit. So wie du mir diese Geschichte von der Lichtung erzählt hast, wurde der Junge nicht freigelassen, sondern ist entkommen. Und alles deutet darauf hin, dass sein Entführer ihn wieder in seine Fänge bekommen will. Silas ist im Augenblick nicht imstande, sich selbst zu schützen, weil er nicht weiß, mit was für einem Gegner er es zu tun hat. Aber vielleicht kann ich in diesem Fall etwas für ihn tun. Allerdings wird mir das nicht allein gelingen, ich brauche Hilfe aus meiner Familie.«

»Worüber redet ihr?«, fragte Silas neugierig, als er mit dem Scheuertuch zurückkehrte.

»Ich habe Edie nur erzählt, dass ich in den nächsten Tagen Besuch erwarte. In meiner Familie gibt es jemanden, der sich noch besser mit den Mythen dieses Landes auskennt als ich.«

Während sie Tee tranken und sich durch Rodrigas Keksangebot probierten, sprach niemand mehr das Thema an, das sie an diesem Tag zum Forsthaus geführt hatte. Es war ein unausgesprochener Burgfrieden, zumindest bis die angekündigte Verstärkung eingetroffen war und hoffentlich mehr als Himbeertee zu bieten hatte.

16

HERBSTSTURM

Die ersten Zeugnisse des kommenden Winters verflüchtigten sich im Laufe des nächsten Tages. Stattdessen brachte ein aufwallender Herbststurm Wärme mit sich. Durch die dunklen Wolkenberge, die über den Himmel rasten, brach immer wieder die Sonne und ließ das Laub golden aufflackern, bevor er es zu Hunderten pflückte und durch die Luft tanzen ließ.

Edie bewunderte das Blätter-Spektakel, während sie an der Brücke nach Wasserruh auf Silas wartete. Zwar hatte er gesagt, dass sie ruhig schon mal vorgehen sollte, falls er sich verspätete, aber sie stand trotzdem eine geschlagene Stunde am Treffpunkt, während Sonnentupfen auf den ansonsten herbstdunklen Fließen funkelten und ein paar Schulkids auf ihren Rädern laut klingelnd in Richtung Dorfplatz an ihr vorbeischossen, um die Nachmittagsstunden gemeinsam totzuschlagen.

Bis zuletzt hoffte Edie, dass Silas auftauchen würde. Dabei war seine Verspätung keine große Überraschung, ihr war schon klar, was für eine Herausforderung die Verabredung für ihn darstellte: Heute würde er nicht nur seine Kindheitsfreundin Marischka zum ersten Mal wiedersehen, sondern sich auch in einem Café blicken zu lassen, wo jeder Gast ihn anstarren würde. Dabei war dieses Treffen seine eigene Idee gewesen.

»Von diesem Internetcafé hat mir mein Bruder vorgeschwärmt, besonders von den Blaubeermuffins. Es wäre wohl auch nicht verkehrt, Marischka Hallo zu sagen. Was meinst du?«, hatte Silas sie gefragt, als sie den Sonntag gemeinsam mit Nichtstun auf dem Sofa hatten ausklingen lassen, ohne noch mal über ihren Besuch bei Rodriga zu sprechen.

Edie war verblüfft gewesen, hatte aber sofort zugestimmt. »Klar, Marischka brennt darauf, dich endlich wiederzusehen. Ich glaube, sie hat sich bloß noch nicht getraut, bei dir zu Hause aufzuschlagen, ehe du nicht ein wenig zur Ruhe gekommen bist. Wir können uns übrigens auch bei mir zu Hause treffen, das wäre entspannter als ein Café, in dem die halbe Oberstufe abhängt«, hatte sie vorgeschlagen. »Für unser Haus spricht auch, dass mein Vater bestimmt begeistert wäre, dich hierzuhaben. Haris ist inzwischen ja ein großer Fan von dir, das sollten wir dringend vertiefen.«

Haris hatte seine Rückenschmerzen im Laufe des Sonntags vergessen und mit der Arbeit am Marmorblock begonnen, wovon ihn nicht mal das schwindende Licht des Nachmittags abgebracht hatte. Immer wieder hatte er Silas zu sich gerufen, um ihn über die nächste »Freilegung« der wahren Gestalt zu informieren. Während Edie die Begeisterung ihres Vaters ausgesprochen niedlich fand (was sie ihm gegenüber natürlich niemals so formuliert hätte, sonst wäre er gewiss tödlich beleidigt gewesen), war Silas beeindruckt gewesen. »Dein Vater erkennt wirklich etwas in dem Stein, Edie. Er ist ein *echter* Bildhauer, es liegt ihm im Blut. Es ist eine gute Sache, dass er es mit der Kunst noch einmal probieren will, alles andere wäre eine Verschwendung von Talent. Siehst du das denn nicht?«

Erst nachdem Silas sie mit der Nase darauf gestoßen hatte, begriff auch Edie, wie wichtig diese Arbeit für Haris war. Dass sie mehr war als bloß ein Zeitvertreib und ein Racheakt an seiner wortbrüchigen Frau.

Silas hatte sich trotzdem fürs Café entschieden. »Ich bin zwar nicht wirklich scharf darauf, von den Leuten angestarrt zu werden, als sei ich sprechendes weißes Kaninchen. Aber es ist langsam an der Zeit, mich wie ein normaler Mensch zu benehmen. Und was gibt es Normaleres für einen Typen in meinem Alter, als sich mit ein paar Leuten in einem Café zu treffen?«

Edie hatte nicht widersprochen.

Als sie nun im minütlich stärker auffrischenden Wind stand und auf Silas wartete, war sie sich allerdings nicht mehr sicher, ob die Sache tatsächlich so einfach war. Nach dem Besuch bei Rodriga war ihm wahrscheinlich der Wunsch gekommen, die Vergangenheit zu vergessen und sein Leben in möglichst gewöhnliche Bahnen zu leiten. Nur war er *kein* normaler Junge – und ganz Wasserruh wusste es. Egal, wie normal er sich benahm, für die anderen würde er immer ein Paradiesvogel sein. Vermutlich war Silas klar geworden, dass er zu viel auf einen Schlag wollte, und nun machte er einen Rückzieher.

Solche Umwälzungen brauchten ihre Zeit, das wusste Edie aus eigener Erfahrung. Während Silas vor einer besonderen Größenordnung von Herausforderung stand, musste sie lediglich über eine unerwiderte Liebe hinwegkommen. *Was ja schon ganz gut klappt*, wie sie sich eingestand, als sie sich allein auf den Weg zum Marktplatz machte. Noch am selben Abend, als Silas nach Hause aufgebrochen war, hatte sie das Handy aus seinem Versteck geholt und Marik angefunkt. Nachdem er ihr erst einmal überschwänglich zu ihrem neuen Handy gratuliert hatte, schrieben sie sich hin und her, als hätte es nie einen Bruch zwischen ihnen gegeben. Während Marik ausführlich von einer wilden Clubnacht und dem üblen Kater danach erzählte, verspürte Edie nicht mal mehr eine Ahnung jenes brennenden Schmerzes, der sie seit dem Sommer begleitet hatte.

* * *

»Er ist also nicht am Treffpunkt aufgetaucht«, stellte Marischka fest. Dabei spiegelte sich auf ihrem Gesicht eine Mischung aus Enttäuschung und Erleichterung. Allem Anschein nach hatte sie der Gedanke, Silas nach so vielen Jahren wiederzusehen, ziemlich aufgewühlt. »Irgendwie kann ich's verstehen, dass er keinen Bock hatte. Dieses Café hat absolut null Charakter, die Möbel sind original Ikea, und die Blaubeermuffins schmecken nach Fertigmischung. Das hier ist quasi eine Verlängerung der Schulcafeteria.«

Es dürfte niemanden überraschen, dass Marischka selbstredend keinen Tag länger als nötig in der Schule verbracht hatte. Unterrichtspläne waren ihrer Meinung nach das Gegenteil von Leben – und das Leben etwas, wovon sie sich auf keinen Fall abhalten lassen wollte.

»Ich glaube nicht, dass Silas eine Abneigung gegen Cafeten-Schick hat«, hielt Addo dagegen. »Vermutlich hat er nicht einmal eine Meinung zu Cafeterias, die haben doch in der Grundschule schließlich noch keine Rolle gespielt. Da gab es nur den Bolzplatz oder die Aula, wenn es regnete.«

Während sich Marischka aufführte, als würde der Laden ihr gehören, die Stiefel gegen die Tischkante stemmte und die junge Frau hinter der Theke mit ihrem Piratengrinsen dazu gebracht hatte, einen Radiosender einzustellen, der nun polnische Schlager dudelte, rutschte Addo auf seinem Stuhl herum. Zuvor hatte er bereits zweimal den Platz gewechselt, weil es ihm zu zugig war, er lieber die Wand im Rücken hatte oder ihn der in einem großen Behälter auf der Theke herumwirbelnde Orangensaft zu hypnotisieren drohte. Kurz gesagt: Addo führte sich auf wie eine Maus, die jemand auf fremdem Terrain ausgesetzt hatte. Ein Loch zum Verkriechen wäre jetzt ganz nach seinem Geschmack gewesen.

Edie musste schmunzeln. Offenbar war nicht nur Silas wegen des Treffens mit den Nerven am Ende. Irgendwie machte das Addo und Marischka nur liebenswerter.

»Silas ist bestimmt bloß etwas dazwischengekommen«, sagte sie. »Schließlich war es seine Idee, euch zu treffen.«

»Kaum zu glauben, was?« Marischka lachte einen Tick zu laut. »Ich war ein paarmal drauf und dran, bei ihm zu Hause vorbeizugehen und ihn willkommen zu heißen, habe es mir dann aber anders überlegt. Nach allem, was passiert ist, dachte ich, dass er sicherlich was Besseres zu tun hat, als sich mit einer alten Freundin abzuplagen. Vor allem mit einer Freundin, die sich zum Original von Wasserruh gemausert hat, was ja nicht jedermanns Geschmack ist.«

Ein Blick auf die anderen Gäste bewies, dass sie mit dieser Vermutung durchaus richtig lag. Kaum dass Marischka den Laden betreten hatte, war das Getuschel losgegangen und schiefe Blicke ausgetauscht worden.

Marischka zuckte bloß mit der Schulter. »Aber Silas war schon als Kind alles andere als kleinkariert, bei dem konnte ich immer so sein, wie es sich richtig anfühlte. Und daran hat sich offenbar nichts geändert.« Der Gedanke, dass sich Silas ebenfalls wünschte, sie wiederzusehen, und schöne Erinnerungen mit ihr verband, ließ Marischka regelrecht strahlen. Zur Feier des Tages hatte sie sich einen echten Blumenkranz ins Haar geflochten und einen Petticoat unter ihren Streifenrock angezogen. Während sie laut nachdachte, kippelte sie gefährlich weit mit dem Stuhl nach hinten. »Ich gebe es ja nur ungern zu, aber damals war er eindeutig der Interessantere von uns beiden, mit seinen faszinierenden Geschichten. Dem war schon als Knirps anzusehen, dass mal was Besonderes aus ihm wird.«

»Auf die Art von Besonderheit hätte ich gut und gern verzichten können«, sagte Silas, der unbemerkt an den Tisch getreten war. »Also wenn du die Rollen tauschen möchtest... Ich wollte schon immer Teil einer verrückten Großfamilie sein und die Klamottentruhen von mindestens vier Generationen Novaks auftragen.« Offenbar war er ordentlich gegen den Wind angelaufen, denn seine Wangen waren gerötet, und die graue Strickmütze trug er tief in die Stirn gezogen. Als Marischka vor Schreck fast mit ihrem Stuhl nach hinten kippte, wurde sein Grinsen breiter. »Es ist schön zu sehen, dass du immer noch aus allem eine Artistennummer machst. Allerdings hatte Edie mir schon versichert, dass du dir treu geblieben bist.«

Marischka war mittlerweile aufgesprungen und stand nun zögernd vor Silas. Allerdings nur einen Moment, dann umarmte sie ihn stürmisch.

Zuerst freute er sich sichtlich, aber als sie ihn nicht wieder freigab, schaute er hilfesuchend zu Edie. Die bedeutete ihm, das aufgewühlte Mädchen ordentlich festzuhalten, denn das brauchte sie ganz eindeutig. Addo beschloss unterdessen, lieber den Rand seines Trinkglases mit dem Taschentuch zu polieren, als sich das Freudenfest anzusehen. Schließlich kannte er Silas als Einziger nicht persönlich. Nach einer Weile gab Marischka ihren lang vermissten Freund wieder frei und verschmierte ihr Augen-Make-up bei dem Versuch, ein paar Tränen wegzuwischen. Dann setzte sie sich mit Silas an den Tisch, wobei sie zur allgemeinen Verwunderung kein Wort sagte. Zu tief ging dieses Wiedersehen mit dem Jungen, der doch den Grundstein für ihre ausgesprochen spezielle Weltsicht gelegt hatte.

Edie lächelte Silas zur Begrüßung nur an, statt ihn ebenfalls in die Arme zu nehmen – obwohl sie das nur zu gern getan hätte. Aber nach Marischkas stürmischer Umarmung sah er aus, als bräuchte er erst mal eine Pause.

»Und ich dachte schon, du hättest es dir anders überlegt«, sagte sie.

Silas pflückte sich die Mütze vom Kopf und strich sich durchs haselnussbraune Haar, dessen ruppig geschnittene Stufen sich langsam verwuchsen. »Tut mir leid, ich musste vorher dringend noch was erledigen und habe es dann nicht mehr rechtzeitig geschafft. Meine Mutter liegt mir die ganze Zeit in den Ohren, dass ich dringend so ein kleines tragbares Telefon brauche, damit sie rund um die Uhr weiß, wo ich gerade stecke. Bislang war ich nicht begeistert von der Idee, aber vielleicht sollte ich mir das noch mal durch den Kopf gehen lassen.« Dann nickte er Addo zu. »Hallo.«

»Das ist Addo, Addo Freiburg«, stellte Edie ihren Freund vor, weil Marischka immer noch keine Anstalten machte, je wieder ein Wort über ihre Lippen zu bringen. »Er ist einer der pfiffigsten Jungen auf diesem Planeten, nur sein Klamottengeschmack ist noch beeindruckender.«

»Edie, sag so was nicht«, wehrte Addo bescheiden ab, aber es war ihm anzusehen, dass er sich über das Kompliment freute.

»Wer du bist, weiß ich natürlich«, sagte er an Silas gewandt. »Es ist wirklich großartig, dass du wieder in Wasserruh bist.«

»Du bleibst doch? Ich meine, nicht nur jetzt im Café, sondern generell?«, brach es aus Marischka hervor. Die Vorstellung, dass er ihr sofort wieder verloren gehen könnte, schien sie in Panik zu versetzen.

Silas beeilte sich mit dem Nicken. »Natürlich bleibe ich, zumindest bis meine Mutter sich so weit beruhigt hat, dass sie den Klammergriff aufgibt, und ich eine Ahnung habe, wie es überhaupt mit mir weitergehen soll. Mir fehlen ja nicht nur ein paar Jahre Schule, sondern ich hatte noch keine Gelegenheit, darüber nachzudenken, was ich überhaupt mit meinem Leben machen soll. Das letzte Mal, als mich jemand gefragt hat, was ich mal werden will, habe ich Zauberer oder Müllmann geantwortet. Das ist jetzt nicht mehr ganz so aktuell.«

Sichtlich erleichtert zupfte Marischka eine Blütenranke aus ihrem Kranz und gab sie Silas. »In der Blumensprache bedeutet Jasmin, dass man froh ist, mit jemandem zusammenzusein. In unserem Fall: wieder zusammenzusein.«

Dass Silas die Ranke ohne Zögern entgegennahm und nicht mal ansatzweise rot anlief, bewies, dass er Marischkas spleenige Art nicht nur kannte, sondern mochte. Als er jedoch an den weißen Blüten schnupperte, verzog er das Gesicht.

»Das ist Jasmin aus unserem Gewächshaus, der wuchert dort seit Neustem überall, obwohl ihn niemand verpflanzt haben will«, erklärte Marischka verunsichert. »Magst du den Geruch nicht?«

»So hat es an dem Ort gerochen, an dem ich zu mir gekommen bin, genauso süßlich und schwer, irgendwie verdorben ...«

Addo beugte sich etwas steif vor, um die Ranke zu begutachten. »Das ist kein echter Jasmin, sondern ein jasminblütiger Nachtschatten, berühmt für seinen intensiven, geradezu aphrodisierenden Duft. Quasi ein sexueller Lockstoff.«

»Aber von der dunklen Seite«, flüsterte Silas.

Gerade als Edie einen Kommentar abgeben wollte, bemerkte sie, wie sich der Junge vom Nachbartisch auffällig weit rüberbeugte, um ja kein Wort zu verpassen. Ein Möchtegern-Skateboardfreak, der vermutlich nicht um eine Kurve fahren konnte, ohne vom Brett zu kippen. Er war allerdings nicht der Einzige, der an ihrer Unterhaltung interessiert war. Wie an jedem Nachmittag tummelte sich die halbe Oberstufe an den Tischen und auf den Sitzkissen. Auch die Laptops vorn am Fenster waren besetzt, nur hatten die Bildschirme heute Nachmittag offenbar nichts Spannendes zu bieten. Ansonsten würde die junge Frau, die vorher verschiedene Fashionseiten durchforstet hatte, wohl kaum zu ihnen rübergaffen. Richtig genervt war Edie, als ein Trio aus giggelnden Mädchen Fotos von ihrem Tisch machte. Oder genauer gesagt von Silas, der von dem Theater glücklicherweise nichts mitbekam.

Wut stieg in Edie auf, obwohl es natürlich keine große Überraschung war, dass Silas Aufmerksamkeit auf sich zog. Dafür hatte seine Geschichte zu viele Phantasien freigesetzt und gab nach wie vor massenhaft Raum für Spekulation. Natürlich hatte Edie damit gerechnet, dass die Leute ihn beobachten, ihn vielleicht sogar ansprechen und Fragen stellen würden. Diese dreiste Neugier war hingegen ein ganz anderes Kaliber – Silas wurde angestarrt wie ein Tier im Käfig. Es fehlte nur noch, dass ihn jemand provozierte, damit er etwas Verrücktes tat, wie man es vom verlorenen Sohn Wasserruhs schließlich erwarten durfte.

Was hast du erwartet, vornehme Zurückhaltung?, fragte sich Edie verärgert. *Silas ist die Sensation in diesem verschnarchten Dorf, da grenzt es schon an ein Wunder, dass sie nicht über ihn herfallen, um sich ein Souvenir zu besorgen.* Sie beschloss, sich zurückzuhalten, solange die Leute sich mit Fotos und Glotzerei zufriedengaben.

Inzwischen hatte Marischka ein Ablenkungsmanöver in die Wege geleitet, um Silas von dem böse Erinnerungen weckenden Duft abzulenken. »Du wolltest unbedingt einen Mammutbaum mitten in den Spreewald pflanzen! Der Samen ist ein Bonus in einem Comic gewesen, so ein vertrocknetes Ding. ›Das wird schon‹, hast du stur behauptet. ›Das will wachsen, spürst du das nicht?‹ Du hast es neben einen Feuerdorn-Trieb gesteckt, damit wir die Stelle leicht wiederfinden«, sagte Marischka, als würde sie immer noch darüber staunen, was diesem Jungen so durch den Kopf gegangen war.

»Ein Feuerdorn«, wiederholte Edie und überlegte, wann sie das letzte Mal einen solchen Strauch mit seinen leuchtend roten Beeren gesehen hatte. Dann fiel es ihr wieder ein: auf der Lichtung, unter der die Höhle lag. War es möglich, dass es Silas' Feuerdorn-Trieb war, der den Eingang in die Nachtschatten markierte?

»Später wolltest du dann ein Baumhaus in die Krone bauen.« Marischka lachte. »Deshalb hast du den Samen auch mit viel Trara mitten auf eine Lichtung gepflanzt«, untermauerte sie Edies Vermutung, dass es sich tatsächlich um dieselbe Lichtung handelte. »›Damit die Mittagsfrau auf den Samen aufpasst und ihn gedeihen lässt.‹ Als ich dir sehr erwachsen erklärt habe, dass ich an solche Märchen schon lange nicht mehr glaube, hast du mich vollkommen ernst angesehen und gesagt, dass ich besser die Klappe halten solle, weil die Mittagsfrau nämlich ziemlich nachtragend sei.«

»Klingt ganz nach einer deiner Storys«, brummte Addo, um von Marischka freundlich geknufft zu werden. Sofort sah er glücklicher aus.

»In all den Jahren habe ich mich nicht getraut, auch nur einen Fuß auf diese verdammte Lichtung zu setzen«, gab Marischka zu. »Ich habe nämlich fest damit gerechnet, am Fuß gepackt und unter die Erde gezogen zu werden.«

»Das war schlau von dir. Obwohl eine solche Horrornummer nicht ganz dem Stil der Mittagsfrau entspricht. Sie hätte dir vermutlich eher einen faustgroßen Stein an den Hinterkopf geschmissen.« Eine Sekunde lang blickte Silas vollkommen ernsthaft drein, dann musste auch er grinsen. »Baumhausbesitzer – das wäre doch mal eine Perspektive. In luftigen Höhen lebt es sich bestimmt gut, und das bisschen Zeug, das es dafür braucht, verdiene ich mir, indem ich mich für die Touristen an Lianen von Baum zu Baum schwinge.«

Edie verschluckte sich beinahe an ihrem Kaffee. »Der Tarzan des Spreewalds.«

»Klasse Idee, dann verirren sich endlich ein paar mehr Nasen nach Wasserruh.« Marischkas Augen glänzten. »Unser Gasthof könnte eine zahlende Runde Gäste von außerhalb vertragen, die Leute aus Wasserruh lassen sich bei uns ja nicht blicken. Ich könnte dir professionelle Hilfe für so eine Aktion anbieten, damit daraus auch wirklich was Öffentlichkeitswirksames wird.«

»Vorsichtig«, warnte Addo den amüsiert aussehenden Silas. »Bei Marischka unterschreibt man Verträge mit Blut, und wenn sie mit einem fertig ist, ist man sich endgültig sicher, mindestens mit Luzifer persönlich zu tun gehabt zu haben.«

Das Geplänkel ging weiter, nur Edie verlor allmählich ihre Lockerheit. Das Café wurde immer voller, und immer mehr Leute zückten ihre Handys, um Fotos von Silas zu machen oder stellten sich völlig hemmungslos neben ihren Tisch, um mitzulauschen. Als ein Junge aus Edies Jahrgang Silas' Lachen nachäffte, bestätigten sich ihre Befürchtungen.

»Dir scheint es ja verdammt gut zu gehen, sonst würdest du wohl kaum lustig hier rumsitzen und deine Witzchen erzählen«, blaffte der Junge Silas an, der erst jetzt begriff, dass die Gemeinheit ihm galt.

»Mach mal halblang«, fuhr Edie dazwischen.

»Sieh an, Edie Klaws kann auch was anderes, als die Nase hoch in der Luft zu tragen«, ätzte der Junge zurück.

Edie wollte um keinen Preis sein Name einfallen, aber sie war sich sicher, dass er in ihren Jahrgang ging. Mit seinem aschblonden Haar und dem Allerweltsgesicht war er nicht gerade ein Hingucker. Vermutlich war das seine Chance, einmal aufzutrumpfen.

»Ist das jetzt der neuste Zeitvertreib, Leute zu belauschen und sie dann dumm von der Seite anzulabern, weil sie sich amüsieren?«, fragte Edie. »Wenn ja, würde ich dir den Tipp geben, es selbst mal mit ein bisschen anständiger Unterhaltung zu versuchen. Am besten an einem Tisch möglichst weit weg von uns.«

Der Junge schnaufte abfällig. »Ich labere deinen Freund nicht blöd an, sondern sage bloß, was die meisten im Dorf denken: Wir haben uns alle Sorgen um Silas Sterner gemacht, es gab sogar Gottesdienste für ihn. Wo er nun wieder wohlbehalten aufgetaucht ist, schweigt er sich nicht nur darüber aus, was passiert ist, sondern hat auch noch jede Menge Spaß. Da fühlt man sich als jemand, der sich echt Sorgen um ihn gemacht hat, richtig verarscht. Aber wenn ich mir anschaue, mit welchem Zirkus er hier zusammensitzt, liegt der Gedanke nah, dass ihm gar nichts Schlimmes passiert ist. Vielleicht ist er ja bei seinen schrägen Freunden im Gasthof untergetaucht. Über den Schuppen hört man ja ohnehin die tollsten Sachen. Erzähl mal, Sterner: Hast du eine große Party gefeiert, während das ganze Dorf sich Sorgen um dich gemacht hat?«

Im Hintergrund grummelten mehrere Leute zustimmend, während nicht mal eine Handvoll Zuschauer die Köpfe schüttelte.

Silas schaute nachdenklich drein. Die um ihren Tisch herumstehenden Leute schienen ihn nicht zu interessieren, er achtete nur auf den Jungen, der ihn so krass angemacht hatte.

»Ich kann mich an dich erinnern«, sagte er schließlich, ganz die Ruhe in Person.

Prompt beugten sich ein Dutzend Oberkörper vor, um ihn besser zu verstehen.

»Du heißt Marvin Redige und hast früher in der Grundschule immer kleine Apparate gebastelt, die Papierkugeln abschießen konnten oder sich wie Kreisel gedreht haben. Und du mochtest es, im Musikunterricht zu singen. Du willst wissen, ob die letzten zehn Jahre eine große Party für mich gewesen sind?« Silas hielt inne und schien tatsächlich darüber nachzudenken. »Gut möglich, dass es so war. Ich kann es dir nicht sagen. Aber das ist dir in Wirklichkeit auch scheißegal, oder?«

Zuerst stand Marvin der Mund offen, überrascht von der Tatsache, dass sich Silas nach all den Jahren an ihn erinnerte. Doch für einen Rückzieher war er sich seines Publikums dann doch zu bewusst.

»Du konntest schon damals druckreif quatschen«, knurrte Marvin. »Mir liegt das nicht, aber dafür bekomme ich es mit, wenn man mich verschaukeln will. Diese große Nummer, mit der du wieder aufgetaucht bist und deinen Body vorgezeigt hast, der ganze Rummel, den deine Familie veranstaltet hat, um dich angeblich vor der bösen Welt zu schützen. Dieses ganze ungelöste Geheimnis. Für mich stinkt das nach Betrug – und nicht nur für mich, das habe ich schon von vielen gehört. Wenn du also glaubst, du kannst dich wie ein Star am Himmel von Wasserruh aufführen, dann liegst du falsch. Solange du nicht reinen Tisch machst, halten wir dich hier in Wasserruh für einen Lügner.«

Silas zuckte mit der Schulter. »Das ist schade, aber nicht zu ändern.«

Als Marvin wütend die Hand nach Silas ausstreckte, als wollte er ihm einen kräftigen Schubs verpassen, sprang Marischka auf und kippte Marvin ihre Sauerkirschschorle ins Gesicht.

»Das reicht jetzt!«, fauchte sie ihn an. »Uns mit diesem Schwachsinn den Nachmittag zu verderben. Und dann auch noch so tun, als ob irgendwer deine komplett verquere Meinung teilt.«

Für eine magere Person konnte sich Marischka erstaunlich bedrohlich aufbauen. Nur leider schreckte das die junge Frau, die Edie vorhin noch beim Surfen beobachtet hatte, nicht ab, sich einzumischen.

»Diese Meinung teilen mehr Menschen in Wasserruh, als du denkst«, sagte die junge Frau. »Die Geheimniskrämerei kommt nämlich bei niemandem gut an. Das wäre jetzt doch die perfekte Gelegenheit für den Sterner, sich endlich mal zu erklären. So ein bisschen Entgegenkommen ist nach dem ganzen Zirkus mehr als angebracht.«

»Du bist doch nur scharf auf eine gute Tratschgeschichte,

weil das Netz heute zu wenig Sonderangebote hergibt«, fuhr Edie die junge Frau an. Diese Scheinheiligkeit ging ihr gehörig an die Nerven.

Inzwischen hatte sich Marvin von der Saftattacke erholt und hob die Hand, um Marischka eine Ohrfeige zu verpassen, doch Silas packte ihn gerade noch rechtzeitig.

»Du solltest es besser nicht übertreiben«, raunte er dem Jungen zu und hielt dessen Arm mühelos fest, obwohl sich Marvin zu befreien versuchte. Edie musste daran denken, was ihr Vater über Silas' ausgeprägte Muskulatur gesagt hatte. Offenbar war er nicht nur kräftig, sondern auch bestens in der Lage, sich zur Wehr zu setzen.

»Ich denke, das reicht jetzt«, ertönte eine klare, wenn auch etwas hohe Stimme. »Wir sind ins Café gekommen, um was zu trinken. Das haben wir getan und werden jetzt aufbrechen, bevor der Herbststurm zu kräftig wird. Dieser Wind macht uns alle ja ganz gereizt.«

Überrascht blickte Edie zu Addo, der sich zu seiner vollen Größe aufgerichtet und das Kinn vorgestreckt hatte, als wäre er ein Lehrer, der eine Rauferei auf dem Schulhof beendete. Marischka hatte er sicherheitshalber beim Arm gepackt, damit sie Marvin nicht noch das leere Glas auf den Kopf donnerte, und mit der freien Hand kramte er seine Brieftasche hervor um ein paar Münzen auf den Tisch zu legen. Dann bedeutete er Edie und Silas mit dem Kopf, zur Tür zu gehen, und folgte ihnen mit der murrenden Marischka, die mehr als bereit für eine ordentliche Keilerei gewesen wäre.

* * *

Draußen in der Seitenstraße begrüßte sie der Herbstwind mit einer Intensität, der das Wort Wind nicht mehr gerecht wurde. Was durch die Gassen von Wasserruh jagte, war schon ein waschechter Orkan. Silas holte schleunigst seine Mütze hervor, während Marischka ihren Blütenkranz mit einem Schal sicherte. Nur Edie mochte das Reißen an ihrem Haar und das Sausen in den Ohren. Bei einem solchen Sturm kam wenigstens kein Nebel auf.

Wortlos und ohne sich zum Café umzublicken, gingen die vier los und blieben erst an der Bushaltestelle am Marktplatz stehen.

Edie hielt es nicht länger aus. »Das war ja mal ein bühnenreifer Auftritt: Meister Freiburg, die Autorität in Person. Mensch, Addo, du hast die komplette Cafébesetzung nach deiner Pfeife tanzen lassen.«

Addo sah mittlerweile überhaupt nicht mehr wie der geborene Anführer aus, sondern nestelte ein wenig benommen an seiner Brille herum.

»Nüchtern betrachtet war das die einzige Taktik, um der sich anbahnenden Aggression zu entkommen. Ich bin dank unserer Chaotenbraut ja geübt darin, grenzwertige Situationen unter Kontrolle zu bringen, aber so eine Nummer brauche ich definitiv nicht noch mal. Das hatte ja echt was von einem blutrünstigen Mob – noch eine Sekunde länger und sie hätten die Möbel zu einem Scheiterhaufen aufeinandergeschichtet, um Silas für seine Sünden schmoren zu lassen.«

»Das war also kein normaler Nachmittag in Wasserruh, richtig?«, vergewisserte sich Silas, der ganz blass um die Nase war.

»Das war jenseits von normal.« Edie unterdrückte das Verlangen, sich an ihn zu schmiegen, damit er nicht so verloren dastand. Aber war das wirklich die Art von Trost, die er brauchte?

Addo massierte sich die Schläfen. »Also ich für meinen Teil gehe jetzt nach Hause und bekomme dann unter meiner Bettdecke einen Nervenzusammenbruch. Wenn wir uns das nächste Mal als Kleeblatt treffen, dann bitte abseits des Dorfs.« Mit einem Blinzeln musterte er Silas. »Du solltest dir ohnehin eine Perücke und eine Plastiknase besorgen, bevor du dich das nächste Mal ins Dorf wagst. Und ich dachte, nur meine Eltern würden so eine seltsame Meinung über dich haben, dabei denken wohl erstaunlich viele hier ähnlich.«

»Klang ganz danach«, stimmte Silas bedrückt zu.

»Mittwochnachmittag habe ich frei. Sollen wir es uns dann auf unserem Dachboden gemütlich machen?« Marischka hatte einen Arm um Addos Schultern gelegt, als wollte sie ihn im Fall einer verspäteten Ohnmacht festhalten. So gern sie bestimmt noch mit Silas geredet hätte, ihr von seiner Heldentat ermatteter Busenfreund ging jetzt erst einmal vor. Es war nicht zu übersehen, wie stolz sie auf Addo war. Vermutlich würde sie ihm einen Tee kochen und eine Fußmassage anbieten.

Nachdem die Verabredung getroffen und Addo mit Marischka in den Bus eingestiegen war, deutete Silas mit dem Kopf in Richtung des Klaws-Hofs.

»Lust auf einen Spaziergang?«

Edie nickte, und bevor sie sich versah, hatte Silas ihre Hand genommen. Dieses Mal waren seine Finger weder nass noch eiskalt, sondern warm und selbstsicher, so als seien sie schon bestens vertraut damit, ihre Hand zu halten.

Zu gern hätte Edie gewusst, was diese Geste für Silas bedeutete. Unschuldige Freundschaft oder doch der behutsame Versuch einer Annäherung? Was auch immer Silas dazu bewogen hatte, ihre Hand zu nehmen, sie wusste ja nicht einmal selbst, warum sie es so bereitwillig zuließ. Sie wusste nur, dass es sich für sie nicht nach Freundschaft anfühlte, sondern mehr wie der Anfang von etwas Größerem.

Schweigend gingen sie gemeinsam durch den Wind, der ihnen Blätter entgegentrieb und einen Lärm veranstaltete, als wollte er Wasserruh vom Angesicht der Erde reißen und in den Himmel schleudern.

17

STURMOPFER

Während sie der Straße folgten, die in den Wald hineinführte, wurde Edie bewusst, warum es ihr so viel Spaß machte, durch den Wind zu laufen, obwohl ihre Ohren abfroren und sie sich gerade einen abgebrochenen Zweig aus den Haaren gepflückt hatte.

Die letzten Sommerferien hatte Edie mit Marik an der Nordseeküste verbracht, genauer gesagt auf Juist. Diese kleine Insel war eigentlich der reinste Teenagerschreck, auf der nur ein paar Touristen Platz fanden, die meisten davon Eltern mit Kleinkindern oder Rentnerpaare, und abends wurden die Bürgersteige hochgeklappt. Wenn dann auch noch das Wetter schlecht wurde, hockte man entweder muffelig im Gäste-zimmer, in das gerade mal ein Bett samt Nachttisch passte, oder man zog sich die Regenjacke an und ging am Strand spazieren. Genau das hatten Marik und sie gemacht, sie waren am Strand herumgelaufen, hatten sogar die Schuhe ausgezo-gen, Hosen hochgekrempelt und waren durchs dunkel schäu-mende Wasser gewatet. Die Insel hatte ihnen gehört, sie hat-ten sich frei und ausgelassen gefühlt. Und wenn sie mit roten Nasen Tee in einem der altmodischen Cafés getrunken hatten, war Edie der zufriedenste Mensch auf der Welt gewesen. Sie hätte für immer an Mariks Seite am Strand entlanglaufen können – schweigend, dann wieder aufgeregt redend und lachend – und hätte nichts vermisst. Zu diesem Zeitpunkt hatte sie fest daran geglaubt, dass er ihre große Liebe war, die ihr das Schicksal zugespielt hatte. Er wiederum war gerade zum ersten Mal in seinem Leben mit Haut und Haaren verliebt gewesen – in einen Mann.

Noch vor Kurzem hatte Edie die bloße Erinnerung an diesen Juist-Urlaub Weinkrämpfe beschert, die sie lautlos und für sich allein durchgestanden hatte. Sie war der festen Überzeugung gewesen, dass sie niemals daran würde zurückdenken können, ohne innerlich zusammenzubrechen. Und jetzt genoss sie den Wind und die Erinnerung an die Nordseetage mit ihrem besten Freund.

Ohne es darauf angelegt zu haben, hatte sie einen Gegenzauber gefunden – er ging in Gestalt eines hochgewachsenen Jungen mit sturmgeröteten Wangen an ihrer Seite.

Aber konnte sie sich über den Weg trauen? Sie hatte zu lange geglaubt, dass die Nähe zu Marik Liebe sei und er es schon noch erkennen würde. Obwohl Edie niemanden so gut gekannt hatte wie Marik, hatte sie eine wichtige Facette schlichtweg übersehen. Es wäre also ziemlich dumm zu glauben, dass ihre Gefühle Silas gegenüber eindeutig waren. Nein, sie durfte ihnen nicht vertrauen.

»Das war wirklich übel, die Sache eben im Internetcafé. Dich hat das ziemlich mitgenommen, was?«, fragte Silas unvermittelt.

Zuerst stutzte Edie, dann wurde ihr klar, dass sie eben wohl ziemlich grimmig dreingeblickt hatte. Wie gut, dass Silas zwar ihren Herzschlag hören, aber nicht ihre Gedanken lesen konnte. Sie beeilte sich, ein noch grimmigeres Gesicht zu machen.

»Das verdaue ich nicht so schnell. Es ist eine Sache, dass dieser blasse Marvin seinen rechten Arm für einen Hauch Aufmerksamkeit hergeben würde. Aber dass so viele andere seine Ansprache überhaupt nicht daneben fanden, sondern ihm ohne jeden Anstand zugestimmt haben, war krass. So können die Wasserruher doch unmöglich in Wahrheit ticken.« Silas drückte sanft ihre Hand, um sie zu beruhigen, und Edie schämte sich für ihre Lüge. Da gaukelte sie ihm vor, sich über das Verhalten einiger Dörfler aufzuregen, während sie in Wahrheit damit beschäftigt war, sich über ihre eigene Dummheit den Kopf zu zerbrechen. Wenn sie nicht aufpasste, würde sie ihn noch furchtbar verletzen. Falls er tatsächlich Gefühle für sie hegte, empfand er so was zum ersten Mal in seinem Leben. Und Edie verspürte nicht den Wunsch, schuld daran zu sein, wenn seine erste Schwärmerei als furchtbares Desaster endete, weil sie es nicht peilte. Im Idealfall bildete sie sich das ohnehin alles nur ein, und sie liefen nur händchenhaltend durch den Wald, weil Silas in seinem Inneren eben doch noch ein Kind war und sich nichts weiter dabei dachte.

»Für mich war es keine besonders große Überraschung, dass einige Wasserruher bei meinem Anblick schlechte Laune bekommen«, sagte Silas in seinem ruhigen Ton, in dem keine Spur von Zorn zu finden war. Aber war er wirklich so gelassen? Sein Herz schlug jedenfalls schneller. »Solange ich verschwunden war, haben meine Eltern volle Rückendeckung durchs Dorf bekommen. Jahrelang wurde ihnen immer wieder gesagt, dass man mit ihnen fühle und an sie denke in ihrer schweren Situation. Meine Mutter konnte sich kaum retten vor Kaffeeeinladungen, wo man ihr die Schulter tätschelte, und mein Vater bekam als Fliesenleger Aufträge von Leuten, die die Arbeit genauso gut selbst erledigen können. Man wolle die Familie Sterner schließlich unterstützen, wo sie einen so herben Verlust erlitten hatte, hieß es immer. Damit ist jetzt aber Schluss. Meine Eltern bekommen sogar anonyme Briefe, in denen sie und ihre verlogene Brut beschimpft werden. So leid vielen mein Verschwinden tat, über meine Rückkehr scheint sich niemand zu freuen.«

Edie kam ein Gedanke, von dem sie nicht wusste, ob sie ihn laut aussprechen sollte. Dann hielt sie sich vor Augen, dass Silas auch immer ehrlich war. Nachdem er sie von Anfang an ins Vertrauen gezogen hatte, gab es keinen Grund, nicht dasselbe zu tun, egal, wie verrückt ihre Überlegung auch klingen mochte.

»Dieses alte Märchen über den Erlenkönig, der auf der Suche nach einem Kind ist, das ihm Segen bringt ...«, tastete sie sich voran. »Das passt doch überraschend gut zu dem Mythos, dass Wasserruh auf Erlenstämmen aufgebaut ist. Dieser Flecken Land war vielleicht gar kein Geschenk an die Menschen, sondern Teil eines uralten Pakts: Der Erlenkönig gesteht den Menschen zu, auf seinem Land zu leben, dafür überlassen sie ihm Kinder, bei denen er einen Segen zu finden hofft.«

Silas' Lippen bebten, als würde ihm diese Vorstellung äußerst zusetzen. »Und ich war ein solches Kind.«

Obwohl es Edie leidtat, hielt sie es tatsächlich für die Wahrheit. »Der Erlenkönig hat dich als Ausgleich für sein Land genommen und die Menschen in Wasserruh haben es akzeptiert. Man muss sich das wie bei den Opferriten aus längst vergessener Zeit vorstellen, nur dass die Gemeinschaft das Opfer nicht aussuchen muss, weil der zu besänftigende Geist selbst aus der Kinderschar wählt. Da kann man seine Hände in Unschuld waschen. Wahrscheinlich haben sie es eh weniger gewusst als gespürt, als würde ihnen ein gut verborgener Instinkt zuflüstern, dass mit deinem Verschwinden schon alles seine Ordnung habe. Deine Eltern haben den Wasserruhern bestimmt leidgetan, aber mit den Einladungen und Aufträge haben sie Wiedergutmachung betrieben für das Opfer, das deine Familie gebracht hat.«

Eine Krähe sauste wie ein schwarzer Blitz vom Wind getrieben über die Straße, um zwischen den Bäumen zu verschwinden.

»So gesehen ist es kein Wunder, dass mit der Freundlichkeit jetzt Schluss ist.« Silas lachte heiser. »Es ist ja auch eine Frechheit, dass ich meine Chance zur Flucht einfach so genutzt habe. Auch wenn Marvin es als Sprachrohr für die Wasserruhrer nicht aufs Tapet gebracht hat: Bestimmt halten sie mich auch für die Giftpilzinvasion und den bröckelnden Kirchenturm verantwortlich.«

»Falls unsere Überlegungen stimmen, wäre das ja auch tatsächlich so«, gab Edie zu bedenken. »Du solltest dich glücklich schätzen, dass die Leute in Wasserruh den Pakt mit dem Erlenkönig inzwischen bloß für einen Mythos halten. Ansonsten hätten sie dich schon längst gut verschnürt im Wald ausgesetzt, sobald der Nebel aufzieht.«

»Verdammte Scheiße.«

Silas ließ ihre Hand los, als befürchte er, ihr ansonsten vor Wut die Finger zu zerquetschen. Es war das erste Mal, dass Edie ihn so aufgebracht erlebte. Nicht einmal, als Marvin seine ungeheuerlichen Anschuldigungen herausposaunt hatte, hatte er auch nur die Spur von Verärgerung gezeigt. Ganz anders als jetzt, da sein ganzer Körper bis in die Zehenspitzen angespannt war und er sogar die Hände zu Fäusten ballte.

Edie wusste nicht, ob es ihn mehr aufbrachte, dass man ihn

für den eigenen Vorteil so bereitwillig geopfert hatte, oder weil man ihm übelnahm, die Last nicht länger zu tragen und damit Wasserruh dem Erlenkönig zur erneuten Jagd freizugeben. Dabei war Silas' Freiheit noch gar nicht gesichert – noch immer lauerte im Wald sein Entführer darauf, ihn erneut zu überwältigen und zu verschleppen. Das war es jedenfalls, was Rodriga befürchtete.

»Wir sollten Rodriga einen Besuch abstatten«, sagte Edie und warf einen abschätzenden Blick auf die aufziehenden Regenwolken.

Wie zu erwarten, stöhnte Silas auf. »Willst du diesem Dreckstag wirklich noch die Krone aufsetzen?«

»Es musste doch möglich sein, dass Rodriga denjenigen, der sich in ihrer Familie mit einem Abwehrzauber auskennt, endlich mal an Land bringt. Das Risiko, dass dir sonst noch etwas zustößt, ist einfach zu hoch.«

»Wenn du dir wirklich Sorgen um mein Seelenheil machst, dann halten wir uns von Rodriga und ihrem gruseligen Himbeertee fern«, brummte Silas.

Doch Edie war mit ihren Gedanken schon ganz woanders. Vielleicht konnte sie Silas sogar davon überzeugen, vorläufig erst mal bei ihnen einzuziehen, denn den festen Grund unter ihrem Haus schien der Erlenkönig ja zu meiden. Haris würde sich freuen, jemanden zu haben, den er im Minutentakt über seine Fortschritte am Marmorblock informieren konnte, und sie ... Ja, was wäre mit ihr?

Unvermittelt blieb Silas stehen – und sie notgedrungen mit ihm.

»Shit, hast du schon wieder in meinem Gesicht gelesen?«, fragte Edie verzweifelt. »Das wird langsam peinlich.«

Silas musterte sie grinsend. »Darauf habe ich zwar gerade

nicht geachtet, aber wo du es schon ansprichst: Über welche superpersönlichen Dinge hast du denn gegrübelt?«

Bevor sich Edie noch tiefer ins Unglück hineinreden konnte, hörte sie das Geräusch.

»Da kommt ein Wagen angerast«, erklärte Silas.

Im nächsten Moment schoss ein Krankenwagen um die Ecke, gefolgt von einem Polizeiwagen, der in die Bremsen ging, um neben ihnen anzuhalten. Ein übergewichtiger Polizist mit puterrotem Gesicht ließ die Fensterscheibe runter.

»Hört mal, ihr zwei Turteltauben. Das ist wohl kaum das richtige Wetter für einen romantischen Spaziergang«, fuhr der Fahrer sie an. »Oder habt ihr die Unwetterwarnung etwa nicht gehört? Los, steigt ein, ich bringe euch nach Hause, sonst geht es euch noch so wie der alten Adonay. Die ist auf dem Weg zum Stall von einem herunterfallenden Ast fast erschlagen worden.«

Edie traute ihren Ohren kaum. »Das eben war …« Sie deutete auf die kaum noch auszumachenden Rücklichter des schnell fahrenden Krankenwagens. »Das war Rodriga Adonay? Sie ist meine Nachbarin und eine gute Freundin. Was ist ihr denn passiert?«

»Kann ich nicht sagen, sie war bewusstlos und ziemlich ausgekühlt, als wir sie gefunden haben. Sie wird sich bestimmt einige Knochen gebrochen haben, wenn du mich fragst. Gut, dass eine Bekannte sie gefunden hat, die irgendetwas bei ihr abholen sollte. Ansonsten wäre die ohnmächtige Frau Adonay bestimmt an Unterkühlung gestorben.« Plötzlich verengten sich die Augen des Polizisten zu Schlitzen, als er Silas musterte. »Du bist doch Silas Sterner. Treibst du dich draußen herum in der Hoffnung, dass dir mal wieder was Aufregendes zustößt?«

Während Silas genervtes Knurren vom Wind weggetragen wurde, beugte sich Edie zum Fenster.

»Mein Freund kommt mit zu mir, ich wohne gleich um die Ecke auf dem Klaws-Hof. Sie brauchen uns also nicht zu fahren, aber vielen Dank für das Angebot.«

Ohne die Antwort des Polizisten abzuwarten, packte Edie Silas bei der Hand und zog ihn hinter sich her. Zuerst sah es so aus, als würde Silas stehen bleiben, um dem Herrn Ordnungshüter die Meinung zu geigen, aber als er die Tränen in Edies Augen bemerkte, folgte er ihr umgehend.

Rodrigas Unfall war ganz bestimmt kein Zufall, dröhnte es ihr durch den Kopf, während sie um ihre Beherrschung kämpfte. Jemand hatte sie während ihres Besuches belauert und offenbar noch viel mehr als das. Der Gedanke war grausam, ergab aber deutlich mehr Sinn als die Vorstellung, dass Rodriga lediglich dem tobenden Herbststurm zum Opfer gefallen war. War sie für dieses Unglück verantwortlich, weil sie Silas mit zum Forsthaus genommen und ihre Freundin gebeten hatte, ihm zu helfen?

18

Nichts als Kummer

Edies erster Instinkt war es, zum Forsthaus zu laufen und sich mit eigenen Augen anzusehen, was der Sturm angeblich angerichtet hatte. Aber das inzwischen ohrenbetäubende Brausen in den kahl gerupften Baumkronen und die ersten Regentropfen, die hart und kalt ihr Gesicht trafen, brachten sie davon ab. Außerdem war es zu riskant, mit Silas dorthin zu gehen, falls hinter dem umgestürzten Baum mehr als bloß die Naturgewalt Wind stand.

Während Silas, stumm und blass von der Schreckensnachricht, neben ihr herlief, tröstete sie sich damit, dass Haris sie zum Krankenhaus fahren würde, sobald die Unwetterwarnung aufgehoben war. Sie wollte Rodriga so gut wie möglich beistehen, und da die alte Dame in Wasserruh keine Verwandten hatte, würde man Edie stellvertretend bestimmt erzählen, was genau ihr zugestoßen war, und sie zu ihr lassen.

Falls Rodriga dann überhaupt noch lebt, der Erlenkönig macht gewiss keine halben Sachen, flüsterte ihr eine düstere Stimme ein.

Obwohl Edie schon lief, rannte sie noch schneller, als könnten ihre brennenden Lungen und das Herzrasen den furchtbaren Verdacht übertrumpfen.

Wie auf ein geheimes Zeichen hin begann es zu regnen.

Vom Wind in Pfeilgeschosse verwandelt, prasselten die Tropfen herab, durchweichten Edies Jeans, liefen ihr in Rinnsalen in die Stiefel und schlugen durch ihren Wimpernkranz, sodass sie alles verschwommen sah. Trotzdem bremste sie ihr hohes Tempo nicht, obwohl sich bereits Pfützen bildeten und ihr das dreckige Wasser bis ins Gesicht spritzte.

Silas hielt spielerisch mit ihr Schritt, und als sie einmal zu straucheln drohte, fing er sie auf. Endlich tauchte der Klaws-Hof auf und mit ihm das Wissen, in Sicherheit zu sein: vorm Sturm und vor dem, was sich zwischen den Erlenstämmen verbarg.

In der erleuchteten Tür stand Haris, er trug seine Lederjacke und hielt die Autoschlüssel in der Hand.

»Also wirklich, wo treibst du dich bloß rum bei so einem Scheißwetter! Ich wollte gerade losfahren und nach dir Ausschau halten. Na los, rein mit euch in die gute Stube, bevor ihr noch wegweht.«

Haris sah mindestens so aufgewühlt aus, wie Edie sich fühlte. Kurz überlegte sie, ob ihr Vater sich wohl dazu durchgerungen hatte, zu guter Letzt doch noch einen von Ingas ungeöffnet gebliebenen Briefen zu lesen. Nach zwei Monaten Funkstille war es höchste Zeit, dass ihre Eltern endlich wieder aufeinander zugingen …

Weiter kam sie nicht, denn sofort schob sich wieder ihre Angst um Rodriga in den Vordergrund sowie das nagende Gefühl, schuld an ihrem Unglück zu sein. Hätte sie sich gestern doch erst einmal erkundigt, ob die alte Frau überhaupt bereit dazu war, Silas zu treffen. Und als Rodriga Silas gegenüber Bedenken geäußert hatte, hatte Edie nicht etwa eingelenkt, sondern ihren Charme spielen lassen.

Jetzt wusste Edie vor innerer Zerrissenheit gar nicht, was sie dringender brauchte: die Nachricht, dass sich Rodriga von ihren Verletzungen erholen würde, oder dass ihre Freundin tatsächlich nur Opfer des Sturms geworden war und sie keine Verantwortung für den Vorfall trug.

Kaum hatte Edie ihren nassen Mantel über den Stuhl geworfen, der in ihrem zusammengestückelten Haushalt als Garderobe diente, und die Stiefel von den Füßen gekickt, überkam sie leichter Schwindel. Stöhnend ließ sie sich rücklings gegen die Wand fallen und schlug hart mit den Schulterblättern dagegen. Als besäße sie keinen einzigen Knochen im Leib, sackte sie in sich zusammen und brachte nicht einmal mehr die Kraft auf, in ein erlösendes Schluchzen auszubrechen. Erschöpft versenkte sie das Gesicht zwischen den Knien, während hinter ihrer Stirn das Chaos ausbrach.

Es war einfach alles zu viel.

Zu viele Sorgen, zu viele unbeantwortete Fragen, zu viele Ängste.

Mit einem Schlag fühlte sich Edies ganzes Leben wie ein Ausnahmezustand an, in dem ihre Familie ein Trümmerfeld war und sie ihren Gefühlen weniger denn je über den Weg traute, während sie obendrein von einer geheimnisvollen, uralten Macht bedroht wurde, die nicht einmal ein Gesicht besaß. Und zu allem Überfluss hatte sie jetzt auch noch Rodriga auf dem Gewissen, eine Frau, die ihr ohne Zögern ihre Freundschaft angeboten und ihr vertraut hatte ... Allem Anschein nach zu sehr.

Alles läuft schief, dachte Edie.

Während Edie in einem schwarzen Loch zu versinken drohte, setzte sich jemand neben sie auf den Boden und legte einen Arm um ihre bebenden Schultern. Das musste ihr Vater sein, der sie trösten wollte. Aber gerade als sie sich an Haris schmiegen wollte, bemerkte sie einen Geruch nach Wald, Moos und frischem Regen.

Es war Silas, der sich dicht neben sie gesetzt hatte, die langen Beine angewinkelt, die durchnässte Mütze noch auf dem Kopf, unter der seine flussgrünen Augen aufleuchteten. ›Darf ich dir so nah sein?‹, schienen sie zu fragen. ›Halt mich!‹, hätte sie ihm zugerufen, wenn ihre Kehle nicht vollkommen zugeschnürt gewesen wäre.

Als Silas ihr sanft die Schulter streichelte, gab sie jede Zurückhaltung auf und rutschte so nah es ging an ihn heran. Noch näher und näher, als würde sie dadurch endlich wieder Halt finden. Dabei kümmerte sie sich nicht darum, dass sich ihre Beine verhedderten, ihr Knie hart aufschlug und sie versehentlich ihren Ellbogen gegen seinen Hüftknochen rammte, sodass er scharf die Luft zwischen den Zähnen ausstieß. Zu wichtig war seine Umarmung. Dabei musste Haris im Flur stehen und mitbekommen, wie sich seine Tochter an einen Jungen presste, den er gerade erst kennengelernt hatte. Aber das war Edie egal, sie brauchte Silas, ansonsten würde sie in ihrem Unglück versinken.

»Ich halte dich«, flüsterte er in ihr Haar.

Wie auf ein geheimes Zeichen hin brach Edie in Tränen aus, so haltlos, dass sie in kürzester Zeit alles unter Wasser setzte. In diesem Fall Silas Halsbeuge und den Kragen seines Strickpullis. Sie schluchzte so hemmungslos, als wäre sie allein auf ihrem Zimmer, wo niemand mitbekam, wie der Heulkrampf sie schüttelte, ihre Nase lief und die Augen sich röteten und zuschwollen.

Silas hielt sie die ganze Zeit über fest umschlungen und gab zu ihrer Erleichterung kein einziges Wort von sich, kein tröstendes und auch kein beruhigendes. Er verzichtete auf Beschwichtigungen, sondern war einfach nur für sie da. Dadurch hatte sie das Gefühl, ein Recht auf ihren Zusammenbruch zu haben, dass sie weinen und wimmern durfte, bis es ihr wieder besser ging. Das tat sie schließlich auch, und die Schleusen, die eben noch so weit geöffnet gewesen waren, dass es unvorstellbar schien, dass der Tränenfluss jemals wieder versiegte, schlossen sich. Zwar hatte sich an den Dingen, die ihr auf dem Herzen lagen, nichts geändert, aber der Druck zerriss sie nicht länger.

Schniefend gab Edie Silas' Halsbeuge frei – nur um gebannt zu verharren. Das gleichmäßige Senken und Heben seiner Kehle … die Kuhle über seinem Schlüsselbein, die feucht von ihren Tränen glänzte … die Wärme, die seine Haut ausstrahlte. Erst jetzt dämmerte ihr, dass sie ihm in ihrer Not auf den Schoß geklettert war und sich an ihn drängte, als sei er ein menschlicher Rettungsanker.

Es war fast zum Lachen. Vor Kurzem hatte Edie sich noch über jede kleine Grenzerweiterung wie das Halten ihrer Hände Sorgen gemacht, und jetzt erschreckte sie die Vorstellung, Silas überhaupt wieder loslassen zu müssen. Sie wollte, zusammengekauert wie ein kleines Kind, von ihm umfangen bleiben und dem Herzschlag in seiner Brust lauschen.

Je länger Edie jedoch in dieser Haltung verharrte, desto bewusster wurde sie sich Silas' Körper, und die Vorstellung, wie ein Schiff im sicheren Hafen zu liegen, wich dem Bewusstsein, wie kräftig seine Arme waren, und dass seine Körperwärme nicht nur tröstend, sondern auch anziehend war. Mal davon abgesehen, dass sie definitiv nicht so auf seinem Schoß sitzen bleiben sollte, nachdem ihre Tränen versiegt waren. Widerstrebend löste sie sich von ihm und lehnte sich mit dem Rücken gegen seine aufgerichteten Beine.

»Danke«, flüsterte sie. »Danke, dass ich dich als Taschentuch benutzen durfte. Normalerweise bin ich keine Heulsuse, die Jungs vollschnieft.«

»Kein Ding«, sagte Silas und strich mit vorsichtigen Fingern feuchte Haarsträhnen aus ihrem Gesicht.

Nichts an seiner Haltung verriet, dass sie ihm zu schwer wurde oder dass ihm die ganze Angelegenheit unangenehm war. Er besaß die Gabe, die Dinge unverstellt anzunehmen: stürmische Kindheitsfreundinnen, aufgebrachte Wasserruher oder verheulte Mädchen, die es sich auf seinem Schoß bequem machten. Niemals versuchte er wie andere Jungen lässig, draufgängerisch oder gar cool rüberzukommen. Gut möglich, dass man dafür Erfahrungen darin haben musste, Jugendlicher zu sein. Aber Edie hielt es für wahrscheinlicher, dass Silas auch so gewesen wäre, wenn er nicht eine große Spanne seines Lebens vergessen hätte. Er war ein gänzlich unverfälschter, im besten Sinne gerade gewachsener Mensch, der gar nicht erst auf die Idee kam, sich zu verstellen. Nicht etwa, weil es ihm an Phantasie oder Intelligenz mangelte, sondern weil er den wahren Kern der Dinge aufregend genug fand, ohne dass man noch ein Prise Glitzer oder Gaukelei zufügen musste. Im Gegensatz zu vielen anderen kam er gar nicht auf die Idee, nach ihrer Weinattacke den Helden zu geben oder sie leicht von oben herab spüren zu lassen, dass er über so etwas stand. Er hatte sie getröstet, weil sie Trost gebraucht hatte, aber auch weil er ihr gern beigestanden hatte. Weil er für sie da sein *wollte* ...

Mit einem Schlag loderten Edies Gefühle fast unerträglich stark auf und sie konnte Silas kaum ansehen, weil ihre Augen sie verraten würden.

»O Mann.«

Edie versteckte ihr Gesicht hinter den Händen, bis Silas sie sanft wieder runterzog.

»Nicht«, sagte er. »Es gibt absolut keinen Grund, sich zu schämen. Ich war eben nämlich echt froh, dich halten zu können, mir hat die Nachricht über Rodrigas Unfall doch auch zugesetzt.«

»Ich schäme mich ja auch gar nicht für meine Heulerei.« Was der Wahrheit entsprach. Trotz ihrer nassen Kleider wurde Edie sekündlich wärmer, sodass sie sich wunderte, dass noch kein Dampf von ihnen aufstieg. »Es ist nur ...«

»Schon gut, mach dir keinen Stress«, sagte Silas und suchte ihren Blick. »Sei einfach bei mir.«

In diesem Moment glaubte Edie, in seinen Flussaugen zu versinken. Ihre Lider senkten sich von ganz allein, als sie sich vorbeugte und mit jeder Faser ihres Körpers spürte, dass seine Lippen nur noch einen Hauch entfernt waren.

Haris' extralautes Räuspern sorgte dafür, dass sich Edie sofort kerzengerade aufrichtete. Und auch Silas blinzelte, als sei er aus einem Traum erwacht.

»Ist Frau Adonay etwas zugestoßen, dass ihr beide so von der Rolle seid?«

Haris war neben sie getreten und streckte Edie die Hand hin – ein Angebot, das sie schlecht ausschlagen konnte, auch wenn sie sich nur ungern von Silas trennte. Kaum hatte Haris sie auf die Beine gezogen, legte er besitzergreifend den Arm um ihre Schultern, während Silas allein zusehen musste, wie er vom Boden hochkam. Mit knappen Worten erzählte Edie, was der Polizist gesagt hatte.

»Könntest du mich ins Krankenhaus fahren, damit ich nach Rodriga sehen kann?«, fragte sie ihren Vater.

»Morgen früh mache ich das gern, aber heute Abend sollte

wirklich niemand mehr einen Fuß vor die Tür setzten. So, wie es stürmt, wird der Baum beim Forsthaus bestimmt nicht der einzige bleiben, der heute Nacht fällt. Mal davon abgesehen, dass der Regen so dicht runterkommt, als ginge es darum, die Sintflut zu toppen.«

Haris strich sich das Haar zurück, das von den wenigen Minuten in der offenen Haustür völlig zerzaust war. Mit gerunzelter Stirn sah er zu Silas, dessen Stiefel vor Nässe den Boden volltropften. Obwohl Edie ihrem Vater am letzten Abend die Geschichte des Jungen erzählt hatte, war Haris offenbar nicht der Meinung, dass er eine Sonderbehandlung verdiente. »Das bedeutet dann wohl, dass du heute Nacht Bekanntschaft mit unserem Sofa machen darfst«, sagte er missmutig zu Silas. »Leider haben wir kein Telefon, damit du deine Eltern anrufen kannst.«

»Danke für die Einladung, aber ich muss nach Hause. Ich habe nämlich versprochen, bei Einbruch der Dunkelheit zurück zu sein, und meine Mutter verliert ziemlich schnell die Nerven, wenn sie mich nicht auf dem Radar hat. Wenn ich dann ausgerechnet während eines Sturms wegbleibe ...« Es war unnötig auszusprechen, was dann wohl im Hause Sterner los war.

Trotzdem stellte sich Edie Silas in den Weg. »Du kannst nicht rausgehen, nicht nur wegen des Sturms, auch wegen dieser anderen Sache ... Es ist viel zu gefährlich.«

Silas lächelte halbherzig. »Glaub mir, es gibt nichts Gefährlicheres, als wenn meine Mutter krank vor Sorge ist. Sie hat wirklich viel durchgemacht, auch in letzter Zeit. Mir wird schon nichts passieren.«

Es war klar, dass er sich nicht zum Bleiben überreden lassen würde, selbst wenn draußen die Welt unterging. Edie knabberte an ihrer Unterlippe, und als er ihr zum Abschied zunickte, stand ihr Entschluss fest.

»Ich habe ein Handy auf meinem Zimmer. Falls der Empfang wegen des Sturms nicht im Eimer ist, müsstest du deine Eltern erreichen können. Wenn man sich in meinem Zimmer auf den Sessel stellt, klappt es meist ganz gut mit dem Telefonieren.«

»Du hast ein was?«, brach es aus Haris heraus. Augenblicklich nahm er den Arm von ihren Schultern, als sei sie eine feindliche Spionin und nicht seine Tochter. »Du hast ein Handy und versteckst es vor mir? Das bedeutet dann ja wohl nichts anderes, als dass Inga es dir hinter meinem Rücken besorgt hat, damit sie dich darüber aushorchen kann, wie es mir geht. Das gibt es doch nicht!«

»Tut mir echt leid, dass ich so ein Geheimnis daraus gemacht habe«, sagte Edie zerknirscht. »Und ja, es ist von Mama. Aber es ist doch wohl nachvollziehbar, dass ich mit meiner Mutter sprechen will, oder? Klar, natürlich fragt Inga, ob bei uns alles gut ist. Über eure Beziehung reden wir allerdings nie, ich finde, dass müsst ihr zwei untereinander ausmachen. Ich bin eure Tochter und liebe euch beide. Es ist, ehrlich gesagt, schon schwer genug, damit klarzukommen, dass ihr gerade eine schlechte Phase habt. Und es wäre nicht auszuhalten, wenn ich auch noch Position dazu beziehen müsste, okay?«

»Okay«, lenkte Haris mit einem Grummeln ein, dann drückte er Edie einen Kuss auf die Wange. »Jetzt gib deinem Freund dieses verflixte Handy, damit er seine Mutter beruhigen kann. Im Krankenhaus brauchst du es übrigens gar nicht erst mit einem Anruf zu versuchen: Die dürfen dir nichts sagen, weil du nicht mit Rodriga verwandt bist. Wenn wir morgen früh zu ihr hinfahren, stehen unsere Chancen besser, etwas zu erfahren, falls sie nicht ohnehin schon aus ihrer Bewusstlosigkeit aufgewacht ist. Ich sehe jetzt erst mal nach, ob das Haus ausreichend gegen diesen Jahrhundertsturm abgesichert ist. Dieser Sturm ... der ist doch nicht normal.«

19

Alles anders

Der Morgen war noch nicht richtig angebrochen, als Edie aufwachte. Durchs Fenster fiel gräuliches Licht, das jedoch vom Schimmer der runtergebrannten Glut im Ofen überstrahlt wurde. Silas musste nachts Holzscheite nachgelegt haben, ohne dass sie es bemerkt hatte. Dabei war sie gestern der festen Überzeugung gewesen, unter keinen Umständen einschlafen zu können, weil sich alles wie verdreht anfühlte. Außerdem war sie davon ausgegangen, dass sie, falls sie trotzdem eindösen sollte, einen Moment später vom tosenden Wind geweckt werden würde. Aber weder der Gefühlstumult in ihrem Inneren noch das Naturspektakel draußen hatten sie davon abhalten können, in Silas' Armen einzuschlafen.

Auch jetzt hielt er sie noch fest umschlungen, schmiegte seinen Oberkörper eng an ihren Rücken, während ihre Beine ein ineinander verschränktes Durcheinander waren. Sein gleichmäßiger Atem lag auf ihrem Haar und seine gelegentlich zuckenden Finger auf ihrer Taille. Blieb nur zu hoffen, dass Haris zu erschöpft von seiner Kellerwacht war, um so früh durchs Haus zu stapfen und dabei in der Wohnstube nur ein leeres Sofa vorzufinden. Wie hätte Edie ihrem Vater dann erklären sollen, dass ihr nach dem letzten Tag, der nur so gespickt gewesen war mit Katastrophen, ihr Bett ihr plötzlich viel zu groß und kalt vorgekommen war? Wie sehr sie sich nach Nähe gesehnt hatte, und dass es ihr egal gewesen war, wie ein Mädchen wirkte, das im Nachthemd durchs Haus schlich, um sich uneingeladen zu einem Jungen auf das schmale Sofa zu legen? Es war ihr Glück gewesen, dass sie auf der Hälfte der Treppe Silas getroffen hatte, der gerade auf dem Weg zu ihr gewesen war.

»Du hast so angeschlagen gewirkt, dass ich rasch mal nachschauen wollte, ob alles okay ist. Also ›okay‹ den Umständen entsprechend«, hatte er herumgedruckst. »Mir geht jedenfalls viel zu viel durch den Kopf, ich bekomme kein Auge zu und dachte mir, wenn es dir genauso geht, können wir ja auch genauso gut gemeinsam wach sein und Löcher ins Dunkel starren, während draußen die Welt untergeht. Was meinst du?«

Ein wenig scheu hatte Silas ausgesehen und gleichzeitig entschlossen – als sei ihm sein eigener Mut nicht ganz geheuer, während er trotzdem ohne zu zögern auf sein Ziel zulief. Und dieses Ziel hieß in diesem Fall offensichtlich Edies Bett, auch wenn er vermutlich eher seine Zunge verschluckt hätte, als diesen Wunsch geradeheraus zuzugeben. Er trug lediglich ein aufgetragenes T-Shirt und eine dunkelblaue Pyjamahose, beides Leihgaben von Haris. Der Anblick, wie seine nackten Füße unter dem Hosensaum hervorlugten und die Härchen auf seinen Unterarmen sich wegen der Kälte aufstellten, hatte Edie ein solches Herzrasen verursacht, dass sie sich gewundert hatte, dass die Wände des alten Hauses nicht zu wackeln begannen.

Anstelle einer Antwort hatte sie ihn bei der Hand genommen und war die Treppe wieder hinaufgehuscht, gemeinsam mit einem Silas, dessen Anspannung sie geradezu wie einen

Widerhall zu spüren glaubte. Diese Anziehungskraft zwischen ihnen war definitiv keiner mysteriösen Macht geschuldet, sondern in den letzten gemeinsamen Tagen entstanden, durch die vertrauten Gespräche, die gemeinsamen Erlebnisse und die Einsicht, dass sie nicht nur zusammen sein wollten, weil sie ein Geheimnis miteinander verband. Nein, sie wollten zusammen sein, weil sie auf eine ganz altmodische Weise einander zugetan waren. Darüber war Edie am meisten verblüfft: dass sich die Verliebtheit aufbaute, anstatt mit einem Paukenschlag Einzug zu halten. Natürlich war sie vom ersten Moment an von Silas fasziniert gewesen, aber ihre Zuneigung hatte er mit seiner ruhigen und zugleich offenen Art Schritt für Schritt erobert – auch wenn er es vielleicht gar nicht darauf angelegt hatte.

Was ich für dich empfinde … Dafür ist keine übernatürliche Gabe verantwortlich, sondern es ist meine Entscheidung, begriff Edie. *Keine, die ich mit meinem Kopf getroffen habe, sondern mit meinem Herzen.* Darüber musste sie schmunzeln, denn letztendlich war es ja ihr Herz, das Silas gefunden hatte.

Während das Morgenlicht sich immer weiter ins Zimmer hineintastete, hielt Silas sie immer noch so fest umschlossen, als wäre ihm diese Haltung in Fleisch und Blut übergegangen. So behutsam, wie es nur ging, drehte sich Edie in seiner Umarmung um und betrachtete sein Gesicht. Der rötliche Schein auf seinen Zügen, der von tiefen Schatten gebrochen wurde, verlieh ihm etwas Unwirkliches, so als wäre er ein Traumwesen, das die Nacht genutzt hatte, um zu ihr zu kommen. Zu schön, um wahr zu sein. Seine Züge stachen härter heraus als gewöhnlich, und zugleich lag eine ungeahnte Empfindsamkeit auf seinen geschlossenen Augenlidern und den leicht geöffneten Lippen.

In der letzten Nacht waren diese Lippen federleicht über ihre Wange gestreift, als wäre ihre Berührung nicht mehr als ein Zufall, nachdem sie sich schweigend unter die Decke gelegt hatten. Seine Hand war über ihre Schulter gewandert, als suche sie nach der richtigen Position zum Verweilen, ohne sie jedoch zu finden. Seine eiskalten Zehen hatten ihr Schienbein gestreift und sie hatte vor Überraschung leise aufgeschrien.

Allein die Erinnerung an diesen kleinen Zwischenfall ließ Edie lächeln. Als sei es eben erst geschehen, sah sie Silas' erschrockenes Gesicht vor ihrem geistigen Auge. *Er glaubt, dass er mit seinen Berührungen zu weit gegangen ist,* erriet sie seine Gedanken. *Dabei wünsche ich mir nichts mehr, als dass es erst der Anfang ist.*

»Alles ist gut«, wisperte sie. »Es ist genau so, wie ich es mir wünsche.«

Behutsam streiften seine Finger die Linie ihres Arms entlang. »Genau so?« Seine Stimme war nicht mehr als ein Raunen, das fast im Windgeheul und Fensterklappern unterging.

Edie konnte einen Schauder nicht unterdrücken. »Genau so.«

Während sie der zärtlichen und zugleich aufregenden Liebkosung nachspürte, ließ sie ihre Hand in sein zerzaustes Haar gleiten, durchteilte die weichen Strähnen und erkundete die Form seines Hinterkopfs. Über Silas' Lippen kam ein nur schlecht unterdrückter Laut, der sie ermutigte, ihre Finger über seinen Nacken auf Reisen zu seiner Rückenmuskulatur zu schicken. Unter dem dünnen T-Shirtstoff konnten ihre empfindlichen Fingerspitzen Verwerfungen ertasten. Sie wusste, dass es Narben waren, die sich wie ein geheimnisvolles Kunstwerk über seine Haut zogen. Ihr erster Instinkt war es, ihre Hand zurückzuziehen, als würden die Narben bei der Berührung schmerzen. Doch die roten und weißen Linien waren längst verheilt, wenn sie also zurückschreckte, dann vor ihm – ein Beweis dafür, dass sie nicht zurechtkam mit seiner Geschichte. Aber so war es nicht: Sie wollte Silas genauso, wie er war.

Sanft, aber bestimmt ließ sie ihre Hand weiter über sein Schulterblatt gleiten, und er sog den Atem durch die geschlossenen Zähne ein, als ihre Hand über den deutlich ertastbaren Rippenbogen wanderte und auf seiner Brust zum Ruhen kam. Dort, nur ein winziges Stück unter ihrem Handteller, befand sich sein Herz, das sie gerufen hatte. Mit diesem ungewöhnlichen Ruf hatte alles seinen Anfang genommen, aber was auch immer sich hinter diesem geheimnisvollen Umstand verbergen mochte, war jetzt unwichtig. Dieser Augenblick gehörte ausschließlich ihnen. Weder das Schicksal noch übersinnliche Mächte hatten auch nur das Geringste damit zu tun, was sich nun zwischen ihnen abspielte.

Edie wunderte sich selbst, dass sie es trotz ihrer Faszination nicht eilig hatte mit ihren Zärtlichkeiten. Sie hielt sich nicht etwa zurück, weil dies alles Neuland für Silas war, sondern weil sie es genoss, sich Zeit zu nehmen. Nichts sollte ihr entgehen, sie wollte jeden Augenblick ihrer Zweisamkeit intensiv aufnehmen. Silas schien es nicht anders zu ergehen – jede noch so geringe Berührung war es ihm wert, ausgekostet zu werden, kein Drängen und Stürmen, nur liebevolles Entgegnen. Trotzdem brannte hinter dem behutsamen Streicheln der Wunsch, mehr zu tun, als einander in dieser Sturmnacht festzuhalten.

Und so wurden ihre Liebkosungen mutiger, drängender, der Abstand zwischen ihren Körpern geringer, bis Silas sich über sie beugte. Ihre Gesichter schwebten so dicht voreinander, dass sie seinen Atem auf ihren Lippen wahrnahm. Er hielt inne, suchte ihren Blick, und was er in ihren Augen las, ließ ihn lächeln, bevor er seinen Mund senkte und sie küsste.

Vor nicht allzu langer Zeit hatte Edie darüber nachgedacht, dass Silas noch nie ein Mädchen geküsst hatte. Damals war ihr die Vorstellung, die Erste zu sein, so vorgekommen, als würde sie ihn damit bestehlen. Weil es nur seine Unschuld gewesen wäre, die sie lockte. Doch darüber waren sie jetzt weit hinaus. Als ihre Lippen miteinander verschmolzen, kam ihr der Gedanke, ihn zu benutzen, vollkommen fremd vor. Denn genau betrachtet war es auch ihr erstes Mal. Die Küsse, die sie zuvor verschenkt hatte, zählten plötzlich nicht mehr, weil sie nie mit diesem innigen Gefühl verbunden gewesen waren. Sie nahm Silas nichts, sondern teilte etwas mit ihm. Es war ihr Kuss, der erste von vielen, die hoffentlich noch kommen würden. Das erkannte sie mit großer Gewissheit, während das Spiel seines Mundes neckender wurde, denn er fühlte sich jede Sekunde sicherer und zugleich mehr herausgefordert. Dann erreichte ihr Kuss endlich eine Tiefe, die keinen Gedanken mehr zuließ.

Nicht ein einziges Mal hatte Edie während dieser nächtlichen Zärtlichkeiten daran gedacht, von welchen Sorgen und Problemen sie beide umgeben waren. Auch nicht daran, was dieses Sich-Aneinanderschmiegen bedeutete, ohne auch nur einmal darüber gesprochen zu haben, was man füreinander empfand. Genauso wenig fragte sie sich, ob sie ein Recht darauf hatte, diesen Jungen mit in ihr Bett zu nehmen. Was geschah, fühlte sich schlichtweg zu richtig an, um auch nur eine Frage zu stellen oder gar Bedenken zu äußern. Zwischen ihr und Silas geschah genau das Richtige, weil sie es sich beide wünschten. Einen besseren Grund konnte es nicht geben.

Jetzt am Morgen, während das unstete Tageslicht immer mehr zunahm, fühlte es sich immer noch richtig an.

Edie spielte mit dem Gedanken, Silas' zerzaustes Haar glatt zu streichen, in der Hoffnung, ihn mit dieser Liebkosung zu wecken. Je heller es jedoch wurde, desto deutlicher wurden die Zeichen von Erschöpfung in seinem Gesicht: Unterm Wimpernkranz waren tiefe Schatten zu erkennen, und seine hervorstechenden Wangenknochen verrieten, dass er nicht nur geschunden aus seiner Vergangenheit zurückgekehrt war, sondern auch die letzten Wochen nicht spurlos an ihm vorbeigegangen waren. Vielleicht war das die erste Nacht seit Langem, in der er sich sicher und geborgen fühlte. Und da wollte sie ihn wecken, nur weil sie sich nach seiner Gesellschaft sehnte?

So behutsam wie möglich kletterte Edie aus dem Bett. Als sie im Dämmerlicht nach ihrer Strickjacke suchte, bemerkte sie erst, wie kalt es in dem Zimmer trotz des nachglühenden Ofens war. Silas hatte sie wirklich wunderbar gewärmt. Bevor sie auf den Flur schlüpfte, warf sie noch einen letzten Blick auf ihn. Im Schlaf sahen die meisten Menschen jünger aus, manchmal sogar wie Kinder. Auch Silas haftete eine Spur von Unschuld an, aber in erster Linie hatte sein Gesicht etwas von einer Maske, die nur Jugend vorspielte, während die Seele dahinter viel älter war. So vertraut er ihr schon war, er war ihr immer noch ein Rätsel.

Unruhig wanderten seine Finger über die Laken, als suche er nach ihr. Die Schatten auf seinem Gesicht wurden tiefer, Anspannung breitete sich aus.»Ich kehre nicht zurück«, raunte er kaum hörbar. Dann rollte er sich in die Kuhle, die sie eben noch mit ihrem Körper gewärmt hatte, und entspannte sich wieder.

Während Edie vorsichtig die Tür hinter sich zuzog, wurde sie den Verdacht nicht los, dass sich Silas innerlich auf die entscheidende Auseinandersetzung vorbereitete. ›Ich kehre nicht zurück‹ … *in die Nachtschatten,* ergänzte Edie. In das Reich unter Wasserruh, wo man seinen Körper und seine Seele gezeichnet hatte – mit Folgen, die niemand von ihnen überblicken konnte, solange Silas die Erinnerung nicht anzutasten wagte. *Ich würde mich auch davor fürchten, die Bedeutung der Zeichen auf meiner Haut zu erfahren. Denn was, wenn sie mehr sind als nur verheilte Schnittwunden und Brandmale? Wenn ihnen ein Zauber innewohnt, der einen Mensch zu verändern vermag?,* fragte sich Edie mit einem flauen Gefühl in der Magengegend. Nach der letzten Nacht wünschte sie sich nichts mehr, als dass sie nur zwei ganz gewöhnliche Kids wären, deren größte Herausforderung darin bestand, dass ihnen in Wasserruh nicht die Decke auf den Kopf fiel. Doch es brachte nichts, sich das Unmögliche zu wünschen. Genauso wenig, wie ihr die Idee weiterhalf, sich von Inga zwei Tickets nach Singapur spendieren zu lassen, um Silas aus der Gefahrenzone zu bringen. Denn obwohl sie nicht darüber geredet hatten, war sie sich sicher, dass er nicht fortgehen würde. Nicht nur, weil seine Mutter das unmöglich verkraften würde – Frau Sterner war schon wegen der Nachricht verzweifelt, dass ihr Sohn eine Nacht außer Haus verbringen musste. Sondern auch weil er Antworten brauchte, die ihm nur einer geben konnte: sein Entführer.

»Oder das Familienmitglied, das Rodriga um Hilfe bitten wollte … Vielleicht hat sie das ja sogar schon vor ihrem Unfall getan«, murmelte Edie, während sie Teeblätter ins Kannensieb gab. Der Gedanke gab ihr neue Hoffnung. Wenn es Rodriga noch rechtzeitig gelungen war, Hilfe herbeizurufen, würde der- oder diejenige bestimmt nicht nur wissen, wie man den Erlenkönig auf Abstand hielt, sondern sich auch auf eine besondere Weise um Rodriga kümmern. In einer Welt, die Abwehrzauber gegen Wesen aus dem Mythenreich kannte, gab es gewiss auch Heilkräfte, um bewusstlose Frauen wieder erwachen zu lassen.

Voller Zuversicht rührte Edie einen Löffel Honig in ihren Tee. Sie nahm einen Schluck und musste unwillkürlich daran denken, dass sie damit die Süße der Nacht hinfortspülte. Aber das machte nichts, der Morgen hatte ja gerade erst begonnen, und Silas würde schon noch wach werden, um ihr diesen Geschmack wieder auf die Lippen zu zaubern.

20

Eine Spur von Zweifel

Im Haus war es verhältnismäßig ruhig. Der Wind rüttelte nicht mehr ganz so verbissen an den altersschwachen Fenstern und Haris' Schnarchen bildete ein regelmäßiges Hintergrundgeräusch. Mit einer dampfenden Tasse in der Hand wagte Edie sich sogar vor die Haustür, um einen ersten Blick auf mögliche Schäden zu werfen. Auf dem Hof lagen abgebrochene Zweige und ein paar zerbrochene Dachschindeln, die Reste der ohnehin morschen Wäscheleinen wehten gespenstisch im Wind, und eine fremde Plastikplane war im Blumenbeet hängen geblieben. Ein Gartenstuhl lag verkehrt herum und weit weg von seinem ursprünglichen Platz. Außerdem hatte ein es paar von den Blumentöpfen erwischt. Im Großen und Ganzen also nichts, womit ihr Vater und sie nicht fertigwerden würden.

Obwohl Edie nicht damit rechnete, dass der Zeitungsausträger an diesem Morgen schon einen Fuß vor die Tür gesetzt hatte, öffnete sie den Briefkasten. Der war tatsächlich leer bis auf ein zusammengefaltetes Notizpapier. Edie erkannte die Handschrift sofort, denn es war nicht die erste Nachricht, die sie von Rodriga bekommen hatte. Während sie die Zeilen las, vergaß sie die Kälte, die in ihre nackten Beine biss, und bekam auch nicht mit, wie sich die Plastikplane aus dem Beet befreite und wie ein schwarzes Banner vom Wind gehisst wurde.

Rodrigas aufgeschriebene Worte bannten den Zauber, der über diesem Morgen lag.

Mein liebes Kind,

leider bist Du nicht da, obwohl ich Dir etwas überaus Wichtiges zu erzählen habe. So wichtig, dass ich es nicht auf ein Stück Papier schreiben will. Nur so viel: Du hättest mit dem Nachtschattenkind nicht zu meinem Haus kommen dürfen. Ich habe ihn gesehen, wie er sich seitdem draußen herumtreibt und mich beobachtet. Aber ich bin nicht untätig geblieben und habe eine Nachricht an meine Familie gesandt. Schon bald werden wir Unterstützung bekommen!

Pass auf Dich & Dein Herz auf.

Aufs Innigste verbunden,
Deine Rodriga Adonay

Bevor Edie sich versah, hatte sie die Nachricht dreimal gelesen, und mit jedem Mal war ihr die Brust enger geworden, obwohl sie nicht richtig schlau daraus wurde. Wer war um Rodrigas Haus geschlichen, um sie auszuspähen? Doch wohl nicht Silas, auch wenn es so klang. ›Ich habe ihn gesehen …‹, schrieb Rodriga, nachdem sie zuvor vom Nachtschattenkind gesprochen hatte. Dieses Uneindeutige war ganz zweifelsfrei der Eile geschuldet, in der sie die Zeilen niedergeschrieben hatte. Sie konnte unmöglich Silas gemeint haben.

Nachdenklich zupfte Edie an ihrer Unterlippe. Die Gedanken verselbstständigten sich und beschritten Wege, mit denen sie niemals gerechnet hätte. Warum sollte Silas Rodriga hinterherspionieren, welchen Grund sollte er dazu haben? Vielleicht hatte er bei ihrem Besuch im Forsthaus mitbekommen, was Rodriga vorhatte, und wollte nun noch mehr in Erfahrung bringen? Nein, darüber hätte er mit Edie gesprochen, so wie es seine Art war: immer geradeheraus. Es musste ein Missverständnis sein.

Davon abgesehen bestärkte die Nachricht Edies Verdacht, dass Rodrigas Unfall nicht bloß ein Unglück des Sturms gewesen war. Jemand war in der Nähe des Forsthauses gewesen, als der schwere Ast auf die alte Frau niedergegangen war, so viel stand nun fest. Nur wer ...

Sollte es wirklich der Erlenkönig gewesen sein? Sie versuchte, sich das Szenario vorzustellen, aber vor ihrem geistigen Auge wollte kein Bild entstehen. Das war kein Wunder, schließlich hatte sie nach wie vor keine Idee, wie der ominöse Herrscher des Waldes aussah. Er war ein Mysterium, in so mancher Hinsicht. Stattdessen sah sie Silas, der Rodriga über den Hof folgte. Wie er in ihr Haus spähte und sich im Schatten der Erlen vor ihrem Blick zu verbergen versuchte. Diese fixe Vorstellung fraß sich hinter ihrer Stirn fest und war dort nicht mehr wegzubekommen. *So ein Unsinn,* schalt sich Edie. *Es gibt nicht einen einzigen vernünftigen Grund, warum Silas Rodriga hätte hinterherspionieren wollen. Er war doch heilfroh, als er vom Forsthaus fortkam.*

Aufgewühlt las Edie die Nachricht erneut und blieb an der letzten Zeile hängen, die auf den ersten Blick am harmlosesten wirkte. ›Pass auf dich und dein Herz auf.‹ Dafür war es ja seit der letzten Nacht zu spät. Oder meinte Rodriga vielmehr die übersinnliche Verbindung, die zwischen Silas und ihr bestand? Dann würde Rodriga sie davor warnen, Silas trotz ihrer Bande blind zu vertrauen. So, wie sie es bislang getan hatte.

Das Stück Papier fest zwischen den Fingern haltend, damit der Wind es ihr nicht klaute und dem Erlenwald zuspielte, kehrte Edie ins Haus zurück – kein Stück schlauer als zuvor, dafür aber mit so vielen Fragen, dass es in ihrem Kopf dröhnte wie in einem Wespennest.

Silas kam gerade die Treppe runter. Er rieb sich noch die Augen, als sei er gerade erst aufgewacht. Als er sie sah, erschien ein verschmitztes Lächeln auf seinen Lippen. Den Lippen, denen Edie in der letzten Nacht so nah gekommen war.

»Guten Morgen! Du hättest mich ruhig wecken können. Es war seltsam, ohne dich aufzuwachen. Einen Moment lang war ich mir nicht sicher, ob ich bloß geträumt habe, dass ...« Er stockte. »Sag mal, stimmt was nicht? Habe ich irgendetwas falsch gemacht, oder warum siehst du mich so an?«

Krampfhaft versuchte Edie, ebenfalls ein Lächeln zustandezubringen, aber es misslang. Wie festgefroren stand sie im Flur, dabei brauchte sie nur den Arm auszustrecken, um Silas zu berühren. Dann würden sich vielleicht auch die Gespenster in Luft auflösen, die sich hinter ihrer Stirn eingenistet hatten. Ein Teil von ihr wünschte sich nichts sehnlicher, als auf ihn zuzustürmen und sich an ihn zu schmiegen, seine Wärme zu spüren und den tröstlichen Geruch einzuatmen. Ein anderer Teil war jedoch voller Misstrauen, solange sie Rodrigas Nachricht nicht entschlüsselt hatte. Gewiss war es nicht fair, Zweifel an Silas' Integrität zuzulassen. Aber es war auch nicht fair, dass Rodriga im Krankenhaus lag, weil sie in eine Angelegenheit hineingezogen worden war, die sie eigentlich nicht betraf.

»Etwas falsch gemacht ...«, wiederholte Edie gedehnt Silas'

Frage, um Zeit zu schinden. »Ich weiß es nicht, ehrlich gesagt.«

Silas' Gesicht wurde schlagartig blass, und er schlug die Hand vor den Mund, als könne er damit die Worte zurücknehmen und vielleicht auch die Küsse der letzten Nacht. »Anscheinend habe ich noch weniger Ahnung von diesen Dingen, als ich dachte«, sagte er gedämpft.

»Es geht nicht um das, was gestern Nacht zwischen uns passiert ist«, beeilte sich Edie richtigzustellen. »Daran war nichts falsch, ganz im Gegenteil: Ich fand es wunderschön. Es ist nur …« Wie sollte sie ihm erklären, dass ihre gerade erst entstehende Beziehung Gefahr lief, einen Sprung zu bekommen – entweder weil Edie ihn vollkommen ungerechtfertigt einer schrecklichen Sache verdächtigte, oder weil sie, ihrem Instinkt zum Trotz, mit ihrem Verdacht richtig lag. Zu allem Überfluss gesellte sich noch das Gefühl hinzu, eine elende Verräterin zu sein, weil sie wegen einiger hastig niedergeschriebener Zeilen an dem Jungen zweifelte, in den sie verliebt war – das hatte sie sich schließlich gerade eingestanden. Dermaßen hin- und hergerissen beschloss sie, es auf Silas' Art anzugehen und ihm frei heraus die Wahrheit zu sagen. »Ich habe eine Nachricht von Rodriga gefunden, die ich nicht ganz verstehe. Deshalb bin ich ziemlich beunruhigt.«

»Darf ich sie lesen?«

Edie zögerte, obwohl sie wusste, wie sehr sie Silas damit vor den Kopf stieß. Ihr blieb jedoch nichts anderes übrig, wenn sie diese schreckliche Mauer, die sich jetzt schon unübersehbar zwischen ihnen aufbaute, möglichst schnell einreißen wollte. »Gleich. Aber zuerst möchte ich wissen, warum du gestern zu spät zu unserer Verabredung gekommen bist.«

So sehr sie auf eine rasche Antwort gehofft hatte, die jeden

Zweifel ausräumte, so sehr wurde sie enttäuscht. Silas wandte sich ein Stück zur Seite, sodass sie nicht länger in seinem Gesicht lesen konnte. »Darüber möchte ich nicht reden.«

»Es ist aber wichtig für mich zu wissen, warum du am Nachmittag erst später zu uns gestoßen bist.«

»Warum ist das wichtig?« Im nächsten Moment stieß Silas ein frustriertes Schnauben aus. »Ah, ich verstehe. Du glaubst, dass ich etwas mit Rodrigas Unfall zu tun habe. Meinst du, ich bin dort gewesen, um sie erneut um Hilfe anzubetteln? Oder um etwas viel Schlimmeres zu tun?«

Endlich erwiderte er wieder ihren Blick. Was sie in seinen Augen las, ließ sie innerlich in die Knie gehen: Er war zutiefst verletzt über ihre Andeutung.

»Du hältst es für möglich, dass ich der alten Frau etwas angetan habe«, sagte er fassungslos. »Weil ich zu lange in den Nachtschatten gewesen bin, wie sie gesagt hat. Das ist es doch!«

»Silas«, sagte Edie.

Doch er hörte sie nicht. »Das war ja auch der Grund, warum Rodriga mich fast nicht in ihr Haus gelassen hätte: Da schützt mich auch mein Vergessen nicht, für sie war ich verdächtig. Und wer weiß, ob sie mit ihrem Verdacht nicht auch recht hat, schließlich weiß ich über einen Großteil meines Lebens nichts zu sagen. Ich weiß nicht, wer ich bin, was der Erlenkönig aus mir gemacht hat. Vielleicht bin ich ja zu den furchtbarsten Dingen fähig – mag sein. Aber eins kann ich dir versichern: Ich habe Rodriga Adonay nichts angetan.«

»Das möchte ich dir ja auch zu gern glauben«, versicherte Edie.

Diese Auseinandersetzung bereitete ihr geradezu körperliche Schmerzen. Ihr blieb jedoch nichts anderes übrig, wenn sie das, was sich zwischen ihnen entwickelt hatte, erhalten wollte. Dabei konnte sie sich lebhaft vorstellen, wie grausam es für Silas war, nach seinem ersten Kuss nicht einem verliebten Mädchen, sondern einer eisernen Inquisitorin gegenüberzustehen, der es offenbar keine Probleme bereitete, ihre Gefühle auszublenden. Selbst wenn dieses Gespräch alle Zweifel aus dem Weg räumte, würde es nachher viel Mühe kosten, den Scherbenhaufen aufzukehren. »Sag mir einfach, was du getan hast, während Rodriga verunglückt ist«, bat Edie flehend. »Dann tun wir so, als ob dieses Gespräch niemals stattgefunden hat, und machen da weiter, wo wir letzte Nacht aufgehört haben.«

Silas' Kieferknochen zuckten, und fast machte es den Eindruck, als würde er nachgeben und ihr verraten, was sie unbedingt hören musste. Aber dann schüttelte er den Kopf. »Selbst wenn ich es dir sage, wird das an unserer Situation nichts ändern. Wenn du einmal Zweifel an mir hast, wirst du sie immer wieder haben, egal, wie sehr ich gegen sie ankämpfe. Ich habe dein Vertrauen doch schon in dem Moment verloren, als du diesen Zettel gelesen und es für denkbar gehalten hast, dass ich Rodriga niedergeschlagen habe.«

»Das stimmt doch gar nicht, ich halte es überhaupt nicht für denkbar! Ich bin nur total verwirrt, weil Rodriga sich so missverständlich ausgedrückt hat. Ich wünsche mir nichts mehr, als dass du mir sagst, dass man die Nachricht falsch verstehen kann, du aber nichts mit all dem zu tun hast.«

Endlich machte Edie einen Schritt auf Silas zu und legte ihre Hand auf seinen Unterarm. Die vernarbten Linien waren kalt im Gegensatz zum Rest seiner Haut. Hastig entzog er sich ihrem Griff und wich zurück. Alles Wütende und Verletzte verschwand aus seinem Gesicht, und zurück blieb eine tiefe

Traurigkeit, die sie wünschen ließ, alles ungeschehen zu machen. Sie würde den Zettel vor seinen Augen zerreißen, und gemeinsam würden sie abwarten, dass Rodriga wieder zu Bewusstsein kam und ihnen erklärte, was sie in Wirklichkeit mit ihren Zeilen gemeint hatte.

»Ist schon gut, Edie«, flüsterte Silas. »Du hast ja recht, mir zu misstrauen. Ich misstraue mir ja selbst. Meine verlorene Erinnerung schwelt in meinem Inneren wie ein Brand, der sich mit Gewalt durch die dünne Wand fressen will, die mich von ihr trennt. Aber glaub ja nicht, dass ich versuche, diese Wand einzureißen. Ganz und gar nicht. Das ist mir nach unserem Treffen mit Rodriga klar geworden: Ich will in Wahrheit gar nicht wissen, was sich auf der anderen Seite verbirgt. Wenn ich könnte, würde ich vor der Wand eine Mauer nach der nächsten errichten, um die Erinnerung von mir fernzuhalten und stattdessen ein älteres Abbild des Jungen zu sein, den ich damals am Fließ hinterm Haus meiner Eltern zurückgelassen habe. Und weißt du, warum das so ist … warum es gar nicht anders sein kann? Weil meine Vergangenheit bestimmt nicht nur schrecklich ist, sondern sie mir auch zeigen würde, dass ich schon lange nichts mehr mit diesem siebenjährigen Jungen gemein habe. Ich will mich nicht kennenlernen, und deshalb ist es nur verständlich, dass du mir misstraust. Ich schwöre dir, dass ich Rodriga nichts angetan habe und keine Ahnung von ihrem Unfall hatte, bis dieser Polizist uns davon erzählt hat. Aber ich hätte es sein können, vielleicht bin ich zu den grausamsten Dingen fähig und weiß es bislang nur noch nicht.«

Ein Zittern ging durch Edie bis in ihre Seele. Erneut versuchte sie, Silas zu fassen zu bekommen, denn sonst würde es nicht wieder aufhören, aber er wandte sich ab. Verzweifelt hielt sie ihm den Zettel hin. »Hier. Lies, was Rodriga geschrieben hat, dann verstehst du bestimmt, warum ich so durcheinander war und mir nichts sehnlicher wünsche, als dass du meine Bedenken zerstreust. Dass du mir ganz klar sagst, wie sehr ich mich irre.« Doch ihre Worte erreichten ihn nicht mehr. »Silas, bitte geh nicht!«

Er hatte schon fast das Ende der Diele erreicht, als er sich noch einmal zu ihr umdrehte. »Es tut mir leid, aber ich kann dir eben nur sagen, dass du dich irrst. Mehr nicht. Aber was viel wichtiger ist: Ich hatte kein Recht, mich dir zu nähern, solange ich nicht die Kraft aufbringe, jeden Zweifel aus meinem Leben zu räumen. Es war mein Fehler, nicht deiner. Ich bin zu dir gekommen, immer wieder, als wüsste ich, in wessen Brust das Herz schlägt, das du damals auf der Lichtung gehört hast. Jetzt ist mir klar, dass ich mich von dir fernhalten muss, bis ich meine Probleme gelöst habe. Und wahrscheinlich kann ich es selbst dann nicht wagen, dir noch einmal unter die Augen zu treten.« Mit diesen Worten verschwand er im Dunkel des Flurs.

Als Silas wenige Minuten später angezogen zur Haustür eilte, stand Edie immer noch wie festgefroren an Ort und Stelle, den Zettel in der ausgestreckten Hand, darauf hoffend, dass er zu ihr kam, las und verstand, was ihr wirklich durch den Kopf gegangen war. Aber er hielt den Blick starr auf den Boden gerichtet, als würde er sich selbst nicht über den Weg trauen. So blieb Edie allein zurück, das Pochen von Silas' sich rasch entfernendem Herzschlag in ihrer Brust. Aber was zählte diese Art von Verbundenheit schon, da sie gerade ihre Gefühle füreinander verloren hatten? Nichts, rein gar nichts.

21

Einsame Pfade

Ein komplizierter Armbruch, zwei gebrochene Rippen und eine schwere Gehirnerschütterung samt Prellungen im Schläfenbereich lautete die Diagnose für Rodriga Adonay. Die alte Dame hatte es wirklich schwer erwischt, wobei der herabgestürzte Ast wohl den geringeren Schaden angerichtet hatte. Das größere Problem war durch Rodrigas Sturz entstanden, bei dem sie das Bewusstsein verloren und bisher nicht wiedererlangt hatte. Der diensthabende Arzt hatte Edie und Haris bereitwillig informiert, nachdem die beiden zugesichert hatten, sich um Frau Adonays Angelegenheiten zu kümmern, bis ein Verwandter eintraf und diese Pflicht übernahm. Während Edie sich schließlich ins Krankenzimmer zu der Patientin absetzte, besprach ihr Vater sich noch mit dem Arzt, wie man in einem solchen Fall vorging. Die Polizei hatte am Morgen nämlich weder Unterlagen zu Rodriga Adonays Person im Forsthaus gefunden noch eine Liste mit Telefonnummern oder Anschriften. Offenbar war diese Frau wie ein Geist aus dem Nichts erschienen, nicht einmal eine ältere Nachbarin, mit der sie befreundet war, wusste etwas über ihren Hintergrund oder konnte Familienmitglieder benennen. Was immer Rodriga für ein Leben geführt hatte, bevor sie vor einigen Jahren nach Wasserruh gekommen war, blieb ein Rätsel.

Nun stand Edie am Krankenbett ihrer Freundin und blickte in ihr Gesicht, das ohne das lebendige Augenblitzen nicht nur uralt, sondern auch fremd aussah. Als läge dort bloß eine leere Hülle zwischen den nach Wäschesteife duftenden Laken, während sich die wahre Rodriga an einem anderen Ort befand. Krampfhaft versuchte Edie, den Kopf freizubekommen, schloss die Augen halb und tastete mit allen Sinnen nach einem Zeichen, das aus der anderen Welt stammte. Aber es zeigte sich nichts, weil dort nichts war – oder sie nicht in der Lage war, es zu sehen. Nun rächte sich, dass sie nie versucht hatte, mehr aus ihrer Gabe zu machen, sondern sie wie ein unnützes Talent hatte verkümmern lassen. Irgendwann gab sie es auf und nahm Rodrigas eisige Hand.

»Ich weiß nicht, ob Sie mich hören können …«, begann Edie stockend. »Es heißt ja, Menschen im Koma würden oftmals alles um sich herum mitbekommen, ohne darauf reagieren zu können. Das muss sehr schlimm sein, aber bestimmt wäre es noch schlimmer, vollkommen ins Dunkel weggesperrt zu sein.«

Edie stockte. Es war schwer, sich vorzustellen, dass ihre Worte tatsächlich ihr Ziel erreichten. Wenn Rodriga ein wenig mehr wie eine Schlafende ausgesehen hätte, wäre es ihr bedeutend leichter gefallen. So kam es ihr vor, als würde sie ihre Stimme an einem Totenbett erheben. »Nun, ich möchte Ihnen nur Bescheid sagen, dass ich Ihre Nachricht erhalten habe und sehr froh bin, dass wir schon bald Unterstützung bekommen. Und ich werde natürlich vorsichtig sein, obwohl ich mir nicht sicher bin, wie ich das genau anstellen soll. Sie fehlen mir sehr als Ratgeberin. Es wäre also schön, wenn Sie bald wieder aufwachen würden.«

Edie konnte sich ein schiefes Lächeln nicht verkneifen. Was

für ein schlecht verpackter Versuch, Rodriga zum Aufwachen zu bewegen. Dann verging ihr das Grinsen. Sollte … musste sie von ihrer Auseinandersetzung mit Silas erzählen? Nein, besser nicht. Falls die alte Dame sie tatsächlich hörte, wollte sie sie nicht unnötig beunruhigen. Stattdessen begann sie übers Wetter zu reden und davon, wie verwüstet Wasserruh nach dem Sturm aussah. Während sie Rodrigas langes dunkelgraues Haar zu einem Zopf einflocht, berichtete sie tapfer, dass sie im Radio gehört hätte, dass es in den nächsten Tagen einen Temperatursturz geben würde. Dann würde der Herbst endgültig dem Winter weichen. Als sie sich selbst fast zu Tode gelangweilt hatte mit ihrem Geschwätz, verkündete sie, direkt im Anschluss an ihren Besuch im Forsthaus vorbeizugehen, um nach Nachthemden, Kosmetik und einigen persönlichen Gegenständen Ausschau zu halten. Als Rodrigas Gesicht keinerlei Reaktion zeigte, tätschelte Edie noch mal ihre Hand und ging dann zu ihrem Vater. Fast bereute sie, dass der Schulunterricht nach dem Unwetter ausgefallen war, denn ein paar Stunden Ablenkung hätten ihr sehr gut getan.

∗ ∗ ∗

Es war gar nicht leicht gewesen, Haris dazu zu überreden, sie am Weg zum Forsthaus aussteigen zu lassen.

»Wer weiß, welchen Schaden der Sturm an der alten Hütte angerichtet hat? Nachher bricht dir noch das Dach überm Kopf zusammen«, gab er zu bedenken.

»Mach dir keine Sorgen, so heftig ist das Unwetter nun auch wieder nicht gewesen.« Nur mit Mühe konnte Edie ihre Ungeduld zügeln. Sie wollte endlich den Wagen verlassen und sich dem nachdenklichen Blick ihres Vaters entziehen. »Lass es uns doch so machen: Ich suche jetzt die benötigten Sachen für Rodriga zusammen, und du kümmerst dich um die Schindeln, die vom Dach gefegt worden sind. Sonst regnet es noch rein – und das verträgt unser altes Haus ganz bestimmt nicht.«

So leicht ließ sich Haris jedoch nicht abwimmeln. »Dann ruf doch wenigstens deinen Freund Silas an, damit er dir zur Seite steht. Oder habt ihr zwei Turteltäubchen euch etwa gestritten?«

Diese Frage lag in der Luft, seit Haris nach dem Aufstehen nicht müde geworden war zu betonen, dass er es schon seltsam fände, dass ihr Verehrer bereits mit Anbruch der Morgenröte verschwunden war. Besonders verdächtig war ihm wohl vorgekommen, dass Edie nur mit der Schulter gezuckt hatte und die eine oder andere Träne damit erklärt hatte, dass sie sich wegen Rodriga Sorgen mache. Das tat sie tatsächlich, obwohl der Kummer wegen ihres Auseinanderdriftens mit Silas überwog. Daran hatte sich auch nichts geändert, und deshalb erschien ihr die Idee verlockend, sich für eine Weile im gemütlichen Forsthaus zu verkriechen und ihre Wunden zu lecken.

»Das ist es also: Du hast dich mit deinem Prinzen in die Haare gekriegt«, bohrte Haris nach.

Zum ersten Mal in ihrem Leben wünschte Edie sich, ihr Vater würde sich nicht dermaßen um ihr Wohlergehen sorgen.

»Ist er gestern zudringlich geworden, nachdem er zu dir aufs Zimmer geschlichen ist? Nun schau mich nicht so entsetzt an, ich habe Silas nicht hinterhergeschnüffelt, sondern bin letzte Nacht nur mal kurz in die Wohnstube gehuscht, weil ich meine Einschlaflektüre am Sofa vergessen hatte. Ich hätte ja auch nichts gesagt, wenn du seit heute Morgen nicht mit einem Gesicht wie das Leiden Christi herumlaufen und immer wieder schniefen würdest, dass alles nur ein Irrtum war.« Haris sah sie mitfühlend an.

Viel zu mitfühlend für Edies Geschmack, denn bei einem solchen Übermaß an Zuwendung stiegen ihr unwillkürlich die Tränen in die Augen. »Ach, Papa«, sagte sie. »Ich will dich nicht löchern. Natürlich verstehe ich, wenn du das mit dir allein abmachen willst. Mir geht es nur darum, dass du weißt, dass ich auf jeden Fall für dich da bin – egal, ob es um deinen Kummer wegen Rodriga geht oder um Silas.«

Nun begann Edie doch zu schluchzen und schlang die Arme um den Hals ihres Vaters – eine Umarmung, die er, merklich gerührt, nur zu gern erwiderte. Es war gut zu wissen, dass ihr Vater hinter ihr stand, auch wenn sie ihm kaum den Grund für ihren Kummer würde erklären können. Denn egal, wie zugetan er ihr auch war, er würde kaum begreifen, was sich zwischen den Erlen verbarg und Fäden spann, die Edie, Silas und Rodriga in eine Geschichte hineinzogen, hinter der ein Abgrund lauerte. Ihre Eltern mochten für vieles offen sein, aber mit dieser ungewöhnlichen Wahrheit wären selbst sie überfordert.

Mit dem Handrücken wischte Edie sich die Augen trocken. Wenn sie die Hilfe ihres Vaters schon nicht annehmen konnte, wollte sie ihm wenigstens etwas Gutes tun. »Wir haben es jetzt Mittag, das bedeutet, in Singapur bricht gerade der Abend an. Mein Handy liegt auf meinem Nachttisch, um den Akku aufzuladen. Schnapp es dir und ruf Inga an. Sie vermisst dich wirklich sehr und würde sicherlich viel dafür geben, deine Stimme zu hören. Ich sollte es dir ja eigentlich nicht sagen, aber sie hat die Dauer ihres Jobs verkürzt und wird bereits in drei Wochen zurückkommen, obwohl die ihr ein Heidengeld angeboten haben, wenn sie länger bleibt. Das sollte eine Überraschung werden, aber es ist sicherlich auch nicht schlecht, wenn du sie jetzt überraschst und auch auf sie zugehst. So sollte das doch sein, wenn man einander liebt, oder?«

Haris nickte nur, sichtlich überfordert von der Bombe, die Edie gerade hatte platzen lassen. »Ehrlich gesagt, habe ich letzte Nacht noch lange darüber gegrübelt, ob ich dich bitten soll, mir das Handy zu leihen. Ich vermisse Inga nämlich auch ganz schrecklich«, gab er schließlich zu.

»Dann mal los! Grüß Mama lieb von mir – und sie soll sich überlegen, ob sie mir meine Ausplapperei über ihre Pläne wirklich übelnehmen will.«

Edie winkte ihrem davonfahrenden Vater noch hinterher, dann schlug sie den Weg zum Forsthaus ein. Die Kälte, die seit dem Morgen immer mehr zunahm, kroch ihr unter die Kleidung und ließ sie zittern. Vielleicht war die Erschöpfung auch nur der Preis, den sie für das Gefühlschaos der letzten Wochen zahlen musste.

22

Ein scheues Pferd

Um zum Forsthaus zu kommen, musste man ab der Straße
erst mal ein ganzes Stück über einen Privatweg laufen. Diese
abseits liegenden Grundstücke erzählten von einer Zeit, als
die Menschen im Spreewald noch von ihrem Land gelebt hatten. Dazu gehörten schmale Stücke Acker, Wiesen und fürs
Nutzvieh eingezäunte Weiden – alles Grund, den man dem
Sumpf abgerungen hatte, aber auch Wald und sogar die Fließe, die früher als Verkehrsnetz gedient hatten. Damals war es
nicht ungewöhnlich gewesen, dass der nächste Nachbar einen
ordentlichen Spaziergang weit entfernt lebte. Als Edie nun
von der Straße her aufs Forsthaus zulief, musste sie an Wiesen
vorbei, bevor der Hof in Sichtweite kam. Im Frühjahr gab es
hier gewiss ein Blütenmeer zu sehen, aber jetzt im November
herrschte ein deprimierender Anblick, denn die meisten Grä-
ser waren welk und lagen am Boden, niedergedrückt vom
Sturm. Angesichts ihrer Verfassung wollte Edie sich diesen
Anblick lieber ersparen und starrte deshalb stur auf ihre Füße,
bis ein Geräusch sie aufschrecken ließ.

Hufgetrampel.

Gedämpft von Gras, aber doch eindeutig.

Mit einem Anflug von Panik riss Edie den Kopf hoch und
rechnete fest damit, sich von Nebelschwaden umringt zu fin-

den. Doch es lag nicht der leichteste Milchschleier über der eingezäunten Weide zu ihrer Rechten. Allerdings lief ein Pferd über die großzügige Koppel, als würde es der aufsteigende Frost anspornen, in Bewegung zu bleiben. Es war ein Rappe, unter dessen schwarz glänzendem Fell sich kräftige Muskelstränge abzeichneten. Seine Mähne war ungewöhnlich lang und der Schweif reichte bis zu den Fesseln. Sogar über den Hufen spross fein gewelltes Haar. Ein beeindruckendes Tier, das allerdings ein wenig schüchtern zu sein schien. Als es das Mädchen bemerkte, hielt es an und sah sie prüfend mit seinen dunklen Augen an.

Edies Befürchtung, der Rappe könnte etwas mit dem Erlenkönig zu tun haben, verlor sich sofort. So sah kein Pferd aus, das mystische Gestalten auf seinem Rücken trug.

»Du bist ein Friese, richtig?«, fragte sie mit ruhiger Stimme, in der Hoffnung, dass das sensible Tier ihre eigene Unruhe nicht bemerkte. »Ich bin Edie, und ich mag Pferde sehr, obwohl ich auch Angst vor euch habe.«

Edie dachte an den Moment vor drei Jahren, als sie gerade die Box ihres Pflegepferds sauber gemacht hatte und ihre Gabe ihr das Bild eines widerlichen spinnenartigen Wesens gezeigt hatte, das sein Netz genau vor ihrer Nase gespannt hatte. Sie hatte panisch aufgeschrien und das Pferd war vor Schreck gestiegen und hatte sie mit seinen ausschlagenden Hufen zu Boden geschleudert. Innerhalb von Sekunden war die Box zu einem Gefängnis geworden, dem Edie nicht entkommen konnte. Nach diesem Erlebnis hatte sie nie wieder einen Fuß in den Stall gesetzt.

»Ihr seid sehr groß und wisst nicht immer einzuschätzen, welche Kraft in euch steckt«, erzählte sie nun dem fremden Pferd. »Und manchmal steigt ihr einfach, auch wenn da ein kleines Mädchen in eurer Nähe ist. So gesehen finden wir es beide vermutlich ganz gut, dass ein Zaun zwischen uns ist. Dann kannst du mich eine Weile anschauen und ich dich.« Der Rappe spitzte interessiert die Ohren, und Edie fühlte sich prompt ermuntert, weiterzureden. »Du bist wirklich ein ausgesprochen schöner Kerl, weißt du das?«

»Schönen Dank für das Kompliment«, sagte eine männliche Stimme direkt hinter ihr.

Der Schreck ging tief, und Edie drehte sich so schnell um, dass sie auf der Laubschicht unter ihren Stiefeln beinahe ausrutschte. Der Fremde packte sie gerade noch rechtzeitig am Arm. Allerdings stützte er sie nur so lange, bis sie einigermaßen sicher stand. In ihren Schläfen wummerte es wie verrückt, und nur mit Mühe konnte sie ihren Fluchtinstinkt bezähmen, ansonsten wäre sie schreiend und ohne jeden Plan davongerannt. Während sie sich Haarsträhnen aus dem Gesicht wischte, dankte sie allen guten Mächten dafür, keinen hysterischen Abgang gemacht zu haben. Der ungefähr drei oder vier Jahre ältere Typ, der vor ihr stand, schaute ohnehin schon ziemlich belustigt drein. Allerdings auf eine leicht herablassende Art, die ihr sauer aufstieß. Und dann tat er auch noch so, als hätte sie ihn und nicht den faszinierenden Rappen gemeint.

»Das war jetzt irgendwie missverständlich«, beeilte Edie sich deshalb richtigzustellen, obwohl das eine ziemlich überflüssige Verteidigung war. Obwohl... So gut, wie der Kerl aussah, vermutlich auch nicht. Er gehörte zu der Sorte, an der einfach alles richtig aussah, von der Größe über die athletische Figur bis hin zum Gesicht, das dank der Nase, die wohl mindestens einmal gebrochen gewesen war, und einem etwas zu großen Mund nicht Gefahr lief, vor lauter klassischer Schönheit langweilig zu wirken. Alles an ihm wirkte, als sei der

Sommer noch lange nicht vorbei: Auf der Haut lag ein Goldschimmer, und in seinem dunkelblonden Haar hatte die Sonne Spuren hinterlassen, was durch seine dunkle Kleidung zusätzlich betont wurde. Je genauer Edie ihn betrachtete, desto sicherer war sie, dass sie das Missverständnis noch deutlicher klarstellen musste.

»Also … Ich meinte natürlich nicht dich mit dem schönen Kerl.« Augenblicklich wünschte sie sich, den Mund gehalten zu haben.

»Ach, wirklich?« Der junge Mann grinste amüsiert.

Edies Mund wollte von allein aufgehen, nur um wieder irgendwas Unsinniges abzusondern. Erst mal durchatmen und es diesem unverschämten Typen dann mit gleicher Münze heimzahlen. »Das war ja mal echt ein origineller Auftritt. Hast du dich im Graben versteckt, um dann wie ein Springkastenteufel hinter mir aufzutauchen?«

Obwohl Edie ihren Gegenschlag eigentlich nicht schlecht fand, zuckte der Fremde nicht mal mit der Schulter. Es brauchte wohl deutlich schwerere Geschütze, um eine Kerbe in sein Ego zu hauen. Genervt strich Edie ihren Mantel glatt und nutzte die Gelegenheit, um einen Schritt zurückzusetzen. Diese Unterhaltung war nun überhaupt nichts, was sie an diesem Morgen gebrauchen konnte. Ihre Nerven waren nicht die besten und sie fühlte sich ungewöhnlich dünnhäutig.

»Tut mir leid, wenn ich dich erschreckt habe«, sagte er. »Das war nun wirklich nicht meine Absicht.« Die Entschuldigung klang zwar aufrichtig, was jedoch nichts daran änderte, dass immer noch so ein belustigter Unterton mitschwang. »Ich bin ganz normal den Weg entlanggekommen, während du in ein intensives Gespräch mit meinem Gaul verstrickt warst. Übrigens scheint ja durchaus was dran zu sein, wenn du dich mit einem scheuen Pferd vergleichst. So, wie du um die eigene Achse gewirbelt bist, habe ich schon fast damit gerechnet, dass du mich gleich mit einem Kung-Fu-Tritt außer Gefecht setzt.« *Wie witzig,* stellte Edie säuerlich fest, verkniff sich aber wohlweislich einen weiteren Kommentar. An ihrer Schlagfertigkeit musste sie noch feilen, so viel stand fest.

Der Kerl schien ohnehin keine Erwiderung zu erwarten, sondern deutete auf den Rappen, der in der Zwischenzeit ein paar Schritte vorgetippelt war, nur um sich sofort wieder zurückzuziehen. Offenbar konnte das Pferd sich nicht recht entscheiden, ob es die beiden Menschen nun spannend finden oder doch lieber das Weite suchen sollte.

»Das ist übrigens Nanosh, falls er sich noch nicht vorgestellt hat. Wovon ja fast auszugehen ist, denn mit dem Vorstellen haben es die Schüchternen ja meist nicht so.« Schon wieder so ein giftiger Seitenhieb, als wäre es der größte Spaß überhaupt, ihr einen mitzugeben. »Und ich bin Roman Adonay.«

Ein Adonay!

Der Name dieses jungen Mannes änderte alles – zumindest wollte Edie ihn jetzt nicht mehr möglichst schnell wieder loswerden. »Dann gehörst du zu Rodrigas Sippe?«

»Ich bin ihr Neffe«, sagte Roman und steckte die Hände in die Taschen seiner ebenholzfarbenen Lederjacke, die offenbar schon ein paar Jahre auf dem Buckel hatte und richtig Patina besaß. Genau wie der Rest seiner Klamotten: abgewetzte braune Stiefel, die Jeans hatte am Knie ein Loch, und das große, rot gemusterte Tuch, das er um den Hals trug, sah nach einem sehr alten Erbstück aus.

»Um ganz genau zu sein, gehöre ich einem ganzen Stall voll Neffen an und bin auch nur um ein paar Ecken mit ihr verwandt. Bis auf Großtante Rodriga sind die Adonays ziemlich vermehrungswütig, von daher kann man durchaus sagen, dass wir eine Sippe sind – obwohl ich finde, dass das irgendwie abschätzig klingt. Genau wie Zigeuner. Nachdem ich mich vorgestellt habe, verrätst du mir vielleicht auch, aus welcher Familie du stammst, Fräulein Namenlos?«

Edie überhörte die Frage, sie war mit ihren Gedanken nämlich schon viel weiter. An diesen jungen Mann hatte Rodriga also gedacht, als sie meinte, sie würde jemanden aus ihrer Familie um Unterstützung bitten, jemanden, der sich mit den Geschichten, die sich um den Erlenkönig rankten, so gut auskannte, um einen Abwehrzauber zu benennen. Und diese heiß ersehnte Hilfe sollte nun ausgerechnet dieser überhebliche und gerade mal zwanzig-sonst-was Jahre alte Roman sein? Sie konnte ihn sich problemlos als Aufreißer in einem Club vorstellen, aber eher nicht als ernst zu nehmenden Chronisten der ungeschriebenen Geschichte von Wasserruh. Entsprechend kritisch musterte sie ihn, was er mit einer hochgezogenen Augenbraue bedachte.

»Ich habe ja schon häufiger gehört, dass das Fahrende Volk noch immer sehr nach seinen eigenen Regeln lebt, aber dass es tatsächlich auf einem Pferd angeritten kommt, wenn es um Hilfe gebeten wird, hätte ich echt nicht gedacht«, brachte Edie ihre Bedenken auf den Punkt.

»Du wusstest, dass Rodriga mich gebeten hat zu kommen?« Für einen Moment war Romans gesamte Überheblichkeit dahin, und er wirkte ernsthaft erstaunt, ehe er Edie auf eine ganz neue Weise ansah: Als würde er sie erst jetzt richtig sehen, während sie zuvor nicht mehr als ein launischer Zeitvertreib gewesen war. »Wo steckt meine Tante überhaupt? Ich bin pünktlich zum Frühstück aufgeschlagen, nachdem ich die halbe Nacht unterwegs war, weil sie so geheimniskrämerisch geklungen hatte. Und dann ist nicht mal der Ofen im Forsthaus an, geschweige denn Speck und Eier auf dem Herd.«

Edie zögerte. Sie wusste nicht recht, wie sie Roman sagen sollte, was seiner Großtante zugestoßen war – und noch weniger, wie sie ihre Vermutung verpacken sollte, dass der Erlenkönig bei diesem Unglück möglicherweise seine Finger im Spiel gehabt hatte. Und das, weil sich Rodriga darum kümmern wollte, dass er keine Hand mehr an Silas legen konnte. Silas, der sich von ihr abgewandt hatte, weil sie ihm nicht vertraut hatte … »Rodriga ist nicht da«, erklärte sie schwach, mit ihren Gefühlen noch halb bei dem Jungen, den sie so sehr verletzt hatte.

»Und wo ist meine Tante dann?«

In Romans Stimme hatte sich Ungeduld breitgemacht, und er trat näher auf Edie zu, als ihr lieb war. Es war allein schon irritierend genug, dass er sie um fast eine halbe Kopflänge überragte, obwohl sie selbst recht groß war. Außerdem lenkten sein sonnengeküsstes Haar und sein schönes Gesicht keineswegs davon ab, dass seine Augen zwei glänzende Kohlestücke waren. *Genau wie bei Rodriga,* versuchte Edie sich zu beruhigen. Aber in Wirklichkeit waren sie um Welten dunkler, und etwas Beunruhigendes spiegelte sich in ihnen, das mehr über Romans Wesen aussagte als sein anziehendes Lächeln. Mit diesen schwarzen Augen schien Roman tiefer in sie zu blicken, als ihr lieb war. Ohne es zu beabsichtigen, senkte sie ihre Augenlider und versuchte, innerlich einen Schritt von dieser Welt zurückzutreten. Bevor sie jedoch den anderen Blick aufsetzen konnte, um zu erkennen, was mit diesem Augenpaar nicht stimmte, packte Roman sie am Handgelenk.

»Jetzt weiß ich, wer du bist!«, rief er, als habe er endlich ein quälendes Rätsel gelöst. »Du bist das Klaws-Mädchen. Du und dein Vater, ihr habt das alte Bauernhaus auf dem Nachbarsgrundstück bezogen. Rodriga hat mir von dir erzählt. Nein, erzählt ist ein viel zu schwaches Wort, sie hat mir vorgeschwärmt, was für ein außergewöhnliches Ding du bist.« Als sich Edie gröber als angebracht seinem Griff entzog, lachte Roman auf. »Meine Großtante hat allerdings mit keinem Wort erwähnt, dass du nicht nur außergewöhnlich, sondern auch ziemlich spröde bist.«

»Warum hätte sie das auch erwähnen sollen?«, schnappte Edie zurück. »Bei Rodriga muss ich nicht auf Abwehr gehen, bei ihr kann man ganz man selbst sein, ohne jemals auch nur ansatzweise in die Ecke gedrängt zu werden. Anders als bei dir.«

Erst jetzt begriff Roman, dass er für Edies Empfinden zu nah herangetreten war, und setzte eilig einen Schritt zurück. »'Tschuldigung, ich habe gar nicht mitbekommen, dass ich eine Grenze überschreite. Ich fand unsere Kabbelei einfach nur unterhaltsam. Dabei hätte mir klar sein müssen, dass der scheue Nanosh und du wirklich einiges gemeinsam habt. Er ist genau wie du der Auffassung, dass ich ihm zu sehr auf die Pelle rücke, selbst wenn ich ihn bloß mit Äpfeln füttern will. Deshalb habe ich ihn auch hierher mitgebracht – in einem Pferdeanhänger übrigens. Ich dachte mir, bei Rodriga habe ich vielleicht endlich mal Zeit, um dahinter zu kommen, was mit dem Gaul nicht stimmt. So war er nämlich nicht immer … irgendetwas ist vorgefallen, sodass er das Vertrauen verloren hat. Das möchte ich zurückgewinnen.«

Edi ging dieser Pferdevergleich langsam gegen den Strich, obwohl ihr Nanoshs Geschichte keineswegs egal war. »Ein kleiner Tipp: Vertrauen gewinnt man am ehesten, wenn man nicht zu überheblich ist und seinem Gegenüber die Chance gibt, sich von selbst zu öffnen.« Roman lächelte sie auf eine reumütige Weise an, mit der er die Frauen vermutlich reihenweise zum Schmelzen brachte. Bei Edie führte es lediglich dazu, dass sie sich zur Vorsicht mahnte. Roman war zwar Rodrigas Neffe, dem sie so sehr vertraute, dass sie ihn um Hilfe bat. Aber er war auch ein junger Mann, der sich seiner Wirkung nur allzu bewusst war. Und auf diese Wirkung konnte Edie liebend gern verzichten. Noch nie war ihr so wenig nach Flirten zumute gewesen wie nach dem heutigen Morgen. Ohnehin würde seine Leichtigkeit gleich verfliegen, wenn er erst mal erfuhr, was seiner Tante in der Zwischenzeit zugestoßen war.

»Lass uns doch zum Forsthaus gehen und dort in Ruhe weiterreden«, schlug Edie vor, die nur ungern in der Nähe zum Wald über diese Dinge sprach.

Zwischen Romans geschwungenen Augenbrauen zeichnete sich eine senkrechte Kerbe ab. Spätestens jetzt schien er zu ahnen, dass etwas nicht stimmte. Ohne einen weiteren Kommentar abzugeben, nickte er, und sie gingen gemeinsam den Weg entlang, während Nanosh sie mit aufgestellten Ohren beobachtete. Während das Knacken von heruntergewehten Ästen unter ihren Sohlen erklang und die Luft so klar wurde, dass sie in die Nasen biss, versuchte Edie etwas an Roman wahrzunehmen, das ihr verriet, wie sie zu dem jungen Mann stand. Aber sie spürte keine innige Verbindung, wie bei Rodriga oder Marik, und erst recht keinen Herzschlag wie bei Silas. Die Erinnerung an Silas, wie er mit gesenktem Kopf an ihr vorbeigehastet war, tauchte unvermittelt auf und schnitt ihr in die Brust, wo trotz ihrer Entzweiung das Echo seines

Herzschlags erklang. Als sie leise aufstöhnte, warf Roman ihr einen aufmerksamen Blick zu, stellte jedoch keine Fragen, sondern ging noch einen Schritt rascher.

Ich bin kein scheues Pferd, dachte Edie. *Wenn überhaupt, bin ich ein von seinem Gefährten zurückgelassener Schwan, der den Winter allein erwartet, ohne die Hoffnung auf die Wärme des anderen.*

23

Verloren gegangen

Es war ungewohnt, in Rodrigas Küche zu sitzen und nicht im Rundum-sorglos-Paket bemuttert zu werden. Normalerweise bekam man direkt nach der Begrüßungsumarmung etwas Essbares in die Hand gedrückt, während man bereits in Richtung Küchentisch geschoben wurde, wo sich innerhalb kürzester Zeit die wunderbarsten Leckereien vor einem türmten. Edie war Rodriga normalerweise doppelt dankbar dafür, weil sie sich durch die Nahrung gewordenen Zuneigungsbekundungen nicht nur gemocht fühlte, sondern auch ständig Hunger hatte. Seit sie im alten Bauernhaus wohnten, war Haris zu beschäftigt, um zu kochen. Und Edie konnte nur Dinge aufwärmen und dafür sorgen, dass sie in der Pfanne Farbe annahmen. Mittlerweile bekam sie schon Pickel, wenn sie nur an Nudeln mit Pesto aus dem Glas dachte. Bei Rodriga hingegen war alles, was auf den Tisch kam, durch ihre Hände gegangen. Doch nun war sie nicht da.

Von einer spontanen Sehnsucht erfüllt, bestand Edie Roman gegenüber darauf, es sich erst mal gemütlich zu machen. Mit einem warmen Becher in der Hand, dessen Inhalt tröstend und vertraut duftete, würde es ihr leichter fallen, über die heiklen Themen zu reden.

Während sie sich auf die Suche nach Keksen machte – was

bei den unzähligen Keramik- und Blechdosen in den Regalen und Küchenschränken gar nicht so einfach war, plagte Roman sich mit der mittelalterlichen Kaffeemühle ab, weil er von Tee nichts hören wollte (»Habe ich schon erwähnt, dass ich die Nacht trotz dieses Mistwetters *durchgefahren* bin? Ich brauche dringend etwas Anständiges zu trinken, wenn meine Augen während unserer Unterhaltung offen bleiben sollen.«). Dabei aß er mit einem Löffel eingemachte Bohnen direkt aus dem Glas, was bei Edie leichte Übelkeit erzeugte und sie die Kekssuche abbrechen ließ. Erst als sie sich an den Tisch gesetzt hatten und Romans Ich-bin-eigentlich-ein-vierfacher-Espresso-Kaffee Edies Lebensgeister nicht nur weckte, sondern sie einen doppelten Salto schlagen ließ, fasste sie den Mut, ihm von Rodrigas Unfall zu erzählen, ohne in Tränen auszubrechen oder verzagt den Kopf auf die Tischplatte zu legen, in der Hoffnung, dass sich ein anderer der Sache annehmen möge. Zu ihrer Erleichterung nahm Roman die Neuigkeiten verhältnismäßig gut auf, wenn man davon absah, dass er die Tischkante so fest umfasste, dass das alte Holz bedrohlich ächzte.

»Und meine Tante wird nicht wieder wach?«, fragte er schließlich mit rauer Stimme. Von seinem lockeren Ton war nichts geblieben, und seine Kieferknochen mahlten, um den inneren Druck abzubauen. Zum ersten Mal, seit sie sich begegnet waren, fühlte Edie einen Anflug von Sympathie. Offenbar traf ihn Rodrigas Unglück genauso hart wie sie, und er gab sich auch keine Mühe, seinen Kummer zu verbergen.

Edie spielte mit der längst erkalteten Tasse zwischen ihren Händen. Bislang hatte sie nur von den Blessuren erzählt, der richtig schwierige Teil stand noch aus. »Die Ärzte meinen, die Bewusstlosigkeit ist ihrem Sturz geschuldet. Ich glaube allerdings, dass etwas ganz anderes hinter der Sache steckt.« Einer Eingebung folgend, stellte sie die Tasse ab, holte den Zettel hervor, der in der Tasche ihres Karorocks steckte, und gab ihn Roman.

»Das ist Rodrigas Handschrift«, bemerkte er auf den ersten Blick.

Edie nickte nur und beobachtete dann aufmerksam, wie er die Nachricht las – insgesamt dreimal, und jedes Mal wurde sein Ausdruck ernster, bis nichts Gewitztes oder gar Überhebliches mehr vorhanden war. Schließlich legte er den Zettel auf den Tisch, ohne jedoch die Finger davon zu nehmen, als wäre er ein Beweisstück, das er nicht so rasch wieder hergeben würde.

»Rodriga schreibt, dass du ein Nachtschattenkind in ihr Haus gebracht hast, das anschließend hier herumgeschlichen ist. Hat dieses Wesen vielleicht etwas mit dem angeblichen Unfall zu tun?«

Romans schwarze Augen lagen so eindringlich auf ihr, dass sie sich am liebsten hinter ihren Händen versteckt hätte. Aber das ging natürlich nicht, er hatte ein Recht darauf, alles zu erfahren, was sie über diese Angelegenheit wusste. Nicht nur, weil er ihr ansonsten kaum würde helfen können, sondern weil sie ihm das als Rodrigas Neffen schuldete.

»Zunächst einmal: Hinter der Bezeichnung ›Nachtschattenkind‹ verbirgt sich mein Freund Silas Sterner, der zehn Jahre lang vom Erlenkönig gefangen gehalten wurde.« Als Roman bei dieser abenteuerlichen These nicht mal mit der Wimper zuckte, erzählte Edie ermutigt weiter. »Ich habe Silas ins Forsthaus gebracht, weil ich mir von Rodriga Hilfe erhoffte. Denn der Erlenkönig ist offenbar noch auf der Suche nach seinem einstigen Gefangenen. Rodriga war einverstanden damit, uns beizustehen, und sagte, sie kenne jemanden, der mehr über den Erlenkönig wisse als sie. Damit warst dann wohl du gemeint.«

Roman brummte zustimmend, während er sich mit den Händen durchs Haar fuhr. Dann wickelte er das rote Halstuch ab, als sei ihm plötzlich zu heiß geworden, und schmiss es auf den Tisch. Die in Weiß eingewebten Muster zogen Edies Aufmerksamkeit auf sich, lauter Symbole wie das Horusauge, ein Lebensbaum, jede Menge Schlangen, Drachen und in der Mitte ein stilisiertes Pferd. Ihr Blick wurde unstet, und im nächsten Moment glaubte sie, das Pferd auch schon auf sich zulaufen zu sehen, seine muskulösen Beine schlugen auf den Grund, dass es nur so hallte. Dann verwischte das Bild, als Roman das Tuch beiseiteschob, um die Nachricht erneut zu lesen.

»Dieses Tuch …« Edie musste sich räuspern. »Was bedeuten die Symbole, die in den Stoff gewebt sind?«

»Nichts als Aberglauben. Ein Familienerbstück wie fast alles, was ich besitze«, murmelte Roman desinteressiert. »Lass uns noch einmal über diesen Silas reden: Was kann er bei meiner Tante gewollt haben?«

Silas' Versicherung, nicht für Rodrigas Unfall verantwortlich zu sein, dröhnte Edie in den Ohren. Sie hatte ihm nicht geglaubt … jedenfalls nicht so, wie er es verdient hatte. Den Fehler würde sie nicht noch mal machen. »Rodriga meinte nicht Silas, sie hat sich nur missverständlich ausgedrückt«, sagte sie deshalb mit fester Stimme. »Davon mal abgesehen hat Silas den gestrigen Nachmittag mit mir zusammen verbracht. Sie meinte jemand anderen, den Erlenkönig, wenn du mich fragst. Du kennst diese Mythengestalt, richtig?«

Die Frage hing wie eine geheime Losung in der Luft und

Edie hielt es vor Anspannung kaum auf ihrem Stuhl. Wenn Roman tatsächlich derjenige war, den Rodriga zur Unterstützung gerufen hatte, dann war jetzt der Zeitpunkt gekommen, um sich zu offenbaren. Doch der junge Adonay saß nur da und sah sie mit seinen Kohleaugen an, bis sie glaubte, es nicht länger aushalten zu können. Erst da brach er das Schweigen.

»Hat meine Tante dir erzählt, dass meine Familie vor Jahren mal ein Lager in den Wäldern um Wasserruh hatte, das sie regelmäßig besuchte?« Als Edie den Kopf schüttelte, lächelte Roman kühl. »Schade, aber es ist auch keine besonders schöne Geschichte. Außerdem wurde Rodriga später oft von Familienmitgliedern angekreidet, dass sie ausgerechnet in dem Ort sesshaft geworden ist, wo wir einen solchen Schlag erlitten haben.«

Erneut verstummte Roman, und jetzt erkannte Edie einen Anflug von Trauer auf seinem Gesicht, das eben noch so ausgesehen hatte, als wäre es einzig und allein für die Sonnenseiten des Lebens gemacht. Widerwillig gestand sie sich ein, dass sie Roman zu schnell in eine Schublade gepackt hatte. So, wie sie nur irgendein Mädchen aus dem Ort für ihn gewesen war, hatte sie den zu schönen Fremden in ihm gesehen, der seinen Charme ausspielte. Es sollte ihr wirklich eine Lehre sein, dass ausgerechnet jemand, den sie fast allein hätte stehen lassen, die Lösung für ihre Probleme war.

Roman schnappte sich ein Stück Würfelzucker aus der Dose und ließ ihn zwischen seinen Zähnen knacken, dann erst war er bereit, weiterzuerzählen.

»Als ich noch ein Kind war, hat meine Familie regelmäßig in Wasserruh Station gemacht. Ich kann mich an sonnige Nachmittage erinnern, die meine Geschwister und ich mit

Kahnfahrten verbrachten, wenn wir nicht durch die Wälder gestreift sind. In meiner Erinnerung ist der Spreewald leuchtend grün, die Böden mit sattem Gras und Moos bedeckt, und die Fließe schimmern wie ein Netz aus blaugrünem Turmalin. Bei unserem letzten Besuch sind wir allerdings spät dran gewesen, der Herbst hatte bereits Einzug gehalten. Es war noch nicht wie jetzt, wo alles welk ist und auf den Winterschlaf wartet, sondern die Zeit, in der der Wald noch einmal auflebt: Die Preiselbeeren sind reif und überall hört man das Niederregnen der Eicheln. Am höchsten auf der Beliebtheitsskala stand das Pilzesammeln, besonders bei meinem älteren Bruder Juri, der ein Näschen dafür hatte, wo es die besten Maronen und Sandpilze gab.

Wir sind ganz früh am Morgen mit unseren Körben aufgebrochen, damit uns ja kein anderer in die Quere kam. Meine Mutter hatte glücklicherweise noch geschlafen, als wir uns aus dem Wohnwagen geschlichen haben. Sie wollte nicht, dass wir Kinder uns im herbstlichen Wald herumtrieben, sie hatte uns sogar unheimliche Geschichten über einen uralten Geist erzählt, der umherschlich und Kinder raubte, die ihm seine Unsterblichkeit versüßen sollten. Mir hatten diese Geschichten Angst eingejagt, ich war schließlich erst fünf Jahre alt, aber Juri tat sie als Ammenmärchen ab, die uns nur den Spaß verderben sollten. Es wurde dann auch ein wunderbarer Morgen, bis wir im Erlenwald verloren gingen.«

Edie hatte gar nicht mitbekommen, dass sie den Atem angehalten hatte. »Der Nebel?«, wisperte sie.

Roman schnappte sich ein weiteres Stück Zucker. »Das haben sie mir später zumindest erzählt.«

Seine schwarzen Augen ruhten immer noch auf ihr, aber sie spürte, dass er sie nicht wirklich sah. Sein wahrer Blick war nach innen gerichtet, auf eine Vergangenheit, die sich ihm wohl nicht leichtfertig offenbarte.

»Im Herbst kommt der Nebel oft und überraschend schnell in dieser Gegend, fast so, als hätte er einen eigenen Willen. Wie dem auch sei, ich kann mich nur an Juri erinnern, der neben mir wie ein Riese aufragte, obwohl er auf Familienfotos nicht wesentlich größer war als ich. Er hatte so eine ruhige Art an sich, und trotzdem ging die Zeit mit ihm wie ihm Flug um, weil er ganz phantastisch Geschichten erzählen konnte. Ich brauchte mir nur etwas einfallen zu lassen, indem ich zum Beispiel behauptete, im Blattgeflecht der Bäume sei eine ganze Stadt zu erkennen – dann machte Juri sofort ein Märchen daraus. Damit nahm er mir die Angst davor, die Dinge manchmal anders zu sehen. Die Erwachsenen hatten damals ein Problem mit mir, weil meine Phantasie oft mit mir durchging, aber Juri machte immer etwas Wunderbares daraus.«

»Genau so hat Marischka Silas als Kind beschrieben. Ihr seid euch offenbar ähnlich gewesen, nur dass Silas gern selbst Geschichten erzählt hat«, warf Edie ein, obwohl es ihr leidtat, Roman bei dieser sehr persönlichen Erzählung zu unterbrechen. »Marischka sagte, die Erwachsenen hätten sich nicht ganz wohl in Silas' Nähe gefühlt, als wäre seine Gabe ihnen unheimlich. Die Kinder hingegen mochten ihn.«

Nachdenklich rieb Roman sich das Kinn, an dem blonde Bartstoppeln schimmerten. »Was du eine Gabe nennst, ist alles andere als ein Geschenk. Denn wenn du wie ein Licht in der Dunkelheit strahlst, lockst du nicht bloß Nachtfalter an.« Dann sank er ein Stück in sich zusammen, und Edie ahnte schon, dass er nun zu einer Stelle kam, die das Bild von einem jungen Mann, dessen Selbstbewusstsein hart an Unverschämtheit grenzte, endgültig sprengen würde.

»Jedenfalls ist meine letzte Erinnerung, wie ich mit Juri immer tiefer in den Wald vordringe. Die seidig-grünen Stämme der Erlen … das Rascheln ihrer Blätter … ein feiner Milchfilm aus Nebel über allem. Unsere Körbe waren schon ordentlich gefüllt, als er ein wahres Nest aus Pilzen auftat. Er wollte sie ernten, ich habe ihn jedoch zurückgehalten. ›Die Pilze tuscheln miteinander‹, habe ich ihm erklärt, aber er hat nur gelacht. Dann hat er sich vor die braunen Hüte gehockt und so getan, als würde er konzentriert zuhören. ›Du hast recht, das sind keine gewöhnlichen Pilze, sie warten auf uns‹, erklärte er mit heiligem Ernst. ›Sie wollen, dass wir sie pflücken und essen, damit sie in unserem Kopf ihr Nest aufschlagen können. Dann laufen wir wie Tante Reschi in verdrehten Kleidern durchs Lager und erzählen wirres Zeug, während sich die Pilze köstlich auf unsere Kosten amüsieren. Wenn wir ganz leise sind, Romi, dann kann man hören, wie sie aufgeregt flüstern und sich ausmalen, zu welchen Dummheiten sie uns anstiften werden. Wie kommst du auf die Idee, dass nur du sie hörst?‹ Ich war so erleichtert, dass sich Juri aus dem Wispern und Tuscheln einen Spaß machte, das mich eben noch so beunruhigt hatte.

In einem Moment lache ich noch, und im nächsten finde ich mich auf einer Wiese wieder, nah am Ufer eines Fließes, von wo die Kälte zu mir rüberkriecht. Die Sonne verschwindet gerade in den Laubkronen auf der anderen Seite. Ich habe nicht die geringste Ahnung, wo ich bin. Außerdem bin ich so elend steif am ganzen Leib, dass es Ewigkeiten dauert, bis ich mich endlich aufsetzen kann. Ich bin wie taub, kein einziges Körperteil will richtig funktionieren, weder meine Augen noch meine Zunge gehorchen mir, und schon gar nicht meine Gedanken, denn hinter meiner Stirn herrscht wattiger Nebel.

Ich will Juri zuflüstern, dass die verrückten Pilze uns wohl doch erwischt haben, aber es ist kein Juri da. Ich bin allein. Irgendwo auf einem Stück Wiese, im Hintergrund ein Haus, doch so genau kann ich das nicht erkennen. Schon in der nächsten Sekunde überkommt mich ein rasender Schmerz. Er brennt in meinem linken Handgelenk, dort, wo der Puls sitzt. Er ist kaum zu ertragen und peitscht alles andere davon, bis es nichts mehr gibt als ihn. So haben sie mich kurze Zeit später gefunden, fast wahnsinnig vor Schmerz. Und das ist davon geblieben.«

Roman krempelte den Ärmel seines kastanienfarbenen Flanellhemds auf und zeigte auf eine leuchtend rote Narbe, die wie ein Halbmond um sein Handgelenk verlief.

»Die Wunde stammte von einem Schmuckstück, das ich getragen habe. Eine Idee, warum es sich in meine Haut gebrannt hat?«

Edie blieb nichts anderes übrig, als Roman wartend anzublicken. Dabei spürte sie die Bedrohung, die sich hinter seiner Erzählung aufbaute, wie ein dumpfes Beben.

»Ich trug einen Eisenreif ums Handgelenk, ein Geschenk meiner Urgroßmutter. Damit ich nicht geklaut werde, hatte sie gesagt, als er mir angelegt wurde. Juri hatte bis zum Sommer auch einen getragen, dann war er ihm zu klein geworden und mein Vater sah keinen Sinn darin, ihn verbreitern zu lassen. Warum auch? Für diesen ganzen alten Aberglauben haben die jüngeren Generationen meiner Familie eh nicht viel übrig. So, wie ich die Dinge rückblickend sehe, hätte vermutlich nicht mal ein Eisenring Juri vor seinem Schicksal bewahrt.«

»Was war denn sein Schicksal?«, fragte Edie, obwohl sie sich sicher war, die Antwort nur schwerlich ertragen zu können.

»Sie haben meinen Bruder im Fließ gefunden. Es heißt, sein Fuß habe sich in einer Baumwurzel verfangen und er sei ertrunken. Ein paar von den Pilzen, die wir gesammelt hatten, waren giftig, und man glaubte, wir hätten von ihnen probiert und uns deshalb im Wald verirrt.«

Roman erzählte so kühl von diesem schrecklichen, verstörenden Erlebnis, als beträfe es ihn gar nicht. Als sei es nicht sein Bruder, der durch ein kaum erklärliches Unglück zu Tode gekommen sei. Edie ahnte, warum: Er glaubte diese Version der Ereignisse nicht.

»Was glaubst du, was an diesem Morgen wirklich passiert ist, nachdem der Nebel euch eingekreist hat?«, fragte sie behutsam, wohl wissend, dass es unmöglich war, seine Gefühle zu schonen.

Langsam, als würde jede Bewegung ihm Mühe bereiten, stand Roman auf und ging zum Fenster. Vielleicht blickte er auf die am Grundstücksrand stehenden Erlen oder auf die Stelle, an der seine Tante verunglückt war. Oder er starrte einfach ins Leere, um den Aufruhr in seinem Inneren zu besänftigen. Edie konnte sehen, wie er sein Handgelenk massierte, als würde die alte Narbe schmerzen. Wie viele Parallelen es zwischen Silas und ihm gab, obwohl sie doch vollkommen unterschiedlich waren.

Als Roman sprach, blickte er weiterhin aus dem Fenster, als könne er es nicht ertragen, wenn sie ihm dabei ins Gesicht sah. »Die Geschichten, die sich um den Erlenkönig ranken, kennen immer zwei Wahrheiten: Ein Kind ertrinkt im Fluss oder es wird ertränkt, weil es seinem kleinen Bruder zur Flucht verholfen hat vor einem lebenden Mythos, den gewöhnliche Menschenaugen nicht sehen können. Viele würden sich für die erste Variante entscheiden, und ich wünschte, ich könnte es auch. Dann könnte ich Frieden schließen mit Juris Tod, dann wäre es bloß ein furchtbares Unglück. Genau wie Tante Rodrigas Unfall. Aber ich kann es nicht. Wenn ich mir auszumalen versuche, was sich damals im Wald abgespielt hat, dann sehe ich mich schreien und mit meinem verletzten Arm durch den Nebel rennen. Fast verrückt vor Angst, weil mich etwas gepackt hat, das aus dem Nebel kam und mir einen schrecklichen Schmerz zufügte. Ich laufe, so schnell ich kann, verschwende keinen Gedanken an das, was hinter mir liegt. Ich will nur raus aus dem Wald und dem Nebel. Und mein Bruder läuft mir hinterher, nur dass er im Nebel die Brücke nicht findet, die ich nehme. Als er mich vom anderen Ufer vor Schmerzen schreien hört, beschließt Juri, das Fließ zu durchqueren. Mein Bruder war ein guter Schwimmer, aber etwas wurde ihm zum Verhängnis – entweder eine läppische Baumwurzel oder der Angreifer, der uns im aufziehenden Nebel attackiert hatte. Der Angreifer, der mich am Handgelenk gepackt hatte, bis sich der Eisenring in meine Haut brannte. Mich konnte er nicht mehr erreichen auf der anderen Seite des Fließes, aber meinen Bruder. Er hat ihn getötet, bevor er festen Grund erreichen konnte.«

Leise, darauf bedacht, nur keine zu schnelle Bewegung zu machen, stand Edie auf und ging zu Roman hinüber. Zwar rechnete sie mit Widerstand, aber sie legte ihm trotzdem eine Hand aufs Schulterblatt, um ihr Beileid auszudrücken. Unter ihrem Handteller ging sein Atem schwer.

»Die Wiese, auf der du dich wiedergefunden hast ... Gehörte die zu einem bestimmten Haus?«

»Ja, zu einem alten Bauernhaus. Es steht auf dem einzigen festen Grund in Wasserruh, heißt es.«

»Der Klaws-Hof«, flüsterte Edie.

Das eine passte erschreckend gut zum anderen. Roman war der Kreatur entkommen, die Silas zehn Jahre lang in ihrer Gewalt gehabt hatte. Doch viel wichtiger war die Frage, was sie tun konnten, damit niemandem mehr dieses Schicksal widerfuhr.

24

FEENHÜGEL

Es war nicht leicht, nach diesem Gespräch voreinander zu stehen. Roman hatte Edie eine Seite von sich gezeigt, die er ansonsten wohl möglichst bedeckt hielt. Das verriet der Auftritt als cooler Hund, den er bei der Koppel hingelegt hatte. Auch wenn sein Schmerz zweifelsohne von einer ganz anderen Schwere war, verstand Edie sein Verhalten. Sie hatte ähnlich reagiert, nachdem Marik sich in einen Jungen verliebt hatte: Sie war mit der festen Absicht nach Wasserruh gekommen, sich von nichts mehr berühren zu lassen, und hatte ihre Schulkameraden auf Abstand gehalten, indem sie sich zwar freundlich, aber unnahbar gegeben hatte. Niemand sollte wissen, was ihr Schmerzhaftes widerfahren war, niemand sollte ihr die Wunde ansehen. Denn es war einfacher, in den Augen der anderen die kühle Neue zu sein, als die Edie mit dem Liebeskummer, das dumme Ding, das nicht begriffen hatte, was sich vor ihren Augen abspielte, das Mädel, das seinen besten Freund nicht kannte. Was sah Roman, wenn er von außen auf sich blickte? Den Bruder, der entkommen war ... einen Jungen, der seinen Bruder im Stich gelassen hatte ... ein einsames Kind, dem sein älterer Bruder fehlte?

Als Edie nach Wasserruh gekommen war, war sie nicht Haris' Tochter gewesen oder das Mädchen mit der Gabe. Sie war nicht einmal die Edie-liiiebt-Eiscreme! oder der Rock'nRoll-Fan. Ihr Kummer über Mariks Verlust war schlichtweg zu groß gewesen, er hatte alles überragt und für nichts anderes Platz gelassen … bis sie mit Beginn des Herbstes die Grenze nach Wasserruh überquert hatte. An diesem Ort, an dem sie sich eine Auszeit hatte nehmen wollen, war eine Sache nach der nächsten passiert, sodass sie sich kaum noch erinnern konnte, wer sie im Sommer gewesen war. Bei Roman würde das gewiss nicht möglich sein, denn seine Trauer und vielleicht auch sein Selbsthass würden immer bestehen.

Während sie beide in Rodrigas Küche schweigend voreinander standen, wagte Edie es nicht, ihm auch nur noch eine Frage zu stellen. Romans Augen blieben gesenkt, aber seine erstarrten Gesichtszüge hatten genug von dem verraten, was in ihm vorging. Also folgte sie ihm in den Stall, wo er im rasch schwächer werdenden Tageslicht alles für Nanosh vorbereitete, damit der Rappe die Nacht nicht im Freien verbringen musste. Da Edie sich aus ihrer Kindheit noch bestens mit Ställen auskannte, kamen sie ohne große Diskussionen voran, sodass kurz vor Anbruch der Dunkelheit alles bereit war für den Einzug des Pferdes. Nanosh davon zu überzeugen, dass er sich von Roman beim Halfter nehmen und zum Forsthaus führen lassen sollte, war eine ganz andere Sache. Der Rappe schien sich zwar von Roman angezogen zu fühlen, schritt immer wieder langsam auf ihn zu, um im letzten Moment zu scheuen.

Beklommen blickte Edie auf die Schwärze, die den Wald bereits fest im Griff hatte und nun auch auf sie zuzuströmen drohte. Sie wollte nicht hier draußen sein, wenn sich die Nacht über Wasserruh legte. Der scheuende Hengst war jetzt schon nicht mehr als ein Schatten.

»Geht es nicht ein wenig schneller, Nanosh davon zu überzeugen, dass du sein Freund bist? Nicht mehr lange und man sieht die Hand vor Augen nicht.«

»Eile und ein scheues Pferd passen leider nicht zusammen«, sagte Roman betont ruhig, als würde Nanosh schon die Nerven verlieren, wenn er eine Spur zu laut sprach. »Okay, also Trick 17, auch wenn's eigentlich gegen meine Ehre ist.« Ganz gemächlich griff er in seine Jackentasche und holte einen Apfel raus. »Der ist hübsch rund, was?«, fragte er den Rappen. »Der süßeste Apfel überhaupt. Mal schnuppern? Ja, trau dich nur, du verfressenes Vieh. Lecker, lecker. Den hättest du wohl gern? Wenn ich mir den so anschaue ...« Er tat so, als würde er in den Apfel beißen. »Ich weiß nicht, vielleicht sollte ich den jetzt essen. Wäre also besser, wenn du näher kommst und ihn dir schnappst. Es ist wirklich ein schöner Apfel. Na, komm, mein Hübscher, hol ihn dir.«

Nanosh tippelte tatsächlich näher und machte einen langen Hals. Nachdem seine Lippen einmal knapp über den Gegenstand seines Verlangens gestreift waren, verlor er seine Scheu und trat nah genug, dass Roman ihn wie nebenbei am Halfter packen konnte. Während der Hengst genüsslich seinen Apfel verspeiste, redete Roman weiter auf ihn ein und führte ihn schließlich zum Gatter. Edie folgte ihnen mit gebührendem Abstand, denn egal wie schön und sensibel Nanosh auch wirkte, sie wollte ihm lieber nicht zu nahe kommen.

Nachdem das Pferd in seiner Box stand und schüchtern wieherte, bevor es sich ganz dem Heu widmete, entzündete Roman ein altertümliches Sturmlicht. Anstatt jedoch zum Haus zurückzugehen, blieben sie im Stall stehen. Das warme Licht, der Geruch von Stroh und Heu, aber vor allem Nanoshs gleichmäßiges Atmen und Kauen hatten etwas so Beruhigendes nach diesem anstrengenden Tag, dass es zu schwer gewesen wäre, sich loszureißen. Obwohl Edie es kaum für möglich gehalten hätte, schenkte ihr der Stall einen Moment der inneren Ruhe. Das Karussell der Gedanken und die Angst, die ihr ständig im Nacken saß, waren vergessen. Roman stand dicht neben ihr, die Hände tief in den Taschen seiner Jacke versenkt, deren Leder leise knirschte, als er sich ihr zuwandte.

»Ich werde gleich noch ein paar Sachen für meine Tante einpacken und dann ins Krankenhaus fahren. Soll ich dich auf dem Weg zu Hause absetzen oder möchtest du noch woanders hin? Auf jeden Fall solltest du nicht allein durch den Wald laufen.«

Einen Moment lang spielte Edie mit dem Gedanken, Roman ins Krankenhaus zu begleiten. Wahrscheinlich musste er jedoch einiges mit den Ärzten besprechen, dabei wollte sie lieber nicht stören. Sie fühlte sich ohnehin ziemlich erledigt und sehnte sich nach einem Abendessen mit Haris. Danach würde sie in der Badewanne versinken und einen Plan schmieden, wie es weitergehen sollte.

»Nach Hause klingt gut, aber darf ich dich noch was fragen?«

Mit gekrauster Stirn nahm Roman das Sturmlicht hoch, dann zuckte er die Schultern. »Klar, warum nicht.«

»Wie lange ist dein Erlebnis im Nebel her: fünfzehn, nein, siebzehn Jahre?«

Roman nickte.

Dann ist er jetzt zweiundzwanzig, überschlug Edie im Kopf. Zu seinem Aussehen passte das Alter perfekt, während sein Verhalten schwerer zuzuordnen war. Manchmal wirkte er jünger, wenn er flirtete oder Nanosh zu besänftigen versuchte. Wenn er jedoch über Vergangenes sprach, machte er einen reiferen, fast alterslosen Eindruck.

»Hast du in all den Jahren niemals mit dem Gedanken gespielt, nach Wasserruh zurückzukehren und herauszufinden, ob es wirklich der Erlenkönig war, der deinen Bruder auf dem Gewissen hatte?« Edies Magen zog sich wie auf Befehl zusammen, sie verspürte nämlich kein Verlangen, heute noch einmal von einem Jungen stehen gelassen zu werden.

Zu ihrer Erleichterung hielt Roman die Frage offenbar für angebracht. »Ich brauche keine Gewissheit. Ich weiß, dass es der Erlenkönig war. Und ich habe seitdem manche schlaflose Nacht damit verbracht, mir auszumalen, wie ich mich an ihm rächen werde. Aber wie willst du jemanden stellen, der für dich unsichtbar ist? Seit dem Herbsttag, an dem Juri gestorben ist, kann ich die andere Welt nicht mehr sehen. Bei uns heißt es, dass diese besondere Fähigkeit erst mit dem Erwachsenwerden verloren geht – bei manchen früher, bei anderen erst später. Ich habe meine Fähigkeit verloren, nachdem ich sie gerade erst entdeckt hatte. Keine Ahnung, ob es mit dem Eisenring zusammenhing, der mich ja offenbar dem Griff des Erlenkönigs entzogen hat, oder ob es der Schock über Juris Tod war. Seitdem sehe ich von der Welt nur noch, was die meisten sehen. Aber du und dein Freund Silas … ihr besitzt die Gabe noch, richtig?«

Als Edie nickte, blitzten Romans Augen auf.

»Hervorragend! Dann könnt ihr den Weg in die Nachtschatten finden. Den Eingang in diesen verfluchten Feenhügel ist nämlich für gewöhnliche Augen verborgen.«

Verblüfft zog Edie den Kopf zurück. »Was hat denn bitteschön ein Feenhügel mit der ganzen Sache zu tun?«

Ein kaltes Lächeln trat auf Romans Lippen. »Was glaubst du denn, was für eine Kreatur der Erlenkönig ist? Unsterblich und diesem Land auf eine Weise verbunden, die ihn zu seinem Herrscher macht. Er ist ein Wesen aus dem Mythenreich, aus deren ferner Vergangenheit, auf die du und dein Freund Silas gelegentlich einen Blick werfen dürft. Ein längst vergangenes magisches Reich, von dem nur er geblieben ist. Alle anderen schlafen längst, denn sie kümmert dieses Zeitalter nicht. Aber er will nicht schlafen, nichts fürchtet er mehr. Deshalb hat er die Menschen in sein Reich eingeladen, es ihnen hübsch und gemütlich gemacht für einen kleinen Preis: die Gesellschaft einiger ihrer Kinder, die ihnen ohnehin unheimlich sind wegen ihres besonderen Blicks.«

»Du weißt aber echt gut Bescheid.« Edie klang ihre eigene Stimme hohl in den Ohren. In diesem Moment wünschte sie mehr denn je, ihre Angst vor Pferden abzulegen, eine Hand auf Nanoshs beruhigend warmen Hals zu legen und seinen Puls zu spüren. Ein lebendiges Wesen, das ganz und gar der Gegenwart gehörte und so die Geschichten über gierige Unsterbliche bannte.

»Das meiste davon ist kein wirkliches Wissen, sondern eher Zusammengereimtes«, gestand Roman ein. »In meiner Familie kennt man viele Gerüchte, Mythen, Geheimnisse, aber auch viel Aberglauben und Unfug. Ich habe mir einfach zusammengesucht, was ins Bild passte. Vor allem der Eisenring hat mich auf die richtige Spur gebracht, schließlich weiß jedes Kind, dass Feen kein Eisen ertragen, weil sie reine Naturgeschöpfe sind. Mit Anbruch der Eisenzeit haben sie sich deshalb zurückgezogen, als würden sie einem Instinkt folgen, wie bei den Tieren, die auch spüren, wann es Zeit für ihren Winterschlaf ist. Dabei würde der Erlenkönig sich selbst gewiss niemals als Feenwesen bezeichnen, das ist schließlich der Name, den wir Menschen uns für sein Geschlecht ausgedacht haben. Wir waren es auch, die diesen Geschöpfen Flügel, Glitzerstaub und Blumenhüte angedichtet haben, um die Wahrheit über sie zu vergessen: Dass ihnen diese Welt einst gehörte und sie ihnen wieder gehören könnte, wenn sie erwachen.«

Edie war mit ihren Gedanken schon einen Schritt weiter. Wenn Roman mit seinen Vermutungen recht hatte, dann wäre es ja ein Leichtes, den Erlenkönig auf Abstand zu halten. »Alles, was Silas braucht, ist ein Eisenring, dann kann er in Ruhe leben, bis er der Gabe entwachsen ist.«

Romans hartes Lachen riss sie aus ihren Überlegungen.

»Genau. Eisen kann deinen Freund retten. Aber was ist mit den anderen Kindern, die sich der Erlenkönig noch holen wird, während ihr zwei Turteltauben euch in Sicherheit wiegt? Und was ist mit denen, die er sich bereits geholt hat und von denen keins wiedergesehen wurde? Kümmert dich wirklich nur der Eine, Edie Klaws?«

Obwohl es sie verletzte, hielt Edie sich das Schicksal von Juri Adonay vor Augen, einem Jungen, der seinem kleinen Bruder die Angst vor seiner magischen Gabe genommen hatte und ihn retten wollte. Wie viele ähnliche Fälle hatte es wohl noch gegeben und wie viele verschwundene Kinder, denen kein schlagendes Herz den Weg aus dem Reich des Erlenkönigs gezeigt hatte? So gesehen waren Silas und sie geradezu dazu verpflichtet, etwas gegen dieses Treiben zu unternehmen.

»Ich werde dir helfen, den Erlenkönig zu finden und zur Verantwortung zu ziehen«, versprach sie Roman. »Aber für Silas kann ich nicht sprechen. Ich bin mir nicht einmal sicher, ob ich ihn einer solchen Gefahr aussetzen möchte, schließlich hat er eine gemeinsame Vergangenheit mit dieser Kreatur, von der wir nicht einmal wissen, wie sie aussieht und wozu sie in der Lage ist. Aber auf mich kannst du zählen.«

Endlich schlich sich Wärme in Romans Onyxaugen, aber vielleicht war es auch nur der sanfte Schein des Sturmlichts. »Das ist mehr, als ich mir erhofft habe«, sagte er.

25

EIN UNERWÜNSCHTER GAST

Am nächsten Morgen macht Edie sich auf den Weg zum Haus der Sterners. Trotz des Spaziergangs durch die klare Frostluft fühlte sie sich vollkommen benommen. Zum einen hatte sie eine schlaflose Nacht verbracht, die allein schon schlimm genug gewesen wäre mit all dem Herumwälzen und dem Verzweifelt-auf-den-Wecker-Starren, während die Augen vor Erschöpfung brannten, aber einfach nicht zugehen wollten. Zum anderen machte es sie fertig, dass sie immer wieder, fast schon zwanghaft, Romans Worte im Kopf durchging.

Das Mystische Zeitalter, Feenhügel und Eisenringe ... Und der Verlust der Gabe, sobald man erwachsen war.

Unentwegt versuchte Edie, die ganzen Brocken, die Roman ihr vor die Füße geworfen hatte, auf ihren Wahrheitsgehalt hin abzuklopfen. Sie drehte und wendete sie, begutachtete sie von allen Seiten, bis sie kaum noch beurteilen konnte, was von den vielen Neuigkeiten überhaupt wichtig war. Und noch schlimmer: Mit jeder Minute Grübelei wusste sie weniger, was sie von alldem halten sollte. Sogar als sie im ersten Morgenlicht lediglich in ein Handtuch eingewickelt und vor Kälte schnatternd vorm Kleiderschrank gestanden hatte, war sie unfähig gewesen, auch nur einen Gedanken auf die Klamottenwahl zu verschwenden.

Jetzt sah sie vermutlich aus wie eine Marischka-Kopie mit mehreren Schichten aus Pullis, deren Farben und Muster sich miteinander um die Wette bissen, und den ziemlich ausgelatschten Boots, die nur mit einem Extrapaar Norwegersocken passten – sehr schick übrigens zu lila Strickleggins. Gut, dass sie wenigstens so weit ihre Geister beisammen hatte, dass sie nicht mit dem Handtuch auf dem Kopf losgelaufen war, sondern es beim Durchqueren des Hausflurs noch rasch gegen die Wollmütze ausgetauscht hatte. Außerdem hatte sie einen Schlüsselanhänger aus Eisen mitgenommen, der die Form eines Gingkoblatts hatte und eigentlich Haris gehörte. Nun lag er schwer in ihrer Hand.

Als das Haus von Silas' Familie auftauchte, wurde Edie schlagartig bewusst, dass sie keine Ahnung hatte, wie sie sich diesen Besuch überhaupt vorstellte. Das Bedürfnis, Silas zu sehen, war schlicht zu groß, genau wie das Chaos, das Roman mit seiner Geschichte angerichtet hatte. Ihr blieb nichts anderes übrig, als zu improvisieren. Wenn sie nun auch noch zu grübeln begann, wie sie Silas nach ihrem Streit gegenüber auftreten sollte, dann würde sie vermutlich niemals dazu kommen, auch nur den Klingelknopf der Sterners zu drücken. Dann würde sie den Rest ihres Lebens am Straßenrand verbringen, ein wirres Geschöpf, dessen Gedanken im Sekundentakt von einem Problem zum nächsten sprangen, ohne jemals zu einer Lösung zu kommen.

Während Edie sich dazu anhielt, einen Schritt schneller zu gehen, fuhr ein ziemlich schrottreifer Saab an ihr vorbei und hielt vor dem verschlossenen Tor. Die Autotür schwang auf, und als sie haselnussbraunes Haar und einen Parka sah, rannte sie los.

»Silas! Warte auf mich«, rief Edie aufgeregt.

Es fühlte sich an, als habe sie ihn eine Ewigkeit lang nicht mehr gesehen, dabei war es erst einen Tag her. Die Vorfreude auf ihr Wiedersehen bestätigte ihr, dass ihre Entscheidung, ihn zu besuchen, richtig gewesen war.

Doch es war nicht Silas, der sich zu ihr umdrehte und sie fragend ansah, sondern eine ältere und deutlich stämmigere Ausgabe von ihm.

Mit rudernden Armen kam Edie vor dem jungen Mann zum Stehen und schluckte ihre Enttäuschung runter. »'Tschuldigung, ich habe dich verwechselt. Du musst Silas' älterer Bruder sein, richtig?«

Während der junge Mann nickte, musterte er sie ziemlich ungeniert. »Ich bin Finn. Und wenn mich nicht alles täuscht, dann bist du die geheimnisvolle Edie, bei der mein kleiner Bruder sich so oft herumtreibt, dass unsere Mutter schon bei der bloßen Erwähnung ihres Namens Zuckungen bekommt.«

Als Edie schuldbewusst die Schultern hochzog, grinste Finn. Dieses Lächeln brach endgültig mit der Vorstellung, einem älteren Silas gegenüberzustehen. Finns Lächeln war offen und sehr breit, ganz anders als das feine Heben der Mundwinkel von Silas, von dem Edie erst jetzt begriff, wie gut es ihr gefiel. Während an Silas alles zerbrechlich und unzerstörbar zugleich wirkte, war Finn eher der Geradeaus-Typ, der für das Besondere, das seinen jüngeren Bruder umgab, vermutlich keinerlei Sinn hatte. Aber das war egal, solange er trotzdem ein netter Kerl war.

»Silas hat mir von dir erzählt«, schob Finn nach, als würde es ihm Vergnügen bereiten, Edie ins Schwitzen zu bringen. »Normalerweise würde ich mich bei so einer Sache ja komplett raushalten … Aber mein kleiner Bruder ist in punkto Beziehungskisten auf dem Stand eines Unschuldsengels. Deshalb finde ich es nur fair, ihm ein wenig Rückendeckung zu geben.« Das Grinsen war noch nicht ganz von Finns Lippen verschwunden, als sich ein drohender Unterton in seine Stimme schlich. »Falls du Silas nur wegen seiner Geschichte spannend findest, rate ich dir dringend, die Finger von ihm zu lassen. Mal davon abgesehen, dass der Junge so einen Scheiß nicht verdient, macht er gerade wirklich eine harte Zeit durch, nicht bloß, weil die Leute im Dorf rumspinnen, sondern weil es in unserer Familie auch nicht gerade super läuft. Die Nerven sind ziemlich angespannt, gestern Abend erst haben irgendwelche Idioten eimerweise Modder aus dem Fließ gegen die Fenster geschmissen. Also überleg dir bitte zweimal, was du tust.«

Obwohl Edie sich von den Vorwürfen unangenehm angefasst fühlte, mochte sie Finn gleich noch ein Stückchen mehr. Es bestand kein Zweifel daran, dass er hinter Silas stand, egal, wie schwierig die Lage war. Es war allerdings auch klar, dass Silas ihm nichts von ihrem Streit erzählt hatte. Ansonsten hätte Finn ihr bestimmt straight gesagt, sie solle sich aus dem Staub machen. Bedeutete das vielleicht, dass es für Silas doch kein endgültiger Bruch, sondern nur eine Auseinandersetzung gewesen war?

»Tut mir wirklich leid, dass einige Pappnasen aus dem Dorf solche Sachen mit euch durchziehen. Ich drücke euch die Daumen, dass sich die Leute bald einkriegen, warum auch immer die sich überhaupt so aufführen. Und was Silas anbelangt … Da musst du dir keine Sorgen machen, ich spiele ganz bestimmt keine Spielchen. Mir ist es ernst mit ihm.«

Die Art, wie Finn nickte, verriet, dass er sie eh nicht wirklich irgendeiner üblen Nummer verdächtigt hatte. »Du bist mit Marischka Novak befreundet, habe ich gehört«, sagte er plötzlich und blinzelte verlegen.

Edie zuckte mit den Schultern. »Ja, bin ich. Genau wie Silas.«

Finn rieb sich den Nacken. »Das ist gut«, sagte er. Erst schien es, als würde er noch mehr zu dem Thema sagen wollen, verfiel dann aber in Schweigen.

Je länger sie voreinander standen, desto mehr Unterschiede zwischen den beiden Geschwistern fielen Edie auf: Silas' Augen standen enger beisammen, während auf Finns Nasenrücken eine ganze Armee Sommersprossen wohnte, und er stand leicht schräg, als habe er als Jugendlicher ausgiebig vor dem Spiegel geübt, wie man extracool herumsteht. Silas' Körpersprache hingegen war ehrlich, und seine Mimik zeigte ungeschönt, was in ihm vorging, weil er nie gelernt hatte, sich zu verstellen. Und wenn doch, dann hatte sein Körper es seit seiner Wiederkehr vergessen. Mit jedem weiteren Unterschied, der ihr auffiel, sehnte sie sich mehr danach, endlich in Silas' Flussaugen zu lesen, dass alles gut werden würde.

Doch Finn war noch nicht fertig mit ihr. »Ist schon witzig«, sagte er, während er gedankenverloren am verschlossenen Tor herumspielte. »Da ist mein Bruder ganze verdammte zehn Jahre lang verschwunden. Und was passiert, kaum dass er wieder da ist? Er hat nichts Besseres zu tun, als sich Hals über Kopf zu verlieben. Total krass. Ich hätte ihm echt gewünscht, dass dieser Krug noch eine Weile an ihm vorbeigeht. Scheint so, als würden wir Kerle alle denselben Fehler machen. Versteh mich nicht falsch, das ist nicht persönlich gemeint. Mal davon abgesehen, dass es echt Mist ist, sich den Kopf über ein Mädel zu zerbrechen, wenn der Rest der Welt von dir erwartet, endlich mal mit deiner Vergangenheit herauszurücken.«

Edie erinnerte sich, dass Silas ein paar Beziehungsprobleme bei seinem Bruder Finn erwähnt hatte. Aber was noch viel entscheidender war: Silas hatte auch gesagt, dass sein Schweigen seinen Vater verrückt machte. »Bedrängst du Silas etwa auch, damit er endlich auspackt, was ihm zugestoßen ist?«, fragte sie. Dabei geriet ihr Ton härter als beabsichtigt. Andererseits war es schlichtweg unfassbar, dass die ganze Welt sich gegen Silas stellte, als habe er etwas falsch gemacht.

Finn wehrte sofort mit der Hand ab. »Nee, ich ganz bestimmt nicht. Ich bin einfach nur froh, dass der Kerl wieder zu Hause ist, der hat mir nämlich ziemlich gefehlt.« Das offene Grinsen kehrte auf seine Lippen zurück. »Jetzt in echt, Silas ist eine eigene Marke, ist er immer schon gewesen. Ich frage mich manchmal, was ohne diese Entführung aus ihm geworden wäre. Bei den meisten Menschen kann man sich ungefähr vorstellen, wie ihr Leben aussehen wird, da gehört nicht allzu viel Phantasie zu. Aber Silas …«

Als wäre es unmöglich, auf diese Frage eine Antwort zu finden, zuckte Finn mit den Achseln, dann schloss er das Tor auf und parkte den Wagen auf dem Grundstück.

✳ ✳ ✳

Während sie gemeinsam zum Haus gingen, versuchte Edie, sich selbst eine Antwort zu geben. Sobald sie sich jedoch ein Bild auszumalen versuchte, wie Silas' Zukunft aussehen könnte, sah sie ihn bloß durch die Erlenwälder streifen, als hielte das Schicksal nichts anderes für ihn bereit. Als Finn die Haustür öffnete und in den dunklen Windfang hinein nach seinem Bruder rief, war sie regelrecht erleichtert. Anstelle von Silas' schlanker Gestalt tauchte jedoch eine kleine gedrungene Frau auf, die demonstrativ den Zeigefinger vor die Lippen hielt.

»Gib Ruhe, Finn«, flüsterte sie aufgebracht. »Ich habe Silas nur mit Müh und Not dazu bekommen, ein Glas Milch zu trinken. Jetzt schläft er endlich, nachdem er die ganze Nacht durchs Haus gelaufen ist wie ein eingesperrter Tiger.«

»Du hast ihm doch nicht heimlich Schlaftabletten in die Milch getan, oder?« Finn ballte die Hände zu Fäusten, als würde ihn eine nur schwer zu unterdrückende Wut überkommen.

Schlaftabletten?, dachte Edie. Das würde erklären, warum Silas' Herz trotz ihrer Nähe so leise klang.

Frau Sterner verschränkte trotzig die Arme vor der Brust, doch ihre Gesichtszüge gerieten in Unruhe, als stünde sie kurz davor, in Tränen auszubrechen. Offenbar war es um ihre Nerven noch schlechter bestellt, als Silas hatte durchblicken lassen.

»Sonst bekomme ich ihn ja nicht dazu, seine Schlaftabletten zu nehmen. Dabei war er gestern noch in sich gekehrter als sonst, hat kein Auge zugemacht und wollte heute wieder nach draußen, obwohl wir erst gestern Abend diesen Ärger hatten. Wie wir uns dabei fühlen, ist ihm wohl vollkommen egal, er stromert lieber durch die Wälder, als wäre er ein herrenloser Hund. Es macht mich ganz krank, ihn so zu sehen, ohne ihm helfen zu können. Und dann schimpfst du mich auch noch aus vor deiner Freundin, weil ich dafür sorge, dass mein Junge ein wenig schläft. Dabei hat Dr. Krell gesagt, er solle die Tabletten jeden Abend nehmen, damit er zur Ruhe kommt.«

»Ist ja schon gut, wir sind alle angefressen wegen dieser Modderattacke. Das wird schon wieder, Mama«, raunte Finn und nahm seine Mutter in den Arm, die prompt wie ein waidwundes Tier aufschluchzte.

Ohne Widerstand ließ sich Frau Sterner von ihrem Sohn trösten, tätscheln und schließlich ins Wohnzimmer schieben. Unschlüssig stand Edie im Windfang, dann folgte sie ihnen in den abgedunkelten Raum, denn trotz des trüben Novemberlichts waren die Vorhänge zugezogen und in der Ecke verströmte lediglich eine Stehlampe unfreundlich weißes Licht. Vielleicht lag es daran, dass das Wohnzimmer einen ungemütlichen Eindruck machte, viel zu düster mit dem Einbauschrank aus Eiche und dem braunen Ledersofa, über dem ein Ölbild hing, das den Erlenwald samt Rotwild zeigte. Edie trat unwillkürlich einen Schritt zurück.

Hier gehört Silas nicht her, dachte sie. Vor zehn Jahren war das bestimmt ein Zuhause, aber jetzt wirkte es, als sei die wahre Familie damals ausgezogen und habe bloß verblassende Schatten von sich zurückgelassen.

Langsam beruhigte sich Frau Sterner wieder und musterte Edie, während sie sich die Augen mit einem Taschentuch trocken tupfte, das sie aus ihrem Blusenärmel gezogen hatte. Sie wirkte älter, als sie vermutlich war, als habe der Kummer sie niedergedrückt. Nicht einmal Silas' Rückkehr hatte seine Mutter aufleben lassen, denn die Angst, ihr Kind erneut zu verlieren, war offenbar zu groß. Wahrscheinlich würde die Welt für Frau Sterner niemals wieder gut werden, solange sie die Zeit nicht zurückdrehen konnte und ihren siebenjährigen Jungen zurückbekam. Edie verspürte Mitleid mit dieser sichtlich mitgenommenen Frau, aber nicht nur wegen der Ängste, die sie hatte ausstehen müssen, sondern auch weil sie scheinbar nicht in der Lage war, die Rückkehr ihres verlorenen Kindes zu feiern.

Erneut putzte sich Frau Sterner die Nase, bevor sie sich ihrem Sohn zuwandte. »Du hast es also wahrgemacht und dich von Mira getrennt. Richtig so. Und wen hast du da nun mitgebracht, wer ist die junge Dame?«

Obwohl es im Wohnzimmer dunkel war, leuchtete Finns Gesicht knallrot auf. »Das ist Edie – und sie ist nicht meinetwegen hier, sondern wegen Silas. Sie ist die Freundin, bei der er während des Sturms übernachtet hat.«

In Frau Sterners Gesicht zog eine Härte ein, mit der Edie niemals gerechnet hätte. »So, so«, sagte sie und wirkte schlagartig gar nicht mehr wie eine vom Leben gebeutelte Frau, sondern wie eine äußerst aufmerksame Löwenmutter, die vorsichtshalber schon einmal die Krallen ausfährt. »Silas schläft«, erklärte sie in einem Ton, der Edie das Gefühl gab, der unerwünschteste Gast aller Zeiten zu sein. »Davon abgesehen braucht er dringend Ruhe, auch wenn er sich das nicht eingestehen will. Falls dir etwas an ihm liegt, solltest du ihn nicht motivieren, dir bei jedem Wetter hinterherzulaufen, sondern vorläufig bei seiner Familie zu bleiben, die ihm am ehesten helfen kann, damit er wieder zu sich selbst findet.«

»Mama«, mahnte Finn, dem die Situation merklich unangenehm war. Entschuldigend blinzelte er Edie an.

Edie erwiderte es, dann richtete sie ihre Aufmerksamkeit auf Frau Sterner. »Ich habe nicht den Eindruck, dass Silas sich selbst abhanden gekommen ist. Eigentlich kenne ich niemanden, der so ehrlich zu sich selbst ist wie Silas.« Diese Aussage war ein großer Fehler – das begriff Edie, als Frau Sterners Augen sich zu Schlitzen verengten.

»Was weißt du schon über meinen Sohn ... wer er war und welche Dinge ihm durch seine Gefangenschaft abhanden gekommen sind?«, fragte Frau Sterner mit gefährlich leiser Stimme. »Das weiß nur ich, seine Mutter! Niemand steht ihm so nah, und deshalb weiß ich am besten, was mein Junge braucht. Und vor allem, was er nicht braucht. Außerdem kenne ich mich aus mit Mädchen in deinem Alter: Ihr wollt Abenteuer erleben, im Mittelpunkt stehen und eure Macht am anderen Geschlecht austesten. Das wäre unter normalen Umständen schon schlimm genug, aber in Silas' Fall ist es unerträglich. Nimm es mir nicht übel, dass ich dir die Wahrheit ungeschminkt ins Gesicht sage, aber so ist es eben.«

Edie versuchte sich an einem versöhnlichen Lächeln, das ihr jedoch misslang. »Ihr Sohn Finn hat mir schon ins Gewissen geredet, und ich habe ihm versichert, dass ich es mit meiner Freundschaft zu Silas ernst meine, auch wenn die Situation alles andere als einfach ist.« Es war nicht zu übersehen, dass sie Frau Sterner nicht im Geringsten überzeugte. Darum beschloss sie, einen Schritt weiterzugehen. »Außerdem verstehe ich Silas vermutlich besser als jeder andere Mensch, weil wir über ähnliche Gaben verfügen. Ich sehe manchmal auch mehr, als da auf den ersten Blick zu sein scheint.«

Das war der nächste Fehler, und offenbar noch ein viel schwerwiegenderer, denn Frau Sterner schrie wütend auf. Schlagartig war es ihr offenbar egal, dass Silas gerade erst eingeschlafen war.

»Was erzählst du über mein Kind? Dass es nicht ganz richtig im Kopf ist?« Jedes Wort wurde ausgespuckt.

Hastig schüttelte Edie den Kopf, bestürzt über diese heftige Reaktion. »Nein, ganz bestimmt nicht. Mit Silas ist alles okay, er ist halt nur anders, anders im Sinne von *besonders*. Das war er doch schon als Junge. Eine alte Kindheitsfreundin von Ihrem Sohn hat mir erzählt, dass er schon als Siebenjähriger wunderbar erzählen konnte von der anderen Welt.«

»Das ist doch die Lüge von dieser verfluchten Polackin«, schimpfte Frau Sterner ungehalten, wobei sie bedrohlich nah auf Edie zutrat.

Während Edie bestürzt über so viel Wut nach Luft schnappte, packte Finn seine Mutter am Arm und zog sie zurück, wobei er offenbar ordentlich Kraft einsetzen musste.

»Marischka ist keine Polackin und auch keine Lügnerin«, dröhnte er gegen das Geschimpfe seiner Mutter. »Wir kennen alle Silas' Kindergeschichten über Blätterzauber und Froschkonzerte zum Schlangenball am Fließ. Und wir wissen alle, dass diese Geschichten nicht seiner Phantasie entsprungen sind. Er *ist* etwas Besonderes und genau das ist ihm zum Verhängnis geworden.«

Von einem Moment zum nächsten wich sämtlicher Kampfwille aus Frau Sterner und sie sank von einem Weinkrampf geschüttelt aufs Sofa. Finn packte Edie und bugsierte sie Richtung Haustür, obwohl sie freiwillig keine Sekunde länger geblieben wäre.

»Es tut mir leid, ich wollte keine alten Wunden aufreißen«, sagte sie mit wegbrechender Stimme.

»Ist mir egal, was du nicht wolltest, aber du hast definitiv das Falsche gesagt. Meiner Mutter geht es nicht besonders, wie du bestimmt bemerkt hast, und ihr dann auch noch zu erzählen, dass ihr Sohn selbst schuld daran ist, dass er verschleppt wurde, ist schlichtweg brutal. Gehst du so auch mit Silas um? Dann ist es wirklich besser, wenn du von ihm wegbleibst.«

Mit diesen Worten schlug Finn ihr die Tür vor der Nase zu. Benommen blieb sie noch einen Moment stehen und überlegte, ob sie noch einmal anklopfen und sich in aller Form entschuldigen sollte. Dabei hatte sie wirklich niemanden verletzen wollen, sondern nur zeigen, wie gut sie die Situation verstand. Dann entschied sie sich dagegen, denn Frau Sterner hatte den Eindruck gemacht, als würde allein Edies Anblick ihr das Leben endgültig verleiden. Blieb nur zu hoffen, dass Finn seinem Bruder ausrichtete, dass sie da gewesen war, sobald der seinen Tablettenrausch ausgeschlafen hatte.

Edie holte das eiserne Gingkoblatt hervor und schmiss es in ein Stück Papier gewickelt in den Briefkasten, nachdem sie ein paar Zeilen draufgekritzelt hatte. Zuerst hatte sie mit dem Gedanken gespielt, alle Neuigkeiten aufzuschreiben, die sie von Roman erfahren hatte. Vermutlich würde es jedoch nicht Silas sein, der den Briefkasten öffnete, und je weniger die Nachricht auf dem Papier verriet, desto besser waren ihre Chancen, dass er das Eisenstück auch erhielt.

Ein Glücksbringer für Silas! Bitte trag das Ginkoblatt unbedingt bei Dir. Und wenn ich Dich sehe, verrate ich Dir mehr über seinen Zauber ☺.
Deine E.

Auf dem Vorhof blieb Edie noch einmal stehen und blickte zum Haus mit den zugezogenen Vorhängen. Obwohl es Unsinn war, hoffte sie darauf, einen Schatten im Obergeschoss zu erspähen. Stattdessen sah sie etwas anderes, etwas, das sie am liebsten sofort vergessen hätte: An der schmutzig grauen Hauswand rankte sich einen Jasminstrauch in die Höhe, die Blätter so grün, als herrsche Sommer. Seine Ranken schlängelten sich empor und schmiegten sich um ein Fenster, ehe ihre Knospen aufbrachen und so betörend süßlich zu duften begannen, dass Edie es unten auf dem Hof riechen konnte.

Panisch blinzelnd stellte sie ihre Sicht bewusst scharf, wodurch die mit weißen Blüten besetzten Ranken genauso rasch wieder verschwanden, wie sie aufgetaucht waren. Jedoch nicht ihr Duft, der an ihr haften blieb wie ein unsichtbares Zeichen.

26

DIE ZEIT VERSTREICHT

Die Tage vergingen ohne eine Nachricht von Silas. Nicht einmal das entfernteste Echo seines Herzschlags erreichte Edie, die sich unermüdlich einredete, dass manche Dinge eben ihre Zeit brauchten. So wie bei ihren Eltern, denen die Auszeit offenbar auch gutgetan hatte. Jedenfalls verbrachte Haris erstaunlich viel Zeit in der Gesellschaft ihres Handys, um mit Inga zu plaudern, oder schrieb ihr kurze Nachrichten. Man hätte glatt meinen können, die beiden hätten sich ein zweites Mal ineinander verliebt. Haris hatte es sogar aufgegeben, die Sache vor Edie runterzuspielen, wenn sie ihn damit aufzog.

»Es ist halt faszinierend, einen Menschen nach achtzehn gemeinsamen Jahren neu kennenzulernen. In unserer Beziehung hat sich etwas verschoben und dadurch sehen Inga und ich uns jetzt aus einer ganz anderen Perspektive. Vielleicht macht es die Liebe ja wertvoller, wenn man sie einmal fast verloren hat. Aber das heißt noch lange nicht, dass ich Inga ihre herablassende Art bereits verziehen habe. Da gibt es noch viel zu klären!«, sagte Haris, der vor Energie nur so sprühte. Abwaschwasser schwappte über die Spüle, als er einen ganzen Stapel Teller auf einmal versenkte.

Edie nahm die frisch abgespülten Teller entgegen und trocknete sie gewissenhaft ab. Dabei war sie ganz der Ernst in

Person, denn schon das leiseste Lächeln hätte Haris in die Abwehrstellung getrieben, und er hätte ihr stundenlang erklärt, welche Zugeständnisse er von seiner Frau erwartete, bevor er die Auszeit endgültig für beendet erklärte.

»Umso besser ist die Idee, Inga einen Besuch abzustatten und das Ganze in Ruhe zu besprechen, wenn ihr voreinander sitzt, ohne diesen ganzen Technikquatsch.« Wobei sie eher nicht glaubte, dass die beiden allzu viel Zeit mit Reden verschwenden würden, so sehr, wie sich die Stimmung zwischen ihnen aufgeheizt hatte – aber das ging wirklich nur ihre Eltern etwas an.

Während Edie noch eifriger abtrocknete, rieb Haris sich das Kinn, wobei ihm wohl entging, dass dabei Wasser auf sein Shirt tropfte.

»An für sich wäre es sicherlich gut, wenn ich mit Inga klaren Tisch machen könnte, ohne dass ständig die Leitung wegbricht oder man immer nur die Hälfte versteht. Außerdem bin ich es leid, in deinem Zimmer auf dem Sessel herumzubalancieren, weil es ansonsten mit dem Empfang Essig ist. Es ist nur so, dass sich die Arbeit am Marmorblock gerade richtig großartig entwickelt ...« Er warf Edie einen Seitenblick zu. »Ich bin mir auch unsicher, ob ich dich allein lassen soll. Seit wir in Wasserruh sind, bist du so in dich gekehrt, besonders in den letzten Tagen. Immer diese langen Waldspaziergänge, und ständig ertappe ich dich dabei, wie du am Fenster stehst und hinausschaust, als würdest du auf jemanden warten. Du scheinst mir seelisch Schlagseite zu haben, und das liegt doch bestimmt nicht nur an dem Unfall unserer alten Nachbarin.«

Der Themenwechsel gefiel Edie nicht, viel lieber hätte sie Haris weiterhin zu seinem Singapur-Trip bequatscht. Nicht nur, weil sie ihren Eltern diese Zweisamkeit von Herzen gönnte, sondern auch, weil sie nicht die Kraft besaß, vor ihrem Vater Heile-Welt-Theater zu spielen. Da sie ihm gar nicht erst die Gelegenheit geben wollte, ihr Fragen zu stellen – etwa, warum Silas nicht zu Besuch kam und warum sie seit Neustem einen Bund voller rostiger Schlüssel mit sich herumtrug –, war sie meistens unterwegs: bei Marischka im Gasthaus, zu Besuch bei der immer noch bewusstlosen Rodriga oder bei Roman, der vollauf mit dem widerspenstigen Nanosh beschäftigt war, wenn er Edie nicht zu überreden versuchte, ihm den Weg zum Erlenkönig zu verraten.

»Ach, Papa«, sagte Edie gedehnt, um Zeit zu schinden. Dann beschloss sie, obwohl es nicht besonders fair war, zwei Fliegen mit einer Klappe zu schlagen. »Ich will dir zwar kein schlechtes Gewissen machen, aber mir würde es schon besser gehen, wenn Mama und du eure Probleme aus der Welt geschafft habt. So langsam belastet mich diese Ungewissheit, ob wir nun bald wieder eine Familie sind oder nicht. Von daher solltest du auf jeden Fall so schnell es geht zu ihr fliegen. Vielleicht kannst du Inga sogar überreden, bereits zu Weihnachten nach Wasserruh zu kommen. Das wäre doch wirklich genial: als Familie im traditionsverliebten Spreewald zu feiern. Bestimmt liegt bis dahin meterhoch Schnee, wir können auf den Fließen Schlittschuh laufen und eigenhändig einen Tannenbaum fällen.«

Ob es nun die emotionale Erpressung oder die Hoffnung auf ein gemeinsames Weihnachten war, die den entscheidenden Ausschlag gab, war schwierig zu sagen. Jedenfalls buchte Haris noch am selben Tag einen Flug nach Singapur und verschonte Edie mit weiteren Nachfragen zu ihrem Seelenheil. Obwohl sie es gewohnt war, Geheimnisse vor ihren Eltern zu haben und ihr Gefühlsleben mit sich selbst auszumachen, setzte es ihr dieses Mal besonders zu, sich vor Haris zu verschließen. Jetzt, da in ihrem Leben alles drüber und drunter ging, brauchte sie ihre Familie mehr denn je. Sie brauchte endlich wieder festen Grund unter den Füßen. Nur leider war sie davon im Augenblick weiter entfernt als zuvor.

* * *

»So sieht er also aus, der 1. Advent in London: verregnet und so grau, dass sogar die Lichterketten blass aussehen. Bist du beleidigt, wenn ich zugebe, dass ich dich null beneide, Marik?«

Die weihnachtlich geschmückte Straße, die eben noch auf dem Handy-Display zu sehen gewesen war, verschwand. Stattdessen tauchte Mariks Gesicht samt knallroter Schnupfennase auf. »Fang bloß nicht an, damit anzugeben, dass bei euch Schnee liegt«, drohte er und zog sich die Mütze tiefer ins Gesicht. Die Erkältung musste ihn fest im Griff haben, ansonsten hätte er niemals freiwillig in der Gegenwart seines Freunds, der neben ihm herschlenderte und Edie kurz ins Bild winkte, etwas auf sein blaues Haar gesetzt.

»Nee, ich gebe doch nicht an. Niemals.«

Trotzdem konnte Edie nicht widerstehen, das Handy noch mal so zu halten, dass Marik den unter einer feinen Schneeschicht liegenden Wald sehen konnte. In der letzten Nacht hatte es pünktlich zu Beginn der Weihnachtszeit angefangen zu schneien und der unberührten weißen Pracht wohnte ein ganz besonderer Zauber inne. Sogar die herüberlärmende Weihnachtsmusik und das Dauergeblinke vom Gasthaus der Novaks konnten dem keinen Abbruch tun.

Edie war gerade auf dem Weg zu Marischka, die ihr eine Nachricht geschickt hatte (»Komm SOFORT zu mir!!!«) und seitdem nicht mehr ans Handy gegangen war, um mehr zu verraten. Es war durchaus möglich, dass Silas sich bei seiner alten Freundin gemeldet hatte, obwohl Edie es für unwahrscheinlich hielt. Edie hatte Marischka und Addo alles erzählt, was zwischen Silas und ihr vorgefallen war, sodass Marischka wusste, wie wichtig es ihr war, ihn zu sehen. In so einem Fall hätte es also gewiss mehr als eine läppische Nachricht gegeben. Trotzdem hatte Edie sich sofort auf den Weg durch dieses Winterzauberland gemacht und die erste Chance auf Handyempfang dafür genutzt, Marik zu beeindrucken.

»Du hast ohnehin Beschwerdeverbot«, verkündete Edie leichthin. »Schließlich bist du *happy in love*, während ich meine Tage damit verbringe, auf ein läppisches Zeichen von meinem Angebeteten zu warten.«

Marik gab ein mitfühlendes Seufzen von sich. »Ich kann mir echt vorstellen, wie schwer es ist, in so einem Fall stillzuhalten. Aber wenn du den Typen bedrängst, wird der sich eher komplett zurückziehen. Und sollte er die Hand, die du ihm entgegengestreckt hast, nicht ergreifen wollen, dann soll sich der Kerl halt verpissen.« Er blickte betont grimmig drein, um ihr dann aufmunternd zuzublinzeln. »Kann ich mir aber nicht vorstellen, Edie. Der hält es ganz bestimmt nicht mehr lange aus, von dir getrennt zu sein. Schließlich bist du eine echte Zaubermaus.«

Edie schnitt eine Grimasse und Marik grinste beeindruckt. Früher wäre so was unmöglich gewesen, denn da war sie viel zu sehr darauf bedacht gewesen, bloß niemals blöd auszusehen. Ihre erste Liebe hatte ausschließlich ihre Schokoladenseiten zu sehen bekommen – und im Nachhinein wunderte Edie sich, dass Marik sie nicht langweilig gefunden hatte –, die hübsche, liebe, anpassungsfähige Edie. Seit sie über ihren

Liebeskummer hinweg war, hatten sie beide jedenfalls mehr Spaß als je zuvor, und das Miteinander war trotz ihrer Lockerheit sehr viel tiefer geworden. Als würden sie einander erst jetzt richtig erkennen.

»Und falls es mit dem zartbesaiteten Silas nichts wird, kannst du dich ja immer noch mit diesem sexy Pferdeflüsterer trösten«, setzte Marik noch einen drauf. »Du solltest mir übrigens keine Fotos von solchen Hengsten schicken, wenn ich gerade einen Spreewaldbesuch fürs neue Jahr plane. Fred ist sich jetzt nicht mehr sicher, ob er mich wirklich von der Leine lassen will.«

»Ich wusste gar nicht, dass du ein Herz für Pferde hast«, trällerte Edie so unschuldig, als habe sie nicht verstanden, welcher Hengst tatsächlich gemeint war. »Aber mal im Ernst: Roman ist ein Guter, und ich bin froh, ihn zu haben. Allein weil er sich so liebevoll um seine Großtante kümmert. Ich hätte es schlecht ertragen, wenn sich außer mir niemand für Rodrigas Wohlergehen interessiert hätte.«

»Roman, der große Kümmerer.« Dann wurde Marik ebenfalls ernst. »Pass bloß auf dein Herz auf, es ist viel zu wertvoll, um gebrochen zu werden.«

»Den Rat hat mir Rodriga auch gegeben«, dachte Edie laut nach, bevor sie sich von ihrem Freund verabschiedete und in das bunte Lichtermeer des Gasthauses eintauchte.

Nach der klaren Winterluft, der Stille im Wald und der Kälte, die vom gefrorenen Boden aufstieg, drang nun das geballte Leben auf Edies Sinne ein. Überall schienen geschmückte Tannenzweige zu hängen, Keksschalen zu stehen und ein Plastikrentier im Galopp erstarrt zu sein, außerdem duftete es überwältigend nach Glühwein. Edie musste sich mit Gewalt daran erinnern, dass sie in Marischkas Nähe keinen Alkohol trinken durfte … Besonders als eine der vielen Novak-Töchter mit einem Tablett voller dampfender Tontassen an ihr vorbeikam. Mit Mühe und Not lehnte sie den Glühwein ab und bat stattdessen, Marischka Bescheid zu geben, dass sie da war. Als ihre Freundin sie schließlich in Empfang nahm, verging ihr ohnehin die Lust auf ein Glas mit Schuss. Marischka ließ sich nicht einmal zu einem Lächeln hinreißen, als sie Edie auf den Dachboden führte.

Nachdem sie ein paar Kerzen angezündet hatten, deren warmer Schein das Kissenlager gleich doppelt gemütlich aussehen ließ, konnte sich Edie nicht länger zurückhalten. »Sag mal, was ist denn mit deinen Klamotten los? Du siehst so normal aus.«

Marischka schaute an ihrem Pulli-plus-Jeans-Look herunter, dann zuckte sie mit den Schultern. »Ich hatte heute einfach keinen Kopf dafür, stundenlang ein Outfit zusammenzustellen, nur damit ich so aussehe, als habe ich mir keine Gedanken darum gemacht.« Dann holte sie tief Luft. »Finn Sterner ist heute Mittag ziemlich angesäuselt mit seiner Bosseltruppe bei uns eingefallen, und ich konnte ihn darüber aushorchen, was bei ihnen zu Hause so los ist.«

»Du hast mit Finn gesprochen?« Schlagartig spannte Edie jeden Muskel an. Ein paar Mal hatte sie mit dem Gedanken gespielt, Silas' älteren Bruder noch einmal anzusprechen, aber nach ihrem Zusammenstoß hatte sie sich nicht getraut. »Wie hast du das angestellt?«

Mit sichtlichem Unbehagen rutschte Marischka auf dem Kissen herum. »War gar nicht so einfach, weil Finn ziemlich einen im Kahn hatte und ich nicht wollte, dass seine Kumpels mithören. Bei denen war die Luft eh am Brennen – ziemlich böses Karma, wenn du verstehst. Es hatte vorab wohl eine

Diskussion gegeben, ob Finn beim Bosseln überhaupt mit von der Partie sein sollte, weil er sich mit ein paar Leuten aus der Gruppe mächtig in die Haare gekriegt hat. Das sind zwar alles Jungs, mit denen er schon sein halbes Leben lang befreundet ist, aber das hält diese Flachpfeifen offenbar nicht davon ab, schlecht über Silas zu reden. Jedenfalls hat es ordentlich Krach gegeben und der harte Kern der Gruppe hat zu Finn gestanden.«

Edie schüttelte ungläubig den Kopf. »Diese Wut gegen die Sterners scheint ja immer verrückter zu werden. Wie kann man bloß so umspringen mit einer Familie, die dermaßen viel durchgemacht hat?«

Marischka zuckte hilflos mit den Schultern. »Keine Ahnung, was das soll. Um hinter dieses Geheimnis zu kommen, muss man wohl mindestens seit zehn Generationen im Dorf leben oder so. Jedenfalls habe ich Finn in einem günstigen Moment abgefangen und meinen Charme spielen lassen.«

»Der arme Kerl. Vermutlich hat dein Charme die unwiderstehliche Form einer Flasche Slibovic gehabt, richtig?«

Zuerst hob Marischka empört die Augenbrauen, als wollte sie sagen ›Als ob ich auf so billige Tricks zurückgreifen müsste‹, aber dann knickte sie ein. »Okay, ich gebe es zu: Ich musste mich eines alkoholischen Hilfsmittels bedienen. Aber ich hatte nun mal nicht viel Zeit, um Finn auf den Zahn zu fühlen. Außerdem haben ihn die paar Tropfen mehr an Alk nur unwesentlich betrunkener gemacht, da gab es ungelogen keine höhere Stufe mehr zu erklimmen. Jedenfalls hatte ich den Eindruck, dass Finn nicht unglücklich darüber war, ein paar Dinge auszuplaudern. Seit der Trennung von Mira macht er eh einen verlorenen Eindruck …«

Edie stand kurz davor, die Beherrschung zu verlieren.

»Mensch, nun lass dich nicht so lange bitten: Was hat Finn über Silas erzählt?«

Marischka fing an, die Zehkappen ihrer Socken lang zu ziehen und einen Knoten reinzubinden. Dabei sah sie aus wie ein Kind, dem der Druck zu hoch wurde. »Ich weiß nicht so richtig, was er mir erzählt hat. Also ... eher: wie man das verstehen soll, was mit Silas los ist. Er verlässt kaum noch sein Zimmer und redet so gut wie gar nicht mehr mit seiner Familie, schottet sich mehr und mehr ab. Gestern Abend war er dann plötzlich weg, und als Finn ihn endlich gefunden hat, war Silas gerade dabei, ins eisige Fließ zu steigen. Finn war völlig außer sich, er dachte, sein Bruder wollte sich umbringen. Als er ihn aus dem Fließ gezogen hat, war Silas ganz blau im Gesicht, weil er mit dem Kopf unter Wasser geblieben ist, selbst als ihm die Luft schon lange ausgegangen war. Dieser Verrückte hat sich fast selbst ertränkt, weil er gehofft hat, so seine Erinnerung zurückzubekommen. »Es heißt, kurz bevor man stirbt, zieht das ganze Leben an einem vorbei«, hat Silas seine Aktion erklärt. »Eine bessere Chance, meine Vergangenheit zurückzubekommen, habe ich nicht.« Das ist es, was Silas seit eurem Streit macht: Er versucht sich mit aller Gewalt zu erinnern und nimmt dabei keinerlei Rücksicht auf sich selbst. So entschlossen, wie er dabei ist, könnte es leicht schiefgehen.«

»O mein Gott.« Mehr brachte Edie nicht heraus. Das Bild von Silas, wie er halb ertrunken aus dem Wasser auftauchte, brannte sich auf ihren geistigen Augen fest und hinterließ ein Gefühl der Ohnmacht. *Was tut er sich nur an?*, fragte sie sich verzweifelt.

»Das war noch nicht alles.« Es setzte Marischka sichtlich zu, die Botin dieser schlechten Neuigkeiten zu sein. »Finn hat zufällig ein Telefongespräch gehört, das sein Vater mit diesem

Psychologen-Team geführt hat, das extra für Silas zusammengestellt worden ist und dessen Hilfe er sich bislang erfolgreich entzogen hat. Die Sterners wollen Silas in die Klinik einweisen lassen, und mit der Ertränkungsnummer haben sie nun etwas Handfestes, um das auch gegen seinen Willen durchzuziehen. Die behaupten schlichtweg, er wäre selbstmordgefährdet. Den Eltern wäre es laut Finn mittlerweile ganz lieb, Silas aus dem Haus zu haben. Dem Vater ist er nicht geheuer und die Mutter steht ohnehin kurz vorm Nervenzusammenbruch.« Sie schlug mit der geballten Faust auf den Dielenboden. »So eine Scheiße! Und ausgerechnet heute muss Addo sich die Weisheitszähne ziehen lassen. Der wird so mit Schmerzmitteln zugeknallt sein, dass er keinen klaren Gedanken zustande bringt. Dabei bin ich ohne ihn aufgeschmissen, ich fasse ja auch nüchtern keinen klaren Gedanken, dafür bin ich einfach nicht geschaffen. Was machen wir jetzt bloß?«

Edie musste nicht lange nachdenken. »Ich gehe jetzt noch mal zum Haus der Sterners, und es ist mir egal, ob Silas mich sprechen will oder nicht. Es ist höchste Zeit, dass er sich dem Erlenkönig stellt, bevor er daran zugrunde geht.«

»Das wird leider nicht klappen«, wisperte Marischka. »Nachdem Finn mir alles erzählt hatte, habe ich ihn ins Auto gepackt und nach Hause gefahren. Ich dachte, das wäre meine Eintrittskarte, wenn ich den Eltern ihren sternhagelvollen Sohn abliefere. Aber ich bin gar nicht erst aufs Grundstück gekommen. Das Tor ist verschlossen und mit »Vorsicht vor dem Hund«-Schildern plakatiert. Nachdem neulich die Autoreifen direkt vorm Haus aufgeschlitzt worden sind, hat Herr Sterner zwei Kettenhunde auf dem Markt an der Grenze gekauft. Die beiden kläffenden Monster laufen nun frei auf dem Gelände herum. Ich bin mit Hunden aufgewachsen, aber die

Viecher haben mir eine Höllenangst eingejagt. Also habe ich notgedrungen gehupt, bis Sterner senior rauskam und Finn abgeholt hat. Als ich ihm helfen wollte, hat der alte Stinkstiefel mich von der Seite angemacht: Auf meine Hilfe würde er pfeifen und ich solle ja keinen Fuß auf sein Grundstück setzen, sonst hetzt er mir die Köter auf den Hals. Glaub mir, du hast keine Chance, an Silas ranzukommen. Er ist ein Gefangener – seiner selbst, seiner Familie und bald auch von Leuten, die nicht begreifen können, was ihm zugestoßen ist. Denn wie sollen sie auch an etwas glauben, das sie nicht sehen können?«

27

ZWEIFELSFREI

Es dauerte eine Weile, bis in der Diele des alten Forsthauses Licht aufleuchtete, und noch mal, bis die Tür geöffnet wurde. Roman tauchte im Spalt auf, lediglich mit seinem Halstuch, einem T-Shirt und dunklen Jeans bekleidet – alles andere als ein wintertaugliches Outfit an diesem kalten Dezembertag. Vermutlich hatte er Nanosh versorgt und dann beschlossen, keinen Fuß mehr vor die Tür zu setzen. Erstaunt blickte er Edie an, als könne er kaum glauben, dass sie vor seiner Tür stand, statt ebenfalls im Warmen zu sitzen.

»Sag bloß, du bist mutterseelenallein durch die Nacht gelaufen. Mal davon abgesehen, dass arktische Temperaturen herrschen, ist es auch alles andere als ungefährlich. Ein Anruf und ich hätte dich mit dem Auto abgeholt, das weißt du doch.«

Schuldbewusst zuckte Edie zusammen. »So ein Spaziergang unterm Sternenhimmel ist doch was Schönes. Außerdem lässt die Schneedecke alles hell und freundlich aussehen. Und falls mir ein Unhold den Weg versperren sollte, habe ich ja das hier.« Sie hielt den Schlüsselbund in der behandschuhten Hand.

»Klasse, von einer solchen Waffe würde sich bestimmt jeder Lustmörder und erst recht jeder Handydieb beeindruckt zeigen. Oder soll das bisschen rostiges Eisen vielleicht den Erlenkönig auf Abstand halten?«

»Etwa nicht?« Bei der Vorstellung, sie hätte jederzeit in die Nachtschatten verschleppt werden können, wurde Edie ganz flau im Magen.

Roman winkte jedoch ab. »Ich ziehe dich nur auf, bestimmt würde der Erlenkönig erzittern, wenn du ihm mit dem Schlüsselbund drohst. Aber jetzt komm rein, das ist ja schweinekalt draußen.«

Obwohl Edie in einen dicken Wollmantel gemummelt war und unter ihren Handschuhen sogar noch Pulswärmer trug, war sie ordentlich durchgefroren. Schnell schlüpfte sie an Roman vorbei ins Haus und kam nicht umhin, seinen Geruch wahrzunehmen. Nach dem Marsch vom Gasthaus der Novaks bis zum Forsthaus war ihre Nase dank der Frostluft besonders empfindlich, sodass sie mehr wahrnahm, als ihr lieb war. An Roman haftete ein anziehender Duft, herb und warm zugleich. Außerdem war da noch eine unterschwellige Note, die sie nicht richtig benennen konnte, aber ihre Wirkung sorgte dafür, dass ihre Körpertemperatur schlagartig in die Höhe schnellte.

Klasse Aftershave, versuchte Edie ihre Reaktion herunterzuspielen. Dabei glaubte sie nicht wirklich, dass ein Geruch aus der Flasche der Grund dafür war, dass ein solcher Stromschlag durch ihren Körper trieb.

Roman führte sie in die Wohnstube, wo ein Feuer im offenen Kamin brannte und als einzige Lichtquelle diente. Vor dem Feuer war eine Decke ausgebreitet, auf die er deutete, nachdem er Edie ihre Wintervermummung abgenommen hatte.

»Mach es dir bequem. Trinkst du auch ein Glas Rotwein?«

Fast hätte Edie zugestimmt, doch sie traute sich nach der Duftattacke nicht recht über den Weg. Kaminfeuer, Rotwein und ein verdammt gut aussehender Typ, der auch noch verdammt gut duftete, wäre möglicherweise eine zu große Versuchung. Vor allem, da sie so aufgewühlt war und sich nur zu gern hätte trösten lassen, ohne an die Folgen zu denken. Mit solchen Trostpflastern hatte sie während ihrer Kummerphase mit Marik Erfahrungen gemacht und wusste deshalb, dass am nächsten Tag alles nur noch schlimmer war. Davon abgesehen, dass nicht mal der aufregende Roman Silas aus ihrem Kopf löschen konnte.

»Wein nicht so gern, aber ein Glas Milch vielleicht.«

»Gut. Ich mach sie dir warm, du braves Mädchen.« Dann verschwand Roman auf nackten Sohlen in die Küche.

Edie hockte sich so nah ans Feuer, dass seine Hitze ihr über die Wangen leckte. Das tanzende Spiel aus Flammen und die zitternde Glut, der immer wieder Feuerfontänen entwichen, übten eine beruhigende Wirkung aus. Es war bestimmt die richtige Entscheidung gewesen, zu Roman zu gehen und ihn um Hilfe zu bitten. So sehr Marischka ihrem alten Freund Silas auch helfen wollte, so wenig konnte sie in der gegenwärtigen Situation ausrichten. Genau wie Addo, der sie bei einem Telefonat auf umständliche Weise (seine Backen waren randvoll mit Tamponagen und die Lippen immer noch taub vom Betäubungsmittel) ermutigt hatte, Roman anzusprechen. Trotzdem fühlte sie sich nicht ganz wohl in ihrer Haut, und sie ahnte auch, woran es lag: Romans Anziehungskraft war ihr nicht geheuer. Anders konnte sie sich ihre Reaktion nicht erklären, diese seltsame Mischung aus Faszination und Zurückhaltung. Traute sie ihren Gefühlen für Silas letztendlich doch nicht über den Weg?

Ehe sie eine Antwort fand, kehrte Roman mit einem unförmigen Keramikbecher zurück, der nach Milch und Honig duftete. Er setzte sich so neben sie auf die Decke, dass er sie gut beobachten konnte, während sie immer noch konzentriert ins Feuer blickte.

»Das habe ich auch den ganzen Abend über gemacht: den Flammen zugeschaut«, erklärte er mit ruhiger Stimme. »Es gibt nichts Besseres, wenn einen unentwegt die gleichen Gedanken heimsuchen, ohne dass man zu einer Lösung kommt.«

»Macht es dir zu schaffen, nach so langer Zeit wieder in Wasserruh zu sein?«

Langsamer als nötig griff Roman nach seinem Weinglas, das in Wahrheit ein schlichtes Wasserglas war, nur um es gleich wieder zurückzustellen. »Es ist ja nur natürlich, dass ich hier viel an Juri denken muss. Was mich aber ziemlich eiskalt erwischt hat, ist die Intensität, mit der ich ihn plötzlich vermisse. Natürlich hört man nie auf, seinen verstorbenen Bruder zu vermissen, aber was ich jetzt empfinde ...«

Roman drehte das Gesicht zur Seite, bis es im Schatten lag. Als könne er nur im Dunklen über seine Trauer sprechen. Wieder einmal war Edie überrascht darüber, welche Tiefen sich unter Romans schillernder Oberfläche verbargen.

»Ich habe keine Geschwister und noch nie jemanden aus meiner Familie verloren, der mir so nahestand«, gab Edie zu. »Aber ich kann mir vorstellen, dass die Trauer niemals richtig abgeschlossen ist und der Schmerz nur manchmal gedämpfter erscheint, ohne wirklich weg zu sein. Wenn dir dein Verlust jetzt besonders zusetzt, dann ist das schmerzhaft, aber es beweist doch auch, wie sehr du an deinem Bruder gehangen hast. Das ist doch trotz aller Traurigkeit auch etwas Schönes.«

Endlich wendete Roman sich von den Schatten ab. »Dafür,

dass du von Trauer keine Ahnung hast, hast du den Finger allerdings ziemlich punktgenau auf die richtige Stelle gelegt. Du bist aber doch ganz bestimmt nicht vorbeigekommen, um dir mein Gejammere anzuhören.«

»Sieht man mir das an der Nasenspitze an?«

»Ehrlich gesagt wusste ich es in dem Moment, als ich dir die Tür geöffnet habe. Du hast ein wenig durch den Wind gewirkt, vor allem in der Diele dachte ich: ›Gleich kippt sie um.‹ Als du so an mir vorbei bist, hast du einen Schwenker gemacht wie ein führerloses Boot.«

Klasse, dachte Edie. *Offenbar habe ich mich null in der Hand.* Dann beeilte sie sich, Roman von dem Dilemma mit Silas zu erzählen. »Ich habe keine Ahnung, wie ich an Silas rankommen soll, und selbst wenn es mir gelingen sollte, kann ich ihm seine Erinnerung nicht zurückgeben. Aber es muss etwas passieren, bevor dieses fehlende Stück Vergangenheit ihn kaputtmacht. Deshalb bin ich zu dir gekommen ... Vielleicht hast du ja eine Idee, was Silas in den Nachtschatten erlebt hat, dass er nicht in der Lage ist, sich seiner Vergangenheit zu stellen. Du bist der einzige Mensch, den ich kenne, der dem Erlenkönig ebenfalls begegnet ist.«

Offenbar kam diese Feststellung nicht ganz so gut an. Roman gab ein Schnaufen von sich, dann schnappte er sich sein Weinglas und leerte es in einem Zug.

»Ist es zu viel verlangt, dass du mir mit Silas hilfst?«, fragte Edie verunsichert.

»Nein, natürlich nicht.« Trotzdem schwang unterdrückte Wut in Romans Stimme mit. »Es ist nur ... Mal davon abgesehen, dass auch ich keine Erinnerung an den Erlenkönig habe, bin ich mir nicht sicher, ob ich deinem Freund helfen kann. Oder helfen will.«

»Warum solltest du Silas denn nicht helfen wollen? Eure beiden Leben sind fast vom Erlenkönig zerstört worden. Wobei bei Silas noch nicht abzusehen ist, wie groß der Schaden ist. Das kann dir doch unmöglich egal sein. Oder bist du wie die Leute aus dem Dorf, die ihm die Schuld geben für das, was ihm passiert ist?«

»Unsinn!«

Mit einem Satz war Roman auf den Beinen und tigerte durch das im rötlichen Schein liegende Zimmer. Sein Schatten wanderte unruhig über die Wände, verschwand in Bücherregalen und wurde plötzlich überraschend groß, um im nächsten Moment wieder zu schrumpfen. Es war, als würde der Schatten ein Eigenleben führen. Ungläubig rieb Edie sich die Augen und erschrak, als Roman im nächsten Moment bereits vor ihr kniete. *So nah,* fuhr es ihr durch den Kopf. Doch sie wich nicht zurück. Er war ein Grenzüberschreiter, und sie würde nichts dazugewinnen, wenn sie ständig vor ihm zurückschreckte.

»Ich habe in den letzten Tagen viel über deinen Freund Silas nachgedacht«, gestand Roman. »Ist er wirklich Silas Sterner? Oder ein Geschöpf der Nachtschatten?«

Diese Andeutung kam für Edie wie ein Schlag ins Gesicht. Sie legte den Kopf schief und funkelte Roman an, der ihren Blick mit sichtlichem Unbehagen erwiderte. »Echt jetzt?«

»Mir war schon klar, dass dir diese Richtung nicht gefallen würde. Wenn ich dir aber helfen soll – und das möchte ich gern –, dann müssen wir auch über diesen Punkt reden. Also mach bitte nicht gleich dicht, nur weil ich ein wenig an deinem glanzvollen Silas kratze. «

Roman schenkte Edie ein vorsichtiges Lächeln, das sie jedoch nicht erwidern konnte. Die Vermutung, die er aussprach, war der Grund gewesen, wegen dem Silas sich von ihr getrennt hatte. Auch wenn er behauptet hatte, er hielte sich von ihr fern, weil er sich selbst misstraue. Dieses Misstrauen ging sogar so weit, dass er sein Leben riskierte. Und nun stach Roman direkt in diese Wunde und erwartete auch noch von ihr mitzumachen.

Wenn ich Silas nicht meine Unsicherheit gezeigt hätte, dann wäre er jetzt noch bei mir, sagte sie sich niedergedrückt.

Edie hatte keine Ahnung, wie sie Roman davon erzählen sollte, ohne sich wie eine Verräterin zu fühlen. »Erzähl mir am besten, warum genau du Silas nicht über den Weg traust«, wich sie erst einmal aus.

»Wo fange ich an …« Roman zögerte, dann hellte sich sein Gesicht auf. »Bei Rodrigas Notiz. Die geht mir nicht mehr aus dem Kopf, obwohl es natürlich Schwachsinn ist, weil Silas ja an dem Nachmittag, als meine Tante verletzt wurde, bei dir war.«

Unruhig rekelte Edie sich auf der Decke, dann beschloss sie, dass es wenig Sinn hatte, an einer Unwahrheit festzuhalten, wenn sie Romans Hilfe wollte. »Ich war nicht den ganzen Nachmittag mit Silas zusammen, er kam zu spät zu unserer Verabredung. Aber das hatte nichts mit Rodrigas Unfall zu tun.«

Jetzt war es Roman, der den Kopf schief legte. Es war ihm anzusehen, dass er abwog, was er von ihrer Lüge halten sollte. Plötzlich schien er ihr sehr weit weg, obwohl er doch so dicht vor ihr saß, dass sie den feinen goldenen Reif um seine ansonsten schwarzen Augen erkennen konnte.

»Es tut mir leid, aber ich wollte Silas in Schutz nehmen«, gestand sie ein.

»Das verstehe ich ja, nur hilft es nicht wirklich weiter, wenn wir das bisschen, das wir wissen, auch noch verdrehen. Nur wenn wir bei der Wahrheit bleiben, haben wir eventuell eine Chance gegen den Erlenkönig.«

Nachdem Edie genickt hatte, strich Roman sein Haar zurück, als würde er damit wieder alles in Ordnung bringen. »Gut, dann erzähle ich dir mal meine Silas-Sterner-Theorie. Es gibt viele Geschichten über Feen, der meiste Kram ist vermutlich so stark von Phantasie und Aberglauben durchsetzt, dass das Körnchen Wahrheit in dem Wust kaum auszumachen ist. Eine Sache steht jedoch fest: Wer zu lange durch die Nachtschatten wandelt, verschmilzt nach und nach mit ihnen. Es ist ein Reich der Magie, man kann sich seiner Wirkung nicht entziehen. Und Silas war seiner Wirkung viele Jahre lang ausgesetzt.«

»Deshalb wollte Rodriga ihn zuerst auch gar nicht ins Haus lassen, sie hatte Angst, er würde etwas Dunkles mit hineinbringen.« Es war hart, daran zurückzudenken, wie aufgebracht Rodriga bei ihrem Besuch gewesen war. »Später hat sie ihn jedoch an ihrem Tisch bewirtet«, schob sie hinterher.

Das schien Roman nicht zu überzeugen. »Hat meine Tante das getan, weil er sie davon überzeugen konnte, dass keine Gefahr von ihm ausgeht?«

»Nein, weil ich Rodriga darum gebeten habe«, gestand Edie widerwillig ein.

»Verdammt. Musste das sein?« Romans Stimme war nicht mehr als ein Flüstern.

»Silas hat deiner Tante kein Leid zugefügt.« Edie ballte ihre Hand so fest zu einer Faust, dass ihre Fingernägel sich tief ins Fleisch gruben.

Doch egal, wie stark sie für Silas eintrat, Roman wirkte keinen Deut überzeugt. »Er war es sicherlich nicht, der Rodriga heimgesucht hat. Es wäre jedoch durchaus möglich, dass es der Schatten war, der sich in ihm eingenistet hat. Der Schatten, der sich auch über seine Vergangenheit gelegt hat.«

»Das kannst du nicht mit Bestimmtheit sagen.« Wärme breitete sich in Edies Hand aus, und erst einen Augenblick später begriff sie, dass es Blut war. Trotzdem öffnete sie die Faust nicht. Es war eine wohltuende Strafe, die sie sich da zufügte.

»Stimmt, das kann ich nicht. Aber du kannst auch nicht das Gegenteil beweisen, nachdem dein Freund kurz nach Rodrigas Unfall auf Abstand gegangen ist. Du hast ihn doch bestimmt auf die Nachricht angesprochen? Hast du ihn gefragt, ob er noch mal beim Haus meiner Tante gewesen ist?«

Als Edie keinen Ton herausbrachte, lächelte Roman bitter. »Das bedeutet dann wohl ›ja‹. Hat dem Guten wohl nicht sonderlich gefallen, als du ihm auf den Zahn gefühlt hast.«

Edie kämpfte gegen den Drang an, in Tränen auszubrechen. »Silas zweifelt so sehr an sich selbst … Wenn ich nicht an ihn glaube, wer dann?«

»Dein Glaube wird dir in diesem Fall nur herzlich wenig helfen. Der Erlenkönig ist ein listiger Gegner, der es seit Jahrhunderten versteht, Kinder aus Wasserruh zu rauben, ohne dass ihm dadurch je Gefahr entstanden ist. Wundert es dich nicht, dass Silas genau zu dem Zeitpunkt wieder aufgetaucht ist, in dem Edie Klaws mit ihrer besonderen Gabe in diesem verschlafenen Dörfchen auftaucht? Und als würde das nicht reichen, gelingt es dem lange Verschollenen auch noch, ihr Vertrauen und ihr Herz zu erobern. Ein bisschen viel Zufall für meinen Geschmack.«

»Silas ist nicht einfach aufgetaucht, ich habe ihn gefunden«, hielt Edie dagegen. »Mein Herzschlag hat ihm den Weg aus dem Schattenreich gewiesen. Ich bin nur weggelaufen, als seine Hand plötzlich auftauchte.«

»Wie meinst du das?« Roman war so angespannt, dass sein ganzes Gesicht nur noch aus Kanten und Schatten bestand. »Es war in einer Höhle, die mit Fellen ausgelegt war. Ich habe mich übelst erschreckt, als Silas' Hand zwischen den Fellen auftauchte.«

Roman rieb sich ruppig über die Lippen, als wollte er am liebsten die Worte fortwischen, die unbedingt hinauswollten. »Und wenn Silas sich gar nicht aus dem Schattenreich befreien, sondern dich hineinziehen wollte, nachdem er dich durch den Herzschlag angelockt hat? Und wenn er nach deiner Flucht ausgeschickt wurde, um seine Aufgabe zu erfüllen und dem Erlenkönig ein weiteres Kind zu bringen, das ihn sehen kann?«

»So war es aber nicht, Silas ist den Nachschatten entkommen. Er ist kein Sklave des Erlenkönigs, egal, was du behauptest.«

Stimmt das wirklich? fragte sich Edie unwillkürlich. Der Gedanke tauchte unvermittelt auf und ließ sich auch nicht wieder beiseiteschieben. Mit einem Mal fühlte sie sich schrecklich erschöpft und rutschte ein Stück näher an das Kaminfeuer, obwohl ihr dadurch viel zu heiß wurde. Trotzdem kamen die Flammen nicht gegen die Kälte in ihrem Inneren an.

»Dann wollte Silas nicht mit dir zu dieser Höhle zurückkehren, aus der du ihn angeblich befreit hast?«

Romans Nachfragen bereiteten Edie allmählich körperliche Schmerzen, so tief trafen sie.

»Das wollte er, aber nur weil er hoffte, dort seine verlorene Erinnerung wiederzufinden.«

»Ja, wahrscheinlich war es so«, sagte Roman sanft. Dann nahm er ganz langsam, als befürchte er, sie zu verschrecken, ihre Hand. Er öffnete die immer noch geschlossene Faust, indem er einen Finger nach dem anderen glatt strich und sein Halstuch um die verletzte Hand wickelte, damit die Blutung gestoppt wurde. Dabei verlor er kein Wort, sondern ließ sie das Flammenspiel betrachten, damit es ihre dunklen Gedanken in Brand setzte und sie reinigte, bis nichts mehr als Leere da war.

28

DIE ZÄHMUNG

Als Edie mit dem ersten Sonnenlicht aufwachte, befand sie
sich immer noch vor dem Kamin – allerdings auf einem
Kissenlager liegend und gut zugedeckt. Von Roman war keine
Spur zu entdecken. Darüber war sie nicht sonderlich unglücklich, denn ihr Kopf schmerzte, als habe sie einen Kater, und
ihre Augen waren ganz wund vom Kaminrauch der letzten
Nacht.

Leise murrend setzte Edie sich auf und zog das Handy hervor, das ihr gegen den Hüftknochen drückte. Haris hatte ihr
in einer SMS geschrieben, dass er gut in Singapur angekommen war und Inga ihn vom Flughafen abgeholt hatte. Sie
konnte seine Freude zwischen den wenigen Zeilen lesen und
fühlte sich prompt ein bisschen besser. Auch Addo hatte ihr
geschrieben. Allem Anschein nach hatte er sich gestern spät
nachts noch den Kopf über Silas zerbrochen, was Edie besonders süß fand, weil Addo ihn schließlich kaum kannte. Wenn
man an Silas rankommen wolle, müsse man über Finn gehen,
überlegte er. Der fand doch allem Anschein nach auch nicht
richtig, was seinem kleinen Bruder gerade blühte. ›Finn ist der
Schlüssel‹, schrieb Addo mit drei Ausrufezeichen. Das war
mehr Erregung, als Edie bei dem betont vornehmen Jungen je
für möglich gehalten hätte.

Wenn wir es auf Addos Weise angehen, bekommen wir wenigstens ein Problem aus der Welt, indem wir Silas vor der Psychiatrie bewahren, dachte sie, während sie in die Küche schlurfte. Auch hier war Roman nicht anzutreffen. Dafür stand auf dem Tisch eine Schale Haferflocken, neben der ein Zettel lag.

Guten Morgen! Mit dem Frühstück ist's leider nicht weit her, muss dringend mal einkaufen. Im Kühlschrank stehen Milch und Rotwein, je nachdem, was Du jetzt mehr brauchst.
R.
Ach ja, bin bei Nanosh.

Wenigstens hat er keins von diesen ätzenden Grinsegesichtern druntergemalt, dachte Edie, die so früh am Morgen noch nicht darüber nachdenken mochte, wie sie nun zu Roman stand.

Sie streckte sich ausgiebig, bis ihre Wirbel knackten, und versuchte, die letzten Reste an Müdigkeit abzustreifen, als sich ihr pochender Handteller meldete. Nachdem sie Romans Halstuch abgewickelt und die bereits verkrusteten Wunden inspiziert hatte, kontrollierte sie, ob sie das schöne Erbstück nicht vollgeblutet hatte. Zu ihrer Erleichterung waren keine dunklen Flecken zu finden, dafür stieg ihr Romans markanter Duft in die Nase. Nach einem kurzen Kampf mit ihrem schlechten Gewissen band sie sich das Tuch um den Hals. Es war nämlich einfach zu schön, um es nicht zu tragen. Wenn sie nicht zu tief einatmete, sollte es gehen. Ein wenig schummerig wurde ihr trotzdem, was aber bestimmt an ihrem leeren Magen lag.

Nachdem Edie ausreichend Milch über die Haferflocken gegossen hatte und die Packung wieder zurück in den Kühlschrank stellte, stach ihr die Rotweinflasche ins Auge, die nicht nur eine ungewöhnliche Form hatte. Sie sah aus, als habe sie mehrere Jahrhunderte in einem Kellergewölbe gelagert und Patina angesetzt. An manchen Stellen lag ein richtiger schwarzer Schimmer darauf.

Neugierig nahm Edie die Flasche in die Hand und war überrascht von dem Gewicht. Bei ihnen zu Hause wurde oft Wein getrunken, ihre Mutter kannte sich sogar richtig gut aus mit Anbaugebieten. In so manchen Frankreichurlaub waren sie lediglich mit einer Grundausstattung an Klamotten gefahren, weil Inga auf dem Rückweg jedes Eckchen Stauraum für ihre erworbenen Weinkisten brauchte. Eine solche Flasche hatte Edie allerdings noch nie in der Hand gehabt – sie war außerordentlich schwer und ihre Oberfläche sah wie aus Stein gehauen aus. Als habe man einen Bergkristall zurechtgeschlagen und nicht einfach eine Flasche aus Glas gegossen.

»Das ist bloß ein genialer Marketingtrick, es gibt ja nicht mal ein Etikett«, flüsterte Edie, während sie die Weinflasche in den Händen drehte, darauf bedacht, den frischen Schorf am Handteller nicht zu verletzen.

Der Wein war von einem tiefen Rot, wie überreife Kirschen. Geradezu elegant streifte er die Innenseiten der Flasche, als wäre er viel mehr als ein gewöhnlicher Rotwein, nämlich ein geheimnisvolles Elixier. Rodriga hatte wirklich ein paar außergewöhnliche Dinge in ihrem Haus.

Bevor Edie sich versah, hatte sie den Korken aus dem Flaschenhals gezogen und schnupperte. Es roch kräftig nach Beeren und Erde, eine herbe, aufregende Note, die ihr in die Nase stieg und prickelte. Als gäbe der Geruch das Versprechen, eine Geschmacksexplosion auf der Zunge auszulösen, die man noch nie zuvor erlebt hatte. Edie wurde schwach. *Ich werde nur einen winzigen Schluck probieren, mehr nicht,* redete sie sich ein und füllte einen Fingerbreit von der roten Flüssigkeit in ein Wasserglas.

Samtig füllte der Schluck Wein ihren Mund aus, streichelte über ihren Gaumen, während eine berauschende Süße die herbe Note überstrahlte, die sich auf ihre Zunge legte, als wollte sie sie betäuben. Obwohl die Flasche im Kühlschrank gestanden hatte, schmeckte der Wein nicht kalt – ganz im Gegenteil. Von ihm ging eine Wärme aus, die sich wie eine Flut in Edies Körper ausbreitete und ihn mit einer Glut ausfüllte, dass sie aufkeuchte. Dann ließ der intensive Geschmack sie die Augen schließen, während der Wein ihre Nerven kitzelte, dass sie kaum an sich halten konnte. Ungläubig blickte sie in die verführerisch rot schimmernde Lache, die im Glas zurückgeblieben war.

»Das kann unmöglich bloß Wein sein«, stellte sie überwältigt fest.

Weil niemand da war, der ihre Behauptung bestätigen konnte, trank sie den Rest aus. Noch einmal brach eine wahre Geschmacksorgie in ihrem Mund aus und sorgte dafür, dass Edie sich für einen Moment setzen musste. Bevor sie sich wieder richtig im Griff hatte, heftete sich ihr Blick auf die Bergkristallflasche.

Mehr ..., forderte eine Stimme in ihrem Inneren, die sie bislang nur in Momenten gehört hatte, wenn sie sich in zerwühlten Laken wälzte und in der Dunkelheit an einen fremden Körper schmiegte.

So schnell wie möglich stellte Edie die Flasche samt ihres verführerischen Inhalts zurück in den Kühlschrank und sah zu, dass sie die Küche verließ.

✳ ✳ ✳

Wie versprochen war Roman mit Nanosh auf der Weide, wo der Rappe laut wiehernd durch den frisch gefallenen Schnee lief. Man merkte dem Pferd die intensive Betreuung der letzten Tage an, so bedenkenlos, wie es umhersprang, obwohl doch ein Mensch in seiner unmittelbaren Nähe war. Wenn Roman in den letzten Tagen nicht zu Besuch bei seiner Großtante im Krankenhaus gewesen war, hatte er die kurze Tagesspanne ausgenutzt, um Nanoshs Vertrauen zu gewinnen. Es war erstaunlich, wie weit er mit Geduld, Zuneigung und dem ein oder anderen Leckerbissen gekommen war. Stundenlang war er beharrlich hinter Nanosh hergegangen, hatte leise auf ihn eingeredet und ihn bei jeder Gelegenheit behutsam berührt, bis der Rappe seine Ängste und Vorbehalte nach und nach aufgegeben hatte.

Edie hatte schon fast den ganzen Weg zur Koppel hinter sich gebracht, als ihr auffiel, dass sie lediglich Romans Halstuch, ein Longsleeve und ihre Strickleggins trug. Wenigstens war sie in der Diele noch in ihre Boots gestiegen, statt mit besockten Füßen loszulaufen – zuzutrauen wäre ihr das in diesem Zustand durchaus gewesen. Die Frostluft berührte sie kaum, der Rotwein jagte immer noch wie Lava durch ihre Adern, und hinter ihrer Stirn hatte sich eine Leichtigkeit ausgebreitet, die ihre Bedenken kurzerhand wegpustete, als wären sie nicht mehr als Sommerwölkchen.

Jetzt war es eh zu spät, um noch ihren Wollmantel zu holen, beschloss Edie. Roman schickte sich nämlich gerade an, zum ersten Mal auf Nanoshs Rücken zu steigen – und das wollte sie auf keinen Fall verpassen. Seine Hand fuhr liebevoll und doch kräftig durch die Mähne des Friesen, dann stellte er sich dicht an Nanoshs Seite und wartete ab, bis der sich trotz seiner Nähe entspannte. Dann legte er seine Hand auf den breiten Rücken des Pferdes, damit es nicht erschrak, wenn es gleich ein Gewicht spürte, und saß geschmeidig auf. Ganz reglos blieb Roman auf Nanosh sitzen, mit einer Hand liebkoste er weiterhin die Mähne, während er in ruhigem Ton erzählte, was er da gerade machte, wie ihm das Wetter gefiel, was er zum Frühstück gegessen hatte und andere Nebensächlichkeiten. Hauptsache, für Nanosh war klar, dass alles bestens war.

Nach einer Weile bemerkte Roman, dass Edie am Gatter stand und ihm zuschaute. Sie hatte sich eine Hand über den Mund gelegt, um nicht laut zu lachen und hinauszuschreien, wie großartig sie seinen Erfolg fand. Obwohl sie das in diesem Moment von ganzem Herzen so empfand. Roman war großartig! Es war ihm wirklich gelungen, das Vertrauen dieses scheuen Pferdes zu gewinnen, obwohl Nanosh bei ihrer Ankunft den Eindruck gemacht hatte, ihn niemals freiwillig an sich heranzulassen.

Zum Gruß hob Roman eine Augenbraue, dann konzentrierte er sich wieder ganz auf den Rappen, der anfing, auf der Stelle herumzutänzeln, als wisse er nicht recht, was er von dem Gewicht auf seinem Rücken halten sollte. Kurz sah es so aus, als würde er scheuen, doch dann lief er in einem langsamen Trab über die Wiese, während das milchige Sonnenlicht sein schwarzes Fell zum Glänzen brachte. Roman hielt sich so spielerisch auf dem Friesen, als würde er rund um die Uhr nichts anderes tun, als Pferde ohne Sattel und Zaumzeug einzureiten. Fast konnte man meinen, dass die beiden miteinander verschmolzen, so harmonisch sah ihr gemeinsamer Ritt aus.

Als das Hufgetrampel auf Edie zuhielt, verspürte sie zum ersten Mal seit Langem keine Furcht bei diesem Geräusch, sondern lächelte. Als Roman ihr bedeutete, zu ihnen zu kommen, stieg sie ohne den leisesten Anflug von Furcht über das Gatter. Aus Nanoshs Nüstern drangen Nebelwölkchen, doch seine dunklen Augen ruhten auf Edie und bewiesen, dass auch sie ihm keine Angst machte. Offenbar war es Roman nicht nur gelungen, dem Rappen seine Scheu zu nehmen, sondern auch Edie. Als sie näher an das stehen gebliebene Pferd herantrat, war sie ihm äußerst dankbar dafür. Sie spürte die Energie, die von Nanoshs kräftigem Leib ausging, nahm den angenehmen Geruch nach Pferd wahr und zögerte keine Sekunde, als Roman ihr eine Hand hinhielt und sie mit einem Schwung hinter sich auf Nanoshs Rücken zog.

»Halt dich an mir fest, dann wird schon alles gut gehen«, sagte er in einem so beruhigenden Ton, dass Edie kichern musste.

»Ich bin nicht Nanosh, dem du zureden musst, damit er nicht durchgeht.«

»Ach ja?«, tat Roman erstaunt.

Edie murmelte etwas Unverständliches und schmiegte sich fest an seinen Rücken. Auch er trug nur einen dünnen Wollpullover, der von der Anstrengung bereits leicht verschwitzt war, was sie jedoch nicht unangenehm fand. Ganz im Gegenteil. Bei ihrer Berührung spannten sich unter dem Pulli sämtliche Muskeln an, woraufhin ein Zucken den Rappen durchfuhr, als würde er Romans Reaktion eins zu eins spüren.

»Mein Halstuch steht dir übrigens gut.«

»Und es fühlt sich auch toll an.«

Bei dem Versuch, an einem Zipfel zu ziehen, kam Edie kurz aus dem Gleichgewicht, was der Rappe ihr jedoch durchgehen ließ. Nanosh stand so ruhig da, als habe er seine Bestimmung darin gefunden, sie und Roman zu tragen. Bei der Vorstellung musste Edie kichern.

»Sag mal, kann es sein, dass du den Rotwein aus dem Kühlschrank gefrühstückt hast?«, fragte Roman. Es war schwierig zu sagen, ob er belustigt oder vielmehr angetan von ihrer plötzlich so zugänglichen Art war.

»Nur ein oder zwei Schlucke«, gestand Edie. »Wenn Rodriga wieder bei Bewusstsein ist, muss sie mir unbedingt verraten, woher sie dieses Zauberelixier hat. Oder vielleicht lieber nicht. Das Zeug macht nämlich zu hundert Prozent süchtig, ich musste mich beherrschen, die Flasche nicht komplett auf nüchternen Magen auszutrinken. Auf dem Weg zur Wiese habe ich mich gefühlt, als könnte ich über der Schneedecke schweben. Dabei habe ich sie wohl eher eingeschmolzen, so heiß, wie mir ist.«

»Das spür ich, du fühlst dich an wie ein Schmelzofen.«

Verunsichert biss Edie sich auf die Unterlippe. »Du hast doch gesagt, dass ich mich an dir festhalten soll ...«

»Das sollst du auch.« Roman legte seine Hand über ihre und drückte sie fest gegen seine Brust, bevor er über ihren Handrücken streichelte. »Halt dich fest, so gut du kannst, und lass mich nicht wieder los.«

Edie ahnte, dass sie ihn zurückweisen sollte, doch als die Worte in ihrer Kehle hochstiegen, wurden sie vom wunderbaren Nachgeschmack des Weins zurückgedrängt. Auch ihre Gedanken verflüchtigten sich, und alles, was zurückblieb, war seine betörende Nähe. Sie schmiegte sich fester an ihn, spürte seinen Körper dicht an ihrem, seine Kraft und Wärme, nahm wahr, wie er mit einer Bewegung seiner Schenkel dem Pferd deutete, sich in Bewegung zu setzen, wie der Rappe wieherte und zum Lauf ansetzte – um dann plötzlich in der Bewegung zu erstarren.

Am Gatter war eine dunkle Gestalt aufgetaucht.

Es war Silas.

Er stand dort und blickte sie an.

Dann öffnete er den Mund und rief ihren Namen laut wie ein Donnerknall.

Nanosh scheute, bevor Roman überhaupt etwas Beruhigendes sagen konnte. Der Rappe stieg und im nächsten Moment fand Edie sich im Schnee wieder. Verwirrt setzte sie sich auf und hielt sich die Schulter, durch die ein brennender Schmerz raste. Die berauschende Wirkung des Weins verschwand schlagartig und zurück blieb der bittere Geschmack von Blut auf ihrer Zunge.

29

ZWISCHEN ZWEI UFERN

Silas war bereits bei Edie, als sie noch versuchte, auf die Beine zu kommen. Er packte sie behände und zog sie in die Senkrechte. Dann hob er ihr Kinn an, um ihren Blick zu finden. Obwohl Edie noch ganz benommen vom Sturz war, schoss ihr als Erstes durch den Kopf, wie elend Silas aussah. Er war schon zuvor hager gewesen, doch nun wirkte er, als sei er nach einem tagelang währenden Albtraum erwacht. Unwillkürlich beugte sie sich vor und gab ihm einen Kuss, nur flüchtig, zumindest hatte sie das vor. Doch Silas' Hand wanderte um ihren Nacken, sodass sie ihre Lippen nicht wieder lösen konnte. Dann erwiderte er ihren Kuss, allerdings auf eine wilde Art, hinter der sich ein gewisser Hunger verbarg. Ein so ungezügelter Kuss hätte Edie gewiss erschreckt, wenn er ihr nicht noch besser gefallen hätte. Sogar das Brennen in ihrer Schulter war schlagartig vergessen.

»Du schmeckst seltsam«, flüsterte Silas.

»Nach Blut. Ich muss mir beim Sturz auf die Zunge gebissen haben.«

Silas' Lippen streiften noch einmal über ihre, dann zog er sich zurück. »Da ist noch etwas anderes …«

Ehe Silas weiterreden konnte, wurde er von Roman gepackt und herumgeschleudert.

»Sag mal, was war denn das für eine Scheißaktion? Bist du völlig irre, hier so ein Geschrei zu veranstalten, damit sich der Gaul erschreckt?« Romans Gesicht war wutverzerrt, in seinem Haar schimmerten Schneeflocken nach dem Sturz, und er hielt eine Hand zur Faust geballt in die Höhe, als würde sie von einer unsichtbaren Macht zurückgehalten, obwohl er nichts lieber als zuschlagen würde.

Silas erwiderte kurz seinen herausfordernden Blick, dann wendete er sich Edie zu, die gerade nicht die Kraft aufbrachte, beschwichtigend dazwischenzugehen. Es passierten zu viele Dinge zu schnell hintereinander, und sie hatte weder den Sturz von Nanaoshs Rücken noch Silas' stürmischen Kuss verdaut.

»Ich wollte das Pferd nicht aufschrecken, sondern dich erreichen«, sagte Silas zu ihr. »Ich wollte dich erreichen, bevor du fort wärst, Edie.«

»Ja, fort bis ans Ende der verfluchten Koppel«, knurrte Roman. »Du hast nicht alle Tassen im Schrank, mein Freund.«

»Ich bin nicht dein Freund.« Es schien Silas Mühe zu kosten, überhaupt auf Roman einzugehen, so sehr konzentrierte er sich auf Edie. »Deine Schulter ... Hast du dir was geprellt?« Vorsichtig löste er das Halstuch und fuhr mit den Fingern über ihr Schlüsselbein. »Kannst du den Arm bewegen?«

Edie biss die Zähne zusammen, dann ließ sie die Schulter vorsichtig kreisen. Sterne flackerten vor ihren Augen auf, doch die Bewegung war trotz des Schmerzes möglich.

»Ja, ich habe mir höchstens eine Prellung zugezogen. Der Schnee hat wohl das Schlimmste verhindert. Und was ist mit dir, Roman?«

»Alles gut. Ich habe trotzdem große Lust, diesem Arsch eine reinzuhauen.« Gröber als nötig riss er Silas das Halstuch aus der Hand. »Das gehört übrigens mir, wenn du also deine Pfoten davon nehmen würdest ...«

Nachdem Silas sich überzeugt hatte, dass Edie den Sturz einigermaßen unbeschadet überstanden hatte, erinnerte er sich offenbar wieder an Roman. Als würde ihm der junge Mann trotz seiner athletischen Statur keinerlei Respekt einjagen, funkelte er ihn an, während er seinen zu großen Parka auszog und ihn um Edies Schultern legte.

»Warum fängst du nicht deinen Gaul ein, während ich Edie ins Warme bringe? Dann sage ich auch nichts dazu, dass du nicht nur dein Leben riskiert hast, als du auf dieses offenbar völlig durchgedrehte Tier gestiegen bist. Man muss kein Fachmann sein, um zu wissen, dass ein normales Pferd nicht ausflippt, wenn es einen Ruf hört.«

»Du hast nicht einfach nach Edie gerufen, sondern gebrüllt, als hinge dein Leben davon ab. Da bleibt kein Pferd gelassen.«

Dass Roman so ruhig geworden war, verhieß nichts Gutes, und auch Silas schien wenig Interesse zu haben, einer Auseinandersetzung aus dem Weg zu gehen.

Rasch schob sich Edie zwischen die beiden Streithähne. »Okay, das reicht jetzt. Das war für uns alle ein übler Schreck, aber das ist noch lange kein Grund, sich hier gegenseitig anzumachen.« Obwohl es hinter ihrer Stirn flirrte wie bei einem Schneesturm, suchte sie die Koppel nach Nanosh ab. Der Rappe lief sichtlich aufgebracht am anderen Ende der Wiese auf und ab. »Roman, du solltest dich wirklich um dein Pferd kümmern, wenn ansonsten alles gut ist bei dir. Es wäre schade, wenn deine Arbeit der letzten Tage umsonst gewesen sein sollte. Und ich muss tatsächlich raus aus der Kälte.«

Roman rührte sich nicht vom Fleck. »Das ist also Silas

Sterner. Hab ich mir schon fast gedacht. In diesem Fall muss Nanosh warten, ich lasse dich nämlich nicht mit ihm allein.« Silas hatte sich neben Edie gestellt und ihre vom Schock eiskalte Hand genommen. Roman quittierte diese Geste mit einem Schnauben, das Edie ein schlechtes Gewissen verursachte, obwohl das Unsinn war. Sie hatte sich – berauscht vom Wein und ihrer Freude über Nanoshs aufgegebene Scheu – eine Spur zu sehr an seinen Rücken geschmiegt. Mehr nicht. Oder?

»Roman ist der Großneffe von Rodriga, sie hatte ihn wegen des Erlenkönigs um Hilfe gebeten«, versuchte Edie die Situation zu erklären.

Zwischen Silas' dunklen Augenbrauen ragte eine Zornesfalte auf, die sie noch nie zuvor gesehen hatte. »Ist er das?«

»Nun mach mal halblang« schnauzte Roman ihn an. »Wenn einer von uns beiden sich nicht sicher sein kann, wer er ist, dann ja wohl du. Schließlich ist es unmöglich, so lange unter Wasserruh zu sein, ohne dass die Magie dieses Reichs auf einen abfärbt. Angeblich bist du deshalb ja auch ziemlich beunruhigt. Und wenn du mich fragst, liegst du mit deiner Unsicherheit verdammt richtig.«

Schlagartig wich die Kampflust aus Silas' Gesicht, und zurück blieb ein erschöpfter Junge, der sich in zu vielen schlaflosen Nächten den Kopf zermartert hatte. Nicht einmal Edies Hand hielt er länger, sondern gab ihre Finger gegen ihren Willen frei. »Wahrscheinlich stimmt das«, sagte er. »Nachdem Finn mir heute Morgen geholfen hat, mich aus dem Haus zu schleichen, hatte ich bloß vor, mich von dir zu verabschieden, Edie. Ich glaube nämlich nicht mehr, dass ich das Rätsel um meine Vergangenheit lösen kann. Sie ist zwar in mir, und es gibt immer wieder Momente, in denen ich ihre Anwesenheit spüre. Aber sie ist verkapselt wie in einem Korn, dessen Hülle ich nicht durchdringen kann. Jedenfalls kann ich nicht bleiben, solange ich mir selbst nicht über den Weg traue – da bin ich mit Rodrigas Neffen einer Meinung.«

Roman, den dieser plötzliche Stimmungswechsel zum Schweigen gebracht hatte, nickte bloß.

Allerdings war Edie keineswegs überzeugt. »Das kannst du vergessen! Finn hat nämlich erzählt, wo du enden wirst, wenn die Sache nicht bald geklärt wird: in der Klapse, also so ziemlich am letzten Ort, an den du gehörst. Die Leute dort werden aus dem Erlenkönig ein Wahnbild machen, bis du selbst glaubst, dass du dir alles nur eingebildet hast. Und in deiner Gabe werden sie lediglich ein weiteres Indiz für ihre Theorien sehen, dass du mit einem massiven psychischen Schaden zurückgekehrt bist. Denn es ist schwierig zu beweisen, dass man den Nachhall einer längst vergangenen Zeit empfängt, wobei die meisten Menschen nicht mal eine Ahnung davon haben, dass es diese Zeit überhaupt gegeben hat.«

»Das ist kein Problem«, sagte Silas mit einem traurigen Lächeln. »Dieser Medikamenten-Cocktail, den die Ärzte für mich zusammengestellt haben, lässt die Gabe schlafen. Ich kann sogar deinen Herzschlag nur noch als fernes Echo wahrnehmen. Es fühlt sich zwar an, als wäre ein Großteil von mir wie abgeschnitten, aber daran gewöhne ich mich bestimmt.«

»Du willst dich also freiwillig mit Drogen vollstopfen, die dich abtöten, und dir von Leuten in Gehirn und Seele herumwerkeln lassen, die von deinem wahren Problem nicht die geringste Ahnung haben?« In Edies Ohren klang allein die Idee so absurd, dass sie fast aufgelacht hätte.

»So, wie du das darstellst, klingt es schrecklich. Als würde ich von einem Albtraum in den nächsten wechseln. Dabei will ich das Ganze endlich richtig angehen. Dein Freund hier«, er deutete auf Roman, der mit verschränkten Armen auf zauberhafte Weise näher an Edie herangerutscht war, in dem gleichen Ausmaß, wie Silas sich von ihr entfernte, »schätzt die Gefahr, dass etwas aus den Nachtschatten in mir schlummert, genauso ein wie ich. Mir ist nicht über den Weg zu trauen, ich bin ein Gefahrenquell – besonders für dich.«

»Ich habe dich gefunden«, erklärte Edie mit Nachdruck.

»Ach ja? Bist du dir da sicher? Vielleicht habe *ich* ja *dich* gefunden.«

Während Edie den Kopf schüttelte, wechselten Silas und Roman einen Blick, der verriet, dass aus zwei Kontrahenten soeben Verbündete geworden waren. Fehlte nur noch, dass sie sich in Edies Beisein darauf einigten, dass Roman in Silas' Abwesenheit auf sie aufpasste. Irgend so ein Männer-Ding. Aber nicht mit ihr.

»So läuft das nicht«, sagte sie, obwohl keiner der beiden sie gerade beachtete. »Das ist nicht allein deine Sache, Silas. Sie hat mit uns beiden angefangen, und ich werde mich nicht abdrängen lassen, nur damit du den selbstlosen Helden spielen kannst. Ich hänge mit drin, allein schon wegen meiner Gabe.« Nun hatte sie seine Aufmerksamkeit, allerdings um den Preis, dass er sie verletzt anblickte. Doch das ging ihr in diesem Moment ab, da sie vor schlecht unterdrückter Wut sogar die Kälte vergessen hatte, die ihr nach dem Sturz schlagartig in die Knochen gekrochen war. »Und was dich angeht, Roman: Wenn du uns helfen willst – super. Aber wenn du Silas bloß den Schwarzen Peter zuschiebst, solltest du dich besser um dein Pferd kümmern und uns in Ruhe lassen. Ohne Silas werden wir dem Erlenkönig nämlich niemals die

Stirn bieten. Wenn überhaupt, kennt nur er seine Geheimnisse.«

Roman stierte sie aufgebracht an, erwiderte allerdings nichts. Offenbar wollte er nicht das Risiko eingehen, dass sein großes Mundwerk ihn aus dem Spiel katapultierte.

Silas hingegen war nicht so leicht zu beeindrucken. »Ich kann dem Erlenkönig nichts entgegensetzen, weil er aus mir eine ahnungslose Marionette gemacht hat, deren Fäden er immer noch in der Hand hält. Außerdem würde ich ihn wegen der Medikamente nicht mal dann erkennen, wenn er leibhaftig vor mir stünde. Ich stehe mit leeren Händen da, das habe ich am Morgen nach der Sturmnacht erkannt. Mir bleibt nichts anderes übrig, als mich von dir zu verabschieden.«

Dermaßen in die Ecke gedrängt, griff Edie auf den letzten Trumpf zurück, den sie noch in der Hinterhand hielt. »Einverstanden. Aber vorher werde ich dich zu der Lichtung bringen, und wir werden gemeinsam herausfinden, was du an diesem Ort von dir zurückgelassen hast. Wir werden es uns holen und dem Erlenkönig dafür die Schatten auf deiner Seele zurückgeben.«

30

Entscheidungen

Schweigend stampfte Edie mit Silas an ihrer Seite zu Rodrigas Haus zurück. Der Schnee knartschte unter ihren Füßen, während weitere Flocken vom Himmel rieselten.

In einem hitzig geführten Zwiegespräch hatte sie Roman davon überzeugen können, sie mit Silas allein zu lassen, während er sich um Nanosh kümmerte. Dieser sture Kerl hatte allerdings nicht eingelenkt, weil sie ihn von Silas' Harmlosigkeit überzeugt hatte, sondern weil sie ihm keine andere Chance gelassen hatte. Für ihn war Silas verdächtiger als je zuvor, schließlich hatte er Romans Vermutungen quasi mit seinen eigenen Worten unterschrieben. Auch Edie gestand sich ein, dass ein Schatten über Silas lag, den sein helles Licht im Inneren nicht zu verbannen vermochte. Vielmehr würde der Junge, von dem sie sich ungebrochen angezogen fühlte, schon bald erlöschen, wenn sie nichts unternahm. Nach wie vor verspürte sie das Verlangen, Silas zu berühren, ihm zu beweisen, wie sehr sie seine Nähe trotz allem wünschte. Nur war er in Gedanken versunken, seit sie erklärt hatte, ihn zur Lichtung zu führen. Tatsächlich blieb er mitten auf dem Weg stehen, obwohl das Forsthaus nur noch wenige Schritte entfernt lag und er in seinem grauen Kapuzenpulli sichtlich fror.

»Ich bin nicht gern hierhergekommen, nachdem du nicht

auf dem Klaws-Hof warst. Finn hat mich unten auf der Straße abgesetzt, nachdem Marischka ihm am Telefon erzählt hatte, du wärst entweder zu Hause oder bei Rodrigas Haus.« Er steckte die Hände in die Kängurutasche und grinste schief. »Mein Bruder, Marischka und ihr Freund Addo müssen sich am letzten Abend die Ohren heiß telefoniert haben. Als ich mich heute Morgen gerade auf den Weg zu dir machen wollte, kam Finn jedenfalls mit ernster Miene und einer gepackten Tasche in mein Zimmer, um mich quasi zu entführen. Er war noch ziemlich restalkoholisiert, sodass es eine Weile dauerte, bis ich ihm klarmachen konnte, dass ich eh raus wollte und er mich deshalb nicht mit Gewalt abführen musste. Als er dann endlich begriffen hatte, dass ich zu dir will, ging es ganz schnell. Unseren Vater, der die halbe Nacht lang in der Küche vorm Radio gesessen und auf den Hof gestarrt hat, hat er oscarreif davon überzeugt, dass er ein schlechtes Gewissen wegen seiner Sauferei habe und deshalb seinen freien Tag damit verbringen würde, Haus und Hof zu bewachen. Währenddessen habe ich mich raus zu seinem Wagen geschlichen.«

»Und was war mit den Hunden?« Edie wurde ganz flau im Magen, als sie daran dachte, was Marischka über die monströsen Wachhunde erzählt hatte.

Silas' Grinsen wurde breiter. »Haben geschlafen wie die Engelchen. Keine Ahnung, wie Finn es angestellt hat, aber er hat diese schlecht gelaunten Viecher mit den Beruhigungsmitteln meiner Mutter gefüttert, ohne dass sie ihm die Hand abgebissen haben.«

»Ziemlich viel Schinderei dafür, nur um mir Lebwohl zu sagen.«

»Kam mir gar nicht so vor, aber jetzt, wo du es sagst … Ich schulde Finn wohl was.«

»Nicht nur Finn, sondern auch Marischka und Addo, die sich für dich reingehängt haben. Du hast Menschen, die zu dir stehen – falls du es noch nicht bemerkt haben solltest, Silas Sterner.«

»Zählst du deinen neuen Freund Roman auch dazu?«

Die Antwort wollte Edie nicht so leicht über die Lippen kommen, wie sie es sich erhofft hatte. »Roman hat seine eigene Geschichte mit dem Erlenkönig. Davon abgesehen stammt die Idee mit dem Eisen von ihm. Du hast meinen Gingko-Anhänger doch bekommen, oder?«

Silas schüttelte den Kopf. »Nein, davon weiß ich nichts. Wofür sollte so ein Anhänger denn gut sein?«

Während sie auf die Eingangstür des Forsthauses zuhielten, erzählte Edie ihm von Romans Vermutung, der Erlenkönig ertrüge die Nähe von Eisen nicht.

»Du siehst nicht sehr überzeugt aus.«

»Die Idee mit dem Anbruch der Eisenzeit, durch die das Magische Reich zurückgedrängt wurde, klingt nicht schlecht.« Silas malte mit dem Zeigefinger die Eisblumen auf den Butzengläsern der Tür nach. »Eigentlich klingt sie sogar verdammt gut, fast zu gut. Ein Stück Eisen in deiner Hand und schon verschont dich der Erlenkönig. Als du durch den Nebel geirrt und ins Fließ gestürzt bist, hättest du dich da mit etwas Eisen retten können?«

Nachdem Edie den Kopf geschüttelt hatte, sah Silas auf diese seltsame Art erleichtert aus, die man empfindet, wenn man endlich ins Gesicht gesagt bekommt, dass alle Hoffnungen nichts als Hirngespinste waren. Dann brauchte man wenigstens nicht länger zu hoffen.

»Ich kann mir auch beim besten Willen nicht vorstellen, dass der ungekrönte Herrscher über Wasserruh so einfach um seinen Willen zu bringen ist. Willst du mich trotzdem zur Lichtung führen?«

»Jetzt noch mehr als zuvor«, sagte Edie. Auch in ihr breitete sich diese widersprüchliche Erleichterung aus. Sie würden sich dem Unbekannten stellen, ohne etwas in der Hinterhand zu haben. Doch anstelle von Furcht spürte sie eine bislang unbekannte Vorfreude. Der Weg stand fest, die Zeit des Wartens und Überlegens, die den Herbst bestimmt hatte, war endlich vorbei. Dieser Winter würde entweder ihnen oder dem Erlenkönig gehören.

✳ ✳ ✳

Während Silas in der Küche einen Tee aufsetzte, verzog sich Edie in Rodrigas Schlafzimmer, das im Obergeschoss lag. Sie wollte sich ein paar frische Sachen aus dem Kleiderschrank der alten Dame ausborgen. Ihre Pullis rochen nämlich streng nach dem Kaminfeuer der letzten Nacht, nachdem sie zu nah am Feuer gesessen hatte. Und ein wenig nach Roman, was ihr ziemlich unangenehm war, so wie die Dinge lagen.

Offenbar hatte Roman in diesem Zimmer sein Lager aufgeschlagen, auch wenn das Bett unbenutzt aussah. Auf dem Schminktisch stapelten sich Bücher, die ihm gehören mussten, denn sie waren noch nicht da gewesen, als sie Rodrigas Koffer fürs Krankenhaus gepackt hatte (eine Aufgabe, die Roman ihr liebend gern überlassen hatte, weil er wenig Lust verspürte, in der Wäsche eines – Zitat – »alten Mädels« herumzuwühlen). Die schmalen Bücher sahen ungewöhnlich aus, eher wie in glänzendes Leder gebundene Hefte, deren Blätter sich wie Pergament anfühlten und mit geflochtenem Schilf zusammengehalten wurden. Die Umschläge waren in Edelsteinfarben wie Smaragdgrün, Saphirblau und Bernsteingelb gehalten und mit Symbolen geprägt, die Edie nicht bekannt vorkamen. Allerdings ging von den überwiegend floralen Zeichen eine Kraft aus, die die Symbole auf Romans Halstuch nach schalem Aberglauben aussehen ließen. Auch die grüne Schrift, mit der Seite um Seite bedeckt war, war ungewöhnlich und für Edie nicht zu lesen. Vielleicht eine Art Geheimschrift, die nur von den Adonays benutzt wird, überlegte sie.

»Ist alles okay bei dir?« In Silas' Stimme schwang eine unverkennbare Anspannung mit. Ihm gefiel es nicht, in Rodrigas Haus zu sein, besonders da Roman augenblicklich der Hausherr war.

»Bin gleich bei dir!«

Rasch legte Edie die Bücher zurück und ließ auch die Finger von zwei ungewöhnlichen Glasphiolen, die sie ebenfalls auf dem Schminktisch entdeckt hatte. Als sie den Kleiderschrank öffnete, hingen neben Rodrigas Röcken und Blusen mit dem traditionellen Blaudruck auch ein paar von Romans Klamotten in gedeckten Farben. Bestimmt würde er nichts dagegen haben, wenn sie sich etwas von ihm borgte. Und wenn doch, könnte sie immer noch ihre alten Sachen weitertragen.

Nach einem kurzen Zögern schlüpfte Edie in ein kariertes Flanellhemd und einen Wollpulli, dessen Farbe an frisch gefallenes Laub erinnerte. Roman hatte wirklich eine Schwäche für Wald- und Erdfarben. Dann sauste sie die Treppe runter, damit Silas nicht doch noch die Nerven verlor und ohne sie nach draußen flüchtete. Sie fand ihn in der Küche mit der Weinflasche aus Bergkristall in den Händen.

»Ich wollte Sahne für den Tee rausholen und habe das hier gefunden.«

»Die Flasche sieht abgefahren aus, nicht wahr?« Edie lächelte, jedoch nur kurz, weil Silas sie mit ernsten Augen anblickte.

»Was macht dieses Gefäß im Kühlschrank?«

Darüber musste Edie nicht groß nachdenken. »Ich vermute, dass Roman die Flasche gefunden hat, als er die Vorräte durchgegangen ist. Und gestern Abend hat er beschlossen, ein Glas zu trinken. Mir hatte er auch eins angeboten, aber mir war nicht nach Wein. Wenn ich allerdings gewusst hätte, was für ein tolles Zeug das ist, hätte ich auf keinen Fall nein gesagt.«

»Du hast also nichts davon getrunken?«

»Himmel, du stellst vielleicht Fragen.«

Edie trat verlegen von einem Fuß auf den anderen. Natürlich war es kindisch, Silas nicht ohne Umschweife zu erzählen, dass sie einen Guten-Morgen-Schluck getrunken hatte. Es war ihr trotzdem unangenehm, was vor allem mit der Wirkung des Weins zusammenhing: Sie war ziemlich benommen gewesen – und daran, wie sie sich an Roman geschmiegt hatte, wollte sie lieber nicht denken. Allerdings hatte Silas nicht vor, sich so einfach abspeisen zu lassen.

»Mir gefällt diese Flasche nicht und noch weniger gefällt mir ihr Geruch. Ich habe keine große Erfahrung damit, wie Rotwein ansonsten so riecht, aber dem Zeug haftet etwas Abseitiges an.« Nachdenklich schwenkte Silas die Flasche und beobachtete die träge rote Flüssigkeit, bevor er mit dem Finger einen Tropfen abwischte. »Ich möchte zu gern wissen, was das in Wahrheit ist.« Als er ihn an seinen Mund führte, konnte sich Edie nicht länger zurückhalten und griff nach seiner Hand.

»Die Wirkung ist sehr viel stärker als die von gewöhnlichem Wein. Ich war schon nach zwei Schlucken ziemlich aus dem

Häuschen«, gestand sie. »In der Familie Adonay gibt es bestimmt jede Menge Geheimnisse, ungewöhnliche Rezepte und Dinge, die du in keinem gewöhnlichen Haushalt finden wirst. Möglicherweise sogar Magie. Genau deshalb können sie uns ja auch helfen, eben weil sie nicht so blind sind wie die Leute aus Wasserruh.«

»Mag sein.«

Silas stellte die Flasche zurück, dann zog er Edie in seine Arme und vergrub das Gesicht in ihrem Haar. Ganz still stand er, und sie konnte erahnen, wie wertvoll dieser Moment der Nähe für ihn war. Viel zu rasch war er jedoch auch schon wieder vorbei, als Hufgeklapper erklang. Am Küchenfenster führte Roman Nanosh am Halfter vorbei, um das Pferd im Stall unterzubringen, bevor sie aufbrachen. Silas löste die Umarmung und sah ihm hinterher. Der Ausdruck in seinem so offenen Gesicht beunruhigte Edie. Zwischen den beiden würde keine Freundschaft mehr entstehen, so viel stand fest. Blieb nur zu hoffen, dass sie wenigstens ihre Aufgabe aneinanderschweißte.

»Mein Bruder ist zu Marischka gefahren, nachdem er mich bei eurem Haus abgesetzt hat. Ich habe versprochen, ihm Bescheid zu geben, sobald ich weiß, wie es weitergeht. Könntest du mir dein Handy leihen?«

Erleichtert über den Themenwechsel holte Edie ihr Handy hervor, musste dann jedoch feststellen, dass es wieder mal keinen Empfang gab.

»Ich schicke einfach eine Nachricht sowohl an Finn als auch an Marischka und schalte auf Wiederholen. Dann schickt das Handy die Nachricht so lange raus, bis es mal Netz kriegt und sie wirklich versendet wird. Was soll ich schreiben?«

Silas massierte sich den Nacken, dann seufzte er. »Am besten die Wahrheit: Wir wollen einen Ort im Wald besuchen, an dem ich hoffentlich meine Erinnerung wiederfinde. Damit kann Finn zwar nichts anfangen, aber besser erklären kann ich es ihm ohnehin nicht.«

Im Gegensatz zu Marischka, dachte Edie und fügte in der Nachricht das Wort ›Mammutbaum‹ hinzu.

Kaum hatte Edie fertig getippt und in die Warteschleife geschickt, kam Roman ins Haus. Seine schlechte Laune hatte er offenbar draußen gelassen, denn er lächelte ihnen zu.

»So, Nanosh steht abgerieben und versorgt im Stall. Ich könnte glatt neidisch werden auf den Gaul, vor allem, wenn ich mir das Wetter anschaue: Den Wolken nach zu urteilen, wird es nicht so bald wieder zu schneien aufhören.« Dann deutete er auf die Weinflasche, die Silas auf die Anrichte gestellt hatte. »Wolltet ihr auf das Gelingen unseres Plans anstoßen? Wartet auf mich, ich zieh mir nur kurz was Frisches an. Das heißt, falls Edie mir noch ein paar Klamotten im Schrank gelassen hat.«

Romans Wollpulli kratzte mit einem Mal heftig an Edies Hals und sie musste ihn ein Stück lupfen. »Ich hoffe, das mit der Leihgabe geht in Ordnung für dich?«

Roman schmiss ihr das rote Halstuch zu. »Ja, aber nur wenn das Meister-Adonay-Outfit auch vollständig ist. Umbinden und dranlassen, ja?« Dann sprang er auch schon die Treppe hinauf.

Unschlüssig, wie sie reagieren sollte, stand Edie mit dem Tuch in der Hand da. Aber Silas schien sich an diesem kleinen Spielchen nicht zu stören, er war viel zu sehr damit beschäftigt, die Weinflasche anzustarren.

»Ich möchte dich um etwas bitten«, sagte er leise, als sei er sich noch nicht sicher, ob er das wirklich tun sollte. »Es ist mir wichtig, sehr wichtig sogar. Und es ist entscheidend, dass du mir vertraust, auch wenn meine Bitte dich vermutlich vor den Kopf stößt.«

Erwartungsvoll blickte er Edie an, sodass ihr nichts anderes blieb, als zu nicken, obwohl ihr Herz angstvoll klopfte. »Solange du nicht vorhast, ohne mich irgendwohin zu gehen, bin ich dabei.«

Endlich lächelte Silas. »Ganz im Gegenteil. An dem Plan, zur Lichtung zu gehen, hat sich nichts geändert. Außer… Nur wir zwei gehen, niemand sonst. Wir beide haben uns auf der Lichtung gefunden, also sollten auch nur wir beide dorthin zurückkehren.«

»Einverstanden, wahrscheinlich ist es eh am besten so«, sagte Edie. »Dann sollten wir allerdings sofort aufbrechen, Roman wird so oder so von unserer Entscheidung vor den Kopf gestoßen sein. Da ist es besser, ihn nicht auch noch in eine blöde Situation zu bringen.«

Ohne eine weitere Sekunde zu verschwenden, ergriff Silas ihre Hand, und sie liefen zur Haustür, wo Edie dieses Mal wenigstens ihren Mantel schnappte, bevor sie in die Kälte des Tages verschwanden. Der Himmel war hinter grauen Wolken verborgen, aus denen die Schneeflocken immer dichter herabrieselten. Schon bald würde von den Spuren, die vom Weg zwischen die Erlenstämme führten, nichts mehr zu sehen sein.

31

Durch den Schnee

»Soll ich dir mal was Verrücktes erzählen?« Silas fing mit der Fingerkuppe eine Schneeflocke, die ihren Weg durch das Geästdach des Waldes gefunden hatte. Bevor sie schmolz, pustete er sie an, sodass sie weiterfliegen konnte. »Trotz allem, was passiert ist, mag ich Wasserruh mit seinen Wäldern und Fließen. Ein normal tickender Mensch würde an meiner Stelle doch alles meiden, was grün ist und die Form von Blättern hat. Ich blende die Gefahr einfach aus, weil ich mir dieses Gefühl von Zuhause nicht nehmen lassen will.«

Edie atmete durch den Mund, weil ihre Nase kalt geworden war und bei jedem Atemzug brannte. Das bereitete dem Vergnügen, das sie beim Laufen durch den winterlichen Wald empfand, jedoch keinen Abbruch. »Ich würde nicht von ›verrückt‹ reden, nur weil du weißt, wo du hingehörst. Sondern von einem Geschenk. Ich weiß, wovon ich rede. Schließlich ist meine Familie so oft umgezogen, bis ich fast den Orientierungssinn verloren habe. Es ist richtig, dass du dafür kämpfen willst.«

»Na ja, kämpfen …« Silas rümpfte die Nase. »Dieser Roman Adonay ist vielleicht ein Kämpfer, aber ich?«

»Wenn es darum ginge, dem Erlenkönig lediglich eins auf die Zwölf zu geben, dann schon. Aber so schlicht wird sich das Problem wohl kaum aus der Welt schaffen lassen.«

Edie wünschte sich, Silas würde das Thema Roman beenden, denn ihr Entschluss, zu zweit aufzubrechen, fühlte sich zwar richtig an, es änderte allerdings nichts daran, dass sie den Verdacht nicht loswurde, dass Silas von Eifersucht geplagt wurde. So gern sie ihn davon befreit hätte, ahnte sie, dass jedes beruhigende Wort seinen Argwohn bloß weiter schüren würde.

»Wir sollten uns beeilen«, sagte sie. »Wenn der Schnee noch kräftiger fällt, sieht man bald die Hand vor Augen nicht mehr.« Dabei glaubte sie nicht, dass es ihre Augen waren, die sie zur Lichtung führen würden. Es war vielmehr ein Instinkt, der sie in eine bestimmte Richtung drängte, während ihre Erinnerung kaum sagen konnte, ob es wirklich dieser Weg gewesen war, den sie am ersten Frosttag eingeschlagen hatte. Trotzdem zögerte sie nicht, wenn sie an einem Fließ entscheiden sollten, wie es weiterging, oder plötzlich ein Acker anstelle einer Lichtung vor ihr lag.

Im Gegensatz zu Silas, der sich durch die Medikamente immer noch wie benebelt fühlte, pulsierte die Gabe so stark in Edie, als sei sie erst jetzt zum vollen Leben erwacht. Dermaßen getrieben, kam sie gar nicht dazu, sich Gedanken darüber zu machen, was sie erwartete, wenn sie die Lichtung erst einmal gefunden hatten. Was ihr ganz recht war. Worüber hätte sie sich auch den Kopf zerbrechen sollen? Dass sie keine Ahnung hatten, was sie am Eingang zu den Nachtschatten erwartete? Nun, daran würde sich selbst dann nichts ändern, wenn sie sich bis ans Ende ihrer Tage den Kopf zerbrachen. Und eine Profiausrüstung mit Nebelkerzen, Kletterseilen und einem Elektroschocker für den Fall der Fälle würde ihnen nichts bringen. Nein, was sie brauchten, um sich dem Erlenkönig entgegenzustellen, hatten sie entweder bereits bei sich – oder nicht.

Während Edie entschlossen die Hände zu Fäusten ballte, lichteten sich die Stämme und gaben den Blick frei auf ein weites Feld, das unter einer dicken Schneedecke begraben dalag.

Die Lichtung.

Und in der Mitte stand der Feuerdorn, fürs Auge kaum sichtbar, da sein Geäst von Schneeflocken besetzt war. Hier und da leuchteten einzelne rote Beeren unter der Ummantelung hervor wie Blutstropfen auf weißem Grund. Mehr denn je glaubte Edie, dass Silas als Kind diesen Strauch als Marke benutzt hatte, der nun den Eingang in die Nachtschatten markierte.

»Hier habe ich dein Herz schlagen gehört«, sagte sie mit tauben Lippen.

Silas stand reglos neben ihr, nicht einmal sein gefrorener Atem bildete neue Wölkchen. »Ich erkenne diese Lichtung wieder, von früher, als ich noch mit Marischka durch die Wälder gelaufen bin. Aber ich spüre nichts«, flüsterte er.

Edie schmerzte die Verlorenheit in seiner Stimme. »Aber ich spüre etwas – und zwar stark genug für uns beide. Der Feuerdorn steht auf einer leichten Erhebung und zwischen seinem Wurzelwerk befindet sich der Eingang zur Höhle. Den müssen wir finden.«

Erst als sie unter dem Baumdach hervortraten, bemerkte Edie, wie stark es tatsächlich schneite, seit sie aufgebrochen waren. Auf die Schneeschicht der letzten Nacht hatte sich noch mal eine Handbreit Neuschnee draufgesetzt, während weiterhin unzählige Flocken herumwirbelten und sich in ihren Wimpern verfingen, ihre Wangen kühlten und ihre Kleidung mit einem weißen Schleier bedeckten. Je weiter sie auf die Mitte der Lichtung zuhielten, desto langsamer kamen sie voran. Es war, als würden sie bei jedem Schritt festfrieren, während das Schneegestöber die Waldgrenze verschwinden ließ, sodass sie Probleme hatten, sich zu orientieren. *Er will uns in die Irre locken, lässt uns im Kreis herumstolpern, bis wir aufgeben,* dachte Edie. Aber so leicht würde sie sich nicht geschlagen geben. Da sie ihre Augen nicht brauchte, um den Eingang zu finden, schloss sie sie kurzerhand. Dann schob sie ihre Hände aus den Mantelärmeln und tastete sich blindlings voran, bis ein scharfes Stechen in ihre Fingerkuppe fuhr.

»Der Feuerdorn«, wisperte Edie.

Einige Tropfen Blut fielen in den frisch gefallenen Schnee.

»Wie kann es sein, dass ich ihn nicht gesehen habe?« Silas rieb sich das Gesicht, als versuchte er, eine Müdigkeit abzustreifen. »Wir sollten warten, bis ich meine Sinne wieder beisammen habe.«

»Nein«, sagte Edie. »Er will uns nicht hier haben, deshalb hat er den Schnee und die Kälte geschickt. Weißt du, was das bedeutet? Dass er uns fürchtet.« Sie unterdrückte ein Lachen, denn wenn sie es erst einmal freiließ, würde es sich nicht so schnell wieder einfangen lassen. »Welcher Jäger wird schon gern gejagt?«

»Jäger ohne Waffen und Fallen, wir haben nicht mal einen Strick dabei, um ihn auf dem Wasserruher Marktplatz anzubinden, damit die Leute endlich begreifen, wer in jedem ihrer Kinder ein mögliches Entführungsopfer sieht.«

»Wir brauchen kein Seil, Silas. Die Leute würden ihn ohnehin nicht sehen. Nur wir beide können das, weil wir die Gabe besitzen. Für alle anderen gehört er einer Vergangenheit an, an die sie schon lange nicht mehr glauben. Deshalb will er uns: weil wir ihn sehen und ihm dadurch Leben einhauchen.«

»Hat Roman dir das erzählt?« Silas wickelte ein Taschentuch um ihren blutenden Finger.

Edie gönnte sich einen Moment, um ihn dabei zu betrachten, wie er ihre Wunde versorgte. Er passte so wunderbar in diese Schneelandschaft mit seiner milchweißen Haut, dem dunklen Haar, den Flussaugen und den von Kälte rot gefrorenen Wangen. Wenn es im Kinderlied über den Erlenkönig hieß, dass seine Haut die Farbe der Erlenstämme hatte und das Haar laubgrün war, dann spiegelte sich in Silas' Äußerem die winterliche Landschaft wider. Als er unter ihrer Musterung den Kopf schief legte und sie belustigt ansah, verspürte sie das dringende Verlangen, ihn zu umarmen und seine rot leuchtenden Lippen zu küssen.

Schlagartig erkannte sie, dass sie keineswegs wegen des Erlenkönigs zur Lichtung gekommen war, sondern wegen Silas. Weil sie ihn für sich wollte. Niemand sonst sollte Anspruch auf ihn erheben, sie voneinander trennen. *Fühlt es sich so an, wenn man jemanden liebt?*, fragte sie sich. Kein Schwärmen, kein Idealisieren, sondern ein tief wurzelndes Gefühl von Zusammengehörigkeit? Sie hauchte ihm einen Kuss auf seine Lippen, dann kniete sie sich nieder und begann, im Schnee zu graben.

»Lass mich das doch machen.« Silas versuchte ihren Platz zu übernehmen, doch sie gab nicht nach.

»Vertrau mir. Ich muss das tun, du würdest nur Wurzeln und Erde finden, solange dieses Chemiezeug in deinem Blut ist.«

Widerwillig wich Silas beiseite, allerdings nicht, ohne leise zu fluchen. Edie schmunzelte, obwohl ihre Finger rasch taub wurden, durch den Schnee und das gefrorene Wurzelgeflecht, das sie schließlich erreichte. Gerade als sie glaubte, nicht länger graben zu können, erreichte sie einen Hohlraum.

»Dahinter liegt die Höhle.« Die Siegesgewissheit durchströmte sie wie ein Hitzestrom. »Jetzt kannst du mir helfen, den Eingang auszuweiten.«

Nachdem Silas die ganze Zeit auf seine Chance gewartet hatte, dauerte es nicht lange, bis ein dunkles Loch aufklaffte, durch das sie beide passen würden.

Ein schwerer Jasminduft drang aus der Höhle, zusammen mit einer lockenden Wärme.

Bevor es eine Diskussion gab, wer als Erstes hineinsteigen sollte, glitt Edie durch die Öffnung. Während Silas gereizt ihren Namen rief, spürte sie bereits seidige Felle unter ihren Händen.

Es fiel nur spärliches Licht in die Höhle, doch es reichte aus, um das Grasgeflecht und die kunstvoll hineingewobenen Zweige von Nachtschattengewächsen an den Wänden zu erkennen. Sogar die Holzschalen mit getrockneten Pilzen standen noch so da, wie Edie sie in Erinnerung hatte. Nur das Moos in den Ecken blühte nicht mehr, auch wenn es üppiger denn je wucherte.

Silas schob sich an ihre Seite und blickte sich um. »Ich erinnere mich vor allem an die Felle. Sie lagen Schicht um Schicht über mir und wollten mich nicht hindurchlassen.«

Glücklich, dass er sich überhaupt an etwas erinnern konnte, drückte Edie seine Schulter. »Nun müssen wir nur noch herausfinden, was sich unter den Fellen verbirgt«, sagte Edie. Ihr Tatendrang wurde jedoch in der nächsten Sekunde ausgebremst, als von draußen eine Stimme zu ihnen vordrang.

»Ihr zwei geht nirgendwohin.«

32

In den Nachtschatten

»Hier habt ihr zwei Ausreißer euch also versteckt!«

Marischkas Gestalt tauchte in der Öffnung auf und versperrte dem ohnehin nur mäßig einfallenden Tageslicht den Weg. Dann zwängte sie sich auch schon neben die beiden, was bei Edie prompt ein Gefühl von Platzangst auslöste. Trotzdem freute sie sich, ihre Freundin zu sehen. *Die Kavallerie ist da,* dachte sie.

Sogar Silas konnte sich ein Grinsen nicht verkneifen. »Wenn Sie mit sonst nichts rechnen, rechnen Sie auf jeden Fall mit Frau Marischka«, sagte er im Werbejingle-Ton.

»Genau. Und wo Frau Marischka ist, ist auch ihr treuer bebrillter Gefährte nicht weit.« Trockner konnte eine Erwiderung nicht ausfallen. »Addo, nun trau dich endlich und komm in die Höhle. Ich schwöre dir, hier gibt es keine Spinnen.« Im Flüsterton fügte sie hinzu: »Höchstens tiefgefrorene.«

In einem Moment verdunkelte Addos Silhouette die Höhle, doch schon im nächsten flutete grelles Licht den kleinen Winkel.

»He! Schalt diesen Flutscheinwerfer von einer Taschenlampe aus!« Selbst als Edie die Augen fest zusammenkniff, leuchtete es hinter ihren Lidern rot auf.

Der Lichtkegel senkte sich.

»Entschuldigung, ich wollte niemanden blenden, sondern nur das Terrain checken.« Addo hockte vor dem Eingang und blickte mit sichtlichem Unbehagen zu ihnen hinab. Er trug hohe Winterstiefel und eine ziemlich alberne Bommelmütze, beides sah verdächtig nach Fundusstücken der Familie Novak aus. »Ich bleibe wohl besser erst mal draußen, in dieser Höhle ist ja kaum Platz für euch drei. Eine sehr ungewöhnliche Höhle übrigens, wenn ich das anmerken darf.«

Marischka verdrehte die Augen. »Auch wenn Addo gerade nicht wie der größte Abenteurer klingt: Wir beide sind gekommen, um euch beizustehen. Nachdem deine Nachricht reingekommen ist, habe ich Finn zur Waldhütte geschickt, damit er bei diesem Wetter ein Dach überm Kopf hat, während er auf die Ankunft seines kleinen Bruders wartet. Wir haben uns nämlich aufgeteilt, nachdem ich behauptet habe, es kämen zwei Orte in Betracht. Es ist vermutlich ein wenig fies, Finn auf die falsche Spur zu setzen. Aber ihr seid ja bestimmt auch der Meinung, dass die Suche nach Silas' verlorener Erinnerung im Reich des Erlenkönigs kaum nach seinem Geschmack gewesen wäre. Er ist ein guter Kerl, aber mit Mystik hat er nichts am Hut.«

»Ich auch nicht sonderlich«, ließ Addo halblaut vernehmen. Das Hüsteln, das Marischka von sich gab, ließ ihn endgültig verstummen.

»Jedenfalls war gleich klar, dass wir euch unterstützen, egal, was ihr vorhabt. Wir haben sogar einen Rucksack voller nützlicher Dinge, wie etwa diese Turbotaschenlampe, frische Socken und ein Fläschchen Notfalltropfen.« Stolz klopfte sie auf den prallen Wanderrucksack, der ihr von der Schulter hing.

»Das ist wirklich großartig von euch«, sagte Silas. »Aber was Edie und ich vorhaben, können wir nur zu zweit angehen.«

»Kappes.« Marischka boxte ihn gegen den Oberarm, als wäre er einer ihrer kleinen trotzigen Brüder. »Die einzige Sache, die ihr Süßen zu zweit und allein angehen dürft, findet unter der Bettdecke statt. Für alles andere braucht man Freunde wie uns. Oder habt ihr etwa an Notfalltropfen gedacht?« Marischka hob fragend die Brauen, doch Edie und Silas sahen sie bloß mit großen Augen an. »Wusste ich es doch. Ihr kennt den Weg, während wir die notwendige Ausrüstung dabeihaben. Wir werden ein tolles Team sein. Und wenn ihr immer noch nicht überzeugt seid, dass wir zu allem bereit sind, dann bedenkt bitte, dass Addo sogar seine Lackschuhe gegen diese Stiefel eingetauscht hat, um mit von der Partie zu sein.«

»Vor mir hatte Thomasz die Treter und davor haben sie Papa Novak gehört. Die sind *eingetragen*.« Ein Wort, das in Addos Wortschatz mit *widerwärtig* und *verseucht* auf einer Stufe stand. Es war nur noch eine Frage der Zeit, bis bei ihm vor Ekel die ersten Herpesbläschen auftauchten.

Obwohl Edie bei dieser Freundschaftsbekundung das Herz überging, musste sie die beiden davon überzeugen umzukehren. Oder zumindest so tun, als ob sie dieser Pflicht nachkam. Allerdings stand zu befürchten, dass sie dabei äußerst halbherzig vorging. »Niemand weiß, was einen im Nachtschattenreich erwartet ...«

»Ihr also auch nicht«, unterbrach Marischka sie entschlossen.

»Wahrscheinlich wird der Erlenkönig für eure Augen unsichtbar sein«, versuchte Silas es. Während er jedoch sehr entschieden Roman ausgegrenzt hatte, schien er sich gegen seine Freundin aus Kindheitstagen weniger durchsetzen zu können. Wahrscheinlicher war, dass er es auch gar nicht recht wollte.

»Was ich nicht sehe, kann mir auch nichts anhaben.«
Marischka war unter keinen Umständen bereit, von ihrem
Vorhaben abzuweichen. »Du bist schon einmal verschwunden, Silas Sterner. Dieses Mal will ich wenigstens wissen, wohin du gehst.«

»So gesehen bist du es Marischka schuldig.« Nun kletterte
Addo doch in die Höhle, wobei er darauf acht gab, die Felle
möglichst wenig zu berühren. »Sie hat sich jahrelang mit
Fragen und Zweifeln herumgequält, was dir zugestoßen ist.
Die Sache mit dem Erlenkönig betrifft euch nicht allein, sein
Wirken hat mehr als nur dich in Mitleidenschaft gezogen.«

»Das weiß ich doch«, sagte Silas leise.

Damit war es entschieden: Sie würden gemeinsam in die
Nachtschatten hinabsteigen.

Edie schloss die Augen so weit, bis ihre Umgebung verschwamm, nur um im nächsten Moment eine überdeutliche
Struktur anzunehmen, als sei die Höhle aus einem Winterschlaf erwacht. Die Gesteinswände hinter dem Gräsergeflecht
begannen von innen heraus zu leuchten, und die Deckhaare
der Felle knisterten, als seien sie elektrisch aufgeladen. Die
Atmosphäre in der Höhle veränderte sich, die Luft wurde
dichter und nahm eine andere Qualität an. Wie unsichtbarer
Nebel breitete sich ein süßlich-schwerer Duft aus, der ihr bereits allzu vertraut war. Er kam von den weißen Blüten des
Nachtschattengewächses Falscher Jasmin, der zum Erlenkönig
gehörte wie die Bäume und der Nebel.

Vorsichtig steckte Edie ihre Hand unter eine der aufge-
schichteten Häute. Immer tiefer drang sie vor, ohne auf
Grund zu stoßen. Unterdessen nahm der Jasminduft immer
stärker zu, setzte sich süßlich-schwer auf Nase und Lippen,

brachte die Wangen zum Glühen und löste ein aufgeregtes Kribbeln im Magen aus.

Kann ein Geruch wie eine Droge wirken?, fragte sich Edie, ehe sie das Gleichgewicht verlor und vornüber in die Felle sank, in sie hinein und durch die Schichten hindurch, kaum Herrin über ihre Sinne. Es war, als würden unzählige feine Seidenhaare sie hinabtragen durch einen Schacht, der vor lauter Fellen nicht zu erkennen war. In weiter Ferne hörte sie Silas ihren Namen rufen, spürte einen dumpfen Schmerz über ihrem Fußgelenk, doch sie konnte sich kaum regen. Die Felle hielten sie fest und federleicht zugleich umschlossen, streichelten über ihre Lippen, als sie versuchte einzuatmen, um ihm wenigstens eine Antwort zu geben. Doch die Luft war zu schwer und stickig, sie lieferte ihr einfach nicht die notwendige Kraft, um mehr als ein Flüstern herauszubringen. Sie reichte nicht einmal aus, um ihr ohnehin benebeltes Gehirn ausreichend zu versorgen. Schwarze Punkte überdeckten jeden noch so simplen Gedanken, löschten ihre Verwirrung aus, während ihr Körper weiter hinabgetragen wurde, hinab ins Reich unter Wasserruh.

* * *

Edie fand sich auf einem Fell liegend wieder. Der süße Geschmack in ihrem Mund war schal geworden, hinter ihrer Stirn pochte es, und der unangenehme Druck um ihr Fußgelenk war immer noch da. Mit einem Anflug von Übelkeit stützte sie sich auf die Ellbogen und begriff, dass es Silas war, der ihre Fessel umklammert hielt, als hinge sein Leben davon ab. Mit unterschlagenen Beinen hockte er da und murmelte etwas Unverständliches. Marischka hinter ihm legte nicht so viel vornehme Zurückhaltung an den Tag, sondern schimpfte lauthals, während sie Addo den Rücken tätschelte. Der Junge ruckelte unentwegt an seiner Brille herum, als könne er dadurch die Sicht auf die Welt wieder geradestellen.

Benommen blickte Edie sich um.

Sie befanden sich in einem unterirdischen Tunnel, dessen Boden aus dicken, dicht an dicht liegenden Erlendielen bestand, deren Holz von der Zeit ganz verwittert war. Die Steinwände leuchteten – genau wie in der Höhle – von innen heraus. Allerdings reichte der schwache Lichtschein nur dazu aus, die nähere Umgebung in einen satten Erdton zu tauchen, der Rest lag in Dunkelheit, begraben unter einem undurchdringlichen Gewirr aus Baumwurzeln. Tatsächlich schien die Tunneldecke aus nichts anderem als hauchfeinen, kordelstarken und unterarmdicken Wurzeln zu bestehen. Als würden die an der Erdoberfläche dicht an dicht stehenden Erlen ein Dach bilden, unter dem dieses Reich lag. Auch hier fanden sich an den Wänden befestigte Geflechte aus Gräsern und Zweigwerk, die von ihren kunstvollen Mustern her an Zierteppiche erinnerten. Sie zeigten Motive aus der Landschaft um Wasserruh: stilisierte Fließe, Erlenzapfen, Vogelbeersträuche. Nur waren die Materialien, aus denen sie gewebt waren, schon vor langer Zeit vertrocknet, und so brachen die Gewebe an vielen Stellen auseinander. Zwischen diesen zerfallenden Kunstwerken waren Nischen in die Felswand eingelassen, die Baumstämme nachahmten und mit Edelmetallen ausgeschlagen waren.

Wenn man sich in eine Nische kauert, kommt man sich bestimmt wie ein Kind vor, das sich in einem hohlen Baum versteckt, dachte Edie immer noch leicht benommen. Die Luft war trocken und heiß, sodass sie ihren Mantel aufknöpfte, obwohl sie noch vom Schneespaziergang durchgefroren war.

»Addo, gibst du mir bitte mal die Taschenlampe?«

Edie musste den Jungen ein zweites Mal ansprechen, bis er das Ruckeln an seiner Brille aufgab und stattdessen die Taschenlampe aus seiner Dufflecoat-Tasche nestelte. Er ließ sie zu ihr rüberrollen, bevor er sich mit einem gehauchten »Mir ist schwindelig« an Marischka lehnte, der es nicht besser zu gehen schien. So konnten sie einander wenigstens stützen.

Edie ließ den Lichtkegel kreisen, und was sie sah, gefiel ihr nicht. Schnell schaltete sie die Taschenlampe wieder aus, denn bestimmt würden sie ihr Licht später noch brauchen, wenn sie auf ihrer Suche tiefer ins Erdreich vorstießen. Und wer konnte schon sagen, wie lange sie durch dieses unterirdische Tunnelsystem stolpern würden, bis sie wieder Tageslicht erreichten?

Doch obwohl sie die Taschenlampe schnell ausgemacht hatte, war Silas nicht entgangen, was sie beunruhigte. »An dieser Stelle des Tunnels gibt es keine Öffnung nach oben«, stellte er fest. »Die Decke ist massiv, obwohl wir doch durch die Lagen aus Fellen hindurchgefallen sind. Also nach unten, durch die dicken Erlendielen. Eine verdrehte Welt, schlimmer als ›Alice im Wunderland‹.« Mit deutlichem Widerwillen zupfte er an den Fellen, auf denen sie saßen. »Meinst du, wenn wir uns in die Felle fallen lassen, landen wir oben in der Höhle?«

Edie ließ sich den Gedanken durch den Kopf gehen. »Gut möglich, aber ausprobieren möchte ich das jetzt lieber nicht. Mir ist immer noch ganz schummerig zumute von diesem Jasmingeruch. Ich komme mir vor wie unter Drogen gesetzt.«

Silas nickte. »Dieser Jasmin ist ein widerliches Zeug. Unter seiner ganzen aufdringlichen Süße riecht es irgendwie nach Verwesung.«

»Manche Blüten, die für unsere Nasen betörend duften, riechen für Insekten nach verrottendem Fleisch. Vielleicht liegt es daran.« Edie behielt lieber für sich, dass der Jasmingeruch auf sie eher eine erregende Wirkung hatte. Verführung und Tod – so widersprüchlich sich das anhörte: Sie bildeten ein Paar. Das wurde Edie an diesem seltsamen Ort bewusst. Wahrscheinlich war es das, wofür der Erlenkönig stand. Unwillkürlich fielen ihr Zeilen aus einer Goethe-Ballade ein: ›Ich liebe dich, mich reizt deine schöne Gestalt; und bist du nicht willig, so brauch ich Gewalt.‹ Genau so stellte sie sich den Erlenkönig vor, von einer Sehnsucht erfüllt, die so stark war, dass sie jederzeit in rücksichtslose Gier kippte. Allein die Narben und Verbrennungen an Silas Körper bewiesen, dass sein Peiniger nicht davor zurückschreckte zu verletzen, solange bloß seine Wünsche erfüllt wurden.

»Ruft dieser Tunnel etwas Vertrautes in dir wach?«, fragte sie Silas, der auf dem Fell kauerte, halb Raubtier auf der Lauer, halb Beutetier auf der Hut.

»Das nicht, aber meine Gabe kehrt langsam zurück, entweder weil die Wirkung der Tabletten nachlässt, oder weil der Jasminduft sie beflügelt hat. Ich habe außerdem so eine Ahnung, dass wir uns am Rand der Nachtschatten befinden. Wir müssen dem Tunnel folgen, um tiefer in sie vorzudringen und ihr schwarzes Herz zu finden. Nur in welche Richtung müssen wir gehen?«

Mit zittrigen Knien stellte Edie sich auf und schloss die Augen. Es war genauso schwierig, Silas' wartenden Blick auszublenden, wie das leise Gemurmel, mit dem Marischka dem stöhnenden Addo Mut zuredete. Es zog sie magisch zu ihren Freunden, die sie in eine solche verwirrende Situation gebracht hatte, aber dafür fehlte ihnen jetzt die Zeit. Sie mussten sich in Bewegung setzen, ansonsten würden sie noch von Furcht übermannt werden und kopflos nach einem Ausgang suchen. Oder gar von *ihm* gefunden werden ... Erst nach einer Weile gelang es Edie, sich ihrer Gabe zu überlassen und ihre Umgebung durch sie wahrzunehmen.

»Von links aus dem Tunnel kommt ein leichter Windzug, da muss es also einen weiteren Zugang geben. In diese Richtung sollten wir gehen. Außerdem kommt von der anderen Seite eine Art gleichmäßiges Hallen. Als hätte sich ein Echo zwischen den Steinwänden verirrt ... Ich möchte lieber nicht herausfinden, was dahintersteckt.«

»Dann gehen wir also dem Windzug entgegen.« Silas griff nach dem Rucksack, der Marischka von der Schulter gerutscht war, und stand auf. »Wie sieht es aus: Seid ihr beiden so weit?«

Marischka überließ Addo die Antwort, vermutlich weil er von ihnen beiden der Angeschlagenere war. Oder weil ihre Redelust einen empfindlichen Dämpfer auf der Reise in die Nachtschatten abbekommen hatte.

Addo nahm seine Brille ab, um sie zu putzen, und erst als sie wieder auf seiner Nase saß, sagte er: »Wird schon gehen. Wir sind ja schließlich nicht auf einer Fellrutsche in die Unterwelt gereist, um jetzt so lange am Boden zu kauern, bis wir uns in Stein verwandeln.« In seinem Gesicht zuckte es nervös. »Ob es hier unten Trolle gibt?« Offenbar hatte er beschlossen, dass in einer Welt, die nicht den Regeln der Vernunft folgte, alles möglich war.

»Tut mir leid, um in die Sektion ›Kindermärchen‹ zu gelangen, müssen Sie den Kaninchenbau zur linken Hand des Feuerdorns nehmen.« Edie versuchte sich an einem aufmunternden Lächeln, das Addo dankbar erwiderte. »Gut, dann mal los.« Allerdings traute sie sich erst loszugehen, nachdem

Silas ihre Hand genommen hatte und ihr bedeutete, dass er trotz der Enge des Gangs neben ihr hergehen würde.

Als Edie den ersten Schritt vom Fell auf die Holzdielen des Tunnels setzte, durchfuhr sie ein leichtes Beben. Wie am Meer, wenn die Wellen mit aller Macht gegen die Felsbrandung schlugen. Als gäbe es im Boden dicht unter ihren Füßen eine Brandung, die sich am Holz abarbeitete. ›Eine verdrehte Welt‹ hatte Silas die Nachtschatten genannt. Eine Welt, in der man nicht wusste, was sich über den Köpfen und unter den Füßen befand. *Vielleicht ist es auch besser, wenn wir nicht allzu viel über diese Dinge wissen – ansonsten würden wir noch den Verstand verlieren,* dachte Edie, bevor sie tiefer in den stetig hinabführenden Tunnel ging.

33

SCHLAFE SÜSS

Je länger sie dem Tunnel folgten, desto gewundener wurde er. Gelegentlich stieg er aufwärts, doch meist führte er immer tiefer ins Erdreich hinab. Dabei wurde er schmaler, die Decke senkte sich ab, sodass die herabhängenden Wurzeln ihre Köpfe streiften. In den Felswänden tauchten immer öfter aufwendig gearbeitete, jedoch verschlossene Holztüren auf. Es gab aber auch offene Kammern, in denen der Fels Wasserspiele und altarähnliche Podeste beleuchtete, von denen jedoch einige verschüttet waren, als reiche der Wille des Erlenkönigs nicht mehr aus, um dieses Reich aufrechtzuerhalten. Dann begann der Tunnel, sich zu beiden Seiten zu verästeln. Ein ins tiefe Erdreich führender Fuchsbau, dessen beleuchteter Hauptader sie folgten. Von allem ging eine verfallende Schönheit aus, die eine Erinnerung hervorrief, wie die Nachtschatten wohl ausgesehen hatten, als sie noch von Leben erfüllt gewesen waren – und von Wesen, die einem solchen Reich Glanz und Sinn verliehen. Jetzt erinnerten die Nachtschatten eher an einen Ort des ewigen Schlafs, an dem bloß die Erinnerung nicht zur Ruhe kam.

Immer wieder trafen sie auf längliche Felsspalten, durch die man hätte schlüpfen können, wenn sie nicht eine so unheimliche Ausstrahlung gehabt hätten. Addo leuchtete in einige dieser Abzweigungen hinein, doch das Licht wurde von der Finsternis verschluckt, sodass nicht zu erkennen war, was sich hinter den gezackten Rändern verbarg.

Die Luft wurde zunehmend wärmer und stickiger. Nach einer Weile entledigten sie sich ihrer schweren Winterjacken, Mützen und Schals und banden sich die Wollpullover um die Hüften, obwohl sie nicht viel Hoffnung hatte, die Wärme lange aushalten zu können. Edie spielte sogar mit dem Gedanken, das rote Halstuch von Roman auf dem Kleiderhaufen zurückzulassen, aber dazu konnte sie sich dann doch nicht durchringen. Mit seinen Symbolen erinnerte es sie an Rodriga und spendete ihr genug Trost, um die Hitze zu ertragen. Schließlich gaben alle bis auf Silas ihre dicken Stiefel auf, was vor allem Addo entgegenkam, der die abgetragene Leihgabe gar nicht schnell genug von den Füßen bekommen konnte.

»Und was ist mit dir, hast du irgendeinen Trick auf Lager, dass deine Füße nicht kochen?«, fragte Edie, als Silas keine Anstalten machte, seine Boots ebenfalls abzustreifen, während die anderen bereits ausprobierten, ob es sich besser mit Strümpfen oder barfuß laufen ließ.

»Meine Füße kochen auch«, gab er grinsend zu. »Aber ich bin ganz froh über ein wenig Abstand zwischen mir und diesem unheimlichen Rumpeln im Boden.«

»Hier unten ist es wirklich verflucht heiß. Kein Wunder, dass du ohne was am Leib den Nachtschatten entstiegen bist«, neckte Edie ihn.

Auf Silas' Gesicht schimmerte ein leichter Schweißfilm, der ihn ausgesprochen lebendig aussehen ließ. Nach dem ersten Schrecken ließen ihn die Nachtschatten regelrecht aufblühen.

»Schon komisch mit der Wärme. Ich hätte ja eher darauf

getippt, dass es im Reich des Erlenkönigs klamm und feucht ist, dass Nebelschwaden über den Boden wabern und Irrlichter das Dunkel erhellen.«

Silas warf ihr einen aufmerksamen Blick zu. »Wirklich? Stellst du ihn dir wie eine Märchengestalt vor, mit Wallehaar, in dem Borkenstücke verfangen sind, Rauschebart und einer Stimme, die von den Wänden widerhallt? Ein von den Jahrhunderten niedergedrückter Greis, der durch Tropfsteinhöhlen schleicht und dabei seine mit Moos besetzten Brokatgewänder hinter sich herzieht?«

»Eigentlich nicht«, gab Edie widerwillig zu, ohne jedoch zu verraten, welches Bild sich wirklich in ihrem Kopf abzeichnete: nämlich das eines überaus lebendigen, willensstarken Mannes, der genau wusste, was er tat. Und er kannte keine Zurückhaltung, um sein Ziel zu erreichen. Die Hitze, das beunruhigende Pochen im Grund unter ihren Füßen, der Duft von Jasmin mit seiner unleugbar dunklen Note ... das war der Erlenkönig. Aber allein die Vorstellung, ihm ein Gesicht zu verleihen, machte ihr Angst. Auf diese Weise würde er zu einem Gegner werden, dem sie sich vielleicht unterlegen fühlen würde, bevor sie ihm überhaupt entgegengetreten war. Die Vorstellung einer angestaubten Schauerfigur half da schon eher.

»Eigentlich ist es egal, wie wir ihn uns vorstellen«, sagte Silas. »Der Erlenkönig wird uns nämlich nicht sein wahres Gesicht zeigen, solange er es verhindern kann. Der Nebel ist nicht umsonst sein bester Freund in der Menschenwelt, genau wie die Schatten und alles, was unsere Sinne verwirrt. Er ist ein Meister im Verwischen seiner Spuren.«

Das Schweigen, das darauf folgte, verriet, dass beide dem gleichen Gedanken nachhingen: Vielleicht hatte der Erlenkönig auch die beste Maske von allen aufgesetzt, nämlich die eines seiner Opfer, um im richtigen Moment hervorzubrechen.

Edie fand als Erste ihre Sprache wieder. »Egal, wer er auch sein mag – wir beide wissen, warum wir gemeinsam in die Nachtschatten gegangen sind: damit du sie endgültig hinter dir lassen kannst. Was auch immer dir hier unten zugestoßen ist, es war nicht deine Schuld. Außerdem hast du ein Recht darauf, endlich ein eigenes Leben zu beginnen. Das ist es, worauf es ankommt.«

»Und du weißt auch, wie ich mein Leben führen möchte, oder?« Silas blickte sie mit dem ihm so eigenen Ernst an. »Nicht ohne dich.«

Am liebsten wäre Edie stehen geblieben, um ihn an sich zu ziehen und den Moment mit einem Kuss zu besiegeln. Doch sie hatten das Ende des Wegs erreicht und vor ihnen tat sich eine Halle auf. Ein breit gespannter Bogen bildete ihren Durchgang, umkränzt mit Zweigen, die vor lauter Alter ihre Farbe verloren hatten und dadurch wie Knochengespinst wirkten. Das Licht, das aus dem Gestein heraussickerte, verfärbte sich silbrig, als speise es sich aus den metallisch glänzenden Adern, mit denen die Wände durchzogen waren. Hier war der bislang rohe Holzboden plötzlich geschliffen glatt und poliert. Allerdings hatte er seine natürliche Farbe verloren und stattdessen ein tiefes Dunkelrot angenommen, als habe man ihn mit einer geheimnisvollen Flüssigkeit getränkt. Das Aroma änderte sich, der lockende Jasminduft wich einem Geruch wie an klaren Frosttagen, und auch die Wärme ließ nach. Leises Plätschern von unzähligen Tropfen, die in ein Wasserbassin schlugen, erklang und verdichtete sich zu einer Melodie, die sich hinter der Stirn festsetzte und ein Eigenleben zu führen begann. ›Seid still‹, schienen die Wassertropfen zu singen. ›Gebt acht und stört die Schlafenden nicht.‹

Als Edie den Durchgang zur Halle durchschritt, begriff sie auch, wovon die Tropfenmelodie erzählte. Auf Lagern aus Blättern, Gräsern und Fellen, in den in Stein geschlagenen Nischen, auf Altären und bei den ovalen Wasserbecken ruhten Gestalten. Wie an Perfektion grenzende Statuen sahen sie aus, wäre da nicht dieser kaum benennbare Funke gewesen, der das Lebendige von den Dingen trennt.

»Ich kann sie sehen«, hauchte Marischka voller Entzücken, dann drückte sie sich an Edie vorbei.

»Ich auch«, sagte Addo und nahm seine Brille ab.

Über den Schlafenden lag eine Staubschicht, sodass man dichter an sie herantreten musste, um Näheres zu erkennen. Während die anderen wie faszinierte Kinder durch die Halle streiften, musste Edie ihren ganzen Mut zusammennehmen, um sich dazu aufzuraffen.

Am nächsten saß ein Paar in einer Felsnische, die mit Edelsteinen und Moos geschmückt war. Die größere Gestalt schien eine Frau zu sein, mit langen, fließenden Gewändern, deren Gewebe bereits zerfiel. Ihr Gesicht lag im Schatten, doch die Hände, mit denen sie die kleine, kindhafte Gestalt in einer zärtlichen Umarmung hielt, waren grau, als sei jede Spur des Lebens aus ihr herausgesaugt worden. Trotzdem spürte Edie, dass noch Leben in diesen Händen steckte, auch wenn es nicht mehr als ein Glimmen war. Eines Tages würde es wieder zu einem Feuer entfacht werden und diese Vorstellung faszinierte sie. Obwohl diese Frauengestalt mit dem Erlenkönig verwandt war, überkam sie keine Wut auf diese Gestalt. *Sie hat sich für den Schlaf entschieden, nicht dafür, umherzuwandern und Menschenkinder zu rauben*, dachte Edie. *Ob das Volk des Erlenkönigs wohl weiß, welchen Pakt er mit den Menschen eingegangen ist, um sich seine Unsterblichkeit zu verschönern?* Edie suchte nach einer Antwort, während sie die beiden sich umarmenden Gestalten betrachtete.

Die unnatürlich langen Finger der Frau waren mit wunderschön gearbeiteten Ringen bestückt und endeten in spitzen Nägeln, bei denen Edie unwillkürlich zu spüren glaubte, wie sie sich nach einer Liebkosung in ihre Haut bohrten. Bei aller Anmut wohnte ihr auch etwas Gefährliches inne.

Die kleinere Gestalt in ihren Armen war ein Junge, obwohl seine schönen Gesichtszüge und das wellig fallende Haar, das von Spinnweben überdeckt war, daran Zweifel aufkommen ließen. Er war lediglich in ein Tuch gehüllt, mit Schmuckreifen um die Fußgelenke und den Hals. Wäre er ein Menschenkind gewesen, hätte er gewiss nicht mehr als vierzehn Jahre gezählt, aber so schön sein Gesicht auch war, so wenig menschlich schien es. Die Proportionen von Stirn, Wangen und Kinn wirkten unecht, fast übertrieben perfekt, und die geschlossenen Augen ließen erahnen, dass sie im geöffneten Zustand viel zu groß gewesen wären.

Es sind wunderbar geformte Mandelaugen mit einer Linse, die kein Kreis, sondern eine Ellipse ist, flüsterte die Gabe und spielte Edie ein Bild zu, wie dieser Junge die Augen öffnete.

Mit zitternden Fingern streckte Edie die Hand aus und strich Haar zurück, das sich vor Staub und Spinnenweben trocken wie Pergament anfühlte. Spitze Ohren kamen zum Vorschein, mit vielerlei Steinen geschmückt.

Edie hatte bereits früher ähnliche Geschöpfe gesehen – oder vielmehr hatte die Gabe sie längst verblasste Erinnerungen an diese Wesen erblicken lassen: Als habe ihr Schöpfer nur eine Ahnung vom äußeren Erscheinungsbild der Menschen gehabt und dann bei ihrer Herstellung einen Hauch zu viel Magie und Liebe zum Schönen benutzt. Dabei war etwas auf der Strecke geblieben, durch dessen Fehlen sie nun fremdartig wirkten – möglicherweise war es ihre Unfähigkeit zu sterben.

Sie schlafen und träumen, versicherte sich Edie, die ein unangenehmes Gefühl überkam.

Denn eigentlich wirkten die Körper der Umarmenden nicht wie Schlafende, die jeden Moment wieder erwachen konnten, sondern eher wie zurückgelassene Kokons, die nicht verwitterten. Kein Atem kam über die Lippen des Jungen und die Brust der Frau unter dem elegant drapierten Gewand war regungslos. Ein Zauber hielt sie an diese Welt oder vielmehr an die Nachtschatten gebunden.

Dieser Verdacht wurde verstärkt, als Edie an die nächste Nische trat, in der eine in sich zusammengesunkene Gestalt saß, deren gewelltes Haar sie wie ein Gewand umgab. Das Kinn war auf die Brust gesunken, sodass man ihr nicht ins Gesicht sehen und feststellen konnte, welchem Geschlecht sie angehörte. Als Edie vorsichtig ihr Kinn anheben wollte, zerfiel die Gestalt unter ihren Händen, als sei sie aus Asche geformt gewesen.

Edie stieß einen erstickten Schrei aus. »Das wollte ich nicht …«, flüsterte sie. »Der Junge ist doch auch nicht zerfallen, als ich ihn berührt habe.«

Silas trat neben sie und musterte den Staubhaufen vor ihr in der Nische. »Das ist auch nicht deine Schuld«, versicherte er ihr und deutete auf eine andere halb zerfallene Gestalt. »Sieht so aus, als würden einige der Schlafenden zerfallen. Vielleicht hält der Schutzzauber ja nicht ewig. In einer größeren Nische habe ich auch eine Ansammlung von Knochen entdeckt. Wobei ich irgendwie den Verdacht habe, dass es menschliche Überreste sind, vermutlich von den Kindern, die der Erlenkönig verschleppt hat.«

Edie weigerte sich, in die Richtung der Knochen zu blicken. »Du meinst, er hat sie nicht gehen lassen, wenn ihre Gabe versiegt ist?«

Es dauerte einen Moment, bevor Silas antwortete, als wäre er sich nicht sicher, ob Edie seine Meinung wirklich hören wollte. »Es gibt in Wasserruh keine Geschichten von Kindern, die wieder aufgetaucht sind. Ich bin bislang der Einzige.«

Während Edie diesen Schock erst einmal verwinden musste, wanderte Marischka wie eine Traumwandlerin durch die Halle, und Addo folgte ihr, als befürchte er, sie könne auf dumme Ideen kommen. Etwa einen der Schlafenden mit einem Kuss wie in Dornröschen zu erwecken oder den tropfenden Singsang des Bassins zu stören, weil sie ihre Füße im Wasser abkühlen wollte. Silas näherte sich zögernd der Gestalt, die auf einem Lager aus Blättern und Fellen lag. Der Statur nach war es ein Mann. Er trug einen Lederharnisch, und in der Hand, die auf seiner Brust ruhte, hielt er einen silbernen Tollkirschenzweig, der mit schwarzen Edelsteinen besetzt war. Mit einem ergründlichen Ausdruck betrachtete Silas das Gesicht des Schlafenden, obwohl der Staub wie ein Schleier auf seinen Zügen lag.

»Der schlafende Hofstaat des Erlenkönigs«, sagte er mit verstörender Gelassenheit. »Sie gehörten alle an seine Seite, haben dort – nach menschlichen Maßstäben – eine Ewigkeit verbracht. Sie waren seine Familie und trotzdem hat er sie allein ziehen lassen. Ob sie wohl von seinen Plänen, niemals zu schlafen, wussten? Und wenn ja, warum haben sie sich ihrem König nicht angeschlossen?«

Edie verdrängte die grausigen Bilder, die ihr zu schaffen

machten, und drängte sich so dicht an ihn, dass er ihre Nähe spüren musste. Doch er reagierte nicht, sondern verlor sich ganz in der Betrachtung des kantig geschnittenen Männergesichts.

»Er kommt mir vertraut vor«, flüsterte Silas. »Ich bin mir aber nicht sicher, ob meine Erinnerung zurückkommt, oder ob meine Gabe sich vom Einfluss der Medikamente befreit und mir die Vergangenheit des Hofstaats zeigt. Jedenfalls kann ich sehen, wie sich seine Lippen bewegen. Er sagt: ›Du kennst den Schlaf und seinen dunklen Bruder. Ersterer mag sich überlisten lassen, doch der Tod steht am Ende jedes Wegs. Leg dich zu uns, schlaf, und erwache, wenn die Welt wieder die unsere ist. Fordere Schlafes Bruder nicht heraus‹.«

Ein Schauder rieselte von Edies Nacken über ihren ganzen Rücken. Die Worte hatten so fremd aus Silas' Mund geklungen, als wäre seine Stimme selbst ein Echo aus der Vergangenheit. »Bestimmt bist du in all den Jahren, die du hier unten verbracht hast, auch in dieser Halle gewesen und hast dabei eine Erinnerung aufgeschnappt.«

»Das – oder es ist meine eigene, weil ich mehr bin, als ich scheine.«

»Silas …«, setzte Edie an, dann wurde sie jedoch von einem atemlosen Aufschrei unterbrochen.

Addo hatte Marischka bei der Taille umschlungen und von einem steinernen Bassin weggezerrt. Offenbar gegen ihren Willen, denn ihre Hand war noch ausgestreckt, als wollte sie unbedingt ins Wasser greifen.

»Am Grund des Bassins liegen gläserne Kugeln, in denen ein Licht gefangen ist. Sie wollte es anfassen«, erklärte Addo entschuldigend.

»Natürlich wollte ich das, du Nase.« Marischka befreite sich mit einem wütenden Glitzern in den Augen. »Warum auch nicht?«

»Weil sie unheimlich sind?«, schoss es aus Addo heraus. »Das sind Geisterlichter, vielleicht sogar mit einem heimtückischen Abwehrzauber garniert. So etwas packt man nicht einfach an, weil es so schön glänzt! Das weiß sogar ich, obwohl ich von euch allen den mit Abstand mickrigsten Radar für solche mystischen Angelegenheiten habe.«

Marischka schüttelte wenig überzeugt den Kopf. »Auf diese Weise werden wir nichts über den Erlenkönig herausbringen, sondern ihm komplett ahnungslos gegenübertreten. Wo ist überhaupt dein Forschergeist geblieben?«

»Addo hat recht«, mischte Edie sich ein. »Wir sollten in dieser Halle lieber möglichst wenig verändern. Vielleicht verraten uns die Kugeln auch etwas, ohne dass wir sie dafür aus dem Wasser holen müssen.«

Von den Kugeln im Bassin ging ein blasses Leuchten aus, das in trägen Intervallen pulsierte. Tatsächlich konnte sie sowohl Marischkas Faszination als auch Addos instinktive Furcht verstehen. Auf den ersten Blick sah die Oberfläche der Kugeln aus, als wären sie aus Glas geblasen. Wenn man jedoch genau hinschaute, bemerkte man, dass es nicht nur der von den Tropfen unruhige Wasserspiegel war, durch die die Kugeln ungleichmäßig aussahen, sondern dass ihre Oberfläche keineswegs ebenmäßig war.

Bleikristall, kam es Edie in den Sinn, ohne dass sie recht wusste, woraus sich diese Erkenntnis speiste. Um jedoch zu begreifen, was das milchige Licht bedeutete, das in den Kugeln gefangen war, musste sie sich ihrer Gabe bedienen. Sie hatte die Augen noch nicht mal annähernd geschlossen, als ein Sturm fremder Gedanken über sie hereinbrach. In einem einzigen Durcheinander redeten Stimmen in einer Sprache, die sie nicht begriff. Bilder tauchten auf, Geräusche, das Gefühl, über eine feuchte Wiese zu laufen, Angst, noch mehr Bilder, so schnell, dass Edie sie nicht erfassen konnte. Panisch schlug sie die Hände vor die Augen und wankte einen Schritt zurück. Marischka stützte sie gerade noch rechtzeitig, bevor sie das Gleichgewicht verlor und fiel.

»Keine Ahnung, ob in diesen Gefäßen die Seelen der Schlafenden eingesperrt sind, aber zumindest ihre Träume und Erinnerungen. Deshalb sehen sie auch so versteinert aus, sie haben einen wichtigen Teil ihrer selbst in ein Gefäß gesperrt.«

»Falls sie es selbst getan haben«, sagte Silas, der die anderen Bassins inspizierte.

»Sag nicht so etwas Schreckliches.« Addo war blass wie ein Leichentuch, und zum ersten Mal glaubte Edie, dass es ein Fehler gewesen war, ihre Freunde mit in die Nachtschatten zu nehmen.

»Am Grund dieses Bassins befindet sich auch etwas.« Silas' Stimme brach weg, und er musste sich räuspern, bevor er weitersprechen konnte. »Erinnerst du dich an die seltsame Weinflasche bei Rodriga, in der eine rote Flüssigkeit träge gekreist hat? Hier gibt es jede Menge davon, in den unterschiedlichsten Formen.« Er tauchte seine Hand ins Wasser und holte eine Flasche hervor, nur so groß wie eine geballte Faust. Um ihren Hals hing ein Amulett an einer Silberkette und sie war bis zum Rand gefüllt. »Also ich tippe mal darauf, dass es kein Wein ist. Als Kind hatte ich ein Buch über das alte Ägypten, darin wurde beschrieben, wie Mumien präpariert wurden. Man entnahm ihnen die Innereien und legte sie in Gefäße, die sogenannten Kanopen. Anstelle von Lungen und Mägen wurde dem Hofstaat des Erlenkönigs jedoch etwas ganz anderes entnommen …«

340

»Aber sie schlafen doch nur.« Es war nicht zu überhören, dass Marischka in diesem Moment keiner anderen Antwort standgehalten hätte. »Sie sind so wunderschön und verwunschen ...«

»Natürlich schlafen sie, tief und fest bis in alle Ewigkeit«, beruhigte Edie sie, ehe sie zum Bassin mit den Flaschen hastete.

»Darin stehen deutlich weniger Flaschen, als es Schlafende gibt«, flüsterte Silas. Nachdem er die Flasche zurückgestellt hatte, ging ein sichtliches Zittern durch seinen Körper, das er nicht unter Kontrolle bekam.

Edie packte ihn am Arm und griff so fest zu, dass ihre Fingernägel in seine Haut schnitten. Frische Wunden neben alten Narben – aber sie konnte sich nicht beherrschen, zu groß war ihr Entsetzen. »Ich habe aus einer solchen Flasche getrunken. Verstehst du? Etwas davon ist in mir!«

Hilflos erwiderte er ihren Blick. »Offenbar muss man nicht erst in die Nachtschatten gehen, damit sie sich bei einem einschleichen.«

Bevor Edie das Ausmaß dieser Worte richtig bewusst wurde, nahm sie eine Vibration unter ihren nackten Füßen wahr. Ganz schwach, und trotzdem reichte es aus, um Erinnerungen zu wecken. »Spürst du das auch?«

Silas brauchte einen Moment, bis er es ebenfalls durch seine Stiefelsohlen wahrnahm. »Pferdegetrampel. Offenbar hat uns der Erlenkönig gefunden, bevor wir ihn finden konnten.«

»Ich kann ihm jetzt noch nicht gegenübertreten! Ich habe dieses Zeug in mir, ich weiß nicht, was ich denken soll, ich ...« Edie spürte, wie die Angst sie davonspülte, als wäre sie eine Flut, die sie von der Küste weg aufs offene Meer zog. Zu ihrer Erleichterung nickte Silas, obwohl es ihm anzusehen war, wie sehr er die Begegnung mit dem Erlenkönig herbeisehnte.

»Der Erlenkönig ist auf dem Weg zu dieser Halle. Am besten verstecken wir uns in einer der dunklen Felsspalten«, rief er den anderen beiden zu.

Offenbar hatte Marischka bei der Vorstellung, dass das Pferd des Erlenkönigs den Boden zu erschüttern vermochte, ihre Forscherlust schlagartig vergessen. Mit weit aufgerissenen Augen kamen sie und Addo angelaufen und waren bereits durch den silbrigen Hallenbogen hindurch, während Edie den Schlafenden noch einen letzten Blick schenkte.

Jemand hat einen Flakon, der euch gehört, in meine Welt gebracht und mich davon trinken lassen. Einer von euch ist zu einem Teil von mir geworden, begriff sie das volle Ausmaß der Ereignisse. Die Erkenntnis schnitt ihr in die Brust, als wäre sie ein Kristallsplitter.

34

In der Dunkelheit

»Schneller!«, drängte Silas, während sie durch den Tunnel rannten.

Nun bebte nicht bloß der Boden unter ihren Füßen, sondern auch das Schlagen der Hufe war zu hören, ein Stampfen und Lärmen, gefolgt von einem unnatürlich lauten Echo. Aber unten in den Nachtschatten galten nicht länger die Naturgesetze, sondern die Regeln des Erlenkönigs. Eben noch waren die Hufschläge im vollen Galopp gewesen, nun wurden sie langsamer, als spüre der Jäger die Nähe seiner Beute und wolle sie nicht verschrecken ...

Jeder Hufschlag dröhnte hinter Edies Stirn wie ein Warnsignal, während sie blindlings neben ihren Freunden herhastete. Als sich an der irisierenden Wand an der Biegung vor ihnen der Schatten eines Pferdeskopfs abzeichnete, drohten ihre Beine zu versagen. Bevor sie jedoch stürzte, packte Silas sie um die Taille und zog sie mit sich in die Dunkelheit einer gezackten Felsspalte. Dort stieß sie gegen jemanden ... *Das ist bloß Marischka oder Addo,* behauptete ihr Verstand. Trotzdem glaubte sie, dass es eine Gestalt mit geschlossenen Augen war, mit Spinnweben im Haar und in ein Gewand gekleidet, das im Laufe der Jahrhunderte brüchig wie altes Pergament geworden war. Sie verspürte den Drang zu schreien und rammte sich den eigenen Handrücken gegen die Lippen, damit der Druck nachließ. Sie durfte keinen Laut von sich geben.

Das Klappern der Pferdehufe ertönte jetzt ganz nah.

Schritt für Schritt setzte das Tier.

Edie hörte sein unruhiges Schnauben und drückte sich gegen die Gestalt, die sie eben noch halb zu Tode erschreckt hatte. Sie vergrub ihr Gesicht in Filzstoff, der vertraut nach Sandelholz und damit nach Addo roch.

Hufgescharre verriet ihr, dass das Pferd unruhig auf der Stelle tänzelte. Dann erklang ein Wiehern, und erneut erbebte der Grund unter ihren Füßen, als das Pferd davonstob.

»Wir scheinen noch mal Glück gehabt zu haben«, flüsterte Silas. »Sollen wir auf den Weg zurückkehren und in die Richtung laufen, die Edie nicht gefallen hat, oder erst mal zusehen, was dieser Felsgang an Überraschungen zu bieten hat?«

Während Addo Edie beruhigend die Schulter tätschelte, sagte er: »Es ist bestimmt nicht verkehrt, möglichst viel über die Nachtschatten herauszufinden, ehe wir ihrem Herrscher entgegentreten. Vorher war der Erlenkönig nur ein Schatten im Nebel, nun können wir uns zumindest vorstellen, wie er ungefähr aussieht, nachdem wir seinen Hofstaat gesehen haben. Und wir wissen, dass er seine schlafenden Untergebenen bestiehlt. So habe ich das jedenfalls verstanden, was Silas über diese Kanopen mit dem roten Elixier gesagt hat.«

»Dass er ein verdammter Dieb ist, wussten wir schon vorher.« Obwohl kaum die Hand vor Augen zu sehen war, war klar, dass Silas bitter lächelte. »Wer Kinder raubt, um sich die eigene Unsterblichkeit zu versüßen, wird auch keine Rücksicht auf seine eigenen Leute nehmen. Viel entscheidender ist die Frage, was genau er ihnen gestohlen hat. Lasst uns ein Stück den Gang entlangtasten, bis wir sicher die Taschenlampe anmachen können. Dann können wir uns eine von diesen Kanoben genauer anschauen.«

»Du hast eine Flasche mitgenommen? Ich fasse es nicht.«

Edie verzog das Gesicht. Die Vorstellung war einfach zu unheimlich. *Ich will nicht wissen, was die rote Flüssigkeit ist,* dachte sie elend. *Ich will nicht wissen, was ich getrunken habe. Gott, wie konnte ich nur so dumm sein?* Wenn sie ehrlich zu sich war, wusste sie natürlich längst, was die Kanoben aus Bergkristall enthielten, von welchem roten Saft sie getrunken hatte. Nur war es eben etwas anderes, es wirklich zu wissen, als es zu vermuten.

»Addo hat recht. Wir sollten möglichst viel über den Erlenkönig herausfinden, bevor er uns endgültig stellt.« Silas hatte offenbar nicht vor, auf ihre Empfindsamkeit Rücksicht zu nehmen. »Hier unten ist der einzige Ort, an dem wir etwas über ihn herausbringen können, das uns hilft, uns ihm entgegenzustellen.«

»Oder wir hätten Roman nicht zurücklassen sollen«, hielt Edie trotzig dagegen. »Er weiß schließlich so einiges über den Erlenkönig. Er hat sogar alte Bücher seiner Familie, die sich mit dem Zauber der Nachtschatten beschäftigen. Zumindest glaube ich das.«

Silas schnaubte höhnisch. »Du meinst *den* Kerl, der plötzlich wie aus dem Nichts aufgetaucht ist und mit seinem Wissen über den Erlenkönig hausieren geht? Der darf sein wertvolles Wissen gern für sich behalten, wenn es nach mir geht.«

»Könnt ihr beiden euch vielleicht weiter weg vom Tunnel die Köpfe einschlagen? Wir müssen uns langsam echt mal in Bewegung setzen.« Marischkas Stimme erklang bereits aus einiger Entfernung. »Aber seid vorsichtig, der Boden ist ziemlich zerklüftet. Nicht dass sich noch einer die Fußsohle aufschlitzt.«

Edie setzte einen Schritt in den Gang, als plötzlich ein Knacken unter ihrer Sohle erklang. Rasch hob sie den Fuß, aber es war zu spät: Unter ihrem Fuß war etwas wie ein Zweig zerbrochen.

»Meine Brille«, sagte Addo. »Sie ist runtergefallen, als du eben gegen mich gelaufen bist.«

»O nein.« Edie ertastete in der Dunkelheit zwei Teile. »Sie ist zerbrochen, verdammt. Wie schlecht siehst du ohne die Gläser? Soll ich dich führen?«

Addo antwortete nicht, sodass Edies Schuldgefühl sich prompt verdoppelte. Ihretwegen würde der arme Kerl nun blind durch die Nachtschatten taumeln, außerstande, eine Gefahr rechtzeitig zu entdecken.

In das Schweigen hinein meldete sich Marischkas Stimme. »Nun gib es schon zu.«

Addo seufzte. »Ich brauche die Brille überhaupt nicht. Ich trage sie nur, um ein wenig … nun ja, interessanter auszusehen. Wie ein besonders Schlauer eben. Ganz schön blöd, was?«

»Überhaupt nicht«, sagte Edie mit einem befreiten Lachen. Die kleine Eitelkeit entspannte sie und sorgte dafür, dass ihre Ängste nicht mehr jeden Winkel in ihr ausfüllten. Eingehakt bei Addo setzten sie Schritt für Schritt, bis Marischka, die voranging, sich erneut zu Wort meldete.

»Der Gang endete in einer Art Holzwand. Ich denke, wir sind weit genug vom Hauptweg weg, um die Taschenlampe anzumachen und nachzuschauen, was es damit auf sich hat.«

Der Lichtkegel traf auf dicke, geschwärzte Holzbohlen. Ein Glutschimmer lag über ihnen, als hätten gerade erst Feuerzungen über sie geleckt.

»Eine Tür«, stellte Addo fest. »Und zwar eine ziemlich kaputte. Die hat jemand mit einem ordentlichen Rums aufgebrochen. Mich wundert es bloß, dass die nicht vorher von allein aus den hölzernen Angeln gebrochen ist. Hier unten gibt es überhaupt kein Eisen, dabei hält Holz als Angelmaterial normalerweise nicht ...«

»Es hat ziemlich lange gehalten, denn mit *normal* hat diese Tür nichts zu tun.« Im Licht der Taschenlampe wirkte Silas' Gesicht erschreckend hohl. Mit sichtlichem Widerwillen streckte er die Hand aus und berührte die schräg dastehende Tür für eine Sekunde, ehe er den Arm zurückzog, als habe er sich verbrannt. Und das hatte er allem Anschein nach tatsächlich, denn seine Fingerkuppen verfärbten sich rot. Als Edie seine Hand nahm, bildeten sich bereits erste Brandblasen. »Wie dämlich von mir, es zu probieren«, murmelte er. »Ich kann diese Tür nicht anfassen, ohne mich an ihr zu verbrennen. Das weiß ich ganz genau, ich habe mir nämlich ordentlich die Hände versengt an dem Tag, an dem ich deinen Herzschlag gehört habe.«

»Du erinnerst dich?« Edie wusste nicht, ob sie sich für ihn freuen oder Mitleid verspüren sollte. Eigentlich waren sie ja aus genau diesem Grund in die Nachtschatten hinabgestiegen, aber als sie nun das stumme Entsetzen in Silas' Augen sah, da seine Erinnerung zurückkehrte, kam ihr die Idee ziemlich naiv vor. Wer wollte sich schon daran erinnern, wie eine Tür, die er unbedingt aufstoßen musste, ihm die Handflächen verbrannte? Was wiederum nichts anderes bedeutete, als dass er hinter dieser Tür eingesperrt gewesen war.

»Lasst uns zurückgehen und eine der anderen Abzweigungen nehmen«, schlug Edie vor.

Doch Silas kletterte bereits durch den schmalen Spalt, darauf bedacht, bloß nirgends bei der rötlich glimmenden Tür anzuecken. Addo leuchtete ihm mit der Taschenlampe, dann folgte er ihm, wobei es ihm wesentlich leichter fiel, durch den Spalt zu schlüpfen. Denn obwohl Silas hager war, war er groß und hatte breite Schultern, während Addo durchweg zierlich gebaut war. Kaum beleuchtete er von der anderen Seite der Tür den Durchgang, warf Marischka ihr noch einen aufmunternden Blick zu, dann glitt sie mit der Eleganz einer Tänzerin hindurch. Edie stand allein in der Dunkelheit und fragte sich, was sie wohl auf der anderen Seite erwartete. War sie wirklich bereit, die Zeugnisse von Silas' Leidensgeschichte mit eigenen Augen zu sehen? Ohne eine Antwort zu finden, folgte sie ihren Freunden.

35

GEFANGEN

Silas stand inmitten der in rohen Stein gehauenen Kammer, deren Decke so niedrig war, dass er nur geduckt darin stehen konnte. Viel zu sehen gab es nicht: ein Wasserbassin, das einen moderigen Geruch verströmte, und eine Pritsche an der Wand. Die Luft war heiß und unerträglich schwül. Schimmelpilze wucherten in den Felsspalten und ihre Sporen kreisten träge im Licht der Taschenlampe.

»Ich tippe mal darauf, dass es nicht gut ist, diese Sporen einzuatmen.« Marischka hielt sich den Zipfel ihrer Hippie-Bluse vor Mund und Nase. »Obwohl mir so ein bisschen Lustigsein gerade ganz gut tun würde. Allerdings machen die Pilze nicht gerade den Eindruck, von der Partysorte zu sein.«

Addo rückte mit einem panischen Blinzeln seinen Hemdsaum über die Nase, und auch Edie war trotz der Hitze plötzlich froh, Romans Halstuch nicht abgelegt zu haben. Es ließ sich nämlich hervorragend als Atemschutz benutzen.

»Silas, du solltest dich auch vor den Sporen schützen.«

Silas stand vor der Pritsche und hatte ihnen den Rücken zugewandt. »Das ist nicht nötig. Ich habe diese Sporen jahrelang eingeatmet, ich brauche eine deutlich höhere Dosis als ein paar Atemzüge, damit sie bei mir Halluzinationen hervorrufen. Aber ihr solltet wirklich aufpassen. Ihre Wirkung ist eher wie ein Zeitlupenalbtraum als wie eine Party. Vor allem, wenn man ganz allein und gefesselt im Dunkeln festsitzt.«

»Gefesselt …«, wiederholte Edie, dann führte sie Addos Hand mit der Taschenlampe so, dass sie die Pritsche ausleuchtete. Erst auf den zweiten Blick erkannte sie feine geflochtene Bänder, die an der Felswand befestigt waren. »Diese Stricke sehen sehr dünn aus.«

Silas lachte rau auf. »Sie brauchen nicht dicker zu sein, man bekommt ihre Schlingen nämlich nur auf, wenn man sich dabei selbst verstümmelt. Das Einzige, was sie nachgiebig macht, ist Blut. Du kennst die Narben an meinen Handgelenken.« Ein Schaudern ging über seinen Rücken. »Diese Fesseln … Sie sind aus *seinem* Haar gewirkt.«

Wie von einer fremden Macht geführt, ergriff Edie einen der Stricke. Augenblicklich versuchte ihre Gabe sie zu überwältigen, um ihr die Vergangenheit dieser Fesseln zu zeigen. Verschwommene Bilder von frischen Wunden flackerten auf, aber es gelang ihr schließlich, sie zurückzudrängen, indem sie ihre weit aufgerissenen Augen auf Silas' bebenden Rücken richtete.

»Sein Haar ist also dunkel.«

»Das weiß ich nicht. Noch nicht.« Silas klang, als würde er die Worte weit von ihr entfernt aussprechen. »Aber die Stricke sind dunkel, weil sie voller Blut sind. Meinem Blut. Wenn sie einem ins Fleisch schneiden, brennt es, als wären sie in Gift getränkt. Das Brennen kommt jedoch daher, dass sie sich mit allem Lebendigen gierig vollsaugen. Schließlich ist es sein Haar. Alles an ihm lechzt nach Leben. Trotzdem sollte ich mich nicht beschweren, schließlich habe ich mir diese Verletzungen selbst zugefügt, immer wieder, aber erst als ich deinen Herzschlag gehört habe, war ich entschlossen genug, um sie zu öffnen.«

Mehr brauchte es nicht. Edies Magen revoltierte und sie riss sich das Tuch gerade noch rechtzeitig vom Mund. *Gut so,* dachte sie, während in ihrem Bauch ein Krampf auf den nächsten folgte. *Nur raus mit all dem Gift, das in der Kanobe war.* Doch es wollte nichts ihre Kehle hinaufsteigen, offenbar hatte ihr Magen längst alles aufgenommen, was sie ihm in ihrer Ahnungslosigkeit verabreicht hatte.

Während sie trotzdem immer weiter von Krämpfen geschüttelt wurde, stützte Marischka sie. »Halt dich nicht zurück, Kotzen ist gut«, erklärte sie Edie in einem Ton, der verriet, dass sie schon vielen Leuten in dieser Situation beiseitegestanden hatte. »Das reinigt Geist und Körper, das wussten schon die alten Inder.«

Edie gab ein hustendes Lachen von sich. Dann straffte sie den Rücken und ignorierte ihre zitternden Knie. »Es geht schon wieder, danke. Ist das Wasser im Bassin trinkbar oder auch bloß so eine tückische Giftbrühe?«, fragte sie in die Richtung, in der sie Silas vermutete. Sie mochte ihm nicht das Gesicht zudrehen, nicht in diesem Zustand.

»Es schmeckt brackig, ist aber ungefährlich.«

Edie erschrak, weil Silas direkt neben ihr stand. Sie hatte es nicht bemerkt, keiner ihrer Sensoren hatte auf ihn reagiert. Seit er die Kammer betreten hatte, war eine Veränderung in ihm vorgegangen und sie schien den Kontakt zu ihm immer wieder zu verlieren. Seit sie in den Nachtschatten waren, entglitt er ihr, selbst wenn er ihre Hand hielt. Der Erlenkönig zog ihn in seinen Bann, und Edie befürchtete, dass sie ihn selbst dann verlieren würde, wenn sie jetzt sofort zum Ausgang liefen und keinen Blick zurückwarfen. Die zurückkehrende Erinnerung drängte sich zwischen sie und drohte, sie auseinanderzutreiben. Dabei hatte sie mit dieser

Reise in die Nachtschatten genau das Gegenteil erreichen wollen.

Edie verharrte über dem Bassin, mit dessen trübem Wasser sie notdürftig ihr Gesicht gewaschen hatte. So fest es ging, umfasste sie den Steinrand. Sie packte zu, bis ihre Handgelenke zu schmerzen begannen, aber wenigstens wurde sie dadurch von ihren zermürbenden Ängsten abgelenkt. Trotzdem gelang es ihr nicht, ein tränenersticktes Stöhnen zu unterdrücken.

»Das alles nimmt dich ziemlich mit, was?«

Silas streichelte ihr sanft über den Rücken. Was ihr trotz aller Mühe nicht gelungen war, brachte er nur durch eine Berührung zustande: Für einen Augenblick verschwanden ihre Sorgen, und so konnte sie einen Grashalm finden, um sich daran festzuhalten: Noch war er ihr nah, noch war er bei ihr. Noch. Zwischen seinen liebkosenden Fingern und ihrem Rücken lag nur eine dünne Schicht Baumwolle, aber es war etwas anderes, das ihn von ihr trennte.

»Egal, woran du dich erinnerst, es ist Vergangenheit«, sagte sie, und ihre Worte hallten vom Wasserspiegel des Bassins wider. »Du willst doch mit den Nachtschatten abschließen, nicht wahr?«

»So, wie du das sagst, klingt es, als wären die Nachtschatten eine Art dunkle Droge, der ich verfallen könnte.« Silas hielt inne. Die eben noch sanft kreisenden Finger erstarrten. »Vielleicht hast du recht, und das ist genau die Wirkung, die sie auf mich haben. Als starre man in einen schwarzen Abgrund und verspüre das unzähmbare Verlangen, sich hineinzustürzen. Vielleicht ist mir dieses Schicksal ja eingebrannt, seit ich als Kind an einem nebeligen Morgen das Haus verlassen habe. Oder schon viel früher, als ich zum ersten Mal die Augen geöffnet habe und Dinge sah, die dort eigentlich nicht sein sollten. Als Kind von Wasserruh gehörte ich von Anfang an ihm.«

Hinter Edies Stirn breitete sich ein schmerzhaftes Pochen aus, während schwarze Sterne aufleuchteten, um zugleich wieder zu verglühen. Ihr Körper setzte ihr immer mehr zu. Sie wusste nicht, ob es an den Sporen, dem Kanobenwein oder an Silas' Worten lag. Trotzdem richtete sie sich unter seiner Liebkosung auf und blickte ihn unverwandt an.

»Wenn du *ihm* gehören würdest, dann hätte mein Herzschlag dich niemals erreicht. Und bevor du auf die Idee kommst zu erzählen, dass du lediglich die Nachtschatten verlassen hast, um mich ebenfalls in dieses Reich zu holen, dann schau dir noch einmal diese Fesseln an. Du hast dir mit ihnen dein eigenes Fleisch zerschnitten, so tief, dass die Narben bis an dein Lebensende sichtbar sein werden. Du hast damals die Kraft zur Flucht gefunden, und heute wirst du sie aufbringen, um endgültig mit diesem Ort zu brechen.«

Silas sah sie erst bloß an, sichtlich erstaunt über ihre Heftigkeit. Dann lächelte er. »Ansonsten frisst du mich mit Haut und Haaren auf, was?« Als sie ihn bloß weiter anfunkelte, streifte er eine ihrer weißblonden Strähnen hinters Ohr. Eine Berührung, die nichts gemein hatte mit der tröstenden Art, mit der er ihren Rücken gestreichelt hatte. Es war vielmehr eine Herausforderung, die sie jedoch nicht würde annehmen können, da sie nicht allein in dieser Kammer waren. Irgendwo im Hintergrund hüstelte Addo verlegen.

»Mir ist diese Kammer zu unheimlich«, verkündete Marischka, der ebenfalls nicht entgangen war, was sich gerade zwischen ihnen abspielte. »Addo und ich holen uns im Gang eine Nase frische Luft. Aber bleibt nicht zu lange, ihr zwei, egal, ob ihr gegen diese Sporen immun seid oder nicht.«

Kaum verklang das Rascheln von Marischkas Röcken, erwiderte Edie noch einmal Silas' herausfordernden Blick, dann lehnte sie sich vor und küsste ihn. Ihre Lippen trafen hart aufeinander, und sie verschwendete keine Zeit damit, ihn liebevoll aufzufordern, sie zu öffnen, ganz anders als bei ihrem ersten vorsichtigen Kuss. Sie drängte sich an seinen Oberkörper, griff in sein zerzaustes Haar und gab sich der Wärme hin, die sein Mund ihr einhauchte. Silas gehörte ihr, und sie würde ihn nicht wieder hergeben, ganz egal, wie sehr das dunkle Reich des Erlenkönigs an ihm zog.

Nein, beschloss Edie. *Ich werde ihn nicht aufgeben, egal, was es mich kosten mag.*

36

Ende des Wegs

Zurück auf dem dunklen Felsengang, stellten die Freunde fest, dass ihnen nach Silas' Kerker der Forschungsgeist abhandengekommen war.

»Ich denke, wir haben uns einen umfassenden Eindruck davon verschafft, wie es dem Hofstaat und den Gästen des Erlenkönigs ergeht«, brachte Addo es auf den Punkt. Ohne die Brille auf der Nase sah er noch jünger und verletzlicher aus als ohnehin schon. »Ich bezweifle, dass es uns etwas bringt, noch mehr Kammern des Schreckens zu besichtigen. Es sei denn, Silas gelangt nur dadurch an seine Erinnerung.« Sein Gesichtsausdruck sagte ein deutliches ›bitte nicht‹.

Zur allgemeinen Erleichterung schüttelte Silas den Kopf. »Das ist nicht notwendig, der Stein ist mehr als genug ins Rollen gekommen. Die Gänge und Stollen kommen mir zunehmend vertrauter vor, und es kehren auch immer mehr Erinnerungen zurück, obwohl sie bislang noch keinen Zusammenhang ergeben. Wenn man mal davon absieht, dass sie alle richtig übel sind.« Er wischte sich über die Augen, als könne er die Bilder dadurch verdrängen. »Ich habe verdammt viel Zeit in diesem schwarzen Loch verbracht. Allein und, wenn ich mich nicht irre, ziemlich weggetreten von den verdammten Sporen und was weiß ich nicht alles.«

355

Marischka kreuzte ihre Hände vor die Brust, als würde sie ihr ansonsten zerspringen. »Wenn der Erlenkönig dich mit irgendwelchen Drogen vollgepumpt hat, würde das doch deinen Blackout erklären. Dann hat dein Unbewusstes den ganzen Krams einfach schön wegsortiert, bis du es genötigt hast, die schwarzen Stunden wieder rauszurücken.« Sie kaute auf ihrer Oberlippe, dann warf sie Edie einen Blick zu. »Dann können wir jetzt doch gehen. Silas' Erinnerung wird zurückkehren, und wenn er wieder alles über seine Gefangenschaft weiß, finden wir bestimmt auch eine Antwort darauf, wie man dem Erlenkönig das Handwerk legen kann. Wir starten dann noch mal, aber eben mit einem richtigen Plan und nicht nur mit viel Hoffnung.«

Es war klar, woher diese Idee rührte: Marischka mochte ein wahres Löwenherz haben, aber Addo und sie hatten eben nicht ihr Leben damit verbracht, Dinge zu sehen, die es unmöglich geben konnte. Jetzt forderten die Nachtschatten ihren Tribut.

»Ich muss ehrlich zugeben, dass ich auch ziemlich am Ende bin«, gab Edie zu. »Es mag zwar naiv klingen, aber ich habe nicht mit so verstörenden Dingen gerechnet wie den Schlafenden oder die vom Blut ganz dunklen Fesseln. Ich will auch nicht länger vor Pferdegetrampel davonlaufen oder mir den Kopf darüber zerbrechen, was genau das war, das ich in Rodrigas Haus getrunken habe. Ob ich mich noch wie das Mädchen fühle, als das ich im Herbst nach Wasserruh gekommen bin … Das alles macht mir schreckliche Angst. Und da ist noch etwas anderes.«

Edie suchte nach Silas' Blick, doch er hielt den Kopf gesenkt. War es möglich, dass er sich schon wieder von ihr entfernte trotz des Kusses, den sie immer noch auf ihren Lippen schmeckte? Ihr Herz schlug schmerzhaft gegen ihren Brustkorb. »Ich bin mir nicht sicher, dass wir bestehen werden, wenn wir dem Erlenkönig gegenüberstehen«, sagte sie. Die Wahrheit wäre allerdings gewesen: ›Ich bin mir nicht sicher, ob ich dich halten kann. Oder ob du es zulassen wirst, wenn dich der Herrscher dieses dunklen Reichs ruft.‹

Noch immer hob Silas nicht den Blick, sondern schob sich an Edie vorbei, um Addo die Taschenlampe abzunehmen. »Dann sollten wir jetzt gleich aufbrechen, bevor wir doch noch durch die falsche Tür geraten und uns vorm Thron des Erlenkönigs wiederfinden.« Er ging mit raschen Schritten voran, und die anderen folgten ihm, so gut sie konnten.

Als sich jedoch der Felsspalt mit seinem erdfarbenen Leuchten vor ihnen abzeichnete, hielt Marischka Edie zurück.

»Es geht Silas nicht gut, oder?«, flüsterte sie. »Ich meine jetzt nicht nur wegen der Erinnerungen. Da ist doch noch etwas anderes. Allein die Art, wie er dich manchmal von der Seite anblickt: als müsste er sich unentwegt vergewissern, dass du ihm nicht davonläufst. Was ist hier los, Edie?«

»Ich weiß es nicht«, gestand Edie ein. »Ich bin in die Nachtschatten gestiegen, weil ich ihm helfen will. Aber ich weiß immer weniger, wie ich das anstellen soll.« Die Jungen warteten am Felsspalt, und sie konnte sehen, wie Silas mit dem Handrücken über seine Lippen rieb, als wische er die Spuren ihres Kusses ab. »Wir hätten dich und Addo niemals mitnehmen dürfen.«

»Ach nein?« Marischka stemmte ihre Hände in die Hüfte. »Ich glaube, du unterschätzt deine Freunde ganz gewaltig, mein liebes Fräulein Klaws. Darum werde ich dir jetzt mal sagen, wie du Silas helfen kannst: indem du ihm klarmachst, was das Richtige für ihn ist, wenn er es nicht mehr weiß. Der

Kerl braucht keine Erinnerungen, sondern eine Zukunft. Und genau das bist du für ihn. Also sei brav und lass dieses niedergeschlagene Gerede. Du hast ihn schon einmal ans Tageslicht gelockt – und es wird dir wieder gelingen.«

»Kommt ihr?« Addo klang atemlos, ihm ging eindeutig die Puste aus.

Marischka knuffte Edie noch einmal aufmunternd, dann schlossen sie zu den anderen auf.

* * *

Der Hauptgang des Tunnellabyrinths lag verlassen da.

Es war weder das Pferd noch eine Spur seines Reiters zu entdecken.

Ohne weitere Diskussionen liefen sie den Gang entlang, sodass Edie weder die Wärme noch das unheilvolle Dröhnen unter ihren Sohlen bemerkte. Sie kamen an ihrem Kleiderhaufen vorbei, und jeder schnappte sich seine Sachen, ohne groß im Laufen innezuhalten. Als die am Boden liegenden Felle auftauchten, stieß Addo ein erleichtertes Seufzen aus. Es verriet, was sie alle dachten: ›Wir sind entkommen‹.

Die Felle lagen genau so da, wie sie sie zurückgelassen hatten, und ein betörender, unglaublich intensiver Jasminduft hing in der Luft. Ein Willkommensgruß der Verbindung zwischen ihrer Welt, in die sie schleunigst zurückkehren wollten, und den Nachtschatten.

Edie atmete tief ein und bemerkte eine andere, trotzdem vertraute Note, die eine anziehende Kraft auf sie ausübte. Wonach roch es bloß? Es konnte unmöglich ein Teil des Jasmindufts sein, der ihn bloß überlagerte.

»Los, Edie. Lass es krachen«, forderte Marischka sie auf, während sie in einen ihrer Stiefel schlüpfte. »Schön einatmen und dann ab in die Felle. Wenn wir uns beeilen, finden wir noch vor Dämmerungseinbruch aus dem Wald und können unser Abenteuer mit der einen oder anderen Flasche Slibovic bei uns unterm Dach begießen.«

Addo räusperte sich. »Ich hätte nie gedacht, dass ich einmal so etwas sagen würde: Aber ein Riesenbesäufnis ist genau das, was ich jetzt tausendmal dringender brauche als ein heißes Bad und frische Klamotten.«

»Geht mir genauso.« Edie schloss leicht die Lider, um schneller den Weg durch die Felle zu finden. Doch kaum dass ihre Gabe zu wirken begann, bemerkte sie im Augenwinkel einen Schatten.

Edie keuchte erstickt auf.

In diesem Moment trat eine Gestalt aus einer der Nischen hervor.

Marischka verlor das Gleichgewicht und stieß einen schrillen Schrei aus.

Silas wirbelte herum und spannte seine Muskeln an, als wäre er auf jeden Angriff gefasst.

Addo fasste sich hektisch an die Stelle, wo seine Brille nicht mehr saß.

Und Edie ... Edie begriff, woher der vertraute Geruch kam. Roman stand nur ein paar Schritte von ihr entfernt und schaute sie auf eine Weise an, als existiere niemand außer ihr.

»Du willst schon gehen?«, fragte er.

37

Auf der Spur

Bevor Edie auf Romans plötzliches Auftauchen reagieren konnte, stellte Silas sich vor sie, den Rücken immer noch leicht gerundet wie ein Boxer, der auf eine Gelegenheit wartet zuzuschlagen. »Seit wann lauerst du hier schon beim Durchgang herum?«, fuhr er Roman an.

»Ich lauere nicht, sondern habe mich versteckt, nachdem ich Schritte gehört habe. In diesem Tunnel ist es nämlich verdammt unheimlich, besonders wenn man allein unterwegs ist«, erwiderte Roman nicht minder gereizt. Trotz der Wärme trug er seine Lederjacke und eine Strickmütze auf dem Kopf, als wäre er gerade erst in den Nachtschatten angekommen. »Diese Rutschpartie mit den Fellen war nicht gerade eine lustige Schlittenfahrt, mir ist immer noch scheißübel. Da war ich ehrlich nicht in der Stimmung, mich direkt der erstbesten Nase zu stellen, die mir in diesem Gang über den Weg läuft. Du Held hättest das bestimmt anders gemacht, richtig?«

Silas wich keinen Deut zurück. »Du kannst dir deine Aufplusterei sparen. Sag uns lieber, wie du hierhergekommen bist.«

»Du kannst mich mal, Sterner.« Roman zeigte ihm den Mittelfinger, dann suchte er Edies Blick. »Ist nicht gerade die feine Art, sich ohne ein Wort aus dem Staub zu machen. Aber wenigstens warst du klug genug, nicht mit ihm allein in die Nachtschatten zu gehen.«

Ohne etwas dagegen tun zu können, lief Edie rot an. Dann deutete sie auf ihre beiden Freunde, von denen der eine sichtlich verwirrt war, während die andere ihr breitestes Grinsen zeigte. »Das sind Addo und Marischka, sie haben uns oben in der Höhle abgefangen.«

»Und im Gegensatz zu dir haben wir uns nicht so leicht abschütteln lassen«, verkündete Marischka, als wären Roman und sie alte Bekannte, die sich einen Wettstreit geliefert hatten.

»Was uns zurück zu der Frage führt, warum du hier bist. Du kanntest den Weg zum Erlenkönig doch angeblich nicht.« Silas hatte offenbar nicht vor, lockerzulassen.

Roman gab Silas einen leichten, aber nichtsdestotrotz herausfordernden Stoß vor die Brust. »Ich bin euren Spuren durch den Schnee gefolgt, du Genie.«

»Unsinn«, sagte Silas. »Als wir die Lichtung erreicht haben, war der Schneefall so stark, dass man kaum die Hand vor Augen gesehen hat. Und wenn ich mir die feuchten Flecken auf deiner Lederjacke so anschaue, schneit es immer noch heftig. Unsere Spuren sind also gleich vom frisch gefallenen Schnee bedeckt worden – und die Höhle findet nur, wer sie auch finden soll. Ohne Edie wäre heute keiner von uns auf sie gestoßen. Entweder du rückst jetzt mit der Sprache raus, wie du hierhergekommen bist, oder ...«

»Oder wir lassen dich hier allein stehen und du bist Erlenkönigfutter«, beendete Marischka den Satz für ihn. Allerdings mit einem künstlich-dramatischen Unterton, der bewies, dass sie diesen Machtkampf satthatte. »Hört mal, könnt ihr zwei Jungs euch vielleicht oben in der normalen Welt die Köpfe einschlagen? Ich für meinen Teil möchte jetzt gehen, je früher, desto besser. Und dir würde ich dasselbe raten, Pferdeflüsterer, egal, aus welchem Grund du hergekommen bist.«

»Wir haben eine Halle voller schlafender Gestalten gefunden, die Teile von sich in Kanoben aufbewahrt haben. Einige der Kanoben waren leer«, bekräftigte Edie ihren Entschluss zu gehen. »Hier unten ist etwas Unheimliches im Gange, das weit über das Treiben des Erlenkönigs in Wasserruh hinausgeht. Das ist eine Nummer zu groß. Solange wir nicht wissen, was es ist und was man dagegen tun kann, sollten wir uns zurückziehen. Alle zusammen.«

»Aber …«, setzte Roman starrköpfig an.

Edie ballte die Hände zu Fäusten, ihre Nerven vibrierten vor Anspannung so sehr, dass sie es kaum noch aushielt, herumzustehen und zu reden. »Kein Aber. Wenn du wirklich willst, dass wir den Erlenkönig zur Strecke bringen, dann müssen wir jetzt gehen. Ansonsten sind wir ihm alle auf Gedeih und Verderb ausgeliefert! Du bist ihm einmal entkommen, aber glaub mir, so viel Glück wirst du dieses Mal nicht haben. Dieses Wesen bringt seine eigenen Leute um, er hat deinen Bruder auf dem Gewissen, verstehst du? Egal, wie sehr du dich nach Rache sehnst, du wirst sie nicht bekommen, wenn du jetzt bleibst. Der Erlenkönig wird nicht davor zurückschrecken, mit dir dasselbe zu tun wie mit Juri. Du bist jetzt nämlich wertlos für ihn. Silas' Erinnerung kehrt zurück, vielleicht wird sie uns einen Hinweis darauf geben, was die richtige Waffe gegen dieses Monster ist.«

Roman rupfte sich die Mütze vom Kopf und fuhr sich durchs Haar, während er ausgiebig fluchte. »Meinetwegen, machen wir uns aus dem Staub. Obwohl mir der Gedanke gar nicht gefällt, jetzt schon wieder durch diese Felle zu steigen. Das ist, als würde man von den Füßen auf den Kopf gestellt.«

Edie achtete nicht auf seine Meckerei, sondern kniete sich neben die Felle und begann, den Zauber wirken zu lassen. Genau wie in der Höhle begann der Jasminduft ihre Sinne zu benebeln und die Felle unter ihrer Hand gerieten in Bewegung. Doch dieses Mal ließ sie sich nicht hineinziehen, sondern streckte eine Hand in die Richtung aus, wo sie Marischka vermutete.

»Du zuerst«, entschied Edie. »Dann kommt Addo, damit du ihn in Empfang nehmen kannst. Anschließend folge ich mit diesen beiden Streithähnen.«

»Warum in dieser Abfolge?«, fragte Marischka, nahm aber die angebotene Hand.

»Weil die Kette dieses Mal länger ist und ich nicht will, dass sie reißt. Mit mir in der Mitte ist es am sichersten.« In Wirklichkeit wollte Edie Silas und Roman nicht aus den Augen lassen. Ihr gefiel nicht, wie sich die beiden anstierten. Noch größer war allerdings ihre Sorge, dass einer von ihnen zurückbleiben könnte. Aus welchen Gründen auch immer.

Voller Staunen sah Edie zu, wie Marischka ihre Füße unter eins der Felle schob und dann immer tiefer hineinrutschte, als befände sich ein Hohlraum unter den Häuten. Marischkas Gesichtsausdruck entspannte sich, wurde verträumter, und bevor sie endgültig zwischen den Fellen verschwand, übernahm Addo ihre Hand.

»Beeil dich«, flüsterte der Junge Edie zu. Er sah aus wie ein zu Tode verängstigtes Kind. »Dieser Ort ist nicht gut für uns Menschen, er versucht, in unseren Verstand einzudringen und dort einen Samen abzulegen, der unheimliche Blüten treibt. Wir sollten gehen und diesen Eingang für immer vergessen.«

»Ist gut, Addo. Wir reden später darüber, jetzt folg erst einmal Marischka. Und vielen Dank, dass du überhaupt mitgekommen bist.« Edie hauchte ihm einen Kuss auf die Wange, dann verschwand er zwischen den Fellen. »Silas, komm. Du bist als Nächster dran.«

Doch Silas blieb mit vor der Brust verschränkten Armen stehen. »Zuerst geht Roman. Ich will wissen, wo er ist, wenn ich in diesen Durchgang steige.«

Roman schnaufte. »Klar, als ob ich nicht wüsste, wie das läuft: Kaum bin ich weg, macht ihr zwei euch allein auf die Suche nach dem Erlenkönig. Keine Chance.«

Addos Finger drohten Edie zu entgleiten. »Egal wer, aber einer von euch beiden kommt jetzt!«

Doch weder der eine noch der andere machte Anstalten, sich zu rühren.

»Sieht so aus, als müssten wir das erst einmal klären«, sagte Silas entschuldigend.

Mit einem Fluch auf den Lippen gab Edie Addos Finger frei, die sogleich verschwanden. Dann kroch sie ein Stück von den Fellen weg und schlug Romans Hand weg, als er ihr auf die Beine helfen wollte. Addo hatte recht, sie mussten hier unbedingt weg – aber diese beiden Kerle veranstalteten offenbar lieber einen Hahnenkampf.

»Du vertraust mir nicht wegen der Sache mit den Spuren, richtig?«, hakte Roman nach, und Silas nickte. »Aber ich bin wirklich Edies Spur gefolgt, wenn auch nicht durch den Schnee.« Er deutete auf das rote Tuch, das um ihren Hals geschlungen war. »Dem guten Stück wohnt seine ganz eigene Magie inne. Es spinnt eine Art Adriadne-Faden, dem man folgen kann. Unsere Familie ist über viele Länder verstreut, da ist es gut, wenn der Einzelne etwas bei sich trägt, damit man ihn jederzeit finden kann.«

Erstaunt zupfte Edie an dem Tuch, das sie trotz der Wärme

nicht abgelegt hatte. Auch jetzt schmiegte es sich an ihre Haut, als wäre das der einzig richtige Ort. Es kostete sie einiges an Überwindung, das Tuch abzunehmen. »Solche besonderen Dinge sollte man wohl besser nicht verleihen, vor allem nicht an jemanden, der keine Ahnung von seiner besonderen Eigenschaft hat.«

Als sie Roman das Tuch hinhielt, machte er keinerlei Anstalten, es entgegenzunehmen. »Es tut mir leid, ich hätte es wohl erwähnen sollen. Nur verrät unsere Familie nur ungern ihre Geheimnisse.«

»Und davon habt ihr ja noch ein paar mehr als nur magische Tücher«, fügte Silas trocken hinzu.

Einen Moment lang machte Roman ein Gesicht, als würde er sich auf den Arm genommen fühlen. Dann wurde ihm jedoch klar, dass diese Anspielung vollkommen ernst gemeint war.

»Ich habe keine Ahnung, wovon du sprichst.«

Silas holte den kleinen Flakon aus Bergkristall hervor, den er aus der Halle mitgenommen hatte. Als er ihn Roman hinhielt, zuckte der bloß mit den Schultern.

»Hübsches Ding. Aber was soll ich damit zu tun haben?«

Obwohl Edie immer noch der Kopf schwirrte, stand sie auf und betrachtete die Flasche. Um ihren Hals hing, genau wie bei den Kanoben auch, ein silbernes Amulett. In die angelaufene Oberfläche waren Zeichen eingeprägt, vielleicht der Name des Schlafenden, zu dem der rote Inhalt gehörte. Mit der Fingerspitze fuhr Edie über das floral anmutende Muster, während sie darüber nachdachte, warum es ihr so vertraut vorkam. *Die Bücher in Rodrigas Zimmer, die in edelsteinfarbenes Leder gebunden sind,* fuhr es ihr durch den Kopf.

»Du hast Bücher, die mit genau dieser ungewöhnlichen Schrift gefüllt sind«, sagte sie zu Roman.

Der öffnete verblüfft den Mund, dann inspizierte er das Amulett gründlicher. »Stimmt, es ist dieselbe Schrift. Aber die Bücher gehören nicht mir, sondern Rodriga. Ich habe sie bei ihrem Bett gefunden und …«

In diesem Augenblick fuhr ein tiefes Grollen durch den Tunnel und ein Beben durchfuhr den Boden. Die Erschütterung zog von Edies Fußsohlen über ihre Beine bis unter ihre Schädeldecke, wo sie einen schmerzhaften Druck hinterließ.

»Was war das?«, brachte sie verstört hervor.

Silas, der kreidebleich geworden war, deutete in die Richtung des Tunnels, den sie bislang gemieden hatten. »Was auch immer es war, es kam von dort. Erst dieser Lärm und dann das Erdbeben … oder was auch immer den Boden so heftig zum Zittern gebracht hat.«

»Es war das Wasser«, erklärte Roman leise. »Ihr kennt doch die Geschichten, die man sich über Wasserruh erzählt. Sie sind wahr: Wasserruh ist auf einem Sumpf errichtet worden, sein Fundament besteht aus Erlenstämmen. Der Erlenkönig hat die Nachtschatten in ein riesiges Bollwerk verwandelt, von dem das Wasser zurückgehalten wird. Ansonsten hätten die Menschen niemals sein Reich besiedelt, und er hätte seine Hände nicht ausstrecken können nach Kindern, die über die Gabe verfügen, ihn zu sehen. Allem Anschein nach hält das Bollwerk jedoch nicht länger stand, vielleicht verblasst der Zauber dieses Orts.«

In den hölzernen Dielen hatten sich haarbreite Risse eingegraben und ihre Fugen waren verzogen. Ungläubig starrte Edie auf das poröse Holz. Sie hörte, wie das Grollen in der Tiefe unter ihr anschwoll und gegen den Boden presste. Die Risse füllten sich und Wasser trat hervor.

»Die Nachtschatten werden wie ein unterirdischer Stollen volllaufen«, sagte sie atemlos. Ein erstes Rinnsal floss den Tunnel hinab. »Noch ein Erdbeben, und es wird nicht mehr lange dauern, bis das Wasser die unterirdischen Gänge, Felsspalten und die Halle der Schlafenden überflutet hat. Das wäre das Ende der Nachtschatten.« Edie warf einen sorgenvollen Blick in die Runde.

Während Silas sich hingekniet hatte und die Hände auf den Boden drückte, als könnten ihm die Holzbohlen etwas verraten, breitete sich auf Romans Lippen ein hartes Lächeln aus.

»Das ist doch gut, damit würde sich unser Problem von selbst lösen.«

»Überhaupt nicht! Dann hätten wir in Wasserruh erst recht ein Problem, und zwar ein verdammt großes.« Edie kämpfte gegen die Hilflosigkeit an, die in ihr aufstieg und ihr zuflüsterte, dass jedes weitere Wort eine Verschwendung war, weil sie ohnehin nichts gegen dieses Unglück tun konnte. »Und dann, wenn der Druck zu hoch wird, wird es die Wurzeldecke der Erlen sprengen und sich zurückholen, was ihm gehört hat. Die Häuser von Wasserruh würden nicht einfach in einem Sumpf versinken, sie würden einstürzen, und Straßen samt Kanalisation und Elektrik würden in der steigenden Flut versinken. Ein hoher Preis, den man für den Handel mit dem Erlenkönig bezahlen müsste. Zu hoch, falls Menschen dabei ums Leben kommen, weil sie nicht rechtzeitig ihre Häuser verlassen oder von einem umstürzenden Baum erschlagen werden. Du weißt besser als wir, was ein herunterfallender Ast bei deiner Tante angerichtet hat.«

Jetzt verging Roman sein böses Grinsen, aber das verschaffte Edie keine Genugtuung. Sie wendete sich Silas zu, der immer noch ganz versunken in das war, was die zerberstenden Holzbohlen ihm zuflüsterten.

»Hast du vielleicht eine Ahnung, warum die Nachtschatten ausgerechnet jetzt erschüttert werden? Sie haben doch seit Jahrhunderten dem Wasser standgehalten.«

Silas schüttelte stumm den Kopf, ohne ansonsten etwas an seiner Körperhaltung zu ändern.

Resigniert trat Edie auf Roman zu, der vorgab, sich mit dem Kristallflakon zu beschäftigen, als würde dessen rote Flüssigkeit einen eigenen Zauber auf ihn auswirken.

»Was kann man tun, damit das Bollwerk den Wassermassen standhält? Irgendeine Idee?«

»Nein«, sagte er knapp.

Edie seufzte. »Ihr seid beide also vollkommen ahnungslos. Warum glaube ich das nur nicht?«

Bevor einer der beiden Jungen reagieren konnte, schnappte sich Edie den Kristallflakon und rannte den Tunnel aufwärts, von wo das seltsame Hallen gekommen war. Sie hörte Roman fluchen und Silas ihren Namen rufen. Fußgetrampel erklang, als sie hinter ihr herliefen, doch sie verschwendete keine Zeit damit, sich umzudrehen. Mit jedem Schritt wurde die Luft kälter, Nebel kroch über die verwitterten Holzdielen, Moos wuchs in Felsspalten, an den weißlich leuchtenden Steinwänden sammelten sich feine Wassertropfen und glitzerten. Der Jasminduft verflog, stattdessen übernahm der Geruch von Blättern, die im vollen Grün an einem beschatteten Ort wuchsen. Ein Torbogen – ähnlich dem bei der Halle der Schlafenden – spannte sich auf, nur größer und aus Zweigen geflochten, an denen rote, üppige Beeren hingen. Ohne zu zögern, lief Edie hindurch und musste unvermittelt anhalten, als zu ihren Füßen der Boden abrupt wegbrach.

Sie stand auf einem Plateau, das zu beiden Seiten von einer bogenförmigen Treppe begrenzt wurde. Breit genug für ein Pferd, um mühelos hinabzutraben.

In einer Senke darunter lag der Thronsaal des Erlenkönigs.

Mächtige Erlen ragten zu beiden Seiten und ihr ausladendes Blätterdach verlor sich in der dunklen Höhe. Der Grund war bedeckt mit Zapfen und frisch gefallenem Laub, immer wieder rieselten einzelne Blätter herunter. Unter dem herbstlich verfärbten Laubdach, geborgen in der Mitte der zart graugrünen Stämme, stand ein kristaller Thron, in dessen Innerem sich Nebelschwaden wanden. Auf seiner von weißen Pilzen überzogenen Armlehne lag eine aus Jasmin- und Tollkirschenzweigen geflochtene Krone.

Doch der moosüberwucherte Platz war leer.

38

Ein leerer Thron

Es war Silas, der Edie als Erster einholte und fast in sie hineinlief, weil sie im milchigen Dunst kaum sichtbar war. Er schloss mehr stürmisch als liebevoll seine Arme um sie und presste sie an seine wild pochende Brust.

»Was machst du nur für Sachen?«, flüsterte er in ihr Haar.

Roman, der gerade das Plateau erreichte, sah sich um und lachte dann heiser. »Großartig, nun sind wir genau dort gelandet, wo wir auf keinen Fall hinwollten: im Epizentrum der Nachtschatten. Ich weiß wirklich nicht, warum ich dir ständig hinterherrenne, Mädchen. Irgendwie scheint es mir kein Glück zu bringen.«

Vorsichtig löste sich Edie aus Silas' Umarmung und wich einen Schritt zurück. »Der Thron des Erlenkönigs ist verwaist«, sagte sie ruhig. Hatten ihre Knie eben noch gezittert und ihr überreizter Verstand damit gedroht, einfach aufzugeben, war sie jetzt ganz gelassen.

»Er wird in der Halle der Schlafenden sein, wir haben doch gehört, wie sein Pferd in diese Richtung davongeprescht ist.« Es gelang Silas nur mäßig, seine Verletztheit zu überspielen, weil sie nicht an seiner Seite blieb. Verloren betastete er seinen vernarbten Unterarm. »Es ist bestimmt nur noch eine Frage der Zeit, bis der Erlenkönig zurückkehrt, um seinen Platz einzunehmen.«

»Das denke ich auch«, stimmte Edie zu und schritt den seitlichen Treppenbogen hinab.

Roman verschränkte demonstrativ die Arme vor der Brust – die Geste sollte wohl bedeuten, dass er ihr auf keinen Fall mehr folgen würde. »Ich glaube, du hast zu viel von diesem Jasminzeug eingeatmet. Wenn wir dem Erlenkönig nicht gewachsen sind – worauf du ja äußerst überzeugend hingewiesen hast –, dann sollten wir nicht in seinem Thronsaal herumstehen und auf seine Rückkehr warten, sondern zusehen, dass wir wegkommen.«

»Und warum gehst du dann nicht?« Edie hatte bereits die untersten Stufen der Treppe erreicht. Der Duft von Laub und frischem Holz wurde immer überwältigender.

Silas stöhnte auf und lief ihr hinterher. Roman brauchte noch einige Schimpfwörter, ehe auch er folgte.

Der Boden unter Edies Füßen federte leicht nach, er fühlte sich auf angenehme Weise feucht und lebendig an. Als dienten in diesem Saal keine Holzdielen als Boden, sondern echtes Erdreich. Je näher sie dem Thron kam, desto stärker wurde seine Anziehungskraft. Dabei wusste ihr Auge gar nicht, woran es sich lieber heften wollte: an die Zacken und Kanten seiner kristallinen Hülle, an den sich sinnlich windenden Nebel oder an die schlichte und zugleich wunderschöne Krone? Dann zuckte Edie unwillkürlich zusammen. Ein Riss hatte sich in die Lehne des Throns gegraben, und eine weiße Rauchsäule entstieg ihm, als würde der Thron sein Leben aushauchen.

»Diesem Reich scheint wirklich sein Ende bevorzustehen.« Roman deutete auf einige kahle Zweige im Laubdach. »Oder glaubt ihr, es steckt etwas anderes dahinter, dass die Blätter fallen?«

»Die Nachtschatten vermissen ihren Herrscher«, erklärte

Edie. »Ohne seinen Willen wird dieses Bollwerk wegge-schwemmt werden. Aber das darf nicht geschehen.«

Während Roman den Thron anstierte, versteinerten seine Züge, bis er dem jungen Mann, der mit unendlicher Geduld ein scheues Pferd gezähmt hatte, kaum noch ähnlich sah. Es war eine Maske aus Hass, deren Anblick Edie kaum ertrug. »Warum nicht? Zur Hölle mit den Nachtschatten und ihrem König! Es ist bestimmt die einzige Chance, dieses Rattennest mit einem Streich aus der Welt zu schaffen.«

»Hast du vergessen, dass dann auch Wasserruh untergehen würde?«, erinnerte sie ihn. »Vielleicht nicht mit großem Ge-töse wie diese Stollen und Tunnel, aber das Wasser würde das Fundament sämtlicher Gebäude und Straßen aushöhlen. Wahrscheinlich auch das Haus deiner Eltern«, sagte sie an Silas gewandt, dessen Gesicht immer noch erschreckend blass war. Nur widerwillig erwiderte er ihren Blick.

»Wenn die Herrschaft des Erlenkönigs vorbei ist und alles zerstört wird, was ihm gehört … Was kann ich da schon tun?«, fragte er ausweichend.

Als gelte es, seine Worte zu unterstreichen, tat sich ein wei-terer Riss im Kristallthron auf und ein Beben dröhnte durch die Nachtschatten.

Edie verlor das Gleichgewicht, fiel unsanft auf die Knie.

Spalten sprangen im Erdreich auf, Blätter rieselten hinein, um im nächsten Moment von steigendem Wasser wieder nach oben getrieben zu werden.

Die Krone drohte hinabzufallen.

Trotz ihrer schmerzhaft pochenden Knie sprintete Edie los und fing den Reif aus geflochtenen Zweigen auf, bevor er den zitternden Boden erreichte.

»Fass die Krone nicht an!«, schrie Roman.

Doch es war zu spät, Edies Finger schlossen sich um Sommerjasmin und Tollkirsche. Ein scharfes Brennen jagte in ihre Finger und ihr Herz begann zu rasen. »Sie darf nicht fallen ...«, sagte Edie und kämpfte gegen einen Schwindel an.

»Schmeiß das Mistding weg, es vergiftet dich bestimmt, oder es liegt ein böser Zauber auf ihm.« Roman stolperte auf Edie zu, dabei hielt er sich eine blutende Wunde an der Schläfe, wo ihn ein herunterstürzender Ast getroffen hatte. »Los, mach schon.«

Edies Herz schlug so heftig, dass es sogar das unruhige Zittern des Bodens übertraf. »Die Krone darf nicht fallen, aber ich kann sie auch nicht länger halten. Nimm sie.«

»Einen Teufel werde ich tun.« Roman stierte sie an, als habe sie ihm vorgeschlagen, eine Flasche Gift zu leeren.

»Dich meinte ich auch nicht. Silas, nimm die Krone.«

»Sie gehört mir nicht«, erwiderte er und wich mit weit aufgerissenen Augen von ihr zurück.

»Sie hat dir nicht gehört, als du die Nachtschatten zum ersten Mal betreten hast. Aber dieses Mal hat sie auf dich gewartet. Es hat doch keinen Sinn, es länger zu leugnen. Es sei denn, du willst lieber alles der Zerstörung überlassen, als der Wahrheit ins Auge zu sehen.«

Ein weiterer Riss fuhr in den Kristallthron und die Rückenlehne zerbrach mit einem ohrenbetäubenden Krachen in zwei Teile. In der Tiefe unter ihren Füßen baute sich ein Murmeln auf von aufgewühlten Wassern, die darauf drängten, sich endlich einen Weg in die Freiheit zu sprengen.

Edie hielt Silas die Krone hin. »Lauf nicht länger weg vor dem, was du bist.« Sie musste sich an der Armlehne des Throns festhalten, damit das sekündlich stärker werdende Zittern sie nicht erneut von den Füßen holte. »Ich sehe dich,

Silas Sterner«, sagte sie trotzdem voller Ruhe. »Und ich weiß, wer du bist. Erkenne dich endlich selbst, auch wenn es dich noch so sehr verletzt.«

Silas warf ihr einen flehentlichen Blick zu, dann löste sich etwas in seiner Haltung, und er nahm die Krone entgegen.

Augenblicklich verstummte das Beben und Grollen, als habe es nie die Nachtschatten erfüllt.

Mit gebeugtem Rücken stand Silas da und starrte auf den Kranz in seinen Händen. »Ich dachte lange Zeit, dass der Erlenkönig das größte denkbare Unglück über mich gebracht hat an dem Tag, als er mich im Nebel meiner Familie geraubt und in dieses Labyrinth verschleppt hat. Dabei ging er die ersten Jahre noch recht sanft mit mir um, hängte einen Nebelschleier über die Erinnerungen an meine Familie und ließ mich dahindämmern in einer Kammer, deren Wände mit Edelsteinen übersät waren. Das Lager bestand aus duftenden Mooskissen. Ab und zu nötigte er mich, meine Gabe einzusetzen. Und dann war mir, als sei ich ein Gefäß, das einen Sprung bekommen hatte. Ich spürte, wie etwas aus mir herauslief, für das ich keinen Namen hatte, aber sein Verlust ließ mich jedes Mal ganz leer zurück. Er tat mir weh, aber er betäubte den Schmerz, noch ehe ich ihn recht begriff.«

»Er hat sich an deiner Gabe berauscht«, fügte Roman ein. In seine Augen hatte sich Mitleid geschlichen, auch wenn er immer noch Abstand zu Silas hielt. Er traute ihm nach wie vor nicht über den Weg, was wohl vor allem an der Krone in seiner Hand lag. »Er hat dich wie ein Haustier zu seiner Unterhaltung gehalten und sich wie ein Parasit an dich gehängt, wenn er sich nach einer Prise deiner speziellen Magie sehnte.«

»So ist es gewesen«, stimmte Silas zu, und etwas wie Schuld flackerte in seinen Augen auf, so als würde er sich dafür schä-

374

men, dass ihm so etwas angetan worden war. »Damit war jedoch Schluss, als meine Kindheit zu Ende ging. Ich konnte meine Gabe besser kontrollieren und seine Versuche, meinen Geist zu besänftigen, abblocken. Vermutlich hätte er sich trotzdem nehmen können, was er so dringend von mir wollte, aber zu dieser Zeit begann auch er sich zu verändern. Seine sonst so makellose Haut bekam einen gläsernen Schimmer, und sein Haar, das ihm immer geschmeidig über die Schultern gefallen war, erstarrte, als sei er mehr eine Statue als ein lebendiges Wesen. Am schlimmsten waren jedoch seine Augen: Zuerst waren sie von einem lebendigen Grün, wie Erlenblätter, auf die die Sonne fällt. Dann verloren sie ihre Strahlkraft und verfärbten sich langsam immer silbriger. Sogar seine Stimme klang zum Schluss mehr wie ein ferner Hall. Ich habe mich allerdings wenig darum gekümmert, denn ich war zu sehr mit meinen eigenen Veränderungen beschäftigt. Der Erinnerungsschleier, in den er meine Geschichte gehüllt hatte, zerriss nach und nach, während eine immer größer werdende Wut in mir aufstieg. Bis zu diesem Zeitpunkt hatte ich das Gefühl gehabt, in einem Tagtraum verfangen zu sein. Alles war seltsam, verdreht und berauschend zugleich gewesen, aber damit war nun Schluss. ›Ich *sehe*, wer du wirklich bist‹, habe ich zu ihm gesagt. ›Nur ein Dieb mit geliehener Zeit.‹ Im nächsten Moment war ich von undurchdringlichem Nebel umgeben, durch den gedämpft sein Lachen klang. ›Und was siehst du jetzt?‹, hat er mich höhnisch gefragt.«

Edie glaubte in diesem Moment eine jüngere Ausgabe von Silas vor sich zu sehen, das Gesicht zart, aber doch entschlossen, sich nicht unterkriegen zu lassen. In ihm war damals etwas erwacht, das dem Erlenkönig Angst eingejagt hatte, auch wenn er es mit einem Lachen zu kaschieren versucht hatte. Ob der Erlenkönig damals zum ersten Mal gespürt hatte, dass dieser Junge ihm keineswegs unterlegen war?

Silas hielt die geflochtene Krone so fest, dass seine Knöchel weiß hervortraten. Trotzdem brach keiner der filigranen Zweige.

»Als ich wieder zu mir kam, fand ich mich in dem Kerkerloch wieder, auf das wir vorhin gestoßen sind. Ab da lernte ich den Erlenkönig und sein Reich wirklich kennen: Tote Dinge, schlafende Gestalten, Schmerzen und Dunkelheit – das sind die Erinnerungen an meine letzten Jahre in den Nachtschatten. Ein böser, nicht enden wollender Albtraum, angemischt mit Drogen und Blut aus kristallenen Gefäßen. Während er sein Spiel mit mir trieb, hing die ganze Zeit über sein Blick aus diesen silbriggrünen Augen an mir. Kalt und aufgewühlt zugleich. Sein schönes, abstoßend perfektes Gesicht mit einem Mund, dessen Lippen sich so gut wie nie öffneten. Welcher Herr spricht schon zu seinem Sklaven, der verwirrt und von Schmerzen heimgesucht zu seinen Füßen liegt? Für ihn war ich nicht mehr als ein Stück Mensch, nicht mehr wert als ein Ding, mit dem er tun konnte, wonach ihm der Sinn stand. In seinem Reich besaß ich keine Rechte und schon gar keinen eigenen Willen. Als er feststellte, dass er sich irrt, war es schon zu spät für ihn.«

»Was ist mit dem Erlenkönig?« Es war Romans Stimme anzuhören, dass es ihn seine gesamte Selbstbeherrschung kostete, Silas nicht zu packen und durchzuschütteln. »Ich muss es wissen: Was ist mit diesem Kindermörder passiert?«

»Schlafes Bruder hat ihn sich geholt«, sagte Silas. »Der Erlenkönig ist tot.«

39

DER LETZTE SOMMER

»Also, für mich sieht der Herrscher über die Nachtschatten eigentlich ganz lebendig aus, wenn auch ein wenig blass um die Nase«, erwiderte Edie mit einem schmalen Lächeln. Es fühlte sich verdammt gut an, endlich zu begreifen, was hier gespielt wurde. »Wobei der Erlenkönig, der Silas entführt hat, tatsächlich die Erfahrung machen musste, dass es auf seine Unsterblichkeit leider keine Garantie gab. Ich weiß vermutlich sogar, wann er sie verloren hat.«

Silas' schwarze Augenbraue fuhr in die Höhe, und zum ersten Mal, seit er die Krone in die Hand genommen hatte, sah er wieder ganz wie der Junge aus, der vor ihrem Haus stand und sich nicht sicher war, wie sein wahrer Name lautete.

»Dann weißt du mehr als ich, obwohl ich jahrelang sein Sterben begleitet habe. Er verblasste nur jeden Tag ein wenig mehr, egal, wie verzweifelt er an meine Gabe zu gelangen versuchte oder wie viel er aus den Kanopen seiner Untergeben trank. Im letzten Sommer war dann nicht mehr viel von ihm übrig geblieben, nur sein eiserner Wille hat ihn noch an diese Welt gebunden. Und kurze Zeit später ...« Er verstummte, noch nicht bereit, diese Erfahrung zu teilen.

Roman presste immer noch eine Hand gegen seine Kopfwunde. Obwohl sie kaum noch blutete, reichte Edie ihm sein rotes Tuch, schließlich hatte es ihre Kratzspuren auch über Nacht heilen lassen.

»Den Erlenkönig, der mich als Kind im Wald überfallen hat, gibt es also nicht mehr. Großartig.« Obwohl das eigentlich ein Anlass zum Feiern gewesen wäre, kniff Roman verdrossen die Augen zusammen und presste das Tuch gegen die Wunde. »Es würde mich trotzdem interessieren, warum es mit meiner Rache Essig ist. Dass er bloß verblasst ist, reicht mir nicht. Ich brauche mehr, um meinen Frieden zu schließen.«

»In dem Punkt kann ich dich beruhigen«, sagte Edie. »Du warst es nämlich höchstpersönlich, der dem Erlenkönig seine Unsterblichkeit genommen hat.«

»Ja, klar.« Roman funkelte sie aufgebracht an. »Hör mal, ich bin nicht wie dein Freund und verstecke mich hinter einem Gedächtnisverlust. Wenn ich diese verfluchte Kreatur, die mich seit meiner Kindheit fast jede Nacht im Schlaf heimsucht, zur Strecke gebracht hätte, dann wüsste ich das.«

Edie zuckte mit den Schultern. »Ich habe zwar nur eine Vermutung, aber ich finde, sie passt ziemlich gut zu dem, was passiert ist. Roman, zeig doch mal die Narbe an deinem Handgelenk.«

Widerwillig schob der junge Mann den Ärmel seiner Lederjacke hoch und entblößte den weißen Halbmond. Silas keuchte leise auf, als er die alte Verletzung sah, und fasste sich unwillkürlich an die Brust, wo es ähnliche Narben gab. Mehr Bestätigung brauchte Edie nicht. Wie ein Puzzle setzten sich die einzelnen Teile vor ihrem geistigen Auge zusammen, als ihre Gabe ihr längst vergangene Erinnerungen zeigte.

»Das Ende des Erlenkönigs nahm seinen Anfang, als er im Wald einen kleinen Jungen entdeckte, der mit seinem Bruder am frühen Morgen zum Pilzesammeln aufgebrochen war«, begann sie zu erzählen. »Ein sehendes Kind, genau die Sorte Geschöpf, nach der sich der Erlenkönig in seiner Einsamkeit sehnte, weil es ihm das Gefühl verleihen würde, lebendig zu sein. Außerdem würde es dank seiner Gabe seinen Hunger stillen, denn von der durch die Magie geküssten Welt, der er angehört hatte, war kaum noch etwas übrig und nährte ihn mehr schlecht als recht. Da war ein Kind, das über diese besondere Gabe verfügte, ein Geschenk.«

»Ich war wohl eher ein leichtes Opfer.«

Obwohl sie Romans Schmerz wahrnahm, sah Edie ihn unverwandt an. Zumindest würde er jetzt endlich eine Erklärung dafür finden, was damals passiert war.

»Du warst alles andere als ein leichtes Opfer. Als der Erlenkönig dich packen wollte, hatte er nicht mit dem Eisenreif gerechnet, den deine Großmutter dir angelegt hatte. Ich vermute, dass dieser Reif viel mehr war als schlichtes Eisen. Deine Familie verfügt über eigene Magie, wie auch das Tuch beweist. Der Reif hat den Erlenkönig verletzt, seine Unantastbarkeit gebrochen. Du hast bei dieser Begegnung nicht nur deinen Bruder verloren, sondern auch deine Gabe. Ich glaube, sie ist auf den Erlenkönig übergegangen. Etwas Menschliches ist in dieses unsterbliche Geschöpf eingedrungen und hat angefangen, ihn von innen auszuhöhlen. Du hast deine Rache bekommen, würde ich sagen.«

»Einverstanden, damit kann ich leben«, sagte Roman und lächelte schief. »Aber warum hat sich der Kerl nicht einfach schlafen gelegt wie die anderen von seiner Sorte? Dann wäre er dem Tod zumindest entkommen.«

»Die Nachtschatten brauchen einen König, der sie mit Magie und Leben erfüllt. Ansonsten würde die Zeit sie hinfortspülen«, sagte Silas kaum hörbar. »Wir haben die Auswirkungen ja gerade am eigenen Leib erlebt.«

Edie sah Silas hoffnungsvoll an, aber er verfiel erneut in Schweigen.

»Wie es dem Erlenkönig in den folgenden Jahren erging, kann ich nur raten«, tastete sich Edie voran. »Vielleicht bemerkte er die Veränderungen in seinem Inneren zuerst gar nicht, weil sie wie eine Krebserkrankung wucherten, die erst entdeckt wird, wenn es bereits zu spät ist. Vielleicht hat er sie auch einfach ausgeblendet in der festen Überzeugung, seine Unsterblichkeit sei unantastbar. Jedenfalls machte er weiter wie bisher, fand in Silas ein weiteres begabtes Kind und verschleppte es.«

Flüchtig berührte sie Silas' Handrücken und er hob den Blick.

»Er wollte seinen Hunger an dir stillen, aber egal, was er von dir nahm, er verblasste immer mehr. Gut möglich, dass er deshalb anfing mit den blutigen Ritualen und den Drogen und dir sogar das Blut seiner Untergebenen zu trinken gab. Das hat er doch, oder?«

Silas machte den Eindruck, als würde jeden Augenblick etwas in ihm zerbrechen. Es war klar, dass diese Momente darüber entschieden, ob er die Stärke aufbringen würde, demjenigen ins Angesicht blicken zu können, zu dem er geworden war, samt seiner bedrückenden Geschichte.

»Ich erinnere mich an den Geschmack dieser roten Flüssigkeit, wie sie mir samtig über die Zunge glitt, während eine Stimme in meinem Inneren panisch aufschrie, weil sie geahnt hat, was ich in Wahrheit mit einem solchen Verlangen trank.«

»Ob es nun in der Absicht des Erlenkönigs lag, dich zu verändern, oder nicht, ist egal. Es ist passiert. Als Rodriga dich zum ersten Mal gesehen hat, hat sie sofort erkannt, dass du die Nachtschatten nicht als der Silas Sterner verlassen hast, als der du in sie hinabgestiegen bist. Du bist an die Nachtschatten gebunden, sie sind zu einem Teil von dir geworden, und du von ihnen. Ihr gehört zusammen. Der Erlenkönig hat seinen eigenen Nachfolger berufen.«

Silas verpasste dem von Rissen überzogenen Thron einen Stoß, ohne sich darum zu scheren, dass er sich dabei an Kristallsplittern verletzte.

»Der Erlenkönig war nicht seit Ewigkeiten Herrscher über dieses Reich, um es dann freiwillig abzugeben. Als er erkannt hat, dass er stirbt, während ich mit jedem Tag lebendiger wurde, nahm er mich mit in diesen Thronsaal. Es war das erste Mal, dass ich den gläsernen Thron zu sehen bekam. Die meiste Zeit über war ich in meine Kammer eingesperrt oder musste ihn begleiten, wenn er den Schlafenden einen Besuch abstattete. Dann zwang er mich, in ihre Vergangenheit und Träume zu blicken und ihm davon zu erzählen. Er benutzte mich dazu, seine eigenen Leute auszuspionieren und zugleich für seine Unterhaltung zu sorgen. Jedenfalls sah der Thronsaal damals anders aus als jetzt: An den Ästen der Erlen hingen nur noch vereinzelte Blätter, ansonsten waren sie kahl. Regelrecht abgestorben sahen sie aus. Dafür war der Boden bedeckt von einer dicken Laubschicht, die nach Verwesung stank. Der Thron selbst war von Schimmel überzogen. Er zwang mich auf die Knie und bohrte seine mit Silber überzogenen langen Fingernägel in meine Schulter, bis ich nur mit Mühe einen Schrei unterdrücken konnte. Aber ich wollte meinen Schmerz nicht eingestehen, und noch weniger wollte ich, dass er meine Furcht bemerkte. Denn die Art, wie er mich ansah, verriet einen tief sitzenden Irrsinn. Er würde sich nicht schlafen legen, selbst wenn es sein Ende bedeutete. Er würde alles tun, um das zu verhindern. Zum ersten Mal, seit ich die Nachtschatten betreten hatte, fürchtete ich um mein Leben, aber meine Wut auf ihn war noch stärker.

Der Erlenkönig presste mein Gesicht gegen den Schimmel auf seinem Thron. ›Siehst du, was du angerichtet hast?‹ Seine Stimme klang, als habe der Nachtwind sie mitgenommen. ›Alles geht zugrunde, weil du nicht bereit bist, deine besondere Lebenskraft mit mir zu teilen. Aber das werde ich mir nicht gefallen lassen.‹ Er fasste mir mit seiner langgliedrigen Hand ins Haar und riss meinen Kopf in den Nacken. ›Wenn du ein wahrhaftiger Teil dieser Welt bist, wirst du dich nicht länger vor mir versperren. Trink!‹«

»Das war der Moment, in dem du aus der Kanope getrunken hast.« Die Worte wollten kaum über Edies taube Lippen kommen.

Silas nickte und setzte sich in Gedanken versunken auf den Thron. Ein Windzug streifte durch den Saal und brachte den Geruch von frischem Grün mit sich. Junge Blätter schlugen im Laubdach aus und erneuerten es.

»Ich habe getrunken, am Anfang widerwillig, dann immer gieriger. Ich habe getrunken, bis nur noch ein Rest im Flakon war. Es war berauschend, wunderschön. Ich weiß nicht, wie ich es beschreiben soll, aber dieser Trank hat mir etwas Neues eingehaucht. Meine Welt wurde größer ... anders.«

»Ich habe ja nur zwei Schlucke aus der Kanope in Rodrigas Haus getrunken, deshalb kann ich ungefähr nachempfinden, was du empfunden hast«, stimmte Edie zu. Bei der Erinnerung, wie sie mit überschärften Sinnen über den Schnee gewandelt war, als könnte ihr die Kälte nicht das Geringste anhaben, stieg ein Kribbeln in ihrem Inneren auf. »Warum hast du die Kanope zu Rodriga gebracht? Das warst du doch, oder?«

»Wer sonst?«, erwiderte Roman, der es sich auf einer Baumwurzel bequem gemacht hatte. »Und die juwelfarbenen Bücher mit der floralen Schrift hat dein lieber Freund doch bestimmt auch angeschleppt.«

Silas lehnte sich zurück, und bevor sein Rücken die geborstene Lehne berührte, schmolzen die Risse im Kristall zusammen.

»Die Bücher gehören deiner Tante, sie hat während ihrer Jahre in Wasserruh einige Relikte aus den Nachtschatten zusammengetragen. Ihr Wissen war wirklich erstaunlich. Aber ich war es, der die angebrochene Kanope zu ihr gebracht hat, denn obwohl ich mich zu diesem Zeitpunkt so gut wie an gar nichts erinnern konnte, ahnte ich doch, dass mein Schicksal mit diesem ungewöhnlichen Gefäß zusammenhing.«

Mittlerweile war aus dem harten Griff, mit dem Silas die Krone hielt, ein vorsichtiges Ertasten geworden. Als näherte er sich ihr allmählich an.

»Ich habe die Kanope aus dem Nachtschattenreich mitgenommen, an dem Tag, als mich dein Herzschlag erreicht hat«, gestand er ein. »Ich hatte sie auf meinem Irrweg durch den Wald an einem Fließ zurückgelassen, kurz bevor ich von diesen Kahnfahrern aufgegriffen wurde. Nah bei deinem Haus, um genau zu sein. Nach meinem Besuch bei Rodriga habe ich mich daran erinnert und sie geholt. Dabei war ich ziemlich durch den Wind, denn mittlerweile war klar, dass der Wald versucht hat, meiner habhaft zu werden: Ein unsichtbares Pferd verfolgte mich, in meiner Nähe blühten Blumen und lockten mich mit ihrem Duft, Nachtfalter bevölkerten zur Frostzeit mein Schlafzimmer ... Die Nachtschatten wollten mich unbedingt zurück. Das begriff ich zu diesem Zeitpunkt jedoch nicht, sondern glaubte, es sei der Nebelreiter, der Erlenkönig, der mich verfolgt. Als ich jedoch beim Forsthaus ankam, traute ich mich nicht, Rodriga unter die Augen zu treten. Es wäre einem Eingeständnis gleichgekommen, dass sie mit ihrer Vermutung richtig gelegen hatte: Ich trug etwas aus den Nachtschatten in mir.«

»Also bist du es doch gewesen, der am Tag des Sturms um Rodrigas Haus herumgeschlichen ist.« Edie wusste nicht, wie sie darauf reagieren sollte.

»Ja, das war ich. Und es tut mir sehr leid, dass ich dich angelogen habe«, sagte Silas. »Aber mit ihrem Unfall hatte ich nichts zu tun, ich war genauso geschockt wie du, als der Polizist es uns erzählt hat. Als ich am Nachmittag endlich meinen Mut zusammengenommen hatte und zum Forsthaus gegangen bin, war Rodriga nicht da. Vermutlich war sie auf dem Weg zu dir. Jedenfalls habe ich die Kanope auf die Bank neben ihrer Küchentür gestellt und beschlossen, am nächsten Tag wiederzukommen und zu hören, was sie damit anfangen konnte.«

»Rodriga muss sie gefunden und mit ins Haus genommen haben. Aber warum hast du mir denn nicht gesagt, dass es ein Unfall war?«, fragte Edie fassungslos. Die ganzen Vorwürfe, die sie sich selbst gemacht hatte, waren umsonst gewesen.

»Weil ich es nicht wusste. Ich fühlte mich verfolgt, sogar bedroht. Da hat es mich auch nicht überrascht, dass Rodriga etwas zugestoßen ist. Ich dachte, es liege an dem Gefäß, das ich ihr gebracht habe. Dass mein unsichtbarer Verfolger sie deshalb verletzt hat. Darum bin ich auch von dir fort.«

»Wir haben uns beide umsonst gequält.« Edie konnte es noch immer nicht fassen. »Aber für den Nebel, der mich gefangen gehalten hatte … Warst du dafür verantwortlich?«

Silas rieb sich über die Schläfen, als würde ihm der Kopf schmerzen von den vielen auf ihn einprasselnden Erinnerungen und den Bildern, die seine Gabe ihm mitteilte. Vielleicht waren es auch die Nachtschatten selbst, die ihm zuflüsterten, was geschehen war. »Nur insofern, dass die Nachtschatten dich von mir fernhalten wollten, während sie versucht haben, mich in ihre Richtung zu locken. Ich glaube nicht, dass sich hinter ihrem Treiben eine böse Absicht verbarg, sie wollten nur ihren Herrn wiederhaben.«

Wie auf ein geheimes Kommando hin erschallte Hufgetrampel. Als Edie zum Plateau hochblickte, konnte sie jedoch kein Pferd erkennen, sondern bestenfalls den silbrigen Schatten eines Pferdes. Als der Schemen die Treppe hinunterlief, nahm er immer stärker Gestalt an, als würde der Silberhauch, aus dem er bestand, sich verfestigen. Es erschien eine wunderschöne Stute, schlank und hochgewachsen. Ohne jede Scheu lief sie auf Silas zu und senkte den Kopf, um sich von ihm zwischen den Augen streicheln zu lassen.

»Es ist mir ein Rätsel, wie ich Leira habe vergessen können. Sie ist eins der zugänglichsten Geschöpfe, die hier unten in den Nachtschatten leben, und hat mir so manchen Tag gerettet.«

»Die Stute ... ich meine, Leira gehörte also nicht dem Erlenkönig?«, fragte Edie verwirrt. Zu fest war ihr Bild vom Erlenkönig mit einem Pferd verbunden.

»Alles in den Nachtschatten gehört dem Herrscher, der dieses Reich am Leben erhält, indem er die Wacht übernimmt, während die anderen schlafen«, erwiderte Silas mit einem vieldeutigen Lächeln. »Wenn ich mich richtig erinnere, hast du aus einer Kanope getrunken. Ein wenig Nachtschatten steckt nun also auch in dir, was nichts anderes bedeutet, als dass du ...«

Edie stemmte die Hände in die Hüften und wollte Silas gerade sagen, was ihm so was von überhaupt nicht gehörte, als sich Roman einmischte.

»Das mag ja alles ganz spannend sein, was ihr beiden euch erzählt, aber ich möchte jetzt gern wissen, wie dieser verdammte Erlenkönig sein Ende gefunden hat. Er hat dich also vor seinen Thron gezerrt und dich gezwungen, aus einer Kanope zu trinken. Was dann?«

Augenblicklich verging Silas das Lächeln und er schluckte. »Es ist das Blut seines Sohns gewesen, das er mir zu trinken gegeben hat. Wahrscheinlich weil es von allen das stärkste war und zugleich einen Teil von ihm enthielt. Während es durch meinen Körper tanzte wie ein Feuer, dessen Hitze mehr Lust als Schmerz bereitet, hat er eine Klinge um meinen Unterarm kreisen lassen. Nachdem er sein eigenes Kind geopfert hatte, wollte er mir mein Leben nehmen, mit dem wohl ältesten Opferritual überhaupt.

Verstört blinzelte Edie. »Er hat deine Pulsadern aufgeschnitten.«

Silas nickte. »Während er sich an meinen blutenden Wunden näherte, löste sich der Rausch in meinem Kopf auf, und ich begriff, was er vorhatte. Und noch viel mehr – ich erkannte seine maßlose Gier, seine Rücksichtslosigkeit und dass er trotz seiner magischen Schöpfungskraft nichts Gutes im Sinn hatte. Er würde alles opfern, um zu überleben.« Zorn funkelte in Silas' sonst so sanften Augen auf. »Ich habe nach der Klinge gegriffen, an der noch mein Blut klebte, und sie ihm in den Rücken gerammt. Er fuhr hoch, blickte mich an und öffnete den Mund, um etwas zu sagen. Doch so weit kam es nicht. Risse haben sich durch seine gläsern gewordene Haut gegraben und ließen sie zerbersten, als wäre er nicht mehr als ein leeres Gefäß. Er zersprang vor meinen Augen in unendlich viele Teile. Seine Krone ist mir vor die Füße gerollt, doch ich habe sie nicht angerührt. Stattdessen bin ich in meinen Kerker zurückgekehrt und habe mir selbst meine Fesseln angelegt. Bis dein Herzschlag mich rief.«

40

Ein Kranz aus Blüten und Beeren

Roman schlug sich auf die Knie, während er seinen Kopf so heftig schüttelte, dass ihm das Haar im Gesicht hängen blieb. »Das ist doch echt nicht dein Ernst! Du hast deinen Peiniger, der dich deiner Familie gestohlen hatte, bis aufs Blut gequält hat und dich zu guter Letzt bei einem schrecklichen Ritual opfern wollte, getötet. Und anstatt einen Freudentanz aufzuführen und dich anschließend aus dem Staub zu machen, kehrst du in deinen Kerker zurück und legst dir selbst Fesseln an. Und das soll ich glauben?«

Silas schwieg. Er sah sich offensichtlich außerstande, sein Verhalten zu erklären.

»Ich glaube, ich kann es verstehen, auch wenn es mir schwerfällt.« Edie berührte die mittlerweile verheilten Wunden an Silas' Handgelenken. »Es wird sicherlich der Schock gewesen sein, der dich bleiben ließ. Aber auch etwas anderes. Du hast über die Hälfte deines Lebens im Reich des Erlenkönigs verbracht. Auch wenn du ihn aus vollstem Herzen verabscheut hast, wird er für dich zu einer Art Vater geworden sein und die Nachtschatten eine neue Heimat. Du warst zwar nicht sofort bereit, dein dunkles Erbe anzutreten, aber abwenden konntest du dich auch nicht. Und als du meinem Herzschlag gefolgt bist, konntest du es nur, nachdem du dieses

Reich verdrängt hast. Zwei Welten gleichzeitig anzugehören, schien dir vollkommen unmöglich.«

Roman dachte einen Moment darüber nach. »Gut, das leuchtet mir ein. Irgendwie. Obwohl ich nicht glaube, dass diese Logik auch auf mich anwendbar ist«, sagte er, noch sichtlich aufgewühlt. »Dass ich mich an meine Begegnung mit dem Erlenkönig nicht erinnern kann, hat auf jeden Fall andere Ursachen, als dass der Schmerz zu groß ist. Dahinter steckt Magie und keine Psychologie.«

Edie sagte nichts dazu. Auf solche Fragen fand man nur Antworten, wenn man bereit dazu war. Und Roman war das ganz offensichtlich noch nicht.

Roman musterte mittlerweile ohnehin Silas, der in Gedanken versunken auf dem Kristallthron saß, als sei es die natürlichste Sache der Welt. »Was mich noch interessieren würde, ist, warum du tief unten in den Nachtschatten auf Edie reagiert hast.«

Es dauerte einen Moment, bis Silas antwortete. »Es war ihre Gabe, die mich angelockt hat. Ich wusste, dass sie mich sehen würde und dass ich unter ihrem Blick lebendig werden würde. Mein dunkles Erbe, wie Edie es genannt hat.«

»Aber ich sehe dich doch auch«, hielt Roman beharrlich dagegen.

»Natürlich siehst du mich. Aber wenn ich diese Krone aufsetze und damit mein Erbe antrete, ändert sich das. Wenn ich dir dann in der oberirdischen Welt begegne, werden meine Schritte nur Blätterrascheln sein und meine Stimme wie Wind, der durchs Geäst fährt. Außer Edie wird niemand in Wasserruh mich sehen können, weder Marischka und Addo noch meine Familie, obwohl die vermutlich eher erleichtert ist, wenn sie sich nicht länger mit mir herumplagen muss.«

»Das ist ein hoher Preis. Ein zu hoher?« Edie wartete auf ein Zeichen von Silas. Egal, wie es ausfallen würde, sie würde hinter ihm stehen. Wenn er die Nachtschatten verlassen und sie damit ihrer Zerstörung anheimgeben würde, könnte sie es verstehen, nach allem, was er durchgemacht hatte. Wenn er jedoch bereit war, das Erbe anzutreten …

Silas schien ihre Gedanken zu lesen. »Ich werde an diesen Ort gebunden sein. Für immer.«

Das machte Edie keine Sorgen. »Ich habe an vielen Orten gelebt, an schönen, aufregenden, exotischen Orten. Aber erst in Wasserruh habe ich ein Zuhause gefunden. Für mich gibt es keinen Grund fortzugehen.«

Das schien Silas zu genügen.

Behutsam nahm Edie ihm die Krone aus der Hand. Erneut flammte das Brennen bei der Berührung auf, doch sie kümmerte sich nicht darum.

»Dein Platz ist jetzt hier, du wirst ein ehrbarerer Wächter für die Schlafenden sein als der Erlenkönig. Und du wirst den Nachtschatten ihren alten Glanz zurückgeben, dafür werden sie Wasserruh weiterhin vor den Wassern aus der Tiefe schützen. Es ist ein guter Pakt.«

Silas schloss für einen Moment die Augen, dann sah er sie an. »Ich werde allein sein in diesem Reich.«

»Nein, niemand zwingt dich, das Tor zu den Nachtschatten geschlossen zu halten«, sagte Edie. »Du bist der Herrscher über dieses Reich … und über dein Leben. Du bist nicht der Erlenkönig, sondern mein Silas.«

Als er sie anlächelte, setzte sie ihm den Kranz aus weißen Blüten und schwarzen Beeren ins Haar, wo er in den dunklen Strähnen fast vollständig versank.

Epilog

Frost und Schnee hatten Wasserruh fest in der Hand. Dorf, Wald und Wiesen lagen unter einer samtig dicken Schneedecke, sogar die dicht stehenden Erlenstämme waren mit weißem Puder bestäubt, sodass ihr Astwerk fast mit dem taubenblauen Himmel verschmolz. Der Schnee dämpfte die Geräusche, verwischte die Spuren von Leben und verlieh der Welt ein reines Antlitz. Nur bei den Fließen nah dem Waldsaum zeigte sich der Winter von seiner lebendigsten Seite. Dort hatten Kinder zusammen mit ihren Eltern den Schnee vom zugefrorenen Wasser geräumt, um mit ihren Schlittschuhen Kunststücke zu vollführen, während die Älteren gemächlich mit den Händen auf dem Rücken herumfuhren oder den jüngeren Nachwuchs in Stoßschlitten vor sich herschoben. Auf den Anlegestellen für die Kähne wurden spontane Picknicks abgehalten und mit Anbruch der Dämmerung entzündete man Fackeln entlang des Ufers.

Marischka sah aus wie ein zum Leben erwachter Tannenbaum mit ihrem zeltartigen grünen Lodenmantel, unter dessen Saum knallrote Strümpfe hervorschauten. An ihrem Revers blinkte ein Dutzend Anstecksterne und die Glöckchen an ihrer Weihnachtsmütze machten Krach für zehn. Nur ihr Lachen war lauter, als Finn mit dem Stoßschlitten, in dem sie saß, mit halsbrecherischem Tempo in eine Kurve segelte. Der Rand der Mütze rutschte ihr bis auf die rot gefrorene Nase, und nachdem sie den Filz wieder an Ort und Stelle gerückt hatte, schenkte sie ihm ein strahlendes Lächeln. Finn erwiderte es kurz und ausgesprochen selig, bevor er dem Schlitten einen so kräftigen Stoß versetzte, dass er sich um die eigene Achse drehte. Marischka jauchzte lauter als die Kinder, die sich gerade eine Schneeballschlacht lieferten.

»Ist das nicht schön? Finn Sterner hat den Trick raus, wie man Marischka zum Quieken bringt. Aber seit wir beide dauerniesend diesem Felltunnel entstiegen sind, ist ihr Bedarf an Ungewöhnlichem und Abenteuern eh ziemlich gesättigt.« Addo wischte wie wild an seiner neuen Hornbrille herum, auf deren Gläsern Eisblumen aufblühen wollten.

Edie konnte ein Schmunzeln nicht unterdrücken. Sie saßen zu zweit auf einer Isomatte neben Stollenresten und einer leeren Thermoskanne, die noch nach Kakao mit Schuss roch. »Steck die Brille doch weg, bei diesem Wetter sorgt sie doch höchstens dafür, dass du nichts siehst.«

»Auf keinen Fall, dann komme ich doch wie ein Weichei rüber.« Entrüstet setzte Addo die Brille auf, deren Gläser sofort beschlugen.

»Wenn du kein Weichei bist, dann zieh jetzt die Schlittschuhe an, die ich dir mitgebracht habe, und lauf ein paar Runden mit mir. Nach dieser Zucker-Alk-Mischung brauche ich dringend Bewegung, sonst kippe ich schnarchend nach hinten und erfriere, weil du dank deiner Brille nicht mitbekommst, wie es um mich steht.«

»Höre ich da eine Spur von Sarkasmus? Niemand beherrscht das Spiel der leichten Konversation so blendend wie Edith Klaws.«

»Nenn mich so – und ich sage Nerd zu dir.«

Addo zog die Nase kraus. »Untersteh dich. Dieser Kosename ist meinen minderbemittelten Freunden von der Wasserruher Gesamtschule vorbehalten. Ich habe sie jahrelang abschreiben lassen und ihnen ohne Geschrei mein Pausenbrot gegeben, um mir diesen Namen zu verdienen. Nimm ihn also nicht leichtfertig in den Mund, Editalein.«

Als Edie kichern musste, rückte er stolz die Knopfleiste seines neuen Mantels zurecht. Der Duffelcoat hatte in den Nachtschatten ein paar hässliche Flecken abbekommen, sodass er nun nur noch für Besuche unterhalb Wasserruhs zum Einsatz kam. Besuche, für die Addo erstaunlicherweise eine Vorliebe entwickelt hatte. Nachdem seine Ängste vor dem Unbekannten überwunden waren, betrachtete er die Nachtschatten als wunderbares Forschungsobjekt. Besonders die Schlafenden hatten es ihm angetan, und er grübelte darüber nach, wie man die fast gänzlich geleerten Kanopen wieder auffüllen konnte. Wenn es schon Magie gab, musste sie schließlich auch zu etwas gut sein.

»Nun komm schon, Addo, sei mein Held«, neckte Edie munter weiter.

»Wenn du einen Helden willst, hättest du Roman zu dieser Tour mitnehmen sollen. Oder schmollt er etwa immer noch, dass er für immer die zweite Geige in deinem Leben spielen wird, obwohl die Natur ihn doch unleugbar zu Größerem bestimmt hat?«

»Unsinn, Roman hat gar keinen Grund zum Schmollen, schließlich sind wir nur Verbündete, bestenfalls Freunde gewesen, als wir in die Nachtschatten gestiegen sind«, sagte Edie so kühl wie möglich.

»Nur mit dem Unterschied, dass ihr nicht gemeinsam aufgebrochen seid, sondern er dir hinterhergelaufen ist wie ein verliebter Idiot.« Addo legte seinen Finger gekonnt auf eine wunde Stelle.

Unangenehm berührt rutschte Edie auf ihrem Hosenboden herum. »Rodriga hat doch gestern Vormittag das Krankenhaus verlassen, und da wollte Roman sie nicht allein lassen, obwohl sie es hasst, dass er unentwegt um sie rumwuselt. Du kannst dir gar nicht vorstellen, wie giftig diese zierliche alte Dame werden kann. Ich bin mir nicht sicher, ob das mit den beiden als Wohngemeinschaft etwas werden wird. Vermutlich hat sie ihn bereits in den Stall zu Nanosh ausquartiert.«

Addo lachte. »Es schadet Roman nicht, wenn er mit seinem Charme bei einer Frau mal auf Granit beißt.«

»Was ist mit Granit?«, ertönte eine kräftige Männerstimme. »Halte ich für kein gutes Material, um damit zu arbeiten. Es sei denn, man mag geometrische Formen.«

Haris und Inga waren von ihrem Waldspaziergang zurückgekehrt und strahlten beide übers ganze Gesicht wie zwei Frischverliebte. Edie wollte lieber nicht wissen, warum ihre Eltern so gut durchblutet waren. Einen Tag nachdem Edie erschöpft und doch glücklich bis in die Haarspitzen aus den Nachtschatten zurückgekehrt war, waren ihre Eltern als Doppelpack angerauscht. Inga hatte ihren Singapur-Job an den Nagel gehängt und kurzerhand beschlossen, ein Sabbatical einzulegen. Seitdem versuchte sie zu kochen, Gedichtbände zu lesen und sogar Yoga zu machen, während Haris an seinem Marmorblock weiterarbeitete. Ihre Mutter ging ihre Freizeit mit der Entschlossenheit einer Topmanagerin an, und Edie befürchtete, es würde noch eine Weile dauern, bis sie sich einfach mal entspannt aufs Sofa setzte und nichts tat. So oder so war sie jedenfalls glücklich, dass die Auszeit ihrer Eltern vorbei war und die beiden sich offenbar auf dem besten Weg befanden, ihr gemeinsames Leben neu aufzustellen.

»Ich würde meine Seele hergeben für einen heißen Schluck Kakao«, sagte Inga. »Vor allem, wenn er mehr nach Rum als nach Schokolade schmeckt.«

»Sorry.« Edie drehte die Thermoskanne auf den Kopf. »Alles leer. Wenn man mit Finn Sterner loszieht, kann man die Getränkevorräte gar nicht groß genug bemessen. Ich habe keine Ahnung, wo der Kerl den ganzen Kakao hingekippt hat.«

Gemeinsam betrachteten sie Finn und Marischka, die nun gemeinsam in dem für zwei Personen viel zu kleinen Stoßschlitten saßen und versuchten, sich mit den Füßen vom Boden abzustoßen. Nur rutschten ihre Stiefelsohlen vom Eis ab, was sie jedoch nicht davon abhielt, es noch verbissener zu versuchen. Ein kleiner Junge mit einem Stock in der Hand stand neben ihnen und schaute sie mit einem Gesichtsausdruck an, als habe er noch nie etwas so Kindisches gesehen.

»Das ist ja wirklich nicht zum Aushalten«, sagte Edie und stellte sich auf die Schlittschuhkufen. »Ich drehe mal ein paar Runden. Letzte Chance, Nerd.«

»Vergiss es, Editalein.«

Edie hauchte Addo zum Abschied noch auf die Brillengläser, die sofort beschlugen, und winkte ihren Eltern. Dann lief sie auf dem Fließ in die Richtung, in der Eisrauch zwischen den Stämmen hervorquoll und das Ufer verschwimmen ließ. Mit einem Schwenker schnappte sie sich eine der brennenden Fackeln. Die Dämmerung breitete sich bereits aus.

✳ ✳ ✳

Eine Amsel flog durch den Wald, landete auf einem Zweig und löste mit ihren Krallen und Flügelschlag einen Schneeregen aus.

Feine Kristalle landeten auf Silas' dunklem Haar, doch er kümmerte sich nicht darum. Er saß auf Leiras Rücken und seine Hände waren in ihrer silbrig schimmernden Mähne vergraben. Die Stute und ihr Reiter wären mit dem Wald verschmolzen, wenn Silas nicht Edies alten Streifenpulli unter seinem offen stehenden Mantel getragen hätte. Seine Haut war so strahlend weiß wie die Winterlandschaft aus Schnee und sein Haar erinnerte an die vor Frost dunklen Bäume. Nur auf seinen Wangen und Lippen lag ein Ton, der Edie an den Flakon aus Bergkristall denken ließ, in dessen Innerem tiefes Rot samtig kreiste. Wie immer betrachtete sie ihn ganz genau, suchte nach Veränderungen in seinem Äußeren, wohl wissend, dass sie bereits da waren und ihr nur so vertraut erschienen, dass sie sie nicht wahrnahm.

War sein Gesicht nicht immer schon so klar und schön gezeichnet gewesen? Seine Augen ungewöhnlich ausdrucksstark und seine Hände elegant? Oder war das nur der Blick eines Mädchens, das mehr denn je fasziniert von einem Jungen war?

»Das sieht ziemlich gekonnt aus, was du da auf den Schlittschuhen anstellst. Fast schwerelos.« Geschmeidig glitt Silas vom Rücken der Stute, die zur Begrüßung leise wieherte. Ein Laut, der Edie einen Schauer über die Schultern rieseln ließ.

Sie steckte die Fackel in den Schnee und setzte sich auf einen Stein, der aus dem Ufer herausragte, um die Kufen von ihren Stiefeln zu lösen.

»Diese Schlittschuhe sind ein Traum, obwohl sie schon uralt sind. Ich habe sie auf dem Dachboden unseres Hauses gefunden. Da gibt es bestimmt noch mehr Schätze.«

»Schade, dass ich sie nicht mit dir gemeinsam entdecken kann«, sagte Silas bedauernd, während er ihr die Hand hinstreckte, um ihr dabei zu helfen, das Ufer zu erklimmen. Edie lachte. »Dass ausgerechnet ich in dem einzigen Haus von Wasserruh wohnen muss, das du nicht betreten kannst.« »Es ist ein gutes Haus«, erwiderte Silas.

Seine Hand war angenehm warm, so als könne die Kälte ihn nicht berühren. Edie vermutete sogar, dass er den Mantel bloß aus Gewohnheit trug. Oder weil er den Verlust seiner Menschlichkeit zu überspielen versuchte. Als Edie nach der Fackel griff, schüttelte er den Kopf.

»Die werden wir nicht brauchen, Leira findet auch in der tiefsten Finsternis ihren Weg. Und wenn ich mich nicht irre, siehst du mittlerweile auch recht gut in der Dunkelheit.«

Edie schluckte. Seit sie aus der Kanobe getrunken hatte, nahm sie immer wieder einmal eine Veränderung an sich wahr: Ihre Sinne wurden empfindlicher, ihre Gabe meldete sich häufiger als je zuvor, und vor einigen Tagen war eine Hyazinthenknospe unter ihren Händen aufgeblüht. Niemand – nicht einmal Rodriga – konnte sagen, was diese Veränderungen zu bedeuten hatten und ob sie vielleicht mit der Wirkung des Kanobeninhalts schwinden würden.

Aber warum sollte Edie sich darüber Sorgen machen?

Silas stand nicht einmal eine Handbreit von ihr entfernt. Vorsichtig zupfte sie ihm eine Schneeflocke aus dem Haar. Dann begriff sie, dass es eine winzige Jasminblüte war. »Ich sehe dich, Silas Sterner«, flüsterte sie.

Tanja Heitmann wurde 1975 in Hannover geboren. Sie arbeitet in einer Literaturagentur und schaffte mit ihren Romanen auf Anhieb den Sprung in die Bestsellerlisten. Sie lebt mit ihrer Familie in Norddeutschland. Die Schattenschwingen-Reihe, ihre erste Jugendfantasy, wurde von Presse und Publikum begeistert aufgenommen. Heute ist Tanja Heitmann sowohl im Jugendbuch als auch in der Belletristik eine gefeierte Bestsellerautorin.